KNAUR

*Im Knaur Taschenbuch Verlag sind bereits
folgende Bücher der Autorin erschienen:*
Die verbotene Geschichte
Der geheimnisvolle Garten

Über die Autorin:
Annette Dutton, 1965 in Deutschland geboren, studierte Geisteswissenschaften in Mainz. Seither arbeitet sie als Fernsehproducerin und Autorin, zuletzt für ein Australien-Special der Wissenschaftsserie »Galileo« sowie die zweiteilige Australien-Reportage »Der Zug der Träume«. Ihre Romane wurden von Presse und Leserinnen begeistert aufgenommen, »Die verbotene Geschichte« war ein SPIEGEL-Bestseller. Annette Dutton lebt mit ihrem Mann John und Sohn Oscar in Australien.

Mehr über die Autorin unter: www.annettedutton.net.au

Annette Dutton

Das geheime Versprechen

Roman

KNAUR

Das Bibelzitat auf Seite 376 stammt aus:
Die Bibel nach der Übersetzung Martin Luthers in der revidierten
Fassung von 1984. Durchgesehene Ausgabe in neuer Rechtschreibung.
© 1984 Deutsche Bibelgesellschaft, Stuttgart.
(3. Buch Mose, 16, 7–10 und 16, 20–22)

Besuchen Sie uns im Internet:
www.knaur.de

Wenn Ihnen dieser Roman gefallen hat und Sie auf der Suche sind nach
ähnlichen Büchern, schreiben Sie uns unter Angabe des Titels »Das
geheime Versprechen« an: frauen@droemer-knaur.de

Originalausgabe September 2014
Knaur Taschenbuch
Copyright © 2014 Knaur Taschenbuch.
Ein Unternehmen der Droemerschen Verlagsanstalt
Th. Knaur Nachf. GmbH & Co. KG, München.
Alle Rechte vorbehalten. Das Werk darf – auch teilweise –
nur mit Genehmigung des Verlags wiedergegeben werden.
Redaktion: Franz Leipold
Umschlaggestaltung: ZERO Werbeagentur, München
Umschlagabbildung: © Ilina Simeonova/
Trevillion Images, FinePic®, München
Abbildung innen: Shutterstock/Svemar
Satz: Daniela Schulz, Puchheim
Druck und Bindung: CPI books GmbH, Leck
ISBN 978-3-426-51373-6

Hat nicht ein Jude Augen? Hat nicht ein Jude Hände (…)?
Wenn ihr uns stecht, bluten wir nicht? Wenn ihr uns kitzelt, lachen wir nicht? Wenn ihr uns vergiftet, sterben wir nicht? Und wenn ihr uns beleidigt, sollen wir uns nicht rächen?

Der Jude Shylock
in William Shakespeares
Der Kaufmann von Venedig

(in einer Übersetzung von
August Wilhelm von Schlegel,
Diogenes Verlag, Zürich 1979)

Prolog
DAVID

Kein Wunder, dass es Tage dauerte, ehe ich begriff, wohin mich das Schiff gebracht hatte. Ich war ein kleiner Junge, fünf Jahre alt, und alles, was ich bis zu jenem Tag gekannt hatte, war England, wo es grün, kalt und nass war. Aber dies hier war Australien: braun, heiß und trocken. Eine fremde Landschaft voller unbekannter Geräusche. Das Lachen der Kookaburras, der seltsame Ruf der Magpies. Es roch auch anders. Gerüche hatten schon immer eine starke Wirkung auf mich, und noch heute spüre ich diese unbestimmte Haltosigkeit, die der Duft von verbrannter Erde und Eukalyptus bei mir auslöste. Und das lag nicht etwa daran, dass der Boden unter meinen Füßen zu schwanken schien. Der Grund war eher in der scheinbar endlosen Weite zu suchen, die sich vor mir auftat. Darüber prangte der weite Himmel, viel größer als daheim, mit Sicherheit jedoch blauer, und ich fragte mich, ob das mit der unglaublich grellen Sonne zusammenhing, die mich blinzeln ließ, während ich mich umschaute. Kein Berg, kein See, nichts, an dem sich meine müden Augen für einen Moment hätten ausruhen können. Ich bildete mir ein, Orangen zu riechen, und ich weiß noch, wie mir das Wasser im Mund zusammenlief. Schuld daran waren die Schwestern in England. Sie hatten uns vor unserer

Abreise erzählt, in Australien würden wir jeden Morgen Orangen vom Baum pflücken und auf einem Pony am Strand entlang zur Schule reiten. Ich wusste damals zwar nicht, wie Orangenbäume aussehen, aber in dieser kargen Landschaft wären sie mir bestimmt aufgefallen. Pferde konnte ich übrigens auch keine entdecken.

Gleich nach der Ankunft wurden wir auf drei Busse verteilt. Meiner ging nach Bindoon, in ein von Ordensbrüdern geleitetes Waisenhaus, wo uns die Mönche in den Speisesaal führten und dickflüssigen kalten Eintopf zu essen gaben. Die Fliegen waren entsetzlich. Es war praktisch unmöglich, die graue Suppe zu löffeln, ohne ein paar der Viecher zu verspeisen. Ich habe jedoch schnell gelernt, den Ekel zu überwinden und meinen Teller niemals unberührt in die Küche zurückzutragen. Was wir nicht aufaßen, kam am nächsten Tag wieder auf den Tisch. Wie ein Marmeladentopf oder ein Salzstreuer. Später machte ich mal einen Witz über das Freitagsporridge, in dem so viele Maden schwammen, dass es nicht den Hauch einer Chance auf ein fleischloses Mahl gab, wie es sich für uns als Katholiken an jenem Wochentag eigentlich gehörte. Maden statt Zucker oder Honig. Nie bekamen wir etwas Süßes oder überhaupt etwas Schmackhaftes, und irgendwann begann ich, von Bonbons und Schokolade zu träumen, wie sie mir meine Mutter immer mitgebracht hatte, wenn sie mich in England im Heim besuchte. Der Gedanke an Süßes fühlte sich an wie eine Umarmung oder ein Kuss von ihr, und eigentlich ist es immer so geblieben.

Kapitel 1

Frankfurt, 6. Januar 1939

Als Leah die Bahnhofshalle betrat, stellte sie enttäuscht fest, dass es auf dem Bahnsteig von Eltern nur so wimmelte. Der Zug war noch nicht da. Fest umfasste sie den harten Ledergriff ihres neuen Koffers und steuerte eine Bank an. Sie setzte sich, hob den Koffer auf ihren Schoß und legte ihre Hände auf seine glatte Hülle. Die Pappkarte um ihren Hals schlug leicht gegen das glänzende Messingschloss, als sie sich vorbeugte, um die Abschiedsszenen zu beobachten. Männer und Frauen, die ihre Kinder an sich drückten oder auf den Arm nahmen. Sie lachten, strichen ihnen über den Kopf oder kniffen sie aufmunternd in die Wange. Leah wurde plötzlich wütend auf ihre Familie. So viele Eltern, die sich über das Verbot, ihre Kinder bis zum Zug zu begleiten, hinweggesetzt hatten! Wieso wagten das ausgerechnet ihre Eltern nicht? Die Traurigkeit schnürte ihr die Kehle zu, und sie war froh, als endlich der Zug in den Bahnhof einfuhr. Da sie eine der Ersten war, die einstiegen, ergatterte sie einen Fensterplatz und schaute den Abschiednehmenden zu, deren Bewegungen nun hastiger, verzweifelter wurden. Eine Mutter, die wie unter Zwang am aufgestellten Mantelkragen ihres Sohnes zupfte, während sie pausenlos auf ihn einredete. Eine große Familie, die ihre Tochter umstellt hatte und sie fast erdrückte, weil jeder sie noch einmal in den Arm nehmen wollte. Als die Lautsprecheransage die Reisenden zum Einsteigen aufforderte, brachte ein junges Paar ein kleines Mädchen zu Leah ins Abteil. Tränen liefen dem Mann über die Wangen, als er sein Kind auf den Platz neben Leah setzte. Er wischte sich mit der flachen Hand übers Gesicht und setzte ein gequältes Lächeln auf.

»Das ist Klara. Und wie heißt du?«
»Leah Winterstein.«
»Leah. Was für ein schöner Name. Leah, würdest du so gut sein und dich während der Reise um unsere Klara kümmern? Sie ist ein braves Mädchen, aber sie war noch nie allein. Und sie ist erst vier.«

Die Mutter verbarg sich bei diesen Worten hinter dem Rücken ihres Mannes und gab nun einen erstickten Schluchzer von sich. Als er sich hinkniete, um seine Tochter bei den Händen zu halten, raubte er damit seiner Frau die Deckung; schnell drehte sie den Kopf weg und schneuzte geräuschvoll in ein Taschentuch.

Auf ein kleines Mädchen aufzupassen, gehörte nicht unbedingt zu den Dingen, die Leah sich zutraute. Sie wusste ja nicht einmal, was sie selbst erwartete, und war entsprechend nervös. Gab es keine erwachsenen Begleiter im Zug? Wieso wandten sich die Eltern der Kleinen nicht an die? Klara schaute Leah mit großen Augen an und streckte ihr die Stoffpuppe hin, die sie die ganze Zeit über an ihre Brust gedrückt hatte. Leah hätte ein Herz aus Stein haben müssen, um nein zu sagen. Sie seufzte kaum hörbar. Ein Blick auf den angespannten Vater ließ sie zögerlich nicken. Der atmete erleichtert auf und legte das Köfferchen seiner Tochter ab. Eine Trillerpfeife schrillte. Ein älterer Junge riss die Abteiltür auf und drückte sich zielstrebig an dem Paar vorbei. Erst warf er seinen abgewetzten Koffer ins Gepäcknetz, dann ließ er sich selbst auf den freien Fensterplatz gegenüber Leah fallen. Er schnalzte mit der Zunge, reckte siegreich die Faust in die Luft und zwinkerte Leah verschwörerisch zu. Die Kinder, die nach ihm ins Abteil strömten, erfüllten den engen Raum mit ohrenbetäubendem Lärm, als sie um die besten Plätze rangelten und dabei auf die Sitzbänke kletterten, um hastig ihr Gepäck in den Netzen zu verstauen. Der Junge ihr gegenüber öffnete mit einer kraftvollen Bewegung das Fenster und steckte den Kopf weit hinaus.

»Mutti, Vati, hier bin ich!«, rief er. Die anderen folgten seinem Beispiel, und wenig später zwängte sich ein Dutzend Kinderköpfe durch die Öffnung. Alle riefen gleichzeitig nach ihren Eltern, nur Leah nicht. Sie konnte sich nicht erinnern, jemals trauriger gewesen zu sein.

»Bitte verlassen Sie jetzt den Zug! Wir fahren ab«, sagte der Schaffner mit der Trillerpfeife zu dem Elternpaar. »Nun kommen Sie schon!« Er zog den Mann, der noch immer vor seiner Tochter kniete, zu sich hoch und fasste die Frau am Ellbogen. Sachte schob er beide aus dem Abteil.

»Klara!« Der Vater lächelte unter Tränen. Leah zog die Kleine auf den Schoß und hob ihre Hand, um den Eltern zuzuwinken, die wenig später wie verloren auf dem Bahnsteig standen. Klara genoss es offenbar, im

Mittelpunkt zu stehen, und lachte abwechselnd ihre neue Freundin und die Eltern an. Die schweren Türen wurden von außen mit einem dumpfen Schlag geschlossen. Erneut ertönte der schrille Pfeifton, und der Zug setzte sich in Bewegung. Leah hielt Klara hoch, damit sie einen letzten Blick auf ihre Eltern erhaschen konnte. Sie selbst sah fast nichts, so eng drückten sich die Kinder in den Fensterrahmen.

Klaras Vater begann, neben dem Zug herzulaufen.

»Leah!«, rief er plötzlich. »Leah! Gib mir Klara zurück!«

Leah zwängte ihren Kopf nach draußen. »Wie bitte?«

»Ich kann sie nicht gehen lassen. Reich sie mir durchs Fenster. Schnell!« Leahs Herz begann zu rasen. Der Zug hatte fast das Ende des Bahnsteigs erreicht. Sie musste sich beeilen.

»Weg da!«, rief der Junge auf der anderen Seite und verscheuchte die Kinder vom Fensterplatz. Er winkte Leah heran. Zusammen hoben sie die Kleine durchs offene Fenster, hielten sie jeweils an einem Arm fest. Der Zug hatte an Fahrt aufgenommen, und der Vater, der keuchend mit dem Zug um die Wette rannte, war leicht zurückgefallen. »Jetzt oder nie!«, schrie der Junge. Der Vater nickte und rannte, so schnell er konnte. Mit einer Hand griff er nach den baumelnden Beinchen. »Ich hab sie.«

»Lass sie los!«, befahl der Junge Leah. Die anderen Kinder hatten sich hinter sie geschart und beobachteten wie gebannt das Geschehen. »Mach schon!«, schrie er Leah an und trat sie gegen das Schienbein.

»Aua!« Leah ließ los. Klara schrie. Die Kinder hielten die Luft an und quetschten sich wieder in die Öffnung.

»Ihr Koffer«, rief ein Mädchen und kletterte schon auf die Sitzbank, um ihn aus dem Gepäcknetz zu holen. Leah riss ihn an sich und warf ihn aus dem Fenster, mit so viel Schwung, wie sie aufbringen konnte. Er landete auf dem Bahnsteig – nicht weit von dort, wo Klaras Vater mit dem Rücken auf dem Boden lag, seine Tochter fest an sich gepresst. Klaras Mutter holte zu ihnen auf und beugte sich über Mann und Tochter. Während sich der Zug immer schneller entfernte, sah Leah noch, wie der Vater aufstand und sein Kind zu sich hochhob, um Klaras Gesicht mit Küssen zu bedecken. Ein feines Lächeln zeichnete sich auf Leahs Gesicht ab, und sie schaute der kleinen Familie nach, bis sie nur noch Punkte ausmachen konnte.

Die Kinder im Abteil setzten sich auf ihre Plätze. Nach all dem Lärm auf dem Bahnhof wurde es auf einmal merkwürdig ruhig. Jedes der Kinder schien seinen eigenen Gedanken nachzuhängen. Auf der Heizung lag Klaras Puppe. Sie musste ihr bei dem Gerangel runtergefallen sein. Leah hob sie auf, ordnete die wirren Wollfäden auf dem Puppenschopf in zwei Stränge und begann, sie zu Zöpfen zu flechten, wie sie selbst sie trug.

»Michael.« Erschrocken fuhr Leah zusammen, und als sie aufblickte, sah sie eine ausgestreckte Hand vor sich.

»Ich heiße Michael. Und du bist Leah, nicht wahr?« Michael erkundigte sich nach ihrem Knie, ging aber nicht so weit, sich für den schmerzhaften Tritt zu entschuldigen.

»Tut noch ganz schön weh«, Leah rieb sich übers Bein. »Wieso hast du das getan? Ich hätte Klara auch so losgelassen.«

»Es hat aber nicht danach ausgesehen.« Er lachte kurz auf, verstummte jedoch, als Leah die Augenbrauen wütend zusammenzog.

»So ein Blödsinn. Natürlich hätte ich sie losgelassen.« Michael winkte großmütig ab. »Wenn du es sagst.«

Leah verschränkte die Arme vor der Brust und lehnte sich zurück. Sie hatte heute weiß Gott andere Sorgen, als sich mit diesem Kerl zu streiten. Draußen wurde es langsam dunkel. Beklommen schaute sie auf die eisigen Felder hinaus. Kaum zu glauben, dass sie die Stadt schon hinter sich gelassen hatten. Plötzlich fühlte sie sich schrecklich allein; sie wünschte sich, ihre ältere Schwester Sissi wäre bei ihr. Im Abteil brannte gedimmtes Licht. Zwei der jüngeren Mädchen waren vor Erschöpfung eingenickt, ihre Köpfe lehnten an den Schultern der neben ihnen sitzenden Kinder. Leah schloss ebenfalls die Augen, obwohl sie wusste, dass sie viel zu aufgewühlt war, um einzuschlafen. Nur ein wenig ausruhen, dachte sie. Einen winzigen Moment lang nicht darüber nachdenken, was nun mit ihnen allen geschehen würde.

»Ich glaub ja nicht, dass die Eltern der Kleinen die richtige Entscheidung getroffen haben. Was meinst du?«, schreckte Michaels Stimme sie auf.

Leah öffnete widerwillig die Lider und zuckte mit den Schultern. »Woher soll ich das denn wissen?« Ihre Stimme klang trotzig, kein bisschen weinerlich. Mutiger geworden, schaute sie ihn sich nun genauer an. Der Junge sah sie ernst an, sie zwang sich, seinem Blick standzuhalten. Seine ebenmäßigen Züge hatten etwas Kantiges, das ihn erwachsener wirken ließ. Doch das Auffälligste an dem Burschen war der buschige Schopf, den selbst das offensichtlich reichlich angewendete Zuckerwasser kaum zu bändigen vermochte. Das Haar fiel ihm in dichten Wellen bis über die Ohren und zitterte jedes Mal, wenn der Zug in eine Kurve bog oder abbremste.

»Hitler will alle Juden für immer aus Deutschland vertreiben. Das weißt du doch hoffentlich, oder etwa nicht?«

Leah horchte auf. Ihr Herz krampfte sich zusammen. »Diesen Unsinn glaub ich nicht«, antwortete sie und hoffte, schnoddrig zu klingen. »Ich werde meine Familie jedenfalls wiedersehen. Da kannst du Gift drauf nehmen.« Sie knetete die Puppe in ihrer Hand. Als ihr bewusst wurde, dass Michael sie dabei beobachtete, legte sie die Puppe neben sich auf die Bank und schaute aus dem Fenster.

Michael betrachtete sie einen Moment lang, dann starrte auch er gedankenverloren nach draußen, wo das letzte fahle Licht der Dunkelheit gewichen war.

Der Zug ratterte weiter Richtung Norden, bis er etliche Stunden später die niederländische Grenze erreichte. Ein Transportbegleiter riss die Tür auf und weckte die schlafenden Kinder, die erst nicht wussten, wo sie waren, und sich, verwirrt und übermüdet, die Augen rieben. Er ermahnte jedes Einzelne, seinen Pass bereitzuhalten und sich gut zu benehmen, wenn die deutsche

Zollkontrolle durch den Zug kam. Leah wurde plötzlich vor Angst ganz schlecht. Sie alle durften nur das Notwendigste mit sich führen. Unterwäsche, Socken, ein Kleid. Ein Familienfoto, ein Spielzeug und zehn Reichsmark. Mehr war nicht erlaubt. Leah warf einen besorgten Blick auf ihren Koffer, der über ihr im Netz lag. Ihre Mutter hatte fünfzig Mark in den alten Teddybären eingenäht, als Notgroschen, und Leah eingeschärft, ihn im Arm zu halten, wenn die Kontrolleure den Zug passierten. Leah kletterte auf die Bank und griff nach ihrem Koffer. Sie stellte sich auf die Zehenspitzen, öffnete ihn und fand den Teddy unter dem neuen Kleid, das ihre Mutter eigens für diese Reise genäht hatte. Sie nahm ihn heraus, schloss den Koffer und setzte sich wieder. Ihr Blick fiel auf Klaras Puppe. Was sollte sie damit tun? Sie durfte keinesfalls riskieren, dass man ihr den Teddy wegnahm, aber schon die Vorstellung, die Puppe aus dem Fenster zu werfen, zerriss ihr das Herz.

Plötzlich hatte sie eine Idee.

»Kannst du nicht Klaras Puppe nehmen?«, fragte sie Michael geradeheraus. »Wir dürfen doch nur ein Spielzeug mitnehmen, und ich hab schon Bärchen.« Sie hielt den Teddy hoch.

Michael setzte sich gerade hin und schüttelte dann den Kopf. »So dumm kann nicht einmal ein Nazi sein, dass er mir eine Puppe als Spielzeug abkauft. Was willst du überhaupt damit? Klara siehst du bestimmt nicht wieder, und dir bedeutet sie doch nichts. Schmeiß sie weg, oder willst du wegen diesem Stofflumpen Ärger kriegen?«

»Nein, aber ich kann sie doch nicht einfach so aus dem Fenster werfen. Bitte nimm sie! Oder hast du etwa selbst ein Spielzeug dabei?«

Plötzlich verlangsamte der Zug seine Fahrt. Leah sah Michael eindringlich an. Mit einem Seufzer erhob er sich.

»Also gut. Ich nehme deinen Teddy. Die Puppe behältst du.« Ein Lächeln huschte über Leahs Gesicht, als sie Michael das Stofftier in die Hand drückte. Michael kletterte auf die Sitzbank und legte ihren alten Teddy in seinen abgewetzten Koffer. Er war gerade im Begriff, ihn zu schließen, als der Zug quietschend zum Halten kam. Schnell ließ er sich auf seinen Platz fallen. Sie hörten, wie Männer in schweren Stiefeln durch den Zug marschierten. Eine Tür nach der anderen wurde aufgerissen. Als die Reihe an ihnen war, hielt Leah die Luft an. Zwei uniformierte Zollbeamte stürmten ins Abteil.

»Los! Aufstehen, Pässe zeigen und Koffer öffnen, zack, zack!« Die Kinder zeigten ihre Dokumente vor, die auf der ersten Seite ein großes rotes J trugen. Die Namen der Mädchen waren um das jüdische »Sara« ergänzt worden. Da Leah den Namen schon immer gemocht hatte, empfand sie diesen Zusatz eher als Bereicherung. Mit klopfenden Herzen rückten die Kinder dicht zusammen. Verängstigt und eingeschüchtert beobachteten sie, wie die Soldaten mit geübten Handgriffen achtlos ihre Köfferchen leerten, auf doppelte Böden untersuchten und anschließend einfach fallen ließen. Die ganze Aktion dauerte nicht länger als zwei, drei Minuten, dann verließen die Männer das Abteil, ohne noch einmal das Wort an die Kinder zu richten. Die Tür fiel knallend zu, und für einen Moment herrschte eine geradezu unheimliche Stille. Die Kinder sahen einander ungläubig an. War das schon alles? Hatten sie es geschafft? Der Zug begann zu ruckeln, ein Mädchen fiel hin und fing an zu weinen. Leah half ihr auf, zog sie neben sich auf die Bank und legte tröstend den Arm um sie. Der Zug fuhr wieder, und die Älteren unter ihnen wussten, was dies bedeutete: Sie waren in Holland!

Michael lachte, Leah klatschte in die Hände, und mit einem Mal fiel von der ganzen Gruppe der Druck ab; die Kinder brachen in lauten Jubel aus. Ein englischer Reporter kam zu ihnen herein und bat sie, zusammenzurücken und in die Kamera zu lächeln. Er drückte auf den Auslöser. Der grelle Blitz ließ Leah rote Sternchen sehen. Der junge Mann bedankte sich und verschwand. Gleich darauf erschienen freundliche Nonnen mit weißen Hauben und brachten heißen Kakao und belegte Brote.

Noch in der Nacht erreichte der Zug Hoeke van Holland. Dort gingen die Kinder an Bord eines Fährschiffes, das sie nach Harwich an der Ostküste Englands bringen sollte, von wo aus es weiter nach London ging. Die Begleiter verteilten sie, nach Geschlechtern getrennt, auf die engen Fährkabinen und verabschiedeten sich in aller Eile. Sie mussten mit dem Zug zurück nach Deutschland, wünschten den Kindern viel Glück und eine gute Nacht. Dann löschten sie das Licht.

Mit Klaras Puppe im Arm schlief Leah erschöpft ein, wachte jedoch kurze Zeit später wieder auf, weil ihr schrecklich übel war. Ihre Finger suchten nach der Papiertüte, die man ihnen unters Kopfkissen gelegt hatte.

Die See war stürmisch und hielt das Schiff in ständiger Bewegung. Leah bekam die Tüte zu fassen, setzte sich auf und erbrach sich. Ein Mädchen weinte und rief nach seiner Mutter. Leah hielt die Tüte fest umklammert, sie kämpfte noch immer mit dem Würgereiz. Irgendwann musste sie eingeschlafen sein, denn energisches Klopfen und eine englische Stimme weckten auch sie in der Morgendämmerung.

Die Kinder eilten mit ihrem Gepäck an Deck. Leah spülte sich am Waschbecken den Mund aus. Dann folgte sie den anderen nach draußen. Im Frühnebel zeichneten sich unscharf erste Umrisse der englischen Küste ab. Wie die anderen stand Leah mit ihrem Koffer an Deck. Der Wind zerrte an ihren Zöpfen, deren Enden ihr ins Gesicht schlugen. Sie war noch nie zuvor am Meer gewesen. Tief sog sie den ungewohnten Geruch von Salz und Tang ein, schloss die Lider, um sich ganz auf die neue Empfindung zu konzentrieren.

»*Good morning!*«, brüllte ihr jemand ins Ohr.

Leah öffnete erschrocken die Augen. Neben ihr stand Michael und zeigte mit dem Finger auf den flachen Küstenstrich vor ihnen, über dem der Tag anbrach. »Siehst du das? Die Häuser hier sind alle rot, nicht weiß verputzt wie bei uns.« Leah zuckte mit den Schultern. Die Farbe der Häuser war so ziemlich das Letzte, was sie im Augenblick interessierte. Sie war viel zu aufgeregt, um Heimweh zu haben oder traurig zu sein. Vor ihr lag nicht nur ein unbekanntes Land, sondern ein neuer Lebensabschnitt.

Von Harwich aus ging es mit dem Zug weiter nach London. An der Liverpool Street Station endete die Fahrt, und die gleichermaßen erschöpften wie aufgedrehten Jungen und Mädchen wurden von freundlichen Bobbys in Helm und Regencape zu einer großen Halle neben dem Bahnhof geführt. Dort wiesen die englischen Polizisten sie mit unmissverständlichen Gesten an, auf den langen Holzbänken Platz zu nehmen. Michael, den Leah seit dem frühen Morgen an Deck der Fähre nicht mehr gesehen hatte, ließ sich mit einem Ächzen neben sie plumpsen. Er griff nach der Karte, die ihr, wie allen anderen Kindern auch, an einer Kordel um den Hals baumelte.

»Nr. 128. Leah Winterstein aus Frankfurt. Vierzehn Jahre«, las er, bevor Leah ihm die Pappe aus der Hand reißen konnte.

»Hast du keine Manieren, oder warum kannst du nicht fragen?« Michael tat, als hätte er sie nicht gehört.

»Ist doch kein Geheimnis, was da steht. Hier!« Er hielt ihr seine Karte hin. »Ich bin fünfzehn. Michael Korczik aus Frankfurt. Weißt du schon, wo du unterkommst?« Die Frage traf Leah wie ein Stoß in den Magen, obwohl sie zu der glücklicheren Gruppe von Kindern gehörte, die immerhin eine vage Vorstellung von ihrer englischen Pflegefamilie hatten. Die Leute, die sie aufnehmen würden, waren mit irgendwem bekannt, der zum Freundeskreis ihrer Eltern gehörte. Für die meisten ihrer Reisegenossen war es eine Fahrt ins gänzlich Ungewisse, denn sie hatten keine Ahnung, wo sie am Ende landen würden. Sie waren darauf angewiesen, einer jener

Familien zu gefallen, die nach London gereist waren, um sich eines der deutschen Kinder auszusuchen. Wie ausgesetzte Hunde, die im Gemeindezwinger darauf warteten, ein neues Zuhause zu finden.

»Hey, hast du mich nicht gehört? Ob du schon jemanden hast, wollte ich wissen«, sagte Michael. Leah schrak aus ihren Gedanken hoch.

»Ja, die Familie heißt Dinsdale.«

»Leben die in London?«

»Nein. Irgendwo auf dem Land in Kent. Ich fürchte, ich kann den Ort gar nicht richtig aussprechen.«

Sie buchstabierte *Chilham*.

»Sagt mir nichts, aber von Kent habe ich schon gehört. Das ist im Süden, gar nicht so weit von hier. Hast du schon Pläne, was du dort tun willst?«

Leah schüttelte irritiert den Kopf. Komischer Vogel! Welche Pläne sollte sie schon haben, außer dass sie irgendwie die Zeit überbrücken musste, bis sie endlich ihre Familie wiedersehen konnte.

»Ich habe meinen Eltern versprochen, ihnen von England aus Ausreisevisa zu besorgen«, sagte sie. »Dazu muss ich aber erst jemanden finden, der bereit ist, sie im Haushalt anzustellen.«

»Ja, genau das will ich auch probieren. Meine Eltern haben versucht, nach Palästina auszuwandern, aber die Briten lassen sie nicht.«

»Was haben die Briten denn mit Palästina zu tun?«, fragte Leah.

Michael sah sie ungläubig an.

»Du hast wohl gar keinen Durchblick, was? Seit drei

Jahren steht Palästina unter britischem Protektorat, und seither gelten strenge Einreisebestimmungen.« Leah ließ sich nicht anmerken, wie sehr er sie beleidigt hatte.

»Das ergibt doch keinen Sinn. Was sollten die Engländer denn dagegen haben, wenn wir Juden nach Palästina auswandern, um uns in Sicherheit zu bringen? Sind sie denn nicht auf unserer Seite?«

Michael lachte auf. »Feige, das sind sie! Haben Angst, dass ein Strom jüdischer Einwanderer den Arabern nicht gefallen könnte.« Offenbar war er in Gedanken längst woanders, denn er wechselte unvermittelt das Thema. »Sag mal, deine Dinsdales ... können die nicht deine Eltern herholen?«

»Das sind nicht *meine* Dinsdales, aber natürlich hoffe ich, dass sie mir bei der Ausreise meiner Eltern helfen. Sobald ich sie etwas besser kenne, frage ich sie.«

»Denkst du, die könnten außerdem zwei weitere Haushaltshilfen gebrauchen? Mein Vater ist Schneider, der kann ihnen im Nu alles flicken, und meine Mutter kocht hervorragend. Ihre Pirogen und ihr Apfelkuchen – hmm ... Was kocht deine Mutter denn am besten?«

Leah zog die Augenbrauen zusammen. Kochen? Dafür hatten sie daheim in Frankfurt eine Köchin, und wenn ihre Strümpfe Löcher hatten, wurden sie von Irmchen ausgebessert, ihrem Mädchen. Michael wartete auf eine Antwort.

»Was ist?«, drängelte er.

Eigentlich ging es diesen vorlauten Burschen überhaupt nichts an, aber weil er ihr mit Bärchen und Klaras Puppe aus der Patsche geholfen hatte, wollte sie nicht undankbar erscheinen. Leah musterte Michael etwas genauer. Es sah erbärmlich aus, wie er in seinem fast schon fadenscheinigen Mantel zitterte.

»Meine Mutter geht mit meiner Schwester und mir in die Stadt zum Einkaufen. Oft liest sie uns etwas vor, wenn wir aus der Schule kommen. Zweimal in der Woche hilft sie Vati mit dem Papierkram in der Kanzlei, und danach geht sie manchmal mit ihm ins Restaurant oder ins Theater.«

»Mit anderen Worten: Sie kann nicht kochen.« Leah überhörte den letzten Satz, doch ihr entging nicht, wie Michael verächtlich einen Mundwinkel nach oben verzog. Mit einem Mal veränderte sich sein Gesichtsausdruck. »Dein Vater ist Anwalt, sagst du?«

Leah schluckte. Man hatte Vati Ende September, wie allen jüdischen Rechtsanwälten, Berufsverbot erteilt. Seither lebte ihre Familie von den Ersparnissen.

»Ja, wieso?«, fragte sie.

»Oha. Das sieht gar nicht gut aus.« Michael strich sich wie ein alter Mann nachdenklich übers Kinn.

»Was meinst du damit?« Leah klang alarmiert. Michael seufzte.

»Als Anwalt wird er es schwer haben, die *Domestic Permit* zu kriegen. Und wenn deine Mutter noch nicht einmal kochen kann, ja dann …«

»Dann was? Was soll das heißen?« Leah hatte vor Schreck die Augen weit aufgerissen, doch Michael ließ sich nicht aus der Ruhe bringen.

»Haben die Dinsdales Geld?«, fragte er.

»Ich glaube schon. Weshalb fragst du?«

»Gut. Das ist doch schon mal was. Hör zu!« Er nahm ihre Hände. Verwirrt ließ Leah es geschehen, doch sie rückte unwillkürlich ein Stück von ihm ab. »Lass uns eine Art Pakt schließen.«

»Einen Pakt?«

Michael nickte und sah sie eindringlich an. »Ja, eine Art Vertrag oder ein Schwur, wenn dir das lieber ist.«

Leah zog die Stirn kraus.

»Ich verstehe nicht. Worum soll es in diesem Pakt denn gehen?«

»Wir wollen doch beide, dass unsere Familien so bald wie möglich aus Deutschland rauskommen. Es gibt aber kaum noch Länder, die Juden aufnehmen, und die wenigen, die es tun, verlangen Unsummen an Geld oder machen unmögliche Auflagen.«

Leah schüttelte sich. »Lass mich los!«

Michael zog seine Hände zurück. Seine Worte hatten Leah in Unruhe versetzt. Doch dann atmete sie tief durch und kam zu dem Schluss, dass er ganz sicher nicht die Wahrheit erzählte. Woher sollte er sein Wissen schon haben? Wahrscheinlich hatte er nur hier und da ein paar Worte in der Schneiderstube seines Vaters aufgeschnappt. Anders als ihre Familie verfolgten seine Eltern wohl kaum täglich die internationale Presse.

»Das glaub ich dir nicht«, sagte sie deshalb selbstbewusst und hob das Kinn. »Meine Eltern hätten mir schon gesagt, wenn es unmöglich wäre, an diese *Permits* ranzukommen.«

»Wahrscheinlich wollten sie nur nicht, dass du dir Sorgen um sie machst.« Leahs kurzfristiges Überlegenheitsgefühl war mit einem Mal wie weggeblasen. Michael musste ihr die Bestürzung angesehen haben, denn er setzte gleich beschwichtigend nach: »Keine Angst, ich sage ja nicht, dass es ausgeschlossen ist. Man muss eben ein wenig tricksen, um zu bekommen, was man will.«

»Wie denn?« Ihre Stimme hatte einen panischen Unterton angenommen.

»Vielleicht kann ich dir helfen. Zumindest weiß ich, was eine gute Köchin so auf der Pfanne haben muss.« Michael grinste über sein Wortspiel, doch Leah verzog keine Miene.

»Und wie soll mir das weiterhelfen?«

»Jetzt warte doch ab, und hör mir zu!« Michael schlug mit der Faust auf die Holzbank. Leah zuckte zusammen und rückte noch ein wenig mehr von ihm ab. Michael atmete hörbar aus. »Tut mir leid. Ich wollte dich nicht erschrecken. Wir sind wohl alle ziemlich erschöpft.«

Leah schwieg.

»Pass auf!«, fuhr Michael fort. »Ich erzähle dir, was du wissen musst, um deine Dinsdales davon zu überzeugen, dass deine Eltern die absolut perfekten Angestellten für ihren Haushalt sind.«

Leah würgte an ihrem Kloß im Hals und nickte dann.

»Und was ist mit deinen Eltern? Was soll ich für dich tun?«, fragte sie schließlich. Michael atmete erleichtert auf.

»Nicht viel, es ist ganz einfach. Rede gut über mich bei deiner Pflegefamilie, sooft es eben geht. Wenn sie Geld haben, haben sie Einfluss und können meiner Familie helfen.« Michael rieb seine kalten Hände. »Also, was ist? Schließen wir nun den Pakt? Ich sehe zu, dass ich ebenfalls in Kent unterkomme, und dann sind wir füreinander da. Ich für dich und du für mich. Na, wie klingt das? Wie die Musketiere, außer dass wir nur zu zweit sind.« Wie aus dem Nichts hielt er ihren Teddybären hoch. »Stimmt gar nicht, wir sind drei. Deinen d'Artagnan hier behalte ich, bis wir es geschafft haben.«

Leah sah ihn erschrocken an. Instinktiv griff sie nach dem Teddy, doch Michael hielt ihn unerreichbar für sie über seinen Kopf.

»Bis wir was geschafft haben?«

»Worüber reden wir hier eigentlich die ganze Zeit? Unsere Familien aus Deutschland herauszuholen, natürlich.«

Bevor Leah antworten konnte, sah sie, wie sich ein elegant gekleideter Mann aus der Menge der Wartenden löste und auf sie zutrat. Er streckte die behandschuhte Hand nach ihrem Koffer aus.

»*You are Lia Vinterstien, I believe?*« Erst verstand sie nicht, was er da sagte.

»Leah Winterstein«, flüsterte ihr Michael ins Ohr. Leah stand auf und reichte der vornehmen Gestalt die Hand. War das etwa ihr Pflegevater?

»*Would you please be so kind and follow me?*«, sagte er, nahm ihren Koffer und wandte sich zum Gehen. Unsicher schaute sie Michael an, der so viel besser zu verstehen schien, was in diesem fremden Land vor sich ging. Der nickte ihr aufmunternd zu.

»Bis bald in Chilham«, sagte er und winkte ihr mit dem Teddy hinterher.

Kapitel 2

Leah folgte dem Mann mit der Schiebermütze und dem langen grauen Mantel. Wie sich herausstellte, handelte es sich um den Chauffeur der Dinsdales. Er führte sie zu einem schwarz glänzenden Wagen, öffnete den hinteren Wagenschlag, und sie stieg ein. Der Mann würdigte sie während der Fahrt nach Kent keines Blickes, und sie sprachen kaum ein Wort. Leah war das nur recht, sie konnte ohnehin nicht viel Englisch. Trotz der angespannten Stimmung schlief sie irgendwann ein.

Die Fahrt endete vor einem hohen schmiedeeisernen Tor. Als es sich öffnete und der Wagen ruckelnd anfuhr, wachte Leah auf. Es musste noch sehr früh am Morgen sein. Ein frostiges Orange schimmerte am Himmel, bevor der dünne Farbschleier gleich wieder hinter den eisig grauen Wolken verschwand. Leah setzte sich gerade hin, strich sich eine Strähne aus der Stirn und staunte. Der Wagen rollte knirschend über einen Kiesweg, der durch den Park zum Haupteingang eines efeubewachsenen Herrenhauses führte. Der dunkle Bentley kam unmittelbar vor den Treppen zum Stehen. Ein steinerner Engel, der über dem stillgelegten Brunnen auf der anderen Seite thronte, trug eine Mütze aus Schnee. Der Chauffeur stieg aus und hielt ihr die Tür auf. Er begleitete sie die breiten Stufen zum Eingang hinauf und trug ihren Koffer. Die Tür öffnete sich wie von Zauberhand, und ein Dienstmädchen erschien. Der Chauffeur begrüßte sie, nickte Leah zum Abschied knapp zu, übergab ihr den Koffer und ging zum Wagen zurück. Leah sah ihm fast bedauernd hinterher. Immerhin war er der erste Engländer, den sie kennengelernt hatte.

»*Welcome to Broadhearst Hall.*« Leah wandte sich zu dem Dienstmädchen um. »*Please follow me to your room, Ms. Winterstein, where you can rest and refresh yourself. My name is Amy by the way. The family will meet you later for breakfast.*« Leah verstand, dass sie ausruhen sollte, und diese Information genügte ihr vorerst. Sie war so müde, dass sie kaum noch wusste, wie sie hieß. Gehorsam folgte sie der jungen Frau über den kalten Steinboden durch das hallende Foyer bis zu einer mächtigen Treppe. Oben angekommen, bogen sie nach links ab und gingen einen scheinbar endlosen Flur entlang. Leahs Zimmer befand sich am anderen Ende auf der linken Seite. Amy öffnete ihr die Tür. Sie trug ein schneeweißes Baumwollhäubchen, genau wie die Bedienung in ihrer Frankfurter Konditorei. Fast meinte Leah, frisch gebackene Mandeltörtchen riechen zu können, und ihr Magen fing an zu grummeln.

»*There we are. Make yourself comfortable.*«

Leah verstand Amy kaum, versuchte sich aber an einem Lächeln, doch da war das emsige Dienstmädchen schon wieder auf dem Weg nach unten. Alles, was Leah von ihrem Zimmer wahrnahm, war das große Bett. Zu müde, um aufgeregt zu sein oder sich Sorgen zu machen, stellte sie ihr Köfferchen ab, legte sich angezogen auf die Tagesdecke und schlief sofort ein.

Ein Klopfen bahnte sich mühselig den Weg in ihr Bewusstsein, wo es mit einem Traum verschmelzen wollte, bis ein lautes »Guten Morgen« die Illusion zerplatzen ließ. Leah öffnete die Augen und ließ sie für einen Moment unsicher im Raum umherschweifen. Wo war sie? Es klopfte nun lauter, und sie drehte den Kopf zur Tür.
»Leah? Kann ich hereinkommen? Ich bin Eliza, die Tochter des Hauses«, sagte die junge Stimme auf Deutsch mit starkem englischem Akzent.
»Ich komme.« Leah erhob sich, strich über ihren noch immer zugeknöpften Mantel und ging zur Tür. Als sie die Klinke niederdrückte, wurde ihr plötzlich seltsam zumute. Jetzt erst begriff sie, dass sie ihr Zuhause hinter sich gelassen hatte. Sie war allein in einer fremden Familie. Der Gedanke ließ sie frösteln, doch dann erinnerte sie sich an ihr Versprechen, das sie ihren Lieben daheim gegeben hatte. Sie musste stark sein, auch für sie. Sie musste unbedingt auf Manieren achten, sich von ihrer besten Seite zeigen. Es war wichtig, es den Pflegeeltern leichtzumachen, sie zu mögen, hatte ihr die Mutter eingeschärft. Damit sie bleiben durfte und hoffentlich schon bald auch die Ausreise ihrer Familie erreichen konnte.
Mit einem Schlucken kämpfte Leah gegen die aufkommenden Tränen an. Sie holte tief Luft und öffnete die Tür. Vor ihr stand eine junge Frau in einem Tweed-

kostüm, das so kratzig aussah, als könne es ernsthafte Hautabschürfungen verursachen, wenn man es nicht vorsichtig genug trug. Ihr modischer Bob stand in seltsamem Kontrast zu ihrer eher konservativen Kleidung. Sie reichte Leah die Hand. »Herzlich willkommen!«

Leahs Herz tat einen kleinen Hüpfer vor Freude darüber, dass ihr Gegenüber Deutsch sprach, doch noch bevor sie antworten konnte, redete Eliza schon weiter. »Fürs Frühstück ist es leider schon zu spät. Wir haben es einfach nicht übers Herz gebracht, dich so früh zu wecken. Ich darf doch *du* sagen, wenn ich Deutsch mit dir spreche?«

»Ja, natürlich«, antwortete Leah. In ihrem ganzen Leben hatte sie noch kein Mensch gesiezt.

Eliza runzelte die Stirn. »Kannst du überhaupt Englisch?«, fragte sie, diesmal auf Englisch.

Leah gab sich einen Ruck. »*A bit.*«

Elizas Gesicht hellte sich auf.

»Wunderbar. Ein bisschen ist doch schon viel! Dann solltest du jetzt meine Familie kennenlernen. Wie sieht's aus: Hast du Lust auf Lunch?« Sicherheitshalber führte Eliza ihre Hand zum Mund, so als würde sie etwas essen.

Leah nickte heftig. Sie hatte schrecklichen Hunger. Die Aussicht auf Nahrung ließ ihren Magen hörbar grummeln. Peinlich berührt, legte sie ihre Hand auf den Bauch, doch Eliza lächelte.

»Eine klare Antwort.« Eliza sah sich den deutschen Gast genauer an, ging dann näher auf Leah zu. »Aber zuerst richten wir dich ein wenig her, wenn es dir nichts ausmacht.« Ohne eine Antwort abzuwarten, knöpfte sie Leahs Mantel auf, streifte ihn ihr von den Schultern und legte das gute Stück aufs Bett. Er war wie alles, was sie trug, neu und von bester Qualität. Das war ihrer Mutter wichtig gewesen. »Amy wird später deine Sachen für dich einräumen. Komm, setz dich hierher, ich bürste dir schnell das Haar!« Eliza führte Leah zum Stuhl vor der Spiegelkommode und drückte sie sanft auf den Sitz nieder.

»Oh!« Mit Bestürzung sah Leah, dass ihre Zöpfe sich zur Hälfte aufgelöst hatten, und griff sich an den Kopf, um die wirren Strähnen zu glätten.

»Lass nur, ich mach das schon!« Geschickt löste Eliza die vielen kleinen Knoten in Leahs Haar, die ihr wohl der Wind auf See beschert hatte. Sie ging sehr vorsichtig vor, das Bürsten ziepte kaum. »Fertig!« Eliza beugte sich zufrieden lächelnd zu Leah hinunter und blickte ebenfalls in den Spiegel. »Dein Haar ist so schön. Wir lassen es offen, ja?«

Eliza zog Leah zu sich hoch, um sie zum Speiseraum im Erdgeschoss zu führen. Der Weg dorthin kam Leah endlos vor. Ihr Mund war plötzlich ganz trocken vor Aufregung, und sie konnte kaum schlucken, als sie schließlich im Salon angelangt waren und sie zum ersten Mal vor ihren Pflegeeltern stand. Gordon und Ada Dinsdale stellten ihre Teetassen auf dem Beistelltisch ab und erhoben sich aus ihren Sesseln am Fenster.

»Vater, Mutter, darf ich euch unseren Besuch aus Deutschland vorstellen?« Das Ehepaar kam auf die beiden zu. Ein zarter Duft nach Rosen und Lavendel ging von der Hausherrin aus. Ada Dinsdale trug einen dunklen Bleistiftrock, der perfekt saß. Dazu eine lachsfarbene Bluse, die den schlanken Körper zu umfließen schien. Der oberste Knopf stand offen und gab den Blick auf eine Perlenkette frei, die sich eng um ihren schmalen Hals schmiegte. Eine Welle aschblonden Haares ergoss sich über ihren Arm, als sie Leah die Hand entgegenstreckte.

»Ada Dinsdale, willkommen in Broadhearst Hall, Leah«, sagte sie mit leiser Stimme und lächelte. Leah war von ihrem Anblick wie gebannt. Ada Dinsdale sah nicht aus wie eine Frau aus dem richtigen Leben. Ada Dinsdale sah aus wie eine Filmdiva, traumhaft schön und elegant wie eine Statue. Leah fühlte sich schrecklich befangen und fehl am Platz. Am liebsten wäre sie aus dem Speisesaal gerannt. Doch das kam nicht in Frage, und wie ihre Mutter es ihr eingebleut hatte, machte sie einen artigen Knicks vor den beiden. Die Eheleute warfen einander einen amüsierten Blick zu, dann kam auch der Hausherr auf Leah zu und deutete ironisch eine altmodische Verbeugung an, was Eliza und ihre Mutter zum Lachen brachte. Leah schoss das Blut ins Gesicht.

»Gordon Dinsdale, *Mylady*. Stets zu Ihren Diensten.« Leah heftete den Blick auf ihre Schuhe und sah erst auf, als sie eine unbekannte Stimme im Raum hörte.

»Vater, wie kannst du das arme Mädchen nur so in Verlegenheit bringen?« Leahs Blick fiel auf den Jungen, der gerade seinen Vater zurechtgewiesen hatte. Er konnte nicht viel älter sein als sie selbst. Eliza hingegen schätzte sie auf ungefähr achtzehn Jahre.

»Du hast recht. Das war nicht sehr nett von mir.« Gordon Dinsdale war groß und feingliedrig wie offenbar alle in der Familie. Unwillkürlich sah Leah an sich herunter. Im Vergleich zu den Dinsdales kam sie sich vor wie eine pummelige Landpomeranze, völlig ohne Chic. Außerdem musste sie sich wahnsinnig konzentrieren, um die Dinsdales zu verstehen. Das Englisch ihrer Lehrerin in Frankfurt hatte jedenfalls anders geklungen. Der Hausherr fasste Leah beschwichtigend am Arm. »Entschuldigen Sie, *mein Frollein*. Das war gar nicht nett von mir. Wir wollen doch, dass du dich bei uns sehr wohl fühlst. Es heißt *Frollein*, oder nicht?« Erleichtert stellte sie fest, dass er freundlich klang.

»Ja. *Frollein* ist richtig«, antwortete sie, halb Deutsch, halb Englisch, so wie er zuvor, und bemühte sich, einen guten Eindruck zu machen. Gordon Dinsdale nickte zufrieden. Sein Sohn musste gerade erst von draußen hereingekommen sein, denn sein helles Haar war vom Wind ganz zerzaust, und die blassen Wangen waren vor Kälte gerötet. Er hatte Leahs Blick bemerkt und kam näher, um ihr die Hand zu schütteln.

»Ich bin Stuart. Herzlich willkommen in unserer etwas schrulligen Familie!«

Ada bat zu Tisch und wies Leah den Platz neben Eliza an. Trotz der lockeren Einführung fühlte sich Leah noch immer zutiefst unbehaglich. Auch wenn keiner der Dinsdales sie auffällig anstarrte: Sie war sich nur zu bewusst, wie sehr sie im Mittelpunkt des Interesses stand, und wenn sie nicht so hungrig gewesen wäre, hätte sie alles dafür gegeben, sich wieder auf ihr Zimmer zurückzuziehen. Der Umstand, dass sie kaum mehr als ein paar Brocken Englisch sprach, vergrößerte ihre Unsicherheit noch und ließ sie viel schüchterner wirken, als sie eigentlich war.

»Die Eiersalat-Sandwiches sind meiner Meinung nach besser als das Roastbeef, aber entscheide selbst.« Eliza hielt ihr eine kleine Silberplatte hin, auf der sich, ordentlich angeordnet, ein Haufen weißer Rechtecke stapelte. Leah bedankte sich höflich und griff zu. Sie nahm auch vom Roastbeef, das ihr von Amy angeboten wurde.

Das Rindfleisch war zwar kalt und fast noch blutig, doch Leah war zu hungrig, um darüber nachzudenken. Zu ihrer Überraschung zerging es ihr auf der Zunge. Das federleichte Weißbrot fand sie hingegen gewöhnungsbedürftig. Es schmeckte zwar, machte aber überhaupt nicht satt. Ob sie sich noch eines dieser Rechtecke von der Platte stibitzen durfte? Es blieb ihr nicht verborgen, dass die Dinsdales belustigte Blicke untereinander tauschten, als sie sich gleich zwei Schnittchen von der Platte nahm, die Amy ihr hinhielt. Leah lief wieder rot an. Als Ausgleich für ihre Gier bemühte sie sich, in kleinen Bissen zu essen. Das bewahrte sie außerdem hoffentlich vor längeren Ausführungen, die man jetzt möglicherweise von ihr erwartete.

»*How was the trip, my Dear? Pleasant enough, I hope?*«, fragte Ada Dinsdale sie da auch schon und tupfte sich den Mund mit einer Stoffserviette ab. Leah hob fragend die Brauen und schaute hilfesuchend Eliza an. Es war frustrierend, so wenig zu verstehen.

»Deine Reise, war sie …« Auf der Suche nach der richtigen deutschen Vokabel ruderte Eliza mit der Hand in der Luft. »War deine Reise gut, will *Mama* wissen.«

Leah nickte beflissen und deutete entschuldigend auf ihren vollen Mund. Eliza betonte *Mama* auf der zweiten Silbe, was sich für Leah gestelzt anhörte. Allerdings, wenn sie sich so umschaute, sah es ganz danach aus, als wäre sie in einem fürchterlich vornehmen Haus untergekommen. Darauf war sie nicht vorbereitet gewesen. Aus Kristallgläsern trank man bei ihr zu Hause jedenfalls an einem Wochentag nicht, ebenso wenig wurde das Mittagessen daheim auf silbernen Platten serviert. Für gewöhnlich ging ihr Mädchen mit dem Suppentopf herum und schenkte mit der Kelle aus; dazu gab es entweder geschnittenes Graubrot mit etwas Butter, oder es folgte ein einfaches Hauptgericht wie Senfeier in Sauce, die Leah so sehr liebte. Rindfleisch zu Mittag an einem Donnerstag? Undenkbar!

»Darf ich Leah nach dem Essen *Broadhearst* und das Dorf zeigen?«, fragte Stuart, der sich mit seinem Vater natürlich auf Englisch unterhielt. Nur mühsam konnte Leah ihn verstehen, obwohl es offensichtlich um sie ging.

Gordon Dinsdale hob die Schultern. »Von mir aus, das heißt, falls unser junger Gast für den kleinen Ausflug nicht zu erschöpft ist.« Er blickte Leah an und rieb sich demonstrativ die Augen. »Bist du müde?« Leah schüttelte den Kopf. »Ich würde ja selbst gerne mitkommen, aber die Pflicht ruft.« Mr. Dinsdale sah auf seine Uhr und legte die Serviette auf dem Teller ab. »Ihr seid mir doch nicht böse?« Er stand auf, ging um den Tisch herum und küsste seine Frau auf die Wange. Auch Eliza machte Anstalten zu gehen.

»Kommt nicht zu spät zurück, damit ihr den Kindern noch gute Nacht sagen könnt!«, mahnte Ada ihren Mann. Gordon lachte.

»Falls es Stuart wieder einmal einfallen sollte, den Spaziergang bis nach Canterbury auszuweiten, sind Eliza und ich bestimmt nicht die Letzten, die heimkehren.«

»Das tust du heute bitte nicht, Stuart! Versprich mir das. Es ist viel zu kalt, und das Mädchen war so lange unterwegs«, sagte Ada. Stuart winkte ab.

»Keine Sorge, Mutter. Obwohl es immer verlockend ist, der Erste zu sein, der einem Neuankömmling die Kathedrale zeigt.«

Gordon reichte Leah die Hand. »Die wirst du schon noch früh genug zu Gesicht bekommen, Leah. Wir freuen uns jedenfalls sehr, dass du bei uns bist. Leah, ein schöner Name übrigens. Später, wenn du ausgeruht bist, musst du uns alles über dich und deine Familie erzählen. Versprochen?«

»Oh ja, ich bin schon so neugierig!«, sagte Eliza und drückte ebenfalls Leahs kalte Hand. Leah nickte, obwohl sie zu diesem Zeitpunkt nicht die geringste Ahnung hatte, wie sie diesem Wunsch mit ihren dürftigen Sprachkenntnissen entsprechen sollte. Eine leise Verzweiflung machte sich in ihr breit, und sie war froh, als Stuart sie zur Tür hinauszog. »Komm, hol deinen Mantel und lass uns rausgehen!«

Draußen war es bitterkalt. Leah zog den Schal, den ihre Schwester ihr zum Abschied gestrickt hatte, etwas fester um den Hals, obwohl er kratzte. Die Schultern fast bis zu den Ohren hochgezogen, folgte sie Stuart, dem der eisige Wind nichts auszumachen schien. Sie marschierten durch das schmiedeeiserne Tor hindurch und bogen gleich auf den Weg ein, der links den Hügel hinabführte. Vor ihnen lag eine sanft geschwungene Landschaft, die mit pudrigem Weiß überzogen war. Stuart blieb stehen und beschrieb mit einer ausladenden Geste einen Halbkreis. »Alles, was du hier sehen kannst, gehört zu Broadhearst. Das ist das Land, von dem wir leben«, sagte er mit kaum verhohlenem Stolz. Leah wollte Stuart nicht verletzen, und obwohl sie als Stadtkind von der schieren Größe Broadhearsts durchaus beeindruckt war, konnte sie sich nur schwer vorstellen, dass diese kahlen, erbärmlich wirkenden Obstbäume, an deren dünneren Zweigen der Wind zerrte, den Dinsdales ihren mondänen Lebensstil ermöglichten. »Die Bäume, die du hier vorne siehst, sind Obstplantagen. Hauptsächlich Äpfel und Birnen, aber auch Pflaumen. Die mag ich besonders. Nichts geht über einen heißen *Plum Crumble* direkt aus dem Ofen, wenn draußen der kalte Herbstwind bläst.« Die Hände tief in den Manteltaschen vergraben, gingen sie weiter. »Jetzt kannst du es natürlich nicht sehen, aber unser Boden ist sehr fruchtbar. Neben Obst bauen wir hauptsächlich Hopfen an, den wir an mehrere Brauereien in London verkaufen. Im Herbst kommen viele ärmere Leute aus dem Londoner East End zur Ernte. Sie arbeiten gegen Kost und Logis bei uns. Das ist ihre Art von Urlaub, und dann ist ordentlich was los. Und weil es hier so schön ist, haben einige wohlhabende Londoner in unserer Nachbarschaft ihre Landsitze.« Zur Untermalung des Gesagten zeigte er mit dem Daumen auf ein großes Haus am Waldrand. Dann ließ er den Arm sinken und wandte sich Leah zu. »Na, wie gefällt dir Broadhearst?«, fragte er mit einem Unterton, der nichts anderes als schiere Begeisterung erwartete. Leah wusste nicht so recht, was sie sagen sollte. Im Augenblick fehlte ihr die notwendige Phantasie, um sich die tiefverschneite Hügellandschaft als blühende Felder vorzustellen. Auch wäre sie lieber ins warme Haus zurückgekehrt, aber sie traute sich nicht, den so offensichtlich euphorischen Jungen zu bitten umzukehren, und ließ sich von ihm bis ins Dorf führen. Den Blick auf den Boden geheftet, um sich vor dem schneidenden Wind zu schützen, und den Kratzschal nun bis über die Ohren hochgezogen, stapfte Leah stoisch an Stuarts Seite durch den knöcheltiefen Schnee. Sie schaute erst wieder auf, als ihr Begleiter sie nach ungefähr einer halben Stunde mit dem Ellbogen in die Seite stieß. Die beiden blieben stehen.

»Was sagst du nun?«, fragte er und blickte sie erwartungsvoll an. »Ist Chilham nicht märchenhaft?« Sie hatte gar nicht so recht mitbekommen, wohin sie ihr Weg führte, und stellte nun zu ihrer Überraschung fest, dass sie in einer Ortschaft angelangt waren. Rund um den kleinen Marktplatz duckten sich windschiefe Fachwerkhäuschen eng aneinander, gerade so, als wären sie einem alten Märchenbuch entsprungen. Leah blickte staunend umher; beinahe erwartete sie, dass Schneewittchen um die Ecke bog, um mit ihren sieben Zwergen auf dem Markt den Wocheneinkauf zu erledigen. Einen Wimpernschlag lang gab sie sich dieser Phantasie hin, bis die Klingel eines Fahrradfahrers sie aus ihrem Tagtraum zurückholte.

»Aus dem Weg, ihr Idioten!«, raunzte der Mann sie an. Leah tat erschrocken einen Schritt zurück.

»Selber Idiot! Schon mal was von Manieren gehört?«, erwiderte Stuart. Er fasste Leah am Arm und führte sie über die Straße. Sie hob den Blick und blinzelte die Schneeflocken weg, die ihr der Wind ins Auge trieb. Über der mittelalterlichen Dorfkulisse thronte eine romantische Burg auf einem der Hügel. Es war wirklich wie im Märchen.

»Chilham Castle«, sagte Stuart, der ihren Blick beobachtet hatte. »Beeindruckend, oder?«, ergänzte er überflüssigerweise. Leah antwortete nicht. »Sobald du gelernt hast, den kleinen Finger beim Teetrinken abzuspreizen, wirst du fürs kommende Jahr sicherlich auch zum Neujahrsempfang des Schlossherrn eingeladen. Sir Edmund Davis bittet nämlich Anfang Januar traditionell alle Dorfkinder zu *Sponge Cake* und *Jelly* auf sein Schloss. Das ist ein großer Spaß, zweihundert Jungen und Mädchen, die dort bedient werden wie erwachsene Gäste.«

Leah schnürte es den Magen zusammen. Einerseits würde sie einen solchen Empfang nur zu gerne erleben, aber deshalb ein ganzes Jahr bei den Dinsdales ausharren? Bis dahin, so hoffte sie, würde sie schon längst wieder mit ihrer Familie vereint sein.

Als Stuart bemerkte, wie Leah zitterte, hatte er ein Einsehen, und sie machten sich auf den Rückweg, der von dichtem Schneetreiben begleitet wurde. In Broadhearst Hall angekommen, wärmten sie sich noch in ihren Mänteln am Kamin im Salon auf. Sie waren allein. Das Dienstmädchen richtete Stuart aus, die Hausherrin habe sich wegen Migräne zurückgezogen und werde nicht zum Abendessen erscheinen. Für Stuart schien dies keine Überraschung, denn er hob nur kurz die Schultern. »Arme Mama. Dann essen wir unsere Suppe eben auf meinem Zimmer, da ist es sowieso viel gemütlicher.« Leah war ganz froh darüber, dass ihr eine weitere Mahlzeit mit der Familie für heute erspart blieb. Die lange Reise, die neuen Eindrücke – sie war vollkommen erschöpft. Als das Zittern langsam nachließ, nahm sie den Schal ab und streifte sich den ebenfalls durchnässten Wollmantel von der Schulter. Es war derselbe Raum, in dem sie mit den Dinsdales zu Mittag gegessen hatte, aber erst jetzt nahm sie die Umgebung bewusst in sich auf. Der hohe Raum gab den sicherlich ungeheuer wertvollen Möbeln den rechten Rahmen. An den Wänden hingen zahlreiche Ölgemälde, die hauptsächlich Jagdszenen darstellten.

»Papa ist ein leidenschaftlicher Jäger«, erklärte Stuart, der Leahs Interesse an den alten Ölschinken bemerkt hatte. Es wurde allmählich dunkel, und Amy, das Dienstmädchen, kam herein, um die schweren Damastvorhänge zu schließen. »Wir nehmen das Dinner in meinem Zimmer ein, Amy.«

»Natürlich, Mr. Dinsdale«, sagte Amy. Sie nahm die nassen Sachen vom Sessel und schloss die Tür hinter sich. Ein paar Minuten später durchquerten Leah und

Stuart die Halle und gingen die Treppe hinauf. Stuarts Zimmer lag gleich links von der Treppe.

»Zieh dich schnell zur Nacht um, und komm am besten gleich rüber. Wie ich Amy kenne, ist die Suppe in fünf Minuten da.« Er lächelte sie aufmunternd an und wandte sich um. Leah wollte etwas sagen, doch da hatte er schon die Tür hinter sich zugezogen. Unschlüssig stand sie einen Moment auf dem Flur. Sie konnte doch nicht einfach im Nachthemd zu einem wildfremden jungen Mann aufs Zimmer gehen. Das gehörte sich nicht. Andererseits würde sie eine Diskussion über dieses Thema im Augenblick völlig überfordern.

Leise seufzend setzte Leah sich in Bewegung, um sich umzuziehen. Sie würde rasch essen und sich dann aufgrund ihrer Müdigkeit entschuldigen.

Als sie kurz darauf sachte an Stuarts Tür klopfte, öffnete er gleich und bat sie mit einladender Geste herein. Im Kamin brannte ein Feuer, und auf dem runden Holztisch, der seitlich vor dem Kamin stand, dampften zwei Teller mit Kürbissuppe; daneben standen Becher mit *Horlicks,* einem Malzgetränk mit heißer Milch. Stuart wies ihr einen der Sessel an. Sie trugen beide karierte Pyjamas, seiner war allerdings aus gebürsteter Seide, ihrer aus Flanell. Seine Füße steckten in schmalen Hausschuhen, Leah war auf ihren dicken Haussocken über den Flur gelaufen. Vielleicht sah Stuart seiner Besucherin an, dass sie zu müde war zum Reden, vielleicht war er auch selbst vom Tag im Freien erschöpft, oder die Lust auf ein eher einseitiges Gespräch war ihm inzwischen vergangen. Schweigend löffelten sie ihre Suppe und starrten in die Flammen, deren Schein sich in ihren Augen spiegelte. Leah wollte sich gerade verabschieden, als sich nach einem kurzen Klopfen die Tür öffnete und Eliza hereinkam; ohne zu zögern, setzte sie sich auf Leahs Armlehne. Ihr kratziges Kostüm aus schottischem Harris-Tweed hatte sie inzwischen gegen einen flauschigen Bademantel vertauscht.

»Hab mir schon gedacht, dass ich euch hier finde«, sagte Eliza auf Englisch. »Hoffentlich ist mein Bruder dir nicht zu sehr auf die Nerven gefallen.« Stuart streckte ihr die Zunge raus. Eliza lachte. »Komm, Leah, du musst schrecklich müde sein. Ich bring dich auf dein Zimmer.« Sie zog Leah zu sich hoch und hakte die Jüngere schwesterlich unter. »Gute Nacht, kleiner Bruder.«

»Gute Nacht, ihr zwei«, erwiderte Stuart. Leah bedankte sich fürs Abendessen und verabschiedete sich.

»Ich schlaf heute Nacht bei dir, ja?«, flüsterte ihr Eliza ins Ohr, als sie den Flur hinuntergingen.

»Ja, gerne«, antwortete Leah erleichtert. Es war ihr mehr als recht, die erste Nacht in diesem riesigen Gebäude nicht allein verbringen zu müssen. Die Engländerin war zwar noch eine Fremde für sie, doch Leah hatte das Gefühl, dass sie mit der Zeit, wenn sie erst einmal die englische Sprache besser beherrschte, durchaus Freundinnen werden könnten.

Als die Mädchen endlich im Bett lagen, drehte Eliza sich zu ihr. »Stuart hat dich doch nicht belästigt, oder?«

»Nein, ganz und gar nicht«, antwortete Leah etwas verwundert. Hatte sie auf Eliza etwa diesen Eindruck gemacht? Eliza atmete hörbar erleichtert aus und rollte sich wieder auf den Rücken.

»Dann ist's ja gut. Soll ich die Nachttischlampe brennen lassen?«

»Ja, bitte.«

»Gute Nacht«, flüsterte Eliza.

»Gute Nacht.«

Leah zog die Wolldecke bis unters Kinn und starrte an die Decke. Mit einem Mal war ihre Müdigkeit verschwunden. Das halb heruntergebrannte Feuer im Kamin malte flackernde Schatten an die Wand, doch im Schein der Lampe sahen sie wenigstens nicht ganz so gespenstisch aus. Sie dachte an ihre Eltern und die Schwester. In diesem Moment sehnte sie sich so sehr nach ihnen, dass es körperlich schmerzte. Bestimmt dachten sie jetzt auch an sie. Wenn sie nur nicht ihren Teddy hergegeben hätte! Mit ihren vierzehn Jahren war sie eigentlich schon zu alt, um sich an einem Stofftier festzuhalten, und daher hatte Bärchen die vergangenen zwei Jahre einsam am Fußende ihres Bettes verbringen müssen. Jetzt tat es ihr leid, und sie vermisste ihn schrecklich. Leah wartete, bis Elizas Atem regelmäßige Züge annahm, dann stand sie auf und ging auf Zehenspitzen zu ihrem Koffer, um das Familienfoto herauszunehmen. Ihr Vater hatte es für sie aus dem schweren Silberrahmen genommen, denn der war auf dem Kindertransport nicht erlaubt. Leah strich mit dem Daumen zärtlich über das Bild, aufgenommen im letzten Sommer, ein Ausflug zum Badesee. Nur wenn sie ganz genau hinsah, erkannte sie die Anspannung in den lächelnden Gesichtern; sie verriet, wie viel Anstrengung die gespielte Gelassenheit ihnen allen abverlangte. Dabei gingen sie und ihre Schwester damals schon seit einem halben Jahr nicht mehr zur Schule, weil die Schulleitung sie »als Jüdinnen ausweisen musste«, wie es in gestochen scharfer Handschrift auf ihrem letzten Zeugnis des Sankt-Anna-Lyzeums stand. Schon vorher hatten sich die nichtjüdischen Freunde der Familie einer nach dem anderen zurückgezogen; die Nachbarn wechselten die Straßenseite, wenn sie ihnen in der Stadt begegneten. Keine zwei Monate nach dieser Aufnahme verlor ihr Vater seine Arbeit. Das Berufsverbot hätte es dabei schon fast nicht mehr gebraucht. Seine Klienten hatten sich mit fadenscheinigen Begründungen ohnehin vom Vater abgewandt.

Eliza musste schlucken. Manchmal dachte sie, es war ein großer Fehler ihrer Eltern gewesen, ihren Glauben nicht zu leben. Dann wären sie und Sissi zumindest auf die jüdische Schule gegangen, wo noch unterrichtet wurde, und bestimmt hätte sie dann auch ein paar Freunde gehabt, die bereit gewesen wären, sich mit ihr abzugeben. Aber so?

Sie saßen den ganzen Tag über daheim und langweilten sich fürchterlich.

Nein, dachte Eliza, außer ihrer Familie gab es in Frankfurt wirklich nicht mehr viel zu vermissen. Neben dem Foto und ihren Dokumenten befand sich nur noch Klaras Puppe im Koffer. Die Garderobe hatte Amy am Nachmittag fein säuberlich in den Schrank eingeräumt. Leah legte das Bild zurück in den Koffer, nahm die Puppe und schaute sie an. Was nun wohl aus der kleinen Klara wurde? Ob dieser Michael aus dem Zug wohl tatsächlich nach Kent kommen würde, um nach ihr zu suchen? Sie sah sein Gesicht vor sich. Die dunklen Augen, die merkwürdigerweise zugleich Wärme und einen eisernen Willen ausstrahlten. Für einen Moment wunderte sie sich über die unbekannte Empfindung, fuhr sich dann mit der Rechten über ihre Augen. Sie sollte versuchen zu schlafen. Leah nahm die Puppe mit ins Bett und drückte sie fest an ihre Brust. *Ich pass auf deine Puppe auf, Klara. Du kannst dich auf mich verlassen.* Wenige Minuten später war sie eingeschlafen.

Später in der Nacht wurde Leah wach, als sich jemand neben sie auf die Bettkante setzte. Es war stockfinster. Die Überreste des Feuers glommen schwach im Kamin, und die Nachttischlampe neben ihr brannte nicht mehr. Sie schrak hoch, doch der Schatten ergriff sogleich ihre Hand und legte ihr behutsam einen Finger auf den Mund.
»Pst. Nicht erschrecken. Ich bin's nur. Gordon Dinsdale. Ich wollte nur das Licht löschen und dir gute Nacht wünschen. Ich hab es Ada doch versprochen.« Er küsste Leah auf die Stirn und drückte sie sanft in ihr Kissen zurück. »Und jetzt schlaf schön weiter.« Als er aufstand, stutzte er kurz und hob etwas vom Boden auf. Ein Lächeln glitt über sein Gesicht. »Gehört die etwa dir?«, flüsterte er und legte ihr Klaras Puppe in die Armbeuge. »Die Ärmste muss wohl aus ihrem Bettchen gefallen sein. Hoffentlich hat sie sich nicht weh getan.« Leah war zu verschlafen und verwirrt, um etwas zu erwidern. Als Eliza neben ihr im Schlaf plötzlich mit der Zunge zu schnalzen begann, verließ Gordon Dinsdale den Raum und zog leise die Tür hinter sich zu.

Kapitel 3

In den folgenden zwei Wochen, nach denen sie zur Schule gehen sollte, wollte sich Leah ganz darauf konzentrieren, Englisch zu lernen. Es würde ihr Leben in England bestimmt um einiges erleichtern, wenn sie endlich den Mut fand, mehr in der fremden Sprache zu sprechen, als sie das bislang getan hatte. Außerdem würde sie das Lernen etwas ablenken, so dass sie nicht ständig an zu Hause denken musste. Es kam ihr wie eine Ewigkeit vor, seit sie in Frankfurt zum letzten Mal die Schulbank gedrückt hatte, und sie war den Dinsdales unendlich dankbar, dass sie ihr den Schulbesuch finanzierten. Leah fieberte dem Unterricht regelrecht entgegen.

Sie überlegte, was sie unternehmen könnte, um ihre mageren Sprachkenntnisse möglichst schnell zu verbessern. Doch es war Stuart, der eines Tages mit einem Stapel alter Bücher in ihrem Zimmer erschien, als sie gerade im Begriff war, ihren Eltern einen Brief zu schreiben. Stuart blies den Staub von den Deckeln und präsentierte ihr voller Stolz seine Sammlung an Kinderbüchern, die er eigens für sie vom Speicher geholt hatte. Von da an verbrachten die beiden die Zeit bis zum Schulanfang meist bäuchlings vor dem Kamin, lesend. Erst las Stuart Leah langsam und deutlich vor, und sie wiederholte jeden Satz so lange, bis er mit ihrer Aussprache zufrieden war. Dann ließ sich Leah unbekannte Vokabeln erklären, was nicht selten in einen Lachkrampf ausartete, wenn Stuart aufstand, um ihr pantomimisch das neue Wort vorzuspielen.

Die Vierzehnjährige verwandelte sich in ein achtjähriges Mädchen, das begeistert Tiergeschichten für Kinder verschlang. Zwar fand sie sie inhaltlich nicht sonderlich spannend, doch sie freute sich am wachsenden Lernerfolg. Eliza ermutigte sie gegen Ende ihrer zwei Lesewochen, es mit *Alice in Wonderland* und *Doctor Dolittle* zu versuchen, was Leah schon deutlich interessanter fand.

Neben ihren Englischstudien schrieb sie, wann immer sie dafür die Zeit fand, an ihre Eltern und Sissi. Dabei bemühte sie sich um einen fröhlichen Ton und schilderte übertrieben ausführlich ihre Lernfortschritte, weil sie wusste, dass es ihre Eltern freuen würde. Ihre Ängste und Sorgen behielt sie für sich. Jedes Mal, wenn sie einen Brief an die Familie aufgegeben hatte, heulte sie sich nachts vor Heimweh in den Schlaf, und sie fragte sich mitunter, ob es nicht doch besser wäre, den Eltern gegenüber aufrichtig zu sein und ihnen ihr Herz auszuschütten. Sie war nämlich keineswegs fröhlich und schon gar nicht glücklich. Sie versuchte nur ihr Bestes, um gutgelaunt und unbeschwert zu wirken. Umgekehrt klangen auch die Briefe ihrer Familie ähnlich heiter und unbesorgt. Die heiß herbeigesehnten Visa blieben als Thema seltsam unberührt. Leah fragte sich, wie es denen daheim wirklich zumute war. Am liebsten hätte sie Gordon Dinsdale sofort um Hilfe gebeten, doch ihre Eltern hatten sie geradezu beschworen, nicht gleich mit der Tür ins Haus zu fallen, um nicht undankbar oder gar gierig zu erscheinen. Erst wenn Leah sich bei den Dinsdales etwas heimischer fühlte, sollte sie den Pflegevater auf die Situation ihrer Familie ansprechen. Je flüssiger sie bis dahin Englisch sprach, desto besser.

Kurz vor Ferienende kam Mr. Dinsdale in Leahs Zimmer, als sie gerade zusammen mit Stuart *Hitty* las. Leah mochte die englische Kindergeschichte über eine Puppe, die mehr als einhundert Jahre erlebte, in denen sie in den Armen wechselnder Mädchen über Meer und Land reiste. Das Schicksal der Puppe kam ihr ähnlich willkürlich vor wie das eigene. Wie immer lagen Stuart und sie bäuchlings auf dem Teppich, die Köpfe über die aufgeschlagenen Seiten gebeugt. Stuart hatte den Arm um Leah gelegt, wie er es manchmal tat, wenn sie beide in eine Geschichte versunken waren, auch wenn Stuart es vermutlich weit von sich gewiesen hätte, auch nur im Geringsten an einem Mädchenbuch interessiert zu sein. Gordon Dinsdale nahm daraufhin erst seinen Sohn zur Seite, dann Leah.

»Ich möchte, dass du dich bei uns gut aufgehoben und geborgen fühlst. Du befindest dich in einer Situation, in der du sehr verletzlich bist, und ich möchte vermeiden, dass der Eindruck entsteht, mein Sohn könnte daraus irgendeinen Vorteil schlagen. Ich habe ihn deshalb gebeten, jeglichen Körperkontakt mit dir zu vermeiden, und ich bitte dich, ihn in Zukunft sofort zurechtzuweisen und mit mir zu sprechen, falls er es dennoch tut. Es geht uns lediglich um dein Wohl. Hast du mich verstanden?«

Leah lief puterrot an. Hatte sie sich etwas zuschulden kommen lassen? Sie war irritiert, nickte aber dennoch. Sie sagte es Mr. Dinsdale nicht, doch wenn sein Sohn hin und wieder den Arm um sie legte, genoss sie die Berührung sogar. Sie vermisste körperlichen Kontakt. Von zu Hause war sie viel Zärtlichkeit gewohnt, während die Dinsdales, so kam es Leah vor, bewusst Abstand zueinander hielten. Gar nicht einmal, weil sie sich nicht leiden mochten, sondern eher aus Respekt. Man gab einander Raum. Das war wohl sehr britisch. Genau wie diese leise Art zu sprechen. Nie erhob jemand die Stimme oder forderte etwas von seinem Gegenüber, ohne es überaus freundlich zu verpacken. Leah war sich ängstlich bewusst, dass sie im Haushalt der Dinsdales eine Art Schonfrist genoss, während der man stillschweigend von ihr erwartete, sich möglichst schnell die englische Art anzueignen. Lieber wäre es ihr gewesen, man hätte sie direkt und unverblümt darin unterwiesen, was man an Manieren von ihr erwartete. Nur ein einziges Mal hatte ihr Amy erklärt, wie man hier Erbsen aß.

»Zunächst drehen Sie die Gabel um, und dann schieben Sie die Erbsen auf die gewölbte Fläche. Es verlangt ein wenig Übung, aber wenn Sie es erst einmal beherrschen, wird es Ihnen zur zweiten Natur.« Leah hielt dies zunächst für einen Scherz, und sie fragte sich, wie lange es wohl dauern würde, bis sie das erste Mal wegen ihrer für englische Verhältnisse lauten Art aneckte und zurechtgewiesen würde. Es fiel ihr schwer, sich anzupassen, auch wenn sie sich redlich mühte. An manchen Tagen hätte sie sich am liebsten in ihr Zimmer eingeschlossen, um den Tag unter der Decke zu verbringen. Sie gehörte nicht hierher, sie war so ganz anders als ihre Gastfamilie, und sie fühlte sich inmitten der Dinsdales schrecklich allein und unverstanden.

Alles wurde leichter, als Leah in die Schule kam. Stuart ging ebenfalls in die St. Mary's Church of England School. Gemeinsam marschierten sie am ersten Morgen nach den Ferien los. Leah hatte Schmetterlinge im Bauch, teils aus Vorfreude, teils aus Angst. In der Schule angekommen, führte Stuart sie zum Empfang, wo die Sekretärin sie als neue Schülerin registrierte und ihr die bestellte Schuluniform aushändigte, die Leah im Waschraum gleich überstreifte. Das von ihrer Mutter handgenähte Kleid hatte sie auf den Boden fallen lassen und stopfte es nun nachlässig in ihren Tornister. Sie stellte sich auf die Zehenspitzen, um möglichst viel von sich im zerkratzten Spiegel über dem Waschbecken sehen zu können. Der grüne Faltenrock ließ sie unförmig und plump aussehen, doch die weiße Bluse mit Krawatte und besonders der Strohhut mit den graugrünen Bändern machte das mehr als wett. Leah war unglaublich stolz. Vielleicht gehörte sie nun endlich dazu.

Als Deutsche zog Leah zunächst das allgemeine Interesse auf sich. Während der Pausen wurde sie von Kindern geradezu umringt. Doch bereits wenige Wochen später, als sich die internationale Lage verschärfte, verstand selbst das einfältigste Kind, dass Leah aus dem Feindesland kam. Fast über Nacht kehrten sich die Vorzeichen um. Auf einmal genügte ihr deutscher Akzent, um sie als *bloody German* zu brandmarken. Ihre Mitschüler ließen sie auf dem Pausenhof unbeachtet stehen, und in Leah wuchs leise die Verzweiflung. Zum zweiten Mal in ihrem Leben wurde sie ohne ihr Zutun von einer Gemeinschaft ausgeschlossen. Erst als sie von Schuldirektor Harris auf dem Schulhof abgefangen wurde, der sie besorgt nach dem Grund ihrer Tränen fragte, erklärten die Lehrer den Kindern schließlich, nicht alle Deutschen seien Nazis und dass Leah als Jüdin vielmehr ein Opfer war. Doch die meisten Kinder vertrauten dem Urteil ihres Elternhauses mehr als den halbherzigen Erläuterungen des Lehrpersonals, und wenn keiner der Lehrer hinschaute, ließen die Kinder ihren eingeimpften Hass auf Deutschland an Leah aus, schubsten sie heimlich zu Boden oder stießen sie mit dem Ellbogen so fest in die Seite, dass sie sich auf die Toilette flüchtete und dort einschloss. Sie wehrte sich körperlich, so gut sie konnte, und manchmal gab sie auch Widerworte, doch ihre stärkste Waffe war Stuart, der in die Klasse über ihr ging. Obwohl er körperlich nicht unbedingt der Stärkste war, konnte er es ohne weiteres mit den Jungs aus Leahs Jahrgang aufnehmen. Ein Wort von Leah zu ihm, und ihre Peiniger konnten sich auf eine Abreibung gefasst machen. Als die Nachricht von Leahs Beschützer die Runde machte, kehrte allmählich Ruhe ein.

Leah hatte Michael nicht vergessen, doch nachdem mehr als zwei Monate vergangen waren, in denen sie nichts von ihm gehört hatte, rechnete sie eigentlich nicht mehr damit, dass er sein Versprechen halten und jetzt noch in Broadhearst Hall auftauchen würde, um ihr den Teddy wiederzugeben. Sie war enttäuscht, nahm es ihm aber nicht sonderlich übel. Jungen! Immer eine große Klappe.

Doch was kümmerte es sie schon? Leah war nicht auf Michaels Hilfe angewiesen. Zwar musste sie Bärchen, ihren alten Teddy, dann verloren geben und mit ihm leider auch die fünfzig Reichsmark, die ihre Mutter tief in seinem Bauch eingenäht hatte, aber es mangelte ihr eh an nichts in Broadhearst Hall. Und wenn sie jemals in die Verlegenheit käme, Bargeld zu benötigen, würde sie einfach ihren Pflegevater fragen, der ihr diese Bitte bestimmt nicht abschlagen könnte.

Leah war deshalb mehr als erstaunt, als sie in der großen Pause eine Stimme, die ihr bekannt vorkam, ihren Namen rufen hörte.

»Leah!«

Sie wandte sich suchend um. Hinter dem schmiedeeisernen Schulzaun stand Michael und hielt sich an den Stäben fest. Sie ging auf ihn zu.

»Michael, was machst du denn hier?«

»Ich hab doch gesagt, dass ich komme. Sag bloß, du hast unseren Pakt vergessen?«

»Natürlich nicht, aber ich hätte schon viel eher mit dir gerechnet.«

»Hat eben eine Weile gedauert, bis ich alles regeln konnte.«

Die Glocke läutete zum Pausenende.

»Ich muss wieder rein«, sagte Leah.

»Ich hol dich nach der Schule ab.« Er löste sich von den Stäben, wandte sich um und ging. Leah schaute ihm nach, wie er den Hügel hinauflief, und fragte sich, ob sie sich freuen oder ängstigen sollte. Sie spürte, dass Michaels Auftauchen ihr Leben verändern würde. Ob zum Guten oder zum Schlechten, das hätte sie nicht sagen können. Doch dieses merkwürdige Gefühl saß seltsam vertraut in ihrer Magengrube, als sie ihm nachschaute. Wie ein Küken, das mit seinen kleinen Flügeln flatterte und mit dem weichen Flaum zart ihr Inneres berührte.

»Wer war das?«

Leah zuckte zusammen und drehte sich zu Stuart um.

»Ein Junge, der mit mir im Zug war. Er sagt, er holt mich nach der Schule ab.«

»Na gut, dann lerne ich ihn wenigstens kennen. Komm jetzt, ich will nicht schon wieder Strafarbeiten fürs Bummeln aufgebrummt bekommen.«

Als um drei Uhr nachmittags die Kinder aus den Klassenzimmern strömten, sah Leah Michael schon von weitem. Er lehnte am Stamm der großen Eiche, ein Bein angewinkelt, die Arme verschränkt. Leah stellte die Jungen einander vor. Überrascht stellte Leah fest, wie gut Michael Englisch sprach, als er fließend erzählte, wie es ihm seit ihrer letzten Begegnung an der Liverpool Station ergangen war. Wie alle Kinder, für die sich keine der englischen Familien hatte erwärmen können, wurde er in ein nahe gelegenes Ferienlager gebracht, das Dovercourt Holiday Camp.

»Eigentlich«, sagte Michael, »sind diese Hütten am Meer dafür gedacht, dass englische Schüler dort die Sommerferien verbringen. Als wir hundemüde ankamen, war es bitterkalt, und die Hütten hatten keine Öfen.« Leah schaute ihn mitleidig an. Alle sprachen davon, dass dieser Winter in England einer der kältesten des Jahrhunderts war. Der schneidende Wind, so hieß es, kam direkt aus Sibirien. »Wir bekamen jeder eine Wärmflasche, aber das half nicht lange. Am Morgen sind wir steif gefroren aufgewacht. Wir wussten nicht, wie es weitergehen sollte. Immerhin bekamen wir in den Wochen darauf Englisch-Unterricht.«

»Aber dann hast du doch noch eine Familie in Kent gefunden?«, fragte Leah hoffnungsvoll, doch Michael schüttelte den Kopf.

»Nein, keine Chance. Zwar kamen regelmäßig Familien und suchten sich Kinder aus, doch ich bin zu alt. Aber ich hatte dennoch Riesenglück. Hast du schon mal was von Bunce Court gehört?«

Leah schürzte nachdenklich die Lippen. Der Name kam ihr bekannt vor, aber sie konnte sich nicht gleich an den Zusammenhang erinnern.

»Ach, du meinst diese deutsche Schule für jüdische Kinder bei Lenham. Von der hab ich schon so einiges gehört. Wie ist es denn dort?«, fragte Stuart neugierig. Jetzt erinnerte sich auch Leah. Klassenkameradinnen hatten sich einmal darüber unterhalten, wie anders der Unterricht dort ablief, aber sie hatte nicht weiter nachgehakt. Dass Bunce Court eine deutsche Schule für Juden war, hörte sie jetzt zum ersten Mal.

»Ich habe gehört, es gibt dort keine Prügelstrafe, Jungen und Mädchen werden zusammen unterrichtet«, fuhr Stuart jetzt fort. Er wandte sich an Michael: »Stimmt es, dass selbst ihr Jungen den Abwasch machen und im Gemüsegarten Unkraut jäten müsst?« Falls Michael den hochnäsigen Unterton wahrgenommen hatte, zeigte er es nicht.

»Ja, die Schule kann sich weder einen Gärtner noch eine Küchenhilfe leisten. Alle müssen ran, und meistens macht es sogar Spaß«, erklärte er. Stuart zog skeptisch die Brauen zusammen.

»Und wie kommt es, dass sie dich aufgenommen haben?«, platzte Leah nun heraus. »Du hast doch keine Familie, die für dich die Schulgebühren bezahlt.« Als sich Michaels stolzer Blick in den ihren bohrte, biss sie sich auf die Lippe. Sofort bereute sie ihre Worte. Sie lief rot an, doch falls Michael ihr den spontanen Kommentar übelnahm, ließ er es sich nicht weiter anmerken. Er hob die Schultern.

»Wie gesagt, das war Glück. Im Camp hatten wir manchmal Besuch von Schülern aus Bunce Court. Gabriel habe ich beim Tischtennis kennengelernt, und er hat mich der Direktorin vorgestellt. Sie hat mich gleich aufgenommen. Das jüdische Flüchtlingskomitee zahlt. Wenn ihr wollt, könnt ihr gern einmal vorbeikommen.«

»Ich glaube nicht, dass meine Eltern das erlauben«, sagte Stuart. »Musst du übrigens nicht langsam zurück?«

Michael verlangsamte seinen Schritt.

»Stimmt, ich kehre wohl besser um.« Er wandte sich an Leah. »Kann ich dich morgen noch mal sehen?«

»Ja, natürlich«, antwortete sie ein wenig verwundert.

»Und darf man fragen, weshalb?«, mischte sich Stuart ein und sah Michael herausfordernd an. Sie waren stehen geblieben. Michael hielt seinem Blick stand, antwortete aber nicht.

»Dann bis morgen, macht's gut«, sagte er stattdessen, drehte sich um und rannte los.

Stuart setzte sich ebenfalls in Bewegung. »Komm!« Er berührte Leah am Arm, doch sie löste den Blick erst von Michael, als er nur noch ein verschwommener Punkt am Horizont war. Schweigend gingen Stuart und sie eine Weile nebeneinanderher. »Komischer Kerl. Weißt du, was er von dir will?« Natürlich wusste sie das. Es ging um den Pakt. Aber sie spürte, dass sie das Versprechen zwischen dem polnischen Schneiderjungen und ihr besser für sich behielt.

»Keine Ahnung«, erwiderte sie deshalb knapp, »er wird es mir schon erzählen.«

※ ※ ※

Am nächsten Tag, als die Schule aus war, lehnte Michael wieder am Baum, und nach kurzem Zögern trat Leah entschlossen auf ihn zu. Wie zuvor vereinbart, ging Stuart schon mal langsam voraus, nachdem die Jungen sich mit einem knappen Nicken begrüßt hatten. Lärmende Kinder strömten wie Ameisen aus dem Schulhoftor hinaus und verteilten sich außerhalb des Schulgeländes in alle möglichen Richtungen. Michael, der wie schon zuvor die Arme vor der Brust verschränkt hielt, stieß sich mit dem Fuß vom Stamm ab und legte unversehens den Arm um Leah. Sie schaute leicht befremdet auf seine Hand, die wie selbstverständlich auf ihrem Oberarm ruhte. Jetzt zog er sie näher an sich und sah sie unverwandt an.

»Und, wie sieht es aus? Hast du deine Pflegeeltern mittlerweile nach den Visa gefragt?«

»Ja, das habe ich. Mr. Dinsdale ist unglaublich hilfsbereit. Er bestätigt zwar, was du sagst, und dass es mit meinen Eltern sehr, sehr schwierig wird, aber er will alles versuchen, um sie und meine Schwester rüberzuholen. Es könnte allerdings eine Weile dauern, bis er die Behörden überzeugt hat.«

»Das sind ja großartige Neuigkeiten! Und was ist mit meinen Eltern? Hast du ihn auch gefragt, ob er sich für sie umhören kann? Hast du dein Versprechen gehalten?«

Leah kreuzte die Arme vor der Brust und sah ihn wütend an.

»Moment mal, ich habe dir gar nichts versprochen.«

Michael nahm den Arm von ihrer Schulter und trat einen Schritt zurück.

»Du hast also nicht …?« Seine selbstbewusste Fassade schien zu zerbröseln, und maßlose Enttäuschung spiegelte sich auf seinem Gesicht. Leah erschrak.

»Aber natürlich habe ich auch über deine Eltern gesprochen«, ergänzte sie daher schnell, »und Mr. Dinsdale hat mir zugesagt, dass er sich auch in deiner Sache umtun will.« Sie hielt einen Moment inne. »Ich hab das getan, weil ich es wollte, aber versprochen habe ich es dir noch lange nicht.«

Michael schloss für einen Moment die Augen und atmete tief aus. Dann öffnete er die Lider und fasste Leah fest bei den Schultern. Ein breites Lächeln formte sich in seinem Gesicht, als er ihr einen dicken Kuss auf die Stirn drückte. »Danke! Ich wusste, dass ich mich auf dich verlassen kann!«, sagte er.

Ein scharfer Pfiff durchschnitt plötzlich die Luft.

»Hey, was soll das? Lass Leah los!«

Leah und Michael schauten zu Stuart hinauf, der auf der Kuppe des Hügels stand, von wo aus er sie offenbar schon eine ganze Weile beobachtet hatte. Jetzt setzte er sich in Bewegung und lief mit großen Schritten den Hügel herab, bis er keuchend vor ihnen haltmachte.

»*Stu*, hat dir dein deutsches *Sweetheart* etwa Hörner aufgesetzt?«, rief einer von Stuarts Klassenkameraden so laut, dass es jeder hören konnte.

»Halt die Klappe, Idiot! Sie ist nicht mein *Sweetheart*«, fauchte Stuart zurück.

Einige Mädchen aus Leahs Klasse schauten kichernd zu ihr herüber und steckten dann verschwörerisch die Köpfe zusammen. Leah schoss die Röte ins Gesicht, und sie begann zu schwitzen.

»Das kommt davon, wenn man dem Feind nachsteigt!«, stichelten Stuarts Mitschüler unbeeindruckt weiter.

»Halt endlich den Mund, du dummer Kerl, du hast doch gar keine Ahnung!«, rief Michael zornig zurück. Er schob Leah zur Seite und stapfte auf den Jungen zu.

Der schwang sich blitzschnell auf sein Fahrrad und trat in die Pedale. In sicherer Entfernung drehte er den Kopf nach Stuart um und rief ihm über die Schulter hinweg eine weitere Beleidigung zu. Stuart wollte ihm hinterher, doch obwohl er ein guter Läufer war, hatte er keine Chance, den Radfahrer einzuholen. Schließlich gab er auf, drehte um und kam keuchend vor Michael zum Stehen. Ohne jegliche Vorwarnung holte er weit aus und schlug ihm die Faust mitten ins Gesicht. Michael fasste sich an die Nase und betrachtete für einen Moment ungläubig das Blut an seinen Fingern. Bevor Stuart zu einem weiteren Schlag ausholen konnte, boxte Michael ihn kräftig mit beiden Fäusten in den Magen. Stuart krümmte sich vor Schmerz und ging in die Knie. Michael warf sich auf ihn, und noch ehe Leah irgendetwas unternehmen konnte, um die beiden zu stoppen, hatte sich bereits ein wütender Kampf zwischen den Jungen entwickelt. Einige der Schulmädchen kreischten und wichen zurück, die Jungen hingegen bildeten einen losen Kreis um die Kämpfer und feuerten mal den einen, mal den anderen an.

»Hört auf!«, schrie Leah endlich, doch weder Stuart noch Michael hörten auf sie. Erst als die gefürchtete Trillerpfeife des Direktors schrillte und zwei Lehrer dazwischengingen, kam der Kampf zu einem Ende, und sie wurden getrennt. Stuart sah schlimm aus. Über dem linken Auge hatte er eine Platzwunde, die stark blutete. Sein Gesicht war zerkratzt, und er hielt sich vor Schmerzen noch immer den Bauch. Michaels Hemd war zerrissen, aber abgesehen von seiner Nase, die vielleicht sogar gebrochen war, schien er weniger abbekommen zu haben. Leah sah Michael traurig und enttäuscht an. Der schüttelte nur den Kopf und senkte den Blick.

Ohne ein Wort zu wechseln, wussten sie beide, dass er mit dieser blödsinnigen Schlägerei seine Chance auf die Hilfe der Dinsdales vertan hatte.

Kapitel 4

Brasilien, 1965

Auf Ozols' Rat hin kaufte Albert Kemmer – unter diesem Namen hatte er sich dem Unternehmer vorgestellt – ein Paar Stiefel, um sich vor Schlangenbissen zu schützen. Bei dieser Gelegenheit legte er sich außerdem ein Springmesser zu. Sie würden allein im Dschungel unterwegs sein, und falls Ozols plante, ihn während des Ausflugs anzugreifen, hätte er wenigstens etwas, um sich zu verteidigen, auch wenn er sich gegen die Beretta, die Ozols stets bei sich trug, nicht allzu große Chancen ausrechnete.

Kemmer durfte die gemeinsame Unternehmung in den Urwald unter keinen Umständen vermasseln. Ozols war ein Fuchs, immer auf der Hut. Eine bessere Gelegenheit als diese würde sich nicht ergeben, um das Vertrauen des Letten zu gewinnen.

Sie waren mit Kemmers Wagen auf dem Weg zu Ozols' Plantage, rund hundert Kilometer außerhalb von São Paulo. Kemmer befürchtete, dass der stets wachsame Ozols ihn in eine Falle locken wollte. Während der Pinkelpausen fragte er sich, ob der Ältere bemerkte, dass er beschnitten war. Falls Ozols ihn darauf ansprechen sollte, hatte er sich auf der Fahrt eine Erklärung zurechtgelegt, die seiner Meinung nach glaubhaft klang, etwas von einer Gonorrhö, die er sich während des Krieges in einem Militärbordell zugezogen haben wollte. Kemmer meinte sich zu erinnern, dass es vor der Behandlung mit Antibiotika nicht unüblich war, in einem solchen Fall die Vorhaut zu entfernen. Seine Sorge sollte sich allerdings als grundlos erweisen, denn der vierundsechzigjährige Ozols schien während der häufigen Pausen mehr mit den eigenen urologischen Problemen beschäftigt.

Der Regenwald wurde allmählich dichter, und Ozols bedeutete Kemmer, am Beginn eines Pfades anzuhalten. Als sie ausstiegen, sah Kemmer, wie Ozols ein Gewehr aus dem Kofferraum holte und sich über die Schulter legte. Ein Kälteschauder lief ihm trotz sommerlicher Temperaturen über den Rücken, und sein Puls beschleunigte sich. *Du armseliger Idiot mit deinem Springmesser,* dachte er bitter und hätte am liebsten laut aufgelacht. Stattdessen schluckte er seine Angst hinunter und konzentrierte sich darauf, sich nichts anmerken zu lassen. Was jetzt auch geschah, er musste die Nerven behalten.

Nach ungefähr einer Stunde Fußmarsch überquerten sie eine Hängebrücke, die sich über einen breiten schmutzigen Fluss spannte. Ein verrostetes Schild warnte vor Alligatoren. *Für Ozols der perfekte Ort, um mich loszuwerden,* schoss es Kemmer durch den Kopf, doch nichts dergleichen geschah, und er erreichte das andere Ufer unbeschadet. Wenn er nur eine Ahnung hätte, was der Lette im Schilde führte! Ozols, der schon die ganze Zeit vor ihm auf dem schmalen Pfad lief, hielt so unvermittelt an, dass Kemmer fast in ihn hineingerannt wäre.

Ozols drehte sich zu ihm um. Er deutete auf einen Baumstamm, an dem ein verbeulter Blechdeckel befestigt war.

»Lassen Sie uns ein kleines Wettschießen veranstalten.«

Kemmer hätte sich eigentlich denken können, dass ein Mann wie Ozols sich nicht damit begnügen würde, ihn einfach so abzuknallen. Einer wie Ozols brauchte das grausame Spiel von Demütigung und großer Siegergeste. Der mehr als zwanzig Jahre jüngere Kemmer wirkte im Vergleich zum durchtrainierten Letten geradezu schmächtig. Die dicken Brillengläser und sein buschiger Schnurrbart verstärkten noch den unsportlichen Eindruck, den Kemmer abgab.

Jetzt war es also so weit. Dies war der Ort, an dem er sein Ende finden würde. Trotz seiner düsteren Ahnungen erlaubte sich Kemmer keinerlei Regung. Er atmete tief durch die Nase ein, die Hände hielt er vor Anspannung zu Fäusten geballt gegen die Hosennaht gepresst. Doch zu seiner Überraschung meinte Ozols es offenbar ernst mit der Wette. Er reichte ihm das Gewehr und forderte ihn auf, die Mitte des Deckels zu treffen.

Kemmer nahm die Waffe entgegen und richtete sie auf das Ziel. Er war ein guter Schütze und plazierte seine Kugeln mittig in einem Radius von drei Zentimetern. Ozols war weniger erfolgreich und klopfte ihm anerkennend auf die Schulter.

»Wo haben Sie so gut schießen gelernt?«, fragte er auf Deutsch mit seinem baltischen Akzent. Kemmer meinte, noch immer ein gewisses Misstrauen aus Ozols' Stimme herauszuhören, und die Angst legte sich wieder schwer wie Blei auf seine Brust.

»Wehrmacht«, antwortete Kemmer knapp, ebenfalls auf Deutsch. Instinktiv knöpfte er seinen Hemdkragen auf und zeigte Ozols die große Narbe auf seiner Brust: »Ein Andenken an die russische Front.«

»Dienstgrad?«

»Leutnant«, antwortete Kemmer. Endlich entspannten sich Ozols' Gesichtszüge, und er nickte zufrieden.

»Sie sind eindeutig der bessere Schütze von uns beiden, mein lieber Herr Albert«, sagte er, und die merkwürdige Mischung aus Anrede und Vornamen klang ebenso informell wie respektvoll. Kemmers innere Anspannung ließ leicht nach. Er spürte, wie allein die Tatsache, diesem Ausflug zugestimmt zu haben, dem anderen einen Teil von dem Misstrauen genommen hatte, das er ihm gegenüber von Anfang an zu hegen schien. Die Narbe und seine Treffsicherheit hatten dabei geholfen, die Glaubwürdigkeit seiner Leutnantsgeschichte zu untermauern. Trotzdem: Einen wie Ozols führte man nicht so schnell hinters Licht, so viel war Kemmer klar.

Am Abend pikste ihn ein Nagel in seinem neuen Stiefel. Als er diesen auszog und versuchte, den Nagel mit einem Stein in den Absatz zu klopfen, reichte ihm Ozols kurzerhand die Pistole, damit er den Knauf als Hammer benutzen könne. Kemmer wertete die Geste als gutes Zeichen.

Sie übernachteten in der Finca des abwesenden Ranchmanagers, wo sie sich ein Zimmer teilten.

In dieser Nacht hätte alles vorbei sein können. Es wäre leicht gewesen, doch das war nicht der Plan. Nicht hier im Dschungel, und auf keinen Fall in Brasilien.

Tage später, vor dem Flug nach Uruguay, schoss Ozols scheinbar aus Spaß ein Foto von Kemmer und übergab die Kamera seiner Frau.

»Wenn mir etwas zustoßen sollte – dies ist mein Mörder«, sagte er, doch er lachte nicht. Er schaute Kemmer fest ins Gesicht. Kemmer war irritiert, sein Herz pumpte so heftig, dass er meinte, der andere müsse es hören. Er riss sich zusammen, und wie schon zuvor im Dschungel machte er auch jetzt gute Miene zum bösen Spiel.

* * *

Kemmer nahm den früheren Flug nach Montevideo und holte Ozols mit einem gemieteten VW Käfer am Flughafen ab. Die Männer verbrachten den Vormittag mit der Besichtigung einiger Gebäude, die der Geschäftsmann Kemmer als Büros für sein Unternehmen in Erwägung zog.

Gegen Mittag parkte er das Auto vor der Casa Cubertini. Er erklärte seinem zukünftigen Handelspartner, er sei nicht sicher, ob sich dieses Haus für ihre Zwecke eigne, und fragte nach Ozols' Meinung. Dieser antwortete ihm nicht, und nach einer Weile stieg Kemmer wortlos aus und ging geradewegs auf die Haustür der Casa zu. Kemmer wusste, dass Ozols wie immer die Beretta bei sich trug und ihn jeden Moment hinterrücks erschießen konnte. Er hielt die Luft an, ging aber beherzt weiter. Es war ohnehin zu spät, um es sich anders zu überlegen. Als er noch immer keine Schritte hinter sich wahrnahm, rechnete er mit dem Schlimmsten. Kemmer war Atheist, doch für den Bruchteil einer Sekunde fragte er sich, ob ihm der Glaube an einen Gott in dieser Situation nicht geholfen hätte. Das Geräusch einer ins Schloss fallenden Autotür unterbrach seine Gedanken und ließ ihn aufatmen. Ozols war ausgestiegen, und Kemmer hörte nun endlich Schritte hinter sich. Ohne sich nach dem Letten umzudrehen, steckte er den Schlüssel ins Schloss. Er öffnete die Tür und betrat das Gebäude, Ozols höchstens ein, zwei Meter hinter ihm.

Beim Eintreten erspähte Kemmer aus den Augenwinkeln vier Männer in Unterhosen, die sich rechts und links von ihm gegen die Hauswand drückten. Der Lette näherte sich der geöffneten Tür und betrat ebenfalls den Flur. Kemmer ließ ihn vorbei und schloss die Tür hinter ihm. Sofort stürzten sich die Männer auf Ozols. Doch der schien die Falle gewittert zu haben und reagierte trotz seines fortgeschrittenen Alters blitzschnell. Es gelang ihm zunächst, die Attentäter abzuschütteln. Verzweifelt versuchte er, die Tür zu öffnen. Während er wild um sich schlug, riss er in Todesangst den Türknauf ab. Die Männer zerrten ihn nun in die Mitte des Raums. Kein einziges Wort war bisher gefallen, bis Ozols plötzlich aufschrie: »Lasst mich sprechen!«, doch dazu kam es nicht. Stattdessen ging der brutale Kampf weiter. Fast gelang es Ozols, seine Waffe aus dem Hosenbund zu ziehen, doch die Angreifer konnten ihn im letzten Moment daran hindern. Plötzlich hielt einer der Männer einen Hammer in der erhobenen Faust und begann ohne irgendeine Vorwarnung, auf Ozols' Schädel einzuschlagen. Das Blut spritzte in alle Richtungen – auf den Boden, die Wände, die Männer. Zwei Schüsse lösten sich aus einer schallgedämpften Pistole und trafen den Letten mitten in den Kopf. Er war sofort tot.

In die mit einem Mal eintretende Stille drang das Gelächter der Bauarbeiter von nebenan durch die Fenster. Die blutverschmierten Männer in Unterwäsche blieben wie eingefroren stehen, schauten einander fragend an. Kemmer legte beschwörend den Finger an den Mund. Sein Brustkorb hob und senkte sich in schneller Folge. Keiner sagte einen Ton, nur schweres Atmen war zu hören. Dann drehten die Bauarbeiter das Radio auf und sangen einen Hit mit, sie schienen nichts bemerkt zu haben von dem blutigen Gemetzel, das in nur dreißig Metern Entfernung stattgefunden hatte.

Die Attentäter wischten sich Blut und Schweiß von der Stirn. Kemmer gab den Männern ein Zeichen, und zu viert verfrachteten sie den schweren Leichnam in eine hölzerne Truhe. Bevor sie den Deckel schlossen, heftete Kemmer mit einer Sicherheitsnadel eine Notiz an Ozols' blutgetränktes Hemd:

Angesichts der schweren Anschuldigungen und besonders seiner persönlichen Verantwortung für die Ermordung von 30 000 Männern, Frauen und Kindern und unter Berücksichtigung der besonderen

Grausamkeit, die er dabei an den Tag legte, haben wir beschlossen, Herbert Ozols zum Tode zu verurteilen. Die Strafe wurde VON DENEN vollstreckt, DIE NIE VERGESSEN.

Kapitel 5
Chilham, 1939

Die Schlägerei zwischen Michael und Stuart schlug in der Gemeinde hohe Wellen. Es sollte auch nicht helfen, dass Michael nach drei Tagen reumütig in Broadhearst Hall auftauchte, um sich in Anwesenheit von Gordon und Ada Dinsdale offiziell bei Stuart zu entschuldigen. Stuart reichte ihm am Ende zwar die Hand, sagte aber nichts, was auf eine echte Aussöhnung hindeutete, woraufhin Michael betrübt den Rückzug antrat. Leah sah ihm von ihrem Fenster aus lange nach, als er sich auf den Rückweg nach Bunce Court machte.

Soweit sie das beurteilen konnte, war Michael ein mutiger und aufrichtiger Kerl, der sich mit ganzer Kraft für seine Eltern einsetzte. Das imponierte ihr, zumal sie das gleiche Ziel verfolgte. Immerhin hatten sie diesen seltsamen Pakt geschlossen, und außerdem hatte Michael etwas an sich, das sie tief in ihrem Inneren anrührte. War es diese fast schon bewundernswerte Sturheit, mit der er einem vielleicht aussichtslosen Ziel nachhing? Oder ein Funke, den sie in seinen Augen hatte aufleuchten sehen, als ihre Blicke sich zum ersten Mal im Zug begegnet waren? Sie wusste keine Antwort. Michael verhielt sich ihr gegenüber oft unverfroren, ja frech. Wieso also spürte sie dieses Flügelschlagen im Bauch, sobald sie nur an ihn dachte?

Leah stand, noch immer in ihre Gedanken versunken,

am Fenster. Erst als Michael aus ihrem Blick verschwunden war, ließ sie die Gardine zurückfallen und legte sich aufs Bett. Sie war froh, dass die Dinsdales trotz all der Aufregung nichts weiter unternommen hatten, um Michael oder ihr das Leben schwerzumachen. Das rechnete sie ihnen hoch an. Dennoch befürchtete sie, dass sie nun nicht länger für das unkomplizierte Mädchen gehalten wurde, als das sie wahrgenommen werden wollte. Sie war zwar nicht so weit gegangen, Mr. Dinsdale wegen der Visa für Michaels Eltern anzuflehen, aber sie hatte sich redlich Mühe gegeben, Michael als einen eigentlich besonnenen Jungen darzustellen, dem dieses eine Mal wohl die Pferde durchgegangen waren. Erst vor drei Tagen hatte Gordon Dinsdale zugesagt, Leahs Familie bei sich anstellen zu wollen. Sie war darüber außer sich vor Freude gewesen. Jetzt hoffte sie inständig, dass er keinen Rückzieher machen würde. Sie hatte ihren Eltern voller Vorfreude den neuesten Stand der Dinge geschrieben und konnte es kaum erwarten, ihre Familie in England endlich wieder in die Arme zu schließen. Wenn jetzt noch etwas dazwischenkäme, würde sie sich das nie verzeihen.

Ob sie nochmals ein Gespräch mit Mr. Dinsdale suchen sollte? Oder machte das einen zu verzweifelten Eindruck, schreckte ihn womöglich nur ab? Gelegenheiten für ein ungestörtes Gespräch gab es zur Genüge. Da sie ihn darum gebeten hatte, durfte sie ihn hin und wieder nach Chilham in sein Büro begleiten. Manchmal war Eliza dort, der ihr Vater beigebracht hatte, wie man Bücher führte. Nun verließ er sich mehr oder weniger vollständig auf seine Tochter. Leah durfte ihr manchmal bei der Arbeit über die Schulter blicken. Gordon hatte sie außerdem mehrmals mit nach Canterbury genommen, wo er sich regelmäßig mit den Honoratioren der Stadt zu treffen pflegte. Er hegte politische Ambitionen, und um diese aussichtsreich zu verfolgen, so erklärte er es seiner Pflegetochter, müsse er mehr Hände schütteln, als ihm lieb sei. Er zeigte ihr die Kathedrale, wo sie aus dem Staunen gar nicht mehr herauskam, bis er sie an der Schulter ins Freie schieben musste. Leah nahm ihm das Versprechen ab, sie bald wieder mitzunehmen und ihr den prächtigen Bau in allen Einzelheiten zu erläutern. Er hielt sein Wort, und inzwischen hatte sie an seiner Seite mindestens fünfmal die Kathedrale von Canterbury besucht. Manchmal lud Mr. Dinsdale sie ins *White Horse* ein, den geschichtsträchtigen Pub von Chilham. Während sie dann an einem kleinen Tisch nahe des Ausgangs saß und an ihrer Limonade nippte, stand ihr Pflegevater, Zigarre rauchend, an der Theke und unterhielt sich lautstark mit den anderen Männern. Meist war sie es, die ihn dann schüchtern am Ärmel zog, um ihn daran zu erinnern, dass sie nicht zu spät aufbrechen durften, wenn sie die Familie noch bei Tisch antreffen wollten. Er lachte dann, kniff »sein schlaues Mädchen«, wie er sagte, in die Wange, leerte sein Glas und verabschiedete sich von seinen Bekannten. Dank Leah hatten sie es noch immer rechtzeitig zum Abendessen geschafft, und dafür schien Gordon ihr dankbar zu sein. Mrs. Dinsdale legte nämlich großen Wert auf die gemeinsame Mahlzeit und gab sich nicht selten den kommenden Tag über verstimmt, wenn ihr Mann unentschuldigt das Dinner versäumte.

Zur Hausherrin hatte Leah bisher noch am wenigsten Zugang gefunden. Sie wurden einfach nicht warm miteinander, obwohl Mrs. Dinsdale ihr meist freundlich begegnete. Sie war eine kühle Frau, berührte Leah nie und zog sich am Abend nach dem Dinner schnell auf ihr Zimmer zurück. Oft wegen ihrer Migräne, die wohl grässlich war, wenn Leah Stuarts Ausführungen Glauben schenkte. Nur im völlig abgedunkelten Schlafzimmer ließ sich der hämmernde Schmerz halbwegs ertragen.

Eliza hingegen wurde Leah immer mehr zur Freundin. Sie schlief nachts noch immer mit Leah in einem Bett, und obwohl Leah den Grund dafür nicht verstand, genoss sie diese Tatsache. Überhaupt, was hätte sie nur ohne Eliza angestellt? Leah durfte der Älteren jede noch so alberne Frage über das Leben in Großbritannien stellen, Eliza antwortete jedes Mal, ohne mit der Wimper zu zucken.

Zwischen Stuart und Leah blieb die Stimmung eine Weile angespannt. Nach der Schlägerei mit Michael schien er zunächst nicht mehr mit ihr reden zu wollen. Zwar teilten sie noch den Schulweg, doch gesprochen wurde unterwegs kaum. Leah hielt es für klug, nicht weiter nachzufragen, und trottete schweigend neben ihm her. Doch ein paar Tage später fing er an, über das Wetter zu reden, und wollte dann wissen, was sie gerade las. Ehe Leah es sich versah, lagen sie nach der Schule wieder bäuchlings nebeneinander auf dem Teppich in ihrem Zimmer und lasen Stuarts Bücher, als wäre nichts weiter geschehen.

* * *

Der lange, kalte Winter war endlich vorüber, und der Mai zeigte sich von seiner besten Seite. Die Bäume wurden grün und trugen rosige Knospen, die nur darauf warteten, in der Sonne aufzublühen. Auf den kahlen Feldern schossen plötzlich zarte Pflanzen aus dem schweren Boden und versuchten, sich gegen den Wind zu behaupten. Wolken zogen über den blauen Himmel und hatten es viel zu eilig, um schwer und grau zu werden und sich über dem Land auszuschütten. Grashalme wiegten sich auf den Wiesen, Gänseblümchen duckten sich in ihrem Schatten. Kein Zweifel, der Frühling war da.

Ihre Pflegeeltern zahlten ihr sogar Klavierunterricht. Leah war dafür sehr dankbar, es war ein unglaublicher Luxus. Eines Tages traf sie auf dem Weg dorthin zufällig Michael, und sie vereinbarten, in Zukunft diese unbeaufsichtigte Zeit gemeinsam zu verbringen. Von da an traf Leah Michael jeden Dienstag an der alten Mauer, wo sie eine knappe halbe Stunde Zeit hatten, bis sie sich auf den Weg zu Mrs. Roberts, der Klavierlehrerin, machen musste. Niemand außer Leah und Michael wusste von ihren heimlichen Treffen, nicht mal Eliza hatte Leah in ihr kleines Geheimnis eingeweiht.

Drei Wochen nach ihrem ersten Dienstagstreffen ertappte Leah sich dabei, wie sie schon am Sonntagnachmittag begann, den wenigen gemeinsamen Minuten entgegenzufiebern. Sie sprachen dann über Gott und die Welt. Michael erzählte ihr viel von seiner Familie. Anders als die Wintersteins praktizierten die Korcziks die jüdischen Bräuche. Wenn er davon erzählte, schämte sich Leah ein bisschen. Michaels Familie hielt im Gegensatz zu der ihren die jüdischen Speisegesetze ein und ernährte sich koscher. Niemals landete Schweinefleisch, Hase oder Kaninchen in den Kochtöpfen der Korcziks. In den Schränken stapelte sich das Geschirr in doppelter Ausführung, damit Milchiges und Fleischiges streng voneinander getrennt werden konnte. Michael führte sie in die Speisegebote des Kaschrut ein, die in ihrer eigenen Familie nur an hohen Feiertagen – und selbst dann nur halbherzig – beachtet wurden. Leahs Vater liebte seine Schinkenbrote am Morgen viel zu sehr, um diese Vorliebe über einen längeren Zeitraum hinweg aufzugeben. »Im fünften Buch Mose heißt es ›Koche nie ein Böcklein in der Milch seiner Mutter‹«, erklärte ihr Michael den Ursprung des Gebots. Er führte aus, dass nur diejenigen Tiere koscher sind, die gespaltene Hufe haben, Vierfüßler sind und ihre Nahrung wiederkäuen – weshalb der Genuss von Schweinefleisch (und somit auch der geliebte Schinken des Vaters) für gläubige Juden verboten war. »Hat dir der Verzicht denn gar nichts ausgemacht? Wo sie in Deutschland doch ganz anders essen?«, fragte ihn Leah.

»Nein, ich habe die Speisegebote eigentlich gar nicht bemerkt. Meine Mutter ist eine wunderbare Köchin. Sie kocht klassische jüdische Gerichte wie gefillte Fisch und Tscholent. Das ist ein Eintopf mit Rindfleisch und Bohnen, der am Freitag vor dem Schabbat zubereitet wird und dann über Nacht auf kleinster Flamme schmoren muss. Am nächsten Tag kann er gegessen werden, ohne dass man den Herd noch einmal aufdreht; das ist am Schabbat verboten, wie du vielleicht weißt. Dazu Borschtsch aus Roter Bete und Kascha aus Buchweizen. Alles sehr lecker. Von den Nachspeisen will ich gar nicht erst reden. Sogar Knödel machte meine Mutter.«

Obwohl Michael Leah gegenüber behauptete, er sei nicht gläubig, redete er sich bei diesen Erzählungen in eine Begeisterung hinein, die seine Wangen glühen ließ. Sie hing an seinen Lippen und wünschte sich inständig, ihr würde doch noch etwas in den Sinn kommen, das ihn und seine Eltern wieder zusammenbringen konnte. Michael selbst hatte schon alle Möglichkeiten ausgelotet. Nach der Schule war er mit Erlaubnis der Schulleiterin am Nachmittag von Haus zu Haus gezogen, hatte an jede Tür geklopft, die er zu Fuß erreichen konnte, und seine Geschichte erzählt. Manchmal, wenn die Leute seinen deutschen Akzent hörten, schlugen sie ihm gleich die Tür vor der Nase zu; andere hörten sich mitleidig sein Schicksal an, konnten aber nicht helfen, weil sie selbst kaum genug für die eigene Familie hatten. Auch die Direktorin und das Kollegium hatten sich für ihn umgehört, doch es fand sich niemand, der bereit war, seine Eltern anzustellen. Michaels Verzweiflung berührte Leah zutiefst. Bald schon würde sie mit ihrer Familie wieder vereint sein, was sie allein der Hilfsbereitschaft ihrer Gastgeber zu verdanken hatte. Dabei waren die Wintersteins denkbar ungeeignet als Haushaltshilfen, wohingegen Michaels Eltern alle notwendigen Voraussetzungen erfüllten. Kein Wunder, dass seine Niedergeschlagenheit manchmal schierer Wut wich.

Das mindeste, was sie für ihren neuen Freund tun konnte, war, für ihn da zu sein und ihm Mut zu machen, wenn er wieder einmal im Begriff war, jegliche Hoffnung zu verlieren.

* * *

Eine Woche später wurde Leah während der Pause plötzlich schwarz vor Augen. Sie erwachte im Krankenzimmer, ausgestreckt auf einer Liege, einen kalten Lappen auf der Stirn und schaute in das besorgte Gesicht ihrer Lehrerin.

»Was ist passiert?«, fragte Leah benommen und wollte schon aufstehen, als die Lehrerin sie sachte daran hinderte.

»Du bist ohnmächtig geworden. Ist das früher schon vorgekommen?«

»Nein, manchmal bin ich nur sehr müde, aber ohnmächtig? Nein, nie.«

»Gut.«

Mrs. Heightons Züge entspannten sich etwas. »Ich habe deine Pflegeeltern informiert. Sie sind bereits unterwegs und werden dich zur näheren Untersuchung zu ihrem Familienarzt bringen. Hier, trink einen Schluck!« Sie reichte Leah ein Glas Wasser und hielt sie am Hinterkopf fest, um ihr das Trinken zu erleichtern, als Mrs. Dinsdale und Eliza durch die Tür traten.

»Kind, was machst du bloß für Sachen?« Ada Dinsdale beugte sich über Leah und strich ihr über die Wange.

»Es geht ihr schon besser«, meinte die Lehrerin.

»Kannst du aufstehen?«, fragte Eliza, und als Leah nickte, nahmen Mutter und Tochter sie in die Mitte, um sie zu stützen.

»Vielen Dank, Mrs. Heighton. Ich werde Ihnen berichten«, sagte Ada.

Mrs. Heighton hielt ihnen die Tür auf und begleitete sie zum Wagen, wo der Chauffeur Leah auf den Rücksitz half. Sie fuhren nach Canterbury, zu Dr. Ashton, dem langjährigen Familienarzt und alten Studienfreund von Gordon.

Nachdem der Arzt Leah untersucht hatte, bat er Ada in sein Behandlungszimmer, wo Leah bereits auf einem der beiden Stühle vor seinem Schreibtisch Platz genommen hatte. Eliza musste sich im Warteraum gedulden. Dr. Ashton wies auf den freien Stuhl. Ada Dinsdale setzte sich. Ihr Blick wanderte von der bleichen Leah zum Doktor, der ernst dreinblickte.

»Was ist mit ihr? Es wird doch wohl nichts Schlimmes sein, Rupert?«

Dr. Ashton ging um seinen Schreibtisch herum und ließ sich mit einem Schnaufen in seinen Ledersessel fallen.

»Es wird dir nicht gefallen, Ada. Und ich wette, deiner Pflegetochter noch weniger«, sagte er mit Blick auf Leah, die daraufhin noch ein bisschen blasser wurde.

»Jetzt sag bitte, was los ist!«, forderte Ada ihn auf, die bis zum Rand ihres Stuhls vorgerutscht war und ihre Handtasche fest umklammert hielt. Dr. Ashton verschränkte seine Finger und stützte die Ellbogen auf die Tischplatte. Er sah Ada Dinsdale nachdenklich an.

»Das Mädchen ist aller Wahrscheinlichkeit nach schwanger, Ada.« Für einen Augenblick herrschte Totenstille im Raum. Alle Farbe war aus Adas Gesicht gewichen, als sie sich ihrer Pflegetochter zuwandte.

»Bitte, Leah, sag mir, dass das nicht wahr ist!« Sie hauchte die Worte mehr, als sie sie sprach. Leah begann zu weinen. »Antworte mir, Leah!« Ada war von ihrem Sitz aufgesprungen und holte aus, um Leah zu ohrfeigen, doch Dr. Ashton war schneller und hielt sie zurück.

»Tu das nicht, Ada. Es ist auch noch nicht hundertprozentig sicher. Dazu müssten wir morgen früh erst einen Test durchführen. Das Ergebnis wird uns achtzehn Stunden später vorliegen. Willst du diesen Test?«, fragte er Ada. Eine Pause entstand.

»Ja, natürlich«, murmelte Ada schließlich. »Bitte veranlasse alles Nötige.« Sie rieb sich nervös die Schläfen. »Ich verstehe das einfach nicht. Wie konnte man es nur wagen, uns ein schwangeres Mädchen unterzujubeln?« Plötzlich streckte sie die Hände in die Luft. »Ich Idiotin, natürlich! Deine armen Eltern wussten überhaupt nicht, was du für eine bist! Niemand wusste es. Welch ein Luder! Hast alle an der Nase herumgeführt, und nun haben wir den Schlamassel. Das hat man von seiner Gutmütigkeit und Nächstenliebe. Nichts als Ärger. Hätte ich doch bloß auf meine Nachbarn gehört. Sie hatten völlig recht: *Bloody Germans*«, zischte sie wütend und warf Leah einen vernichtenden Blick zu. »Herrgott, ich weiß gar nicht, wie ich das Gordon beibringen soll. Er wird ungeheuer enttäuscht von dir sein.«

Leah war in der Zwischenzeit auf ihrem Stuhl zu

einem Häufchen Elend zusammengefallen. Sie heulte Rotz und Wasser. Ab und zu fuhr sie sich mit den Handballen fest über die Wangen, um sich die Tränen aus dem Gesicht zu wischen.

»Dann erzähl Gordon am besten erst einmal nichts«, riet der Doktor. Er stand auf, kam um den Tisch herum und fasste Ada beruhigend bei den Schultern. »Übermorgen hast du Gewissheit. Dann sehen wir weiter. Fahr jetzt nach Hause und ruhe dich aus. Ich schicke die Kleine nachher mit meinem Fahrer nach Broadhearst zurück. Sieh zu, dass sie dann gleich auf ihr Zimmer geht. Am besten, du schließt sie ein. Dann musst du dich bis morgen früh nicht weiter sorgen. Sag Gordon und den Kindern, dass die Kleine wahrscheinlich an einem ansteckenden Fieber leidet, das beobachtet werden muss.«

Ada hob dankbar den Blick. »Das willst du für mich tun?«

»Das ist doch selbstverständlich. Wenn du erlaubst, komme ich mit dem Ergebnis bei euch vorbei. Du selbst musst Gordon also gar nichts sagen. Wollen wir es so handhaben?«

Ada schluckte und nickte. »Danke, Rupert. Du bist ein wahrer Freund«, flüsterte sie und verließ den Raum, ohne Leah eines Blickes zu würdigen.

Wie besprochen, wurde Leah vom Fahrer des Doktors nach Broadhearst zurückgebracht und dort gleich auf ihr Zimmer geschickt, um niemanden der vermeintlichen Ansteckungsgefahr auszusetzen. Das Abendessen, das Amy ihr vor die Tür gestellt hatte, ließ sie bis auf den

Tee unangerührt. Später am Abend klopfte es leise an ihrer Tür.

»Leah, ich bin's. Eliza. Wie geht es dir?«

»Es geht schon, danke.« Leah riss sich zusammen, um nicht so weinerlich zu klingen, wie ihr zumute war.

»Stimmt es, dass du eine schlimme Grippe hast? Mutter wollte sich nicht näher über deine Quarantäne auslassen. Sie liegt mal wieder mit ihrer Migräne im Bett.«

»Ich weiß nicht, was es ist. Morgen muss ich wieder zum Arzt.«

»Ich drücke dir fest die Daumen. Du langweilst dich ja sonst zu Tode, wenn du noch länger auf deinem Zimmer bleiben musst. Also sieh zu, dass du schnell wieder gesund wirst, ja? Stu lässt dich grüßen. Er hat für den Rest des Abends Stubenarrest.«

»Was hat er denn angestellt?«

»Er hat mitbekommen, dass Amy dich einschließen soll, und darüber hat er sich fürchterlich aufgeregt, du kennst ihn ja. Ich soll dir ein Buch von ihm geben, ich leg's vor die Tür.«

»Danke.«

Dann huschte Eliza über den Flur zurück zu ihrem Zimmer. Leah lauschte, bis sie hörte, wie Eliza ihre Tür hinter sich schloss. Verzweifelt warf sie sich aufs Bett. Ihre Lage war hoffnungslos.

Am nächsten Morgen klopfte es ungewohnt früh an ihrer Tür. Dann hörte Leah, wie sich ein Schlüssel im Schloss drehte. Es war Amy, die den Auftrag hatte, sie zu wecken. Leah wusch sich gründlich, zog sich an und trat auf den Flur. Ihr Blick fiel auf das Buch auf ihrer Türschwelle, das Geschenk von Stuart. Sie bückte sich danach, drückte es fest an die Brust und hastete die Treppe hinunter zum Wagen, der in der Einfahrt schon mit laufendem Motor auf sie wartete. Während der Fahrt starrte sie durch die Scheibe auf die Felder hinaus, auf denen der junge Hopfen in die Höhe schoss. In der Praxis angekommen, wechselte Dr. Ashton kaum ein Wort mit ihr. Er beschränkte sich auf kurze Anweisungen und ließ sie dann allein, damit sie sich entkleiden konnte. Zu ihrem Erstaunen forderte er eine Urinprobe von ihr, was ihr äußerst unangenehm war. Trotzdem schaffte sie es irgendwie, ihm ein halbvolles Glas mit der warmen Flüssigkeit zu übergeben, ohne vor Scham im Erdboden zu versinken. Dann fragte er sie, ob sie irgendwelche Beschwerden verspürte. Leah verneinte. Schlaflosigkeit und eine durchweinte Nacht galten wohl kaum als Beschwerden im medizinischen Sinn. Er tastete nochmals ihren Bauch ab und schickte sie dann zurück nach Broadhearst, wo sie den ganzen Tag und die kommende Nacht allein auf ihrem Zimmer verbrachte.

Erst am Nachmittag klopfte es wieder. Amy sollte sie zu Mrs. Dinsdales Privaträumen begleiten.

»Mein Gott, Sie sind ja kreidebleich!«, sagte Amy, als sie die Tür geöffnet hatte. »Kommen Sie, haken Sie sich bei mir unter.« Leah fühlte sich schwach, bereitwillig ließ sie sich über den Flur führen. Auch in der vergangenen Nacht hatte sie kaum ein Auge zugetan und sich ruhelos von einer Seite auf die andere gewälzt. Sie hatte

Angst davor, was sie erwartete, und fürchtete sich insbesondere vor diesem Gespräch mit der Hausherrin. Wie auch immer das Ergebnis von Dr. Ashtons Untersuchungen ausfiel, Ada Dinsdale würde ihr Fragen stellen und auf einer Antwort bestehen. Was sollte sie ihr sagen? Was *konnte* sie ihr sagen?

Vielleicht hätte sie schon vor Wochen trotz aller Bedenken den Mut aufbringen *müssen*, sich wenigstens Eliza gegenüber zu offenbaren. Vielleicht wäre dann gar nichts passiert. Doch allein der Gedanke, das Geschehene in Worte zu fassen, ließ sie sich vor Scham winden. Und dann die grässliche Angst, man könnte es ihren Eltern sagen. Wie sollte sie ihnen dann jemals wieder unter die Augen treten?

In Leahs Kopf hämmerte es, während sie den Flur entlanggingen. Es war ihre Schuld, dass es überhaupt so weit hatte kommen können. Sie hätte sich wehren müssen, sie hätte *nein* sagen können. Aber die mehr als enttäuschende Tatsache war nun einmal, dass sie Schwäche gezeigt und es eben nicht getan hatte, und nun erwartete sie zu Recht die Hölle. Sie hatte alle, die ihr vertrauten, enttäuscht, sich selbst eingeschlossen.

Vor Mrs. Dinsdales Räumen angekommen, klopfte Amy an die Tür, die sich gleich darauf öffnete. Leahs Herz schlug ihr bis zum Hals, als Amy sie in den Raum schob und hinter ihr die Tür zuzog. Instinktiv wandte Leah sich nach der Bediensteten um, als könnte Amy sie auf wunderbare Weise aus dieser Lage retten und vor dem gefürchteten Gespräch bewahren.

»Setz dich!« Mrs. Dinsdale deutete auf den Sessel am

Fenster. Sie selbst nahm Leah gegenüber Platz und griff sich eine Zigarette aus der silbernen Box auf dem Beistelltisch. Ihre langen Finger klopften mit dem Filter mehrmals auf den geschlossenen Deckel, bevor sie ihn zwischen die Lippen steckte. Ein Feuerzeug schnappte. Ada Dinsdale hob das Kinn, als sie den Rauch zur Decke blies. Leah saß bewegungslos in ihrem Sessel, umklammerte die Armlehnen. Da es ihr nicht gelingen wollte, Ada Dinsdale anzuschauen, folgte sie mit ihrem Blick den feinen Rauchschwaden auf ihrem Weg zur Zimmerdecke. Die Herrin von Broadhearst nahm den winzigen Aschenbecher neben der Silberbox und stellte ihn auf ihrer Lehne ab.

»Dr. Ashton war eben hier«, sagte Ada dann. »Es ist jetzt zweifelsfrei erwiesen. Du bist im dritten oder vierten Monat schwanger.«

Die Anspannung der letzten Tage brach sich mit einem Mal Bahn. Leah begann, hemmungslos zu schluchzen.

Ada beobachtete sie ungerührt von ihrem Sessel aus, zog an ihrer Zigarette und schnippte die Asche ab. »Das Testergebnis bedeutet außerdem, dass ich mich geirrt habe. Du bist nicht, wie ich zunächst angenommen hatte, bereits schwanger aus Deutschland bei uns angekommen.« Leah öffnete die Lippen, obwohl sie gar nicht wusste, was sie sagen sollte. Am liebsten hätte sie Dr. Ashtons Befund einfach abgestritten oder zumindest behauptet, Adas ursprüngliche Annahme sei richtig und sie schon schwanger aus Frankfurt abgereist, aber Ada Dinsdale hob abwehrend die Hand. Offenbar ahnte sie, was in Leahs Kopf vorging.

»Streite es nicht ab. Es wäre lächerlich.« Sie hielt ein Blatt Papier hoch. »Hier, der Befund. Ich habe es schwarz auf weiß.«

Falls Ada etwas fühlte, und Leah war sich sicher, dass sie es tat, wusste sie es gut zu verbergen. Zumindest zornig musste sie sein, dachte Leah. Sehr zornig sogar.

»Ich kann dir gar nicht sagen, wie schwer mich dein Verrat an uns trifft. Wir haben dich im guten Glauben bei uns aufgenommen, um dich vor den Nazis zu schützen. Kannst du dir vorstellen, wie vielen Anfeindungen Gordon und ich ausgesetzt sind, weil die Leute einfach nicht verstehen, dass du nur ein sehr gewöhnliches jüdisches Mädchen bist, zufällig auf der Flucht vor Hitler? Du hast unser Vertrauen missbraucht, und ich bin maßlos enttäuscht. Aber es war wohl meine eigene Schuld, dass ich mir trotz aller Warnungen eine *Schickse* ins Haus holen musste.«

Schickse, das jiddische Schimpfwort für ein Flittchen, traf Leah wie ein giftiger Pfeil mitten ins Herz. Sie sah auf, blickte Ada aus tränenverhangenen Augen an und schüttelte nur kraftlos den Kopf, doch Ada war bereits aufgestanden und zog Leah unsanft hoch. Sie fasste sie bei den Schultern und sah sie eindringlich an.

»Hör mir jetzt genau zu. Ich frage dich nur ein einziges Mal, wer der Vater ist. Hast du mich verstanden? Also, wer ist es?«

Leah presste die Lippen zu einem dünnen Strich zusammen. Was immer auch Ada Dinsdale ihr androhen würde, um sie zum Reden zu bringen: Nie und nimmer gäbe sie den Namen des Vaters preis. Zu viel stand auf dem Spiel. Nicht nur für sie. Für sie alle.

Leahs Körper versteifte sich, als sich Adas lange Fingernägel schmerzhaft in ihre Haut gruben. Doch Ada wartete vergeblich auf eine Antwort, und nach zwei, drei Minuten, die Leah wie eine Ewigkeit vorkamen, lockerte sie ihren Griff und ließ Leah schließlich ganz los.

»Ich hatte gehofft, wir könnten die Sache unter uns Frauen ausmachen, aber offenbar habe ich mich auch in dieser Hinsicht getäuscht.« Mit diesen Worten ließ sie Leah stehen, drehte sich abrupt um und klingelte nach Amy, die Leah auf ihr Zimmer zurückbringen sollte. »Wie du willst. Dann werde ich die Angelegenheit mit meinem Mann bereden. Gordon wird außer sich sein, er hält große Stücke auf dich. Womit haben wir das nur verdient?« Ada schnaubte und fasste sich an die Stirn. »Himmelherrgott, was bist du nur für ein dummes Mädchen! Hast du auch nur den Hauch einer Idee, wie peinlich die Lage ist, in die du uns da gebracht hast?«

* * *

Die nächsten drei Tage blieb Leah allein auf ihrem Zimmer. Die Kinder des Hauses waren noch immer im Glauben, Leah litte an einer verschleppten Grippe oder etwas ähnlich Ansteckendem. Obwohl ihre Mutter sie angehalten hatte, sich von Leahs Tür fernzuhalten, kamen sowohl Eliza als auch Stuart mehrmals täglich vorbei und erkundigten sich durch die Tür hindurch nach ihrem Gesundheitszustand. Leah war jedes Mal froh, wenn sie wieder gegangen waren, denn sie hatte es satt zu lügen. Schließlich verfiel sie auf die Idee, den beiden zu erzählen, sie sei zu geschwächt zum Reden. Stuart nahm dies zum Anlass, sich vor ihrer Tür häuslich niederzulassen, wann immer er der Kontrolle seiner Eltern entkommen konnte, um ihr vorzulesen. Es drehte ihr das Herz um.

Am vierten Tag, es war ein Mittwoch, hörte Leah, wie sich der Schlüssel im Schloss drehte. Die Tür öffnete sich, und Amy steckte ihren Kopf ins Zimmer herein. Vor sich trug sie ein Tablett mit Toast und Tee, das sie auf dem Tisch in der Fensternische abstellte. »Ich hoffe, ich habe Sie nicht erschreckt. Wie geht es Ihnen heute Morgen?«

Leah saß vor der Kommode und kämmte sich die Haare. Ein Blick in den Spiegel ließ Amy verstummen. Dunkle Ringe zeichneten sich unter Leahs geröteten Augen ab, ihr dichtes Haar hatte allen Glanz verloren und hing ihr in Strähnen um das aschfahle Gesicht.

»Soll ich Ihnen das Haar waschen?«, fragte Amy. Leah verneinte. »Dann lassen Sie mich es wenigstens aufstecken.« Amy wartete gar nicht erst auf eine Antwort, sondern machte sich gleich ans Werk. »Mr. und Mrs. Dinsdale möchten Sie sprechen. Ich soll Sie nach dem Frühstück zu ihnen bringen.« Leah zuckte zusammen, obwohl sie diesen Moment seit Tagen erwartet hatte.

»Ich trink nur meinen Tee aus«, antwortete sie, »und dann können wir gehen.« Amy schenkte Leah ein und reichte ihr die Tasse. »Danke«, sagte Leah. Ihre Hand zitterte, als sie die Tasse zum Mund führte.

Auch dieses Mal wurde Leah in die Privaträume von Ada Dinsdale geführt. Leah sog scharf die Luft ein, als sie am Fenster die Silhouette von Gordon Dinsdale erkannte, der – die Hände auf dem Rücken – aus dem Fenster blickte. Er wandte sich zu ihr um, als sie den Raum betrat, und lächelte dünn.

»Leah«, sagte er nur, und es klang fast tonlos; er wirkte wie abwesend. Ada kam ihr entgegen und forderte sie auf, Platz zu nehmen. Wie schon bei Leahs letztem Besuch setzte Mrs. Dinsdale sich ihr gegenüber und schlug die Beine übereinander. Sie war in Reithosen, das blonde Haar trug sie zu einem Dutt gedreht, und auch jetzt griff sie wieder zu ihrer silbernen Schachtel mit den Zigaretten. Ihr Mund verzog sich, als sie den Rauch hastig aus dem Winkel blies.

»Ich will dieses unangenehme Gespräch so kurz wie möglich halten«, fing sie dann an. »Wie bereits angekündigt, habe ich deine …«, an dieser Stelle hielt Ada kurz inne, »… unerquickliche Lage mit meinem Mann besprochen, und wie erwartet, konnten wir gemeinsam eine Lösung finden, die wir für akzeptabel halten. Gordon?« Sie drehte sich zu ihrem Mann um, der sich gegen das Fenstersims gelehnt hatte und die Arme vor der Brust verschränkt hielt. Mit einem Ruck löste er sich und ging auf Leah zu, setzte sich auf ihre Lehne. Leahs Herz schlug ihr bis zur Kehle, und am liebsten wäre sie aufgestanden und davongerannt, doch wohin hätte sie schon fliehen können? Ängstlich wartete sie, was der Hausherr zu sagen hatte. So vieles hing davon ab! Mit verwundertem Blick verfolgte sie, wie Gordon Dinsdale ihre Hand nahm und mit dem Daumen sanft über die vor Anspannung weißen Knöchel strich. Dann sah er sie unvermittelt an.

»Es tut mir so leid, was dir widerfahren ist. Ein junges Mädchen sollte so etwas nicht erleben. Das mindeste, was du von deinem Peiniger erwarten kannst, ist eine Entschuldigung.« Leah sah ihn verstört an. Gordon wandte sich an Amy, die nahe der Tür auf Anweisungen wartete. »Michael und die Direktorin sollen hereinkommen!«

Michael war hier? Leahs Puls begann zu rasen.

Amy führte die beiden Gäste herein und verließ auf ein Zeichen des Hausherrn gleich wieder den Raum.

Gordon stand auf und begrüßte die alte Dame. »Danke, dass Sie gekommen sind.«

»Ich bin gespannt, um was es sich handelt. Ich hoffe, Michael und Ihr Junge haben sich nicht wieder geprügelt?« Sie blickte ihren Schützling über die zur Nasenspitze heruntergerutschte Brille hinweg forschend an, schob das Gestell dann mit dem Zeigefinger zurück. Michael schüttelte energisch den Kopf.

»Nein, haben wir nicht. Ich weiß überhaupt nicht, was das hier soll. Ich hab mich doch schon längst entschuldigt.« Er blickte ratlos in die Runde. Der Hausherr wies Mrs. Brook den Sessel zwischen Leah und seiner Frau an, Michael ließ er unbeachtet stehen. Michaels verständnisloser Blick senkte sich tief in Leahs Herz. Obwohl sie sich fest vorgenommen hatte, nicht weichzuwerden, liefen Tränen ihre Wangen hinab, und sie musste sich die Spuren mit zitternder Hand aus dem Gesicht wischen.

»Leah!«, rief Michael erschrocken und wollte zu ihr, doch Gordon hielt ihn zurück.

»Schön hiergeblieben, junger Mann!«, sagte er scharf und packte fester zu. Michael versuchte, ihn abzuschütteln.

»Sie tun mir weh!«

»Nicht halb so sehr, wie ich es gern täte.«

»Mr. Dinsdale!«, rief die Direktorin dazwischen. »Ich muss doch sehr bitten! Lassen Sie den Jungen augenblicklich los, und erklären Sie endlich, was hier vor sich geht!«

Gordon starrte Michael für einen Moment lang finster an, bevor er seinen Griff löste. Michael rieb sich das Handgelenk und ging wieder auf Leah zu, doch dieses Mal fasste Gordon Dinsdale ihn beim Kragen und donnerte plötzlich in einer Lautstärke los, wie es Leah in all den Monaten während ihres Aufenthaltes auf Broadhearst Hall noch nicht gehört hatte: »Du hältst dich gefälligst von dem Mädchen fern, oder ich vergesse mich!«

Mrs. Brooks rührte sich nicht, und auch die Miene seiner Frau blieb unbewegt. Leah vergrub ihr Gesicht in den Händen.

»Was ist denn nur los, was hab ich denn getan?« Ratlos schaute Michael von einem zum anderen.

»Mr. Dinsdale!«, mischte sich Mrs. Brook erneut ein. Sie war im Begriff aufzustehen, als Ada Dinsdale sich ihr zuwandte.

»Dieser junge Mann hier …«, sagte sie und deutete mit dem Kinn in Michaels Richtung, »dieser Kerl hat unsere Leah geschwängert.« Michael und die Direktorin starrten sie an, Michael stand vor Überraschung sogar der Mund offen. Mrs. Brooks war mit einem Satz an der Seite ihres Schützlings. »Ist das wahr, Michael? Hast du das arme Kind unglücklich gemacht?« Doch Michael blickte nur entsetzt auf Leah, die ihr Gesicht noch immer hinter ihren Händen verbarg. »Michael, antworte mir! Ist das wahr?«, wiederholte die Schulleiterin. Gordon Dinsdale ließ den Jungen los.

»Ja, natürlich ist das die Wahrheit, oder glauben Sie etwa, meine Frau lügt Sie an? Fragen Sie doch Leah, falls Ihr Schüler zu feige ist, Farbe zu bekennen.«

Gordon Dinsdale berührte Leah am Arm. »Leah«, sagte er nun ganz ruhig, »du musst es Mrs. Brooks sagen, und danach kannst du dich ausruhen, versprochen.« Er nahm Leahs Hände und löste sie behutsam von ihrem Gesicht. Sofort schlug sie die Augen nieder. »Hat Michael dir Gewalt angetan?« Leah drehte kurz den Kopf zu Michael, der sie noch immer ungläubig anstarrte, und brach dann in ein haltloses Schluchzen aus.

»Leah«, sagte Michael leise, und der traurige Unterton, der mitschwang, ließ sie innerlich verzweifeln. »Mein Gott, Leah, warum hast du mir denn nichts gesagt?«

Ihr Körper bebte unter dem Weinkrampf. Gordon griff nach seinem Taschentuch und drückte es ihr in die Hand.

»Es ist gut, mein Kind. Reg dich nicht auf! Wir quälen dich nicht länger. Dein Anblick sagt uns ohnehin mehr als tausend Worte.« Den letzten Satz hatte er mit Blick auf Mrs. Brooks gesprochen und nickte ihr nun wie zur

Bestätigung zu, dass es seiner Meinung nach keiner weiteren Argumente bedurfte.

Dann rief er nach Amy und bedeutete ihr mit einer Geste, Leah auf ihr Zimmer zurückzubringen.

Als sich die Tür hinter den beiden geschlossen hatte, stieß Gordon Michael unsanft die Faust in den Rücken und schob ihn durch die andere Tür in den Nebenraum. »Warte hier, bis wir fertig sind.«

Ada war ebenfalls aufgestanden und nahm Mrs. Brooks zur Seite.

»Wir müssen darüber reden, was mit den beiden nun geschehen soll«, sagte sie mit gewohnt leiser Stimme. Sie blickte kurz über die Schulter, um sich zu vergewissern, dass die Männer sie nicht hören konnten. »Es ist besser für Sie und Ihre Schule, wenn Sie meinen Plan unterstützen – selbst dann, wenn mein Mann Ihnen einen nachsichtigeren Vorschlag unterbreiten sollte. Sie wollen doch sicherlich nicht, dass wir Ihre wunderbare Schule wegen Verletzung der Aufsichtspflicht schließen lassen müssen, oder? Ein paar Gespräche unter Freunden, und das freigeistige Bunce Court ist Vergangenheit, Mrs. Brook. Ich denke, wir haben uns verstanden. Das Mädchen muss verschwinden. Und dieser Junge auch – egal, was mein Mann Ihnen gleich sagen wird.«

Kapitel 6

Melbourne, Januar 1997

»*Dad! Dahad!*« David Kernow reagierte nicht. Sarah formte mit ihren Händen einen Trichter und rief nun so laut nach ihrem Vater, wie sie es vor den Angestellten gerade noch für akzeptabel hielt: »Dad, kannst du bitte eine Pause einlegen? Der Musterdruck ist da, und ich muss ihn spätestens in einer Stunde absegnen, wenn wir die Speisekarten noch bis zum Wochenende geliefert haben wollen.« Als ihr Vater noch immer keine Reaktion zeigte, schüttelte sie frustriert den Kopf und ging tiefer in die Küche des *Rocksalt* hinein. »*Dad? Dad!* Verdammt, lauf doch nicht immer weg, wenn ich etwas von dir will!«

David war zu den Öfen gegangen und öffnete eine der Glastüren. Ein feiner Geruch von Bourbonvanille durchzog sofort den Raum. Davids Fingerspitzen berührten prüfend die Oberfläche des Gebäcks. Er warf die Tür wieder zu und drehte die Temperatur herunter.

»Drei Minuten, Maddy, dann müssen die Böden raus«, rief er einer dünnen jungen Frau zu, die sich mit dem neuen Azubi über irgendetwas zu streiten schien. »Maddy!«, rief David scharf dazwischen.

»Jawohl, Chef, sorry. Drei Minuten.«

Sarah blieb vor der magischen Schwelle stehen und stemmte die Hände in die Seiten. Die magische Schwelle, das war die silbrig glänzende Arbeitsfläche, hinter der sich das Küchenpersonal bewegte, als gehorche es einer geheimen Choreografie, die niemand sonst verstand. Die acht Köche und zwei Azubis beherrschten die geheimnisvolle Kunst, einander auf begrenztem Raum mit Schüsseln, gefüllten Backblechen und heißen Pfannen derart geschickt zu umtänzeln, dass sie sich kaum jemals in die Quere kamen. Wie Marionetten an unsichtbaren Fäden, dachte Sarah immer; auch heute konnte sie nicht anders, als dieses Schauspiel zu bewundern. Doch wenn irgendjemand hier an Schnüren zog, dann war das ihr Vater, der auf Präzision und Perfektion bestand.

Sarah wusste natürlich, dass es so richtig war. Der immense Erfolg des Familienunternehmens gründete auf der hohen Qualität, die der Besuch eines jeden der drei *Rocksalt*-Restaurants versprach. Dabei musste ein Hauptgang in Sydney genauso aussehen und schmecken wie das gleiche Gericht in Melbourne. Das bedeutete harte Arbeit und stete Qualitätskontrolle seitens ihres Vaters, der von der Belegschaft für seine unangekündigten Stippvisiten gefürchtet war, egal ob hier in Melbourne, am Manly Beach in Sydney oder in Darwins Cullen Bay. Der Erfolg gab ihm recht, doch manchmal fragte sich Sarah schon, ob ihr Vater es mit seinem Einsatz nicht übertrieb. Sicher, die Konkurrenz war groß und schlief nicht. Ein kleiner Fehler konnte eine Sterneküche wie das *Rocksalt* in Windeseile zu Fall bringen und den Betreiber mit einem Berg an Schulden zurücklassen. *Misserfolg bleibt in dieser Branche an dir kleben wie nasses Mehl an der Schürze,* bekam schon ihre Mutter zu hören, wenn sie sich wieder einmal darüber beschwerte, dass ihr Mann erst im Morgengrauen nach Hause kam. So etwas wie ein Privatleben war für einen Spitzenkoch, der in der Liga ihres Vaters mitspielte, eh nur am Rande vorgesehen. Irgendwann war Sarah darauf gekommen, dass er es gar nicht anders wollte. Lediglich die strategische Planung am Schreibtisch überließ er seiner Tochter. Jedes Mal, wenn sie in seinen Arbeitsbereich kam, weil es sich nicht länger vermeiden ließ, mit ihm zu sprechen, fühlte sie sich daher ausgeschlossen. Sie war keine Köchin, und das ließ man sie spüren. Wahrscheinlich nicht bewusst, so viel war Sarah schon klar, sondern schlicht deshalb, weil sie als Eindringling den präzisen Ablauf der jeweiligen Schicht störte.

Sarah seufzte kurz auf, bevor sie sich schließlich einen Ruck gab und zu ihrem Vater hinüberging. Sie wischte sich mit dem Ärmel ihrer Bluse den Schweiß von der Stirn. Im Sommer war es inmitten all der brennenden Gasherde kaum zu ertragen. Es war ihr ein Rätsel, wie die Köche diesen Mörderjob aushielten.

David Kernow stand in seinem Küchenchef-Weiß zwischen Jean, dem französischen Auszubildenden, und Maddy, der talentierten Pâtissière, die erst im vergangenen Herbst im *Rocksalt* angefangen hatte. David sah kurz zu Sarah, stellte dann die Rührmaschine auf eine Stufe, die jegliche Unterhaltung zwischen Vater und Tochter unmöglich machte. Sarah winkte entnervt ab. Sie wollte schon umdrehen, da hörte sie die Stimme ihres Vaters: »Bleib, ich bin sofort bei dir, *Sweetie!*«, rief er ihr über die Maschine hinweg zu und wandte sich noch im selben Moment in Jeans Richtung, um ihm mit einem Messlöffel die genaue Menge an Eukalyptusöl einzuschärfen, die in die *Spearmint-Leaves*-Buttercreme gehörte. Jean nickte eifrig, maß einen Teelöffel ab und gab das Öl in die Rührschüssel. Sofort erfüllte das Aroma frischer Minze den Raum und vermischte sich auf angenehme Weise mit dem Vanilleduft der Biskuitböden. David nickte und schlug Jean anerkennend zwischen die Schulterblätter.

Maddy stellte nach wenigen Sekunden die Rührmaschine auf die langsamste Stufe herunter und atmete erleichtert auf.

»Danke, Chef. Ich weiß zwar nicht, was Jean bei der Anweisung *ein Teelöffel* falsch verstehen kann, aber das ist jetzt schon die zweite Buttercreme, die er mit dem Eukalyptusöl geflutet hat.«

»Je suis desolé, mais …«, entschuldigte sich Jean gestenreich, der immerhin verstanden zu haben schien, dass seine direkte Vorgesetzte nicht annähernd so versöhnlich gestimmt war wie der Boss. David warf Maddy einen eindringlichen Blick zu, von dem alle Anwesenden wussten, was er bedeutete: *Schluss jetzt, macht mit der Arbeit weiter!* Maddy zog ein Gesicht, berührte dann aber Jean beschwichtigend am Arm.

»Tut mir leid, Jean«, sagte sie.

David nickte zufrieden. Dann fuhr Maddy fort: »Chef, Ihr *Lolly Bag Cake* hat es aber auch in sich. Eine Nummer kleiner hatten Sie's wohl nicht?«

David lachte auf und breitete die Arme aus.

»Was wollt ihr denn nur immer? An meinem Dessertkuchen pfuscht ihr mir jedenfalls nicht herum. Der ist mein Markenzeichen und damit basta. Es soll Gäste geben, die extra wegen dieser Spezialität den Weg zu uns finden, im *Lolly Bag* steckt immerhin eine ganze Kindheit drinnen. Meine nämlich.«

David nahm das Geschirrtuch von der Schulter und fing mit kräftigen Bewegungen an, die Arbeitsfläche aus Edelstahl abzuwischen.

Sarah klemmte sich ungeduldig eine Haarsträhne hinters Ohr und verlagerte ihr Gewicht aufs andere Bein, während sie ihn beobachtete.

»*Dad*, jetzt lass das doch bitte und komm ins Büro!«, sagte sie, nachdem sie ihm eine Weile zugesehen hatte. Endlich faltete David das Tuch zusammen und legte es neben der Spüle ab. Dann kam er hinter der langen Arbeitsfläche hervor und folgte seiner Tochter zu den hinteren Zimmern.

»*Dad*, ich will dir ja nicht reinreden, aber Maddy hat verflucht recht!« David öffnete den Mund, doch Sarah redete einfach weiter. Sie zielte mit dem Zeigefinger auf seine Brust. »Dieser Kuchen ist auch unter wirtschaftlichen Aspekten komplett verrückt, und das weißt du. Dieses Dessert zahlt sich nicht aus. Nein, schlimmer noch: Es ist ein Verlustgeschäft.«

David schüttelte sich die Strähnen aus dem Gesicht und sah seine Tochter unter den langen Fransen beleidigt an. Innerlich musste Sarah grinsen. Kaum zu glauben. Wann wurde der kleine Junge in ihrem Vater endlich erwachsen?

»Immerhin hab ich mit diesem *Verlustgeschäft*, wie du

es nennst, den australischen Patissier-Preis gewonnen, und international kam ich damit sogar auf den dritten Platz, wie du dich vielleicht erinnerst.«

»Ja, Vater, und die Medaille war auch eine tolle Anerkennung deiner Künste, aber das ist jetzt auch schon mehr als fünf Jahre her. Der Trend geht seither eindeutig zu leichteren Nachspeisen, und das trifft sowohl auf die Kalorien als auch auf die Herstellung zu.«

»Dann bin ich eben ein sentimentaler Knochen. Jede Schicht des *Lolly Cake* besteht aus einer beliebten Süßigkeit, und jede einzelne davon ist eine Kindheitserinnerung.«

»Das weiß ich doch«, brummte Sarah, und ihre Stimme klang zugleich schicksalsergeben und genervt, als sie sich auf ihren Bürostuhl fallen ließ. Warum hatte sie diese sinnlose Diskussion überhaupt erst angefangen? Der winzige Raum mit niedriger Decke war fensterlos, die Klimaanlage lief diesen Sommer auf Hochtouren und ließ das Papier in der Ablage geräuschvoll flattern. Sarah reichte ihrem Vater die Muster für die neuen Speisekarten und wartete ab, bis er sie studiert hatte. Wie immer ging er sehr gründlich vor, sein Finger folgte jeder neuen Zeile. Hier und da hielt er inne. Unvermittelt griff er sich an den Kopf.

»Sind die denn blöd? Das geht so nicht!«

Sarah beugte sich nach vorne. »Was stimmt denn nicht?«

»Die Austern gibt es nur in Sydney als Vorspeise, in Melbourne dafür die Tasmanischen *Queen Scallops*. Ist das denn so schwer zu begreifen? Wir arbeiten saisonal und regional, insbesondere beim *Seafood*, das sollte die Agentur doch allmählich begriffen haben, meinst du nicht? Wir arbeiten ja nicht erst seit gestern mit denen zusammen.«

Erregt blies er sich das Haar aus der Stirn.

»Du hast recht, sorry. Das hätte mir eigentlich gleich auffallen müssen. Mein Fehler«, sagte sie in der Hoffnung, beschwichtigend zu klingen. »Ich ruf die Agentur sofort an. Ist denn ansonsten alles in Ordnung?«

David Kernow grummelte leise vor sich hin, heftete dann seinen Blick erneut auf die Muster und nickte schließlich.

»Ja, gut. Abgesehen von den Entrées kann das so raus. Sonst noch etwas?« Er sah zu ihr hoch, und Sarah fiel plötzlich auf, dass die Fältchen, die strahlenförmig von seinen Augenwinkeln abgingen und die sie immer so gemocht hatte, sich deutlich tiefer in seine Haut gegraben hatten, als sie in Erinnerung hatte. Wann war das passiert? Sicherlich nicht über Nacht. Wann hatte sie ihren Vater zuletzt richtig angeschaut?

»Sarah?«

Sie schüttelte den Kopf.

»Nein, das war alles.«

David war im Begriff aufzustehen. »Gut, dann bin ich wieder in der Küche.«

Sarah überlegte für den Bruchteil einer Sekunde, ob dies der rechte Moment war, um ihren Vater auf jenes heikle Thema anzusprechen, das er für gewöhnlich mied wie der Teufel das Weihwasser. Sie hatte es schon öfter versucht, doch jedes Mal hatte er abgewiegelt. Sollte sie es dennoch wagen? Eigentlich hatte sie wenig Lust, sich eine weitere Abfuhr zu holen, doch die Gelegenheit war günstig. Noch bevor ihr Vater den Raum verlassen konnte, stand sie auf und fasste ihn am Arm.

»Warte! Da ist doch noch etwas. Hat allerdings nichts mit dem Geschäft zu tun. Hier, setz dich wieder, und sieh dir das mal an.«

David runzelte die Stirn, setzte sich schließlich aber doch hin und nahm mit fragendem Blick das Wochenend-Magazin des *Melbourne Inquirers* entgegen, das ihm seine Tochter über den Tisch zuschob. Er sah sich die aufgeschlagene Seite an. *Julie – ein vergessenes Mädchen*, lautete die Überschrift. David sah seine Tochter irritiert an.

»Was soll das?«, fragte er. Er klang ärgerlich, als ahnte er schon, um was es bei diesem Gespräch ging.

Sarah räusperte sich. Sie war nervös. Den wunden Punkt im Leben ihres Vaters anzusprechen, fiel ihr nicht leicht, weil sie wusste, wie ablehnend er darauf reagierte.

»Das ist eine Reportage über eines dieser vergessenen Kinder. Julie, das Mädchen, um das es hier geht, hat als Erwachsene vor genau zehn Jahren über eine englische Sozialarbeiterin ihre Mutter wiedergefunden.«

»Musst du wirklich schon wieder damit anfangen?«

Sarah kam um den Tisch herum und lehnte sich gegen die Kante, die Arme vor der Brust verschränkt.

»Ich höre nicht eher damit auf, bis du dich endlich deiner Vergangenheit stellst. Du kannst doch nicht ewig den Kopf in den Sand stecken.«

»Wie oft haben wir schon darüber gesprochen? Das

bringt doch alles nichts.« Er streckte die Beine weit von sich, als gäbe es auf der ganzen Welt kein langweiligeres Thema. Das Magazin rutschte ihm vom Schoß, doch er machte keine Anstalten, es vom Boden aufzuheben.

Sarah starrte ihn für eine Weile an. Wieso nur wollte er nicht begreifen, wie wichtig es war, seine Wurzeln zu kennen? Für sie beide. Wie oft schon hatten sie sich über diese Frage bis aufs Blut gestritten, doch mit David war in dieser Hinsicht einfach nicht zu reden. Er musste ihr die Enttäuschung angesehen haben.

»Ich weiß wirklich nicht, was du erwartest, Sarah. Es gibt keine Wunder, es sei denn, man macht sie selbst. Am besten findest du dich mit den Dingen ab, wie sie sind, bevor du dich noch völlig zermürbst. Meine Eltern sind tot. Daran gibt es für mich keinen Zweifel. Was du dir da immer wieder zusammenreimst, ist reines Wunschdenken.« Er zeigte mit dem Finger auf sie. »*Dein* Wunschdenken, wohlgemerkt. Ich komme nämlich ganz gut damit zurecht, wie die Dinge liegen.« Er schnitt eine Grimasse in ihre Richtung und erhob sich von seinem Stuhl.

»Ich weiß schon, Daddy. Aber diese Frau hier, diese Julie, sie war die Erste, die vor zehn Jahren ihre Eltern wiedergefunden hat; dabei hat sie die ganze Zeit über genau wie du gedacht, ihre Eltern seien tot.« Sarah hob das Magazin auf und tippte auf die untere Ecke des Artikels. »Hier, sieh dir das an. Zum zehnjährigen Jubiläum von Julies Zusammenführung mit ihren Eltern druckt der *Inquirer* nochmals die originale Suchmeldung der englischen Sozialarbeiterin ab, die Julies letztendlich zu ihren Eltern geführt hat.«

David Kernow wollte etwas entgegnen, doch Sarah machte eine Geste, die klarmachte, dass sie keinen Widerspruch duldete. »Hör zu! *Jeder, der in den 1940er und 1950er Jahren als Kind ohne die Begleitung seiner Eltern von Großbritannien nach Australien geschickt wurde und dort in einem Kinderheim aufgewachsen ist, möge bitte die englische Sozialarbeiterin Kerry Nelson kontaktieren, die daran interessiert ist, deren Vergangenheit zu recherchieren.* Und sie schreiben außerdem, dass noch längst nicht alle Kinder von damals ermittelt worden seien, und wiederholen die Aufforderung. Hier steht auch eine Telefonnummer, unter der man sich melden kann.«

Die Tür flog auf, und ein breitschultriger Mann füllte den Rahmen aus.

»Sarah, ich ... Oh, sorry, Chef.«

Der Hüne hielt inne, als er bemerkte, dass Sarah nicht allein in ihrem Büro war. David wandte sich zu ihm um.

»Kein Problem, Leigh, wollte eh gerade gehen.« David stand auf und klopfte seinem Souschef wohlwollend auf den Oberarm. Der trat zur Seite, um seinem Boss den Weg freizugeben. David schob sich an Leigh vorbei und war schon aus der Tür, als er sich nochmals seiner Tochter zuwandte. »Lass es gut sein, Sarah. Manchmal ist es besser, die Vergangenheit ruhen zu lassen.«

»Das ist es verdammt noch mal nicht!«, schrie Sarah lauter, als sie beabsichtigt hatte, und löste sich von der Schreibtischkante. »Deine Vergangenheit gehört auch zu mir und zu Masha. Du kannst sie mir nicht ewig vorenthalten. Wer weiß, was wir über deine Zeit in England herausfinden könnten, wenn wir es nur endlich einmal angehen würden. Vielleicht gibt es ja Verwandte, die uns etwas von früher erzählen könnten. Wieso willst du das nicht? Bist du etwa zu feige?«

David war stehen geblieben. Leigh hatte sich mittlerweile in die Ecke gedrückt, um den Streithähnen aus dem Weg zu gehen, und blickte sehnsuchtsvoll in Richtung Ausgang.

»Es gibt nichts zu entdecken, das es wert wäre. Das kannst du mir glauben.« Für David schien die Diskussion damit beendet. »Und jetzt entschuldigt mich bitte, ich habe zu tun. Ich sehe dich nachher, Leigh?«

Tränen der Frustration sammelten sich in Sarahs Augen.

»Ja, Chef. Bis gleich«, erwiderte Leigh und räusperte sich. Er und Sarah sahen David nach, während dieser den Flur hinunterging, dann schloss Leigh die Tür und nahm Sarah in den Arm.

»So ein sturer Hund«, murmelte sie, als sie sich nach einer Weile von Leighs Brust löste. Er wischte ihr mit dem Daumen eine Träne von der Wange.

»Da bin ich wohl im falschen Moment aufgetaucht.«

»Kann man so sagen.«

»Tut mir leid. Was ist denn los? Wieder das alte Thema?« Er wollte sie erneut an sich ziehen, doch Sarah machte sich von ihm los und setzte sich an den Schreibtisch. Sie hielt Leigh den Artikel hin, und während der ihn überflog, erklärte sie ihm, was gerade zwischen David und ihr vorgefallen war.

»Es ist so verdammt frustrierend. Dieser alte Holzkopf! Dabei hat er nie auch nur den Versuch unternommen, in England nachzuforschen. Es kann doch gar nicht sein, dass ihn seine Eltern nicht die Bohne interessieren!«

»Vielleicht tut es ihm einfach nur zu weh?«, wagte Leigh vorsichtig einzuwerfen.

»Ja, natürlich tut es ihm weh, genau wie es mir weh tut, dass er offenbar nicht anders kann. Aber was mich ebenso schmerzt, ist die Tatsache, dass ich rein gar nichts über seine Eltern und deren Familien weiß. Er sagt ja nichts. Gar nichts.« Sarah stampfte wütend mit dem Fuß auf, wie ein beleidigtes Kind. »Das ist so ungerecht. Er denkt nur an sich. Es fällt ihm gar nicht ein, sich auch nur für eine Sekunde auszumalen, was er mir damit antut. Oder seiner Enkelin. Irgendwann wird auch Masha eine Antwort wollen.«

»Warum forschst du denn nicht selbst nach?« Leigh legte das Magazin auf den Schreibtisch zurück. Sarah sah ihn erstaunt an. »Warum rufst du nicht einfach diese Nummer hier an und fragst, ob sie dir weiterhelfen können?«

»Du meinst, ich soll hinter seinem Rücken Nachforschungen anstellen? Heimlich, ohne sein Einverständnis?«

Leigh zuckte die Schultern. »Warum denn nicht? Du sagst es doch selbst. Er verhält sich dir und Masha gegenüber auch nicht gerade fair.«

Eigentlich hatte Sarah selbst schon öfters mit diesem Gedanken gespielt, ihn allerdings jedes Mal schnell wieder verworfen. Es wäre ihr wie ein Verrat an ihrem Vater erschienen. Streng genommen, hatte er doch nur Masha und sie, da wollte sie nicht riskieren, sich wegen einer unbestimmten Vergangenheit zu entzweien. Das wäre es nicht wert, hatte sie schon vor zwei Jahren entschieden. Vielleicht war das aber falsch gewesen, denn ob sie es nun wollte oder nicht – die alten Fragen schwelten doch unablässig in ihr. Oberflächlich betrachtet, waren sie und David sich nahe. Für Außenstehende musste es so aussehen, als führten sie die beste Vater/Tochter-Beziehung, die man sich wünschen konnte. David war ein geselliger Typ, er lachte gerne mit anderen, und Sarah teilte diese Vorliebe – bis zu einem gewissen Punkt. Wie oft hatte sie schon versucht, ernsthaftere Gespräche mit ihm zu führen. Vergebene Liebesmüh. David fegte ihre sorgsam überlegten Fragen jedes Mal mit einer burschikosen Bemerkung vom Tisch. Zu tiefe oder gar schmerzhafte Gefühle ließ ihr Vater gar nicht erst aufkommen, und alle Fragen zu seiner Kindheit gehörten dazu. Liz, Sarahs Mutter, war zu Beginn ihrer Ehe noch davon überzeugt gewesen, ihre Liebe zu David würde seinen Panzer knacken, aber auch sie war lange vor Sarah an der Hartnäckigkeit gescheitert, mit der ihr Mann sich seinen Emotionen verweigerte. Am Ende hatte sie David verlassen und war mit einem anderen Mann nach England gegangen. Sarah war damals zwölf Jahre alt gewesen, und von ihren Eltern vor die Frage gestellt, wo sie in Zukunft leben wollte, hatte sie sich ohne langes Nachdenken entschieden, beim Vater zu bleiben. Sie mochte den neuen Mann der Mutter nicht und fühlte sich dem Vater trotz allem mehr verbunden als der Mutter. Gerecht war das sicherlich nicht, aber so empfand sie nun einmal.

»Na gut«, meinte ihre Mutter damals nur trocken. »Was will man machen? Zwei von derselben Art. Du bist genauso verschlossen wie dein Vater.« Sie machte eine Pause, in der sie die Tochter lange ansah. »Schon recht«, sagte sie im Aufstehen, und es klang wie ein Seufzer.

Die Worte ihrer Mutter hatten sich wie ein Messer in Sarahs Herz gebohrt. Sie war noch heute der Ansicht, dass ihre Mutter es darauf abgesehen hatte, ihr weh zu tun. Aus der Distanz betrachtet, konnte sie ihre Mutter sogar verstehen. Wie würde sie sich fühlen, sollte Masha sich eines Tages gegen sie entscheiden?

Es war auch nicht so, dass sie nicht wusste, wo ihre eigenen Defizite lagen. Es stimmte, was ihre Mutter über sie sagte: Genau wie ihr Vater zog sie sich sofort in ihr Schneckenhaus zurück, wenn ihr jemand zu nahe kam. Fast instinktiv trat sie lieber die Flucht an, anstatt Nähe zuzulassen und damit eine mögliche Kränkung zu riskieren. Für dieses Verhalten machte sie zum Teil ihren Vater verantwortlich, und deshalb war es ihr so wichtig, David zu helfen, sich zu öffnen. Sie hoffte, dies würde am Ende auch ihr selbst helfen.

Ihr Vater hatte Erfolg und gab sich unbeschwert, doch glücklich war er nicht, war es nie gewesen. Sarah wurde das Gefühl nicht los, dass dieser Artikel im *Inquirer* ihre letzte Chance war, David dazu zu bringen, sich seinem Schmerz zu stellen. Vielleicht könnte er dann außer ihr und Masha endlich jemanden in sein Herz lassen.

Wenn er diese Chance jetzt nicht ergriff, würde sie über kurz oder lang ihren eigenen Weg gehen müssen – auch wenn sie sich vor zwei Jahren anders entschieden hatte. Wohin dieser neue Weg sie führen sollte, war Sarah noch völlig unklar, doch am Anfang stünde wohl ihre Kündigung im *Rocksalt*.

»Sarah?« Sie schrak aus ihren Gedanken hoch. Leigh legte ihr zärtlich den Arm um die Schulter und beugte sich zu ihr hinunter, um sie auf die Wange zu küssen. Seine Locken streiften dabei ihr Gesicht. Sarah strich ihm die Strähnen zurück und lächelte Leigh entschuldigend an. »Schon gut«, sagte Leigh, »ich muss sowieso in die Küche. Soll ich später bei dir vorbeikommen?« Er begann, an ihrem Ohr zu knabbern, doch Sarah schüttelte ihn sanft ab.

»Das ist lieb von dir, aber mein Ex bringt heute Abend Masha wieder zurück und außerdem ...« Sie schaute ihn an und blickte gleich wieder weg.

»Außerdem was?«

Sarah holte Luft. »Außerdem brauche ich ein bisschen Zeit für mich.« Leigh sah sie unter gerunzelter Stirn an. »Zum Nachdenken«, schob sie nach und drückte ihm einen schwachen Kuss auf die Wange. Enttäuscht wich Leigh einen Schritt zurück.

»Geht es um uns? Muss ich mir Sorgen machen?«

»Nein, nein.« Sie griff nach seinen Händen, schaute aber nicht wieder auf. »Es geht um diese Sache mit meinem Vater. Ich muss endlich eine Entscheidung fällen.« Sie seufzte. »Vielleicht hast du recht, und ich sollte auch ohne seinen Segen bei dieser Organisation anrufen.«

Leigh nickte, löste seine Hände aus den ihren und strich ihr mit dem Handrücken sanft übers Kinn.

»Okay, verstehe. Lass mich nur nicht wieder zu lange

warten, hörst du?« Er küsste sie, und dieses Mal erwiderte sie seine Zärtlichkeit. »Ich liebe dich«, sagte er leise, als er sich umdrehte, um das Büro zu verlassen.

»Ich weiß«, sagte sie kaum hörbar und schaute ihm nachdenklich hinterher.

* * *

Nach einer nahezu schlaflosen Nacht setzte sich Sarah mit Schreibblock, Kugelschreiber und einem Becher Milchkaffee an ihre Küchenbar. Der durchdringende Morgenruf der Magpies hatte sie noch vor Sonnenaufgang aus dem Bett getrieben. Seit gestern grübelte sie über diesen Text nach, den sie eigentlich nur noch zu Papier bringen, in einen Umschlag stecken und abschicken müsste. Warum fiel es ihr nur so schwer, die Worte aufzuschreiben? Sie sah auf die Wanduhr. Noch eine halbe Stunde, ehe sie Masha wecken musste. Sie trank einen Schluck von ihrem Kaffee, leckte sich den Milchschaum von der Oberlippe und setzte entschlossen den Stift aufs Papier.

Liebe Kerry,
ich schreibe Ihnen als Antwort auf Ihre Anzeige im Melbourne Inquirer. Ein Freund von mir ist eines dieser Kinder, die in den 1940er Jahren aus England nach Australien verschickt worden sind. Er kam am 13. März 1945 mit der Asturias in Perth an. Er war damals erst fünf Jahre alt und reiste wie die anderen Kinder ohne Begleitung. Man hat ihm erzählt, seine

Eltern seien tot. Er ist sich nicht sicher, ob sein Name oder sein Geburtsdatum stimmen. Alles, was er mit Sicherheit weiß, ist, dass er in England in einem Kinderheim war, bevor man ihn zusammen mit den anderen Kindern auf das Boot geschickt hat.
Ich habe im Anhang ein paar Informationen über meinen Bekannten angefügt, wie dieses alte Foto aus einer Zeitung, das die Kinder während ihrer Ankunft in Australien zeigt. Der Pfeil, den ich in die Fotokopie gezeichnet habe, markiert meinen Bekannten. Mein Freund ist zu schüchtern, um sich selbst bei Ihnen zu melden, würde aber sehr gerne mit Ihrer Hilfe in Erfahrung bringen, ob es möglich ist, in England irgendwelche Verwandte ausfindig zu machen.
Seit seiner Ankunft in Australien hat er die Zeit bis zu seiner Volljährigkeit in Institutionen verbracht, und eine Folge davon ist, dass er nur wenige Freundschaften geschlossen hat und auch nicht das nötige Selbstbewusstsein entwickeln konnte, um sich selbst an die Behörden zu wenden. Ich würde ihn liebend gern unterstützen, ohne ihn dabei zu sehr aufzuwühlen. Er lebt nun seit über fünfzig Jahren in Australien, doch noch immer hat er das Gefühl, er gehöre nicht hierher. Wenn Sie mir helfen können, schreiben Sie mir bitte, oder rufen Sie mich an.

Mit freundlichen Grüßen,
Sarah Kiel

* * *

Zwei Wochen, nachdem Sarah den Brief aufgegeben hatte, fand sie Post aus London in ihrem Briefkasten, die sie mit fahrigen Fingern aufriss.

Liebe Mrs. Kiel,
haben Sie vielen Dank für Ihren Brief. Gerne würde ich Ihnen weiterhelfen, doch Sie müssen verstehen, dass wir einem strikten ethischen Code verpflichtet sind, der die Privatsphäre unserer Klienten schützen soll. Aus Gründen der Vertraulichkeit können wir daher auf keinerlei Anfragen Dritter eingehen und müssen Sie bitten, die betreffende Person davon zu überzeugen, sich in dieser Sache direkt mit mir oder einer meiner Kolleginnen in Verbindung zu setzen. Es tut mir leid, wenn dieses Antwortschreiben nicht Ihren Erwartungen entspricht, doch ich hoffe auf Ihr Verständnis und vertraue darauf, bald von Ihrem Bekannten zu hören.

Mit freundlichen Grüßen,
Kerry Nelson
Child Migrants Fund

Enttäuscht ließ Sarah die Hände sinken und legte den Briefbogen auf dem Tisch ab. Sie sah zum Wohnzimmer hinüber, wo ihre zweijährige Tochter ihrem pinkfarbenen Pony die blonde Mähne striegelte und dabei beruhigend auf das Plastikspielzeug einbrabbelte. So schnell würde sie sich nicht geschlagen geben. Masha hatte Antworten verdient, und es war ihre Aufgabe, dafür zu sorgen, dass die Kleine sie bekam. Sarah steckte den Brief in den Umschlag zurück, stopfte ihn in ihre Handtasche und ging zu ihrer Tochter hinüber. »Komm, meine Süße, wir fahren zu Pop. Es wird Zeit, dass wir beide ihm mal ordentlich auf die Pelle rücken.«

Sarah lächelte und stupste mit dem Zeigefinger auf Mashas Näschen.

* * *

Nach dem Gespräch mit Sarah gab David Kernow schweren Herzens nach. Hartnäckig, wie seine Tochter nun einmal war, hatte sie bereits ein Schreiben in seinem Namen an jene Kerry Nelson und ihren Trust aufgesetzt. Es wunderte ihn nicht, sie gewann schließlich die meisten ihrer Auseinandersetzungen. Im Gegensatz zu ihr war er konfliktscheu, wenn es um seine Familie ging. Und Sarah hatte damit gedroht, das *Rocksalt* zu verlassen und mit Masha wegzuziehen, wenn er sich weigerte, auf ihre Forderungen einzugehen. Er war sich sicher, dass er diesen doppelten Verlust nicht verkraften könnte.

Als sie ihm den vorgefassten Brief vor die Nase hielt, las er ihn daher nur kurz durch und unterschrieb. Sollte sie ihren Willen haben. Was am Ende daraus wurde, stand auf einem ganz anderen Blatt. Ohne seine Mitarbeit und Einwilligung ging nicht viel. Letztlich hielt er die Fäden in der Hand, ob es seiner Tochter passte oder nicht.

»Das ist emotionale Erpressung, was du da betreibst«, hielt er Sarah vor, als er ihr den Brief zurückgab.

»Ein schreckliches Gefühl, nicht wahr, Dad? Wenn ein anderer für dich bestimmt, was Platz in deinem Leben haben darf und was nicht.«

»Das kannst du doch nicht vergleichen. Masha ist meine Enkeltochter. Ich kenne sie seit ihrer Geburt. Wie kannst du nur damit drohen, sie mir wegzunehmen. Das macht mich so wütend, ich kann dir gar nicht sagen, wie sehr, Sarah!«

»Ach so, das ist also etwas vollkommen anderes, als seine Verwandten gar nicht erst kennenlernen zu dürfen. Weil *du* aus Angst vor möglichem Schmerz irgendwann einmal beschlossen hast, dass diese Leute in meinem Leben nicht stattfinden sollen. Wer immer sie auch sind. *Das* nenne ich unmenschlich.«

»Was man nicht kennt, vermisst man auch nicht.«

»Ach ja? Du vermisst also nichts?«

Eine Pause entstand zwischen ihnen.

»Was ist das denn für eine Frage? Meine Eltern sind tot, und mein Leben findet seit meinem fünften Lebensjahr in Australien statt, wie du dich vielleicht erinnerst. Im Übrigen war es nicht meine Entscheidung. Ich war ein Kind, Herrgott noch einmal!« Wie konnte Sarah es überhaupt in Betracht ziehen, ihre Stelle im *Rocksalt* zu kündigen und mit Masha fortzuziehen? Sie kannte doch seine Geschichte. Sie wusste, dass er wegen der Restaurants nicht einfach so wegkonnte, um sie zu besuchen. An den Wochenenden schon gleich gar nicht. Miese Erpressung war das, nichts weiter!

Wäre sie wirklich fähig, eine Entscheidung zu treffen, von der sie wusste, dass sie ihn zutiefst verletzen würde?

Der Gedanke senkte sich als brennender Schmerz in seine Eingeweide, ein Schmerz, wie er ihn zum letzten Mal als Kind erlebt hatte.

»Mach doch, was du willst!«, sagte er und beeilte sich, aus ihrem Gesichtsfeld zu verschwinden. Zum ersten Mal seit Jahren spürte er, wie die Tränen heiß in ihm aufstiegen, und er fühlte sich ihnen genauso hilflos ausgeliefert wie der kleine Junge damals, den man allein ans andere Ende der Welt geschickt hatte.

* * *

Zwei Wochen später standen David und Sarah vor der Tür eines Hotelzimmers. Sarah nickte ihrem Vater aufmunternd zu. David zog am Kragen seines Poloshirts, als wäre es ihm mit einem Mal zu eng geworden, dann klopfte er zaghaft.

Die Tür wurde einen Spaltbreit geöffnet.

»David Kernow?« Er nickte und ergriff die Hand, die ihm die schlanke Frau in dunkelblauem Kostüm zur Begrüßung entgegenstreckte. »Kerry Nelson. Bitte kommen Sie doch herein.« Sie öffnete die Tür ganz und wies auf die Sitzgruppe am Fenster.

»Meine Tochter Sarah ist dabei. Ist doch in Ordnung, oder? Ich wär ja lieber allein gekommen, aber sie hat sich nicht abwimmeln lassen.« David lachte nervös auf, als Sarah ihn in die Seite stieß.

»Ja, sicher. Kein Problem«, sagte Kerry Nelson und lächelte. Die Frauen begrüßten einander. David und Sarah nahmen auf dem kleinen Sofa Platz. Die Gastgeberin schenkte ihnen Wasser ein, reichte ihnen die Gläser und setzte sich in den Sessel gegenüber. Auf dem Tisch zwischen ihnen stand eine Vase mit frischen Blumen und eine Schachtel Kleenex, die größer war als die, die üblicherweise in Hotelzimmern angeboten wurden. Sarah nahm an, dass die Sozialarbeiterin sie vorsorglich besorgt hatte. Rechnete diese Mrs. Nelson etwa damit, ihr Vater würde während des Gesprächs in Tränen ausbrechen? Sarah biss sich in die Wange, um nicht laut zu lachen, was natürlich überaus unpassend gewesen wäre. Doch die Vorstellung, ihr Vater könnte sich urplötzlich in ein heulendes Elend verwandeln, befremdete und belustigte sie gleichermaßen. Sie hatte ihren Vater noch nie weinen sehen. Es war einfach undenkbar. Sie war noch immer mit diesem Gedanken beschäftigt, als David das Wort ergriff.

»Wie ist denn das Wetter so in der alten Heimat? Kalt, nehme ich an. So blass, wie Sie aussehen.«

Mrs. Nelson hob die Brauen und betrachtete ihn amüsiert.

»Ganz recht. Kalt, genau genommen bitterkalt.«

»Als ich England verlassen habe, war es auch sehr kalt.«

»Wann genau war das denn?«

»Im Februar 1945. Wir trugen Mützen und Handschuhe. Als wir in Perth ankamen, war es irre heiß. Bestimmt über vierzig Grad. Unsere Arme waren schon am ersten Tag krebsrot verbrannt.«

Kerry Nelson nickte. »Es ist Ihnen doch recht, wenn ich mir während unseres Gesprächs ein paar Notizen mache, oder?«, erkundigte sie sich dann.

David nickte. »Sicher, machen Sie nur.«

Sie griff nach einem Notizbuch, schlug es auf und schrieb etwas hinein. Dann sah sie David unverwandt ins Gesicht. Er war ein heller Hauttyp. Die australische Sonne hatte mit den Jahren um die Augenwinkel und auf der Stirn tiefe Falten eingegraben.

»Wo wollen Sie anfangen? Was ist Ihnen wichtig?«, fragte sie. David zuckte mit den Schultern und blickte unsicher zu Sarah hinüber, die ihm aufmunternd zunickte. Er räusperte sich.

»Meine Tochter meint, ich hätte vielleicht noch Angehörige drüben, Familie in England. Könnte das tatsächlich sein? Das wäre natürlich was. Ein Cousin oder so, ich bin da gar nicht wählerisch. Irgendjemand, das wäre großartig.«

»Die Möglichkeit besteht, ja.« Kerry Nelson sah auf und lächelte ihn wieder an, bevor sie erneut etwas in ihr Büchlein schrieb. »Was ist mit Ihren Eltern passiert? Können Sie mir etwas darüber sagen?«

David schüttelte den Kopf. »Man hat mir erzählt, dass sie tot sind.« Er rieb sich den Nacken.

»Wissen Sie, unter welchen Umständen sie ums Leben gekommen sind?«

»Keine Ahnung. Es war ja Krieg. Bomben oder so? Genaues weiß ich nicht. Glauben Sie etwa, das mit ihrem Tod war eine Lüge?«

Kerry Nelson sog scharf die Luft ein und blies sie gleich wieder durch die Nase aus. »Das weiß ich nicht, aber ich werde versuchen, es herauszufinden. Dazu benötige ich allerdings Ihre Hilfe.«

»Wie soll das denn gehen? Ich weiß nichts über mich.

Niente, zero, zilch. Vor meiner Hochzeit besaß ich noch nicht einmal eine Geburtsurkunde.« Er lehnte sich nach vorne und wurde lauter: »Glauben Sie nicht, ich hätte mir schon längst selbst geholfen, wenn ich gewusst hätte, wie?«

»Dad, bitte!«, ermahnte Sarah ihn leise und stieß ihn sanft mit der Schulter an. »Mrs. Nelson ist hier, um dir zu helfen.«

Doch die winkte ab. Erleichtert stellte Sarah fest, dass Davids aggressives Verhalten die Sozialarbeiterin offensichtlich nicht aus der Ruhe zu bringen vermochte. Sarah spürte, wie die Emotionen ihres Vaters gegen seinen Willen weiter hochzukochen drohten, und legte ihre Hand beruhigend auf die seine. Er beachtete seine Tochter nicht, hielt den Blick auf Kerry Nelson geheftet.

»Wenn Sie eine Geburtsurkunde haben ... werden dort Ihre Eltern genannt?«

»Nein. Eltern unbekannt, steht da. Die Urkunde bezieht sich auf die Angaben des Waisenhauses.«

Kerry nickte wissend. »Das habe ich mir schon fast gedacht.« Sie schrieb in ihr Buch.

David fuhr sich nervös durchs Haar, wippte unruhig mit dem Fuß. »Können Sie mir vielleicht sagen, was ich falsch gemacht habe? Seit ich ein Junge bin, frage ich mich das schon. Warum hat man mich weggeschickt? Haben Sie etwa eine Antwort?«

Sarah schloss für einen Moment die Augen und flehte innerlich darum, dass ihr Vater sich beruhigen möge. Wenn Mrs. Nelson dieses Treffen abbrach, wäre eine Chance vertan. Diese Frau kam aus England, sie kannte sich in der Behördenmühle ihrer Heimat aus und wusste, anders als David und sie selbst, wo sie mit ihrer Recherche ansetzen musste.

»Sie haben gar nichts falsch gemacht, David«, entgegnete Mrs. Nelson mit einer Ruhe, die Sarah Respekt abnötigte. »Was sollte ein Fünfjähriger auch schon verbrochen haben?«

David schien sich ein wenig zu entspannen; er atmete tief aus und erwiderte Sarahs Händedruck.

»Darf ich Sie auch etwas fragen?«, sagte er.

»Nur zu. Ich bin ja hier, um zu helfen.«

»Blühen die Osterglocken und die Veilchen im Frühling noch immer wild am Straßenrand? Und gibt es noch überall Schornsteine?«

Die Frauen sahen erst ihn, dann einander verwundert an und mussten schließlich vor Überraschung auflachen.

»Ich erinnere mich an qualmende Schornsteine, und in Australien hab ich noch nie welche gesehen«, sagte er wie zu seiner Entschuldigung.

»Ja, David. Die wilden Blumen am Straßenrand gibt es noch und auch die rauchenden Schornsteine.«

Seine Gesichtszüge entspannten sich. »Wenn ich die Augen schließe, kann ich es manchmal noch riechen. England, meine ich.« Er tippte sich an die Nasenspitze. »Den Geruch von brennenden Kohlen in der kalten Luft und im Frühling diesen Duft in den Wiesen.«

»Und du schmeckst es noch immer, oder? Dein *Lolly Bag Cake,* der hat doch auch mit deinen ersten Jahren zu tun, oder irre ich mich da etwa?« Sarah fragte ins Blaue hinein und sah ihren Vater gespannt von der Seite an. David hatte es immer offengelassen, aus welchen Erinnerungen sich der Kuchen genau speiste. Die Süßigkeiten, die er in den diversen Schichten verarbeitete, gab es sowohl in Australien als auch in England. Etwas sagte ihr jedoch, dass es um seine früheste Kindheit ging. Dieser Augenblick war ihre Chance, ein paar Antworten zu erhalten, aber zu ihrer Enttäuschung schwieg David.

»Was sind Ihre frühesten Erinnerungen? Was fällt Ihnen außer Veilchen und Schornsteinen ein, wenn Sie an England zurückdenken?«, fragte Kelly Nelson jetzt.

David schluckte, und Sarah sah, wie der ausgeprägte Adamsapfel ihres Vaters sich auf und ab bewegte. Die Frage der Sozialarbeiterin traf offensichtlich einen Nerv. Anders als Sarah konnte Mrs. Nelson jedoch nicht wissen, dass David Kernow vor vielen Jahren beschlossen hatte, seinen Schmerz zu unterdrücken. Dieser zwackte ihn hin und wieder wie den Hund der Floh, der sich im Fell eingenistet hatte und sich nicht vertreiben lassen wollte. In solchen Momenten lenkte David sich so lange mit Arbeit ab, bis er den Biss nicht mehr spürte. Es war seine Art, zu überleben, doch als Methode, die Vergangenheit zu bewältigen, denkbar ungeeignet.

»Darf ich rauchen?«, fragte David.

Mrs. Nelson schob den wuchtigen Aschenbecher aus Glas über den Tisch. »Die meisten Raucher brauchen erst einmal ein paar Züge, wenn sie zu mir kommen.«

David steckte sich eine Zigarette in den Mundwinkel und zündete sie an. Er warf sein Feuerzeug auf den

Tisch, nahm einen tiefen Zug und blies den Rauch erleichtert an die Decke.

»Ich erinnere mich an das Kinderheim und an meine Mutter, die mich dort besucht hat.«

Er schnippte die Asche ab und nahm sofort einen weiteren Zug. »Ich nehme zumindest an, dass diese Lady meine Mutter war. Ich nannte sie jedenfalls *Mum*, und sie hat mir nicht widersprochen.«

»War sie jung oder eher etwas älter?«

»Schwer zu sagen. Ich glaube, eher jung. Wir sind manchmal zusammen Fahrrad gefahren oder haben im Park Fangen gespielt. Sie war sehr nett, hat sich am Ende immer von mir kriegen lassen.«

Kerry Nelson machte sich Notizen.

»Abgesehen davon, wie Sie diese Frau damals genannt haben: Warum glauben Sie, es handelte sich um Ihre Mutter?«

David hob überrascht die Brauen, dachte für einen Augenblick nach.

»Sie brachte mir *Lollys* mit. Im Heim gab es ja keine, und ich habe mich immer wie verrückt auf ihre Süßigkeiten gefreut. Kleine Zellophantütchen mit Jaffa-Keksen, *Musk Sticks*, süßen Pfefferminzblättern, *Freckles*, Schaumbananen oder *Redskins*. Immer eine andere Mischung und etwas, das ich noch nicht kannte.« Seine Augen leuchteten wie die des kleinen Jungen, dem man gerade diese Zuckerstangen in die Hand gedrückt hatte. Sarah ließ seine Hand los, um sich über die feuchten Augen zu wischen, ehe er bemerkte, wie gerührt sie mit einem Mal war. Es stimmte also: Der *Lolly Bag Cake* war eine Hommage an seine Mutter. Oder, wie die Frage von Mrs. Nelson unterstellte, an irgendeine warmherzige Lady, die es nur nicht über sich gebracht hatte, dem Kind zu verbieten, sie *Mutter* zu nennen. »Manchmal saß ich auf ihrem Knie, und sie trug so einen herrlich weichen Mantelkragen, an dem ich meine Wange reiben durfte. Wohl ein Pelz, aber ich weiß nicht, ob er echt war. Wenn sie mich hielt, hat sie mir liebevoll den Hintern getätschelt.« Er sah die Frauen nacheinander an. »So etwas tun doch nur Mütter, oder?«

»Was ist mit Ihrem Vater? Haben Sie irgendeine Erinnerung an ihn?«

Stille breitete sich zwischen ihnen aus. Kerry Nelson beugte sich ein wenig nach vorne und legte ihr Schreibzeug auf der Tischplatte ab. David blieb still.

»Mr. Kernow? Erinnern Sie sich an Ihren Vater?«, wiederholte sie.

David schüttelte wie abwesend den Kopf und starrte auf die Vase vor ihm. »Glauben Sie, es war meine Mutter?«

»Ich kann es Ihnen nicht sagen, David. Ich weiß, dass meine Fragen Erinnerungen in Ihnen aufwühlen, die sehr schmerzhaft sind. Doch ohne diesen Prozess kann ich Ihnen unmöglich helfen. Ich will ganz ehrlich sein. Selbst wenn Sie mir alles, was Sie wissen, anvertraut haben, gibt es keine Garantie, dass ich Ihre Eltern finden kann, falls sie noch leben sollten. Aber wenn Sie die ganze Wahrheit herausfinden wollen, müssen Sie bereit sein, einen steinigen Weg mit mir zu gehen. Sind Sie das?«

David löste sich aus seiner Starre, nahm einen letzten hastigen Zug von seiner Zigarette und drückte sie mit mehr Kraft als nötig aus. Langsam fuhr er sich mit beiden Händen übers Gesicht, so als wäre er unendlich müde. Über die Fingerspitzen hinweg betrachtete er seine Tochter, doch Sarah wusste, dass sein Blick gar nicht ihr galt. Er war vielmehr nach innen gewandt. Mit Bestürzung stellte Sarah fest, dass Tränen in seinen Augen schimmerten. Mit einem Mal war sie sich nicht mehr sicher, ob sie das Richtige getan hatte. Sie hatte ihn in die Ecke gedrängt. Was wusste sie schon davon, wie tief sein Schmerz wirklich ging? Was wusste sie überhaupt von ihm? Ein Gefühl von Schuld befiel Sarah. Hatte ihr Vater am Ende recht, und es war besser, die Vergangenheit ruhen zu lassen? Und was wäre, wenn Davids mühsam verheilte Wunde, die sie soeben aufgerissen hatte, sich nicht wieder schließen ließe?

Sollte sie ihn auffordern zu gehen? Sollte sie ihm raten, sich dem Schmerz zu stellen? Das hatte sie doch immer gewollt. Aber erst jetzt stieg eine leise Ahnung in ihr auf, wie viel Mut und Kraft ihr Vater brauchen würde, um den Weg, den die Sozialarbeiterin beschrieben hatte, zu gehen. Lohnte sich die Mühe? Eine Garantie gab es nicht, das hatte Mrs. Nelson deutlich gesagt.

Mrs. Nelson war aufgestanden und kniete sich neben Sarahs Vater. Ihre Hand berührte ihn sacht am Arm. »David, möchten Sie, dass ich nach Ihren Eltern suche?« Eine Pause entstand.

»Ja, bitte tun Sie das.«

Sarah wandte ihm überrascht den Kopf zu. Er nahm die Herausforderung tatsächlich an!

Kerry Nelson nickte und richtete sich lächelnd auf. »Gut. Ich fliege kommende Woche zurück nach London und sehe, was ich dort in Ihrer Angelegenheit herausfinden kann. Wichtige Neuigkeiten überbringe ich gerne persönlich, aber in Ihrem Fall wird das wohl nicht möglich sein. Das Budget meiner Agentur lässt es nicht zu, innerhalb der nächsten sechs Wochen wieder nach Australien zu fliegen. Denken Sie, Sie kommen zurecht, wenn ich Ihnen das Ergebnis per Post schicke, und wir telefonieren dann?«

»Na klar. Sie wären die Erste, die mich in Watte packt.«

»Schön. Wir müssten dann noch das Vorgehen besprechen. Normalerweise schreibe ich den Eltern, wenn ich deren Anschrift ausfindig gemacht habe, eine Karte mit der Bitte, sich bei mir zu melden.«

David zog die Stirn kraus. »Und was ist, wenn sie das nicht tun?«

Kerry hob entschuldigend die Schultern. »Ich kann Eltern und Kinder nur zusammenführen, wenn beide Parteien es so wollen. Wenn ich allerdings gar nichts höre, also keine ausdrückliche Ablehnung, gebe ich nach einigen Wochen den Kontakt an die andere Partei weiter.« Kerry Nelson schloss ihr Notizbuch. »Scheuen Sie sich nicht, mich anzurufen, wenn es Ihnen nicht gutgeht. Egal zu welcher Tageszeit. Versprochen?«

»Versprochen.«

* * *

Fünf Wochen später erhielt David Antwort vom Child Migrants Fund. Er rief Sarah an, bevor er den Brief öffnete. »Du würdest ja eh wissen wollen, was drinsteht, da können wir ihn auch gleich zusammen lesen«, hatte er ihr am Telefon gesagt. Keine dreißig Minuten später saß sie ungeduldig an seiner Küchentheke, während David ihr ungefragt einen Cappuccino zubereitete. Sarah trommelte ungeduldig mit den Fingern auf die gesprenkelte Granitplatte. Die italienische High-End-Maschine brauchte eine Ewigkeit, um warm zu laufen.

»Dad, lass es gut sein. Kaffee können wir auch später noch trinken. Öffne endlich diesen verdammten Brief!« Sie tippte auf den gelben Umschlag, der rechts von ihr auf der Theke lag und den sie am liebsten gleich aufgerissen hätte. Die Maschine begann zu fauchen, und David schäumte die Milch auf, während der Espresso in die beiden Tassen zischte.

»Ich habe mehr als fünfzig Jahre auf diesen Augenblick gewartet. Da wird wohl noch Zeit für einen Kaffee sein«, sagte er, als er ihr den Cappuccino hinstellte. Er setzte sich auf den Hocker neben sie, rührte einen Löffel Zucker in seinen Kaffee und nahm einen Schluck. Sarah verdrehte die Augen und hob die Hände zur Decke. »Nun mach schon!«

»Also gut.« David riss den Umschlag mit dem Daumen auf und nahm einen gefalteten Briefbogen und einen kleineren weißen Umschlag heraus, den er zunächst zur Seite legte. Er schlug den Brief auf und begann zu lesen.

*Lieber David,
nach meiner Rückkehr aus Melbourne habe ich hier in London das St. Catherine's House aufgesucht, die Zentrale des General Register Office, ein Mekka für Genealogen und die Heimat von ungefähr 260 Millionen Eintragungen von Geburten, Hochzeiten und Todesfällen in England und Wales, allesamt in 8500 dicken Wälzern gelistet. Die Angaben zu Ihrer Geburt hatten Sie mir ja bereits gegeben, und ich hoffte, mittels dieser Information herausfinden zu können, wer Ihre Eltern waren, vielleicht auch deren damalige Adressen und Berufe in Erfahrung zu bringen.
Die Bände für die 1940er Jahre sind in Vierteljahre unterteilt, nach der alphabetischen Reihenfolge der Nachnamen.*

»Grundgütiger!«, unterbrach Sarah ihren Vater. »Diese Frau macht es aber spannend. Kann sie nicht einfach zum Punkt kommen?« Sie trank einen Schluck von ihrem Kaffee und stellte die Tasse so fest auf den Untersetzer, dass es schepperte. David ließ sich nicht aus der Ruhe bringen und las weiter.

Nach drei Bänden fand ich den entsprechenden Eintrag: Sie wurden am 6. Dezember 1939 in London geboren. Ich füllte den entsprechenden Antrag aus, um an Ihre vollständige Geburtsurkunde zu kommen. David, ich beschreibe den langweiligen Prozess nur deswegen so gründlich, damit Sie wis-

sen, warum es so lange gedauert hat, ehe ich Ihnen schreiben konnte.
Man hat mir also die Namen Ihrer Eltern gegeben. Als Erstes habe ich sie mit dem Sterberegister abgeglichen, doch zum Glück ohne Resultate. Das bedeutet, es gibt berechtigten Grund zur Annahme, dass Ihre Eltern nicht im Krieg ums Leben gekommen sind. Wahrscheinlich wird Sie auch die folgende Neuigkeit überraschen: Aus Ihrer Geburtsurkunde geht hervor, dass sowohl Ihre Mutter als auch Ihr Vater deutsche Staatsbürger sind. Über das Rote Kreuz habe ich die Adresse Ihrer Mutter ausfindig machen können, die Ihres Vaters jedoch leider nicht. Wie wir beide es in Melbourne für einen solchen Fall besprochen hatten, habe ich Ihrer Mutter eine Karte geschickt, in der ich sie bitte, sich bei mir zu melden. Jetzt müssen wir abwarten, ob sie antwortet. Ich freue mich, dass wir Ihre Mutter gefunden haben, und ich hoffe, dass sie sich bald bei mir meldet! Bitte rufen Sie mich jederzeit an, wenn Sie über diese aufregenden Neuigkeiten reden wollen oder einen Rat brauchen. Ich melde mich natürlich sofort, wenn ich von Ihrer Mutter höre oder etwas über Ihren Vater herausfinde. Alle weiteren Schritte hängen davon ab.
Herzliche Grüße aus dem Land der Schornsteine und wilden Straßenrandblumen,

Herzlichst, Ihre Kerry
Child Migrants Fund

PS: Im Umschlag finden Sie eine beglaubigte Kopie Ihrer vollständigen Geburtsurkunde. Die Anschrift Ihrer Mutter behalte ich für mich, bis sie sich damit einverstanden erklärt, dass ich die Kontaktdaten an Sie weitergebe. Wenn dieser Fall eintritt, will ich gerne die Vermittlerin zwischen Ihnen und Ihrer Mutter sein. Meist hat es sich für beide Parteien als hilfreich erwiesen, bei der ersten Kontaktaufnahme einen Mediator an der Seite zu haben. Sollten Sie dies allerdings nicht wünschen, werde ich Ihnen natürlich die Anschrift Ihrer Mutter geben, mich aus der Angelegenheit jedoch zurückziehen.

David ließ langsam die Hände sinken und legte den Brief auf die Theke. Er sah seine Tochter an, die nach dem Schreiben griff und die eben gehörten Zeilen mit den Augen überflog.

»Das gibt es doch gar nicht. Deine Mutter lebt und dein Vater womöglich auch!« Sie strich eine Haarsträhne hinters Ohr und schaute ihren Vater von der Seite an. David schüttelte kaum merklich den Kopf, drehte sich dann zu Sarah.

»Meine Eltern sollen Deutsche sein? Das ist bestimmt ein Irrtum, oder wieso weiß ich nichts davon?«

»Mich wundert das nicht. Man hat dir ja auch sonst nichts erzählt. Immerhin hast du jetzt einen Ausgangspunkt. Die Namen deiner Eltern – meine Großeltern. Das ist großartig, Dad! Nun mach schon den anderen Umschlag auf.«

David setzte sich gerade hin und nahm den kleinen

Umschlag in beide Hände. Dann atmete er tief ein und öffnete den Brief. Sarah konnte ihre Neugier nicht länger im Zaum halten und lehnte sich über seine Schulter, um selbst einen Blick auf das Dokument werfen zu können.

»Ihr Mädchenname ist Leah Winterstein, und dein Vater heißt Michael Korczik«, las sie. »Ihr Name hört sich jüdisch an, seiner irgendwie nach Osteuropa, polnisch vielleicht?«

»Keine Ahnung«, sagte David; es klang, als wäre er meilenweit von seiner Tochter entfernt.

»Mensch, Dad! Deine Eltern leben. Das ist doch irre.« Sarahs Wangen waren vor Aufregung ganz gerötet. Sie stieß ihn an. »Jetzt sag doch auch mal was!«

»Was denn?«

»Zum Beispiel, dass du dich freust und es kaum abwarten kannst, deine Mutter kennenzulernen. Willst du Kerry nicht gleich nach der Adresse fragen?«

»Nein, ich kann warten. Außerdem schreibt Mrs. Nelson, dass sie dazu erst die Erlaubnis meiner Mum braucht.«

»Du willst also wirklich warten? Das ist nicht dein Ernst.«

»Doch, das ist es.«

»Aber Dad ...«

David legte den Kopf schief und kniff die Augen zusammen.

»Jetzt halt endlich mal die Klappe, Sarah. Es geht um mich, und deshalb entscheide ich, wie ich mit dieser ungeheuerlichen Nachricht umgehe. Verstanden?«

Sarah zuckte zusammen und nickte mechanisch. So hatte sie ihren Vater noch nie erlebt. Sie hob entschuldigend die Hand und schüttelte den Kopf.

»Tut mir leid, Dad. Du hast natürlich recht. Es ist deine Geschichte, und ich sollte mich da raushalten.«

»Gut.«

»Ich liebe dich, Dad.«

»Ich dich auch.«

Kapitel 7
London, 1939

Leah sah dem schwarzen Bentley der Dinsdales nach, bis er links abgebogen und hinter einer Häuserreihe verschwunden war. Sie drehte sich um und richtete den Blick auf die Tür. Ihr Körper zitterte, als sie tief Luft holte und die Messingglocke am Eingang des zweistöckigen Backsteinhauses läutete. Während sie darauf wartete, dass man öffnete, strich sie ihren Mantel glatt und schaute sich verstohlen um. Der Vorgarten machte einen makellosen Eindruck und glich denen der Nachbarschaft. Hier in Esher, einer beschaulichen Ortschaft südwestlich von London, schnitt man den Rasen kurz, stutzte seine Hecken und achtete offenbar darauf, dass die Rhododendren von einheitlicher Größe waren. Leah hörte Schritte näher kommen, und ihre Hände umfassten den Ledergriff enger und drückten den Koffer so fest gegen ihre Oberschenkel, dass es zu schmerzen begann. Die Tür öffnete sich und gab den Blick auf eine Frau in Schwesterntracht frei, die sie weder freundlich noch feindlich ansah. Mit einem Fingerzeig forderte sie Leah auf einzutreten. Erst nachdem sie die Tür hinter Leah geschlossen hatte, begann die Schwester zu sprechen.

»Willkommen im Girls' Remembrance Home. Ich bin Schwester Agnes. Deine Zeit bei uns wird dir in guter Erinnerung bleiben, sofern du dich an die Regeln hältst. Es liegt also an dir, wie gut wir in den nächsten Monaten miteinander auskommen.« Abrupt wandte die Schwester sich um und ging den Flur hinunter. Unschlüssig, was sie tun sollte, blieb Leah zunächst abwartend stehen. Endlich drehte Schwester Agnes den Kopf in ihre Richtung. »Was ist, junge Dame? Brauchst du etwa eine Extra-Einladung?«

Leah folgte der hageren Gestalt über eine knarzende Treppe hinauf in den zweiten Stock, wo die Schwester vor einer der Türen stehen blieb und aus den Tiefen ihrer Tracht einen Schlüsselbund hervorkramte. Sie schloss auf und schob Leah in den quadratischen Raum. Zu Leahs Überraschung lag in einem der beiden Betten ein Mädchen, das sich nun erschrocken aufrichtete.

»Meredith, das ist Leah. Erklär ihr bitte alles, den Tagesablauf, unsere Hausregeln.« Schwester Agnes hob das Kinn und sah das abwesend wirkende Mädchen mit den hellen Augen und dem strähnigen Haar aus verengten Augen an. »Meredith?«

Wie ertappt hob das Mädchen den Blick. »Ja natürlich, Schwester Agnes.« Meredith schlug die Wolldecke zurück, stellte die Füße auf den Boden und stützte sich mit den Händen an der Bettkante ab. Schwester Agnes nickte zufrieden.

»Gut. Ich lasse euch jetzt allein. Schicke Leah vor dem Abendessen in mein Büro, damit wir die Papiere erledigen können. Wenn du dich dazu in der Lage fühlst, kannst du vorher mit Leah noch einen Rundgang durchs Haus machen und sie den anderen Mädchen vorstellen. Es geht dir doch schon besser, oder?«

Meredith nickte.

»Fein, bis nachher also.« Schwester Agnes verließ den Raum und zog die Tür hinter sich zu. Schweigend lauschten die Mädchen, wie sich die energischen Schritte über die Holztreppe entfernten. Leah sah auf ihre Füße und verlagerte das Gewicht von einem Bein aufs andere. Es war ihr unangenehm, wie unverhohlen Meredith sie musterte. Leah spürte, wie der Blick des fremden Mädchens auf Leahs Mitte haften blieb. Wie um sich zu schützen, presste Leah den Koffer wieder fester an sich, dessen Griff sie noch immer mit beiden Händen umfasst hielt.

»Hallo«, sagte sie schließlich, um die Stille zu beenden.

»Hallo. Den Koffer kannst du in den Wandschrank da drüben stellen. Dort ist auch Platz für deine Wäsche.«

Erleichtert, nicht länger tatenlos herumstehen zu müssen, machte sich Leah ans Auspacken. Viel hatte sie ohnehin nicht dabei. Die Wintersachen, die ihre Mutter vor Leahs Abreise nach England für sie gekauft hatte, waren jetzt im Frühling viel zu warm und passten auch gar nicht mehr. Es war Leah unendlich schwergefallen, sich von den wenigen Kleidungsstücken zu trennen, die sie noch an zu Hause erinnerten, doch Ada hatte darauf bestanden, dass Leah die deutschen Sachen zurückließ.

»Du bist hier mit einem einzigen Koffer angekommen, und so reist du auch wieder ab«, hatte sie schroff gesagt, wohl weil sie der Auffassung war, dass Leah nicht genug bestraft werden könnte. Leah hatte dann aber heimlich doch noch den schönen Mantel mit dem weichen Pelzkragen in den Koffer gestopft. Ihr geliebtes Bärchen war schon verloren, da wollte sie wenigstens den Mantel behalten. Bei Gelegenheit würde sie das

Futter auslassen. Dann könnte sie ihn noch mindestens ein, zwei Jahre tragen, wenn nicht gar länger.

Im Austausch für die Wintergarderobe hatte ihr Ada Dinsdale das Nötigste an leichter Kleidung mitgegeben: zwei abgelegte Sommerkleider von Eliza, außerdem zwei Nachthemden, etwas Unterwäsche, ein Paar schlichte, aber gute Sommerschuhe und eine alte Handtasche, die bereits vor Jahren aus der Mode gekommen war.

Als Leah den leeren Koffer im unteren Fach verstaut hatte, klopfte Meredith mit der flachen Hand aufs Bett.

»Komm her!«

Leah zögerte kurz, nahm dann aber neben Meredith Platz.

»Bist du krank, oder warum liegst du mitten am Tag im Bett?«

Meredith hob die Schultern. »Weiß nicht. Ich habe geblutet und musste liegen, aber vorgestern hat es aufgehört, und mir geht es eigentlich ganz gut. Der Arzt hat gesagt, ich soll sicherheitshalber noch zwei Tage ruhen.«

Leahs Blick wanderte unwillkürlich zu Merediths stark gewölbtem Leib. Der Nabel zeichnete sich unter dem dünnen Nachthemd ab und sah irgendwie unanständig aus. Meredith legte die Hand auf ihren Bauch und strich sanft darüber. Irritiert sah Leah weg. Im Vergleich zu Merediths prall geschwollener Mitte war Leah selbst noch flach wie ein Brett.

»Der Arzt meint, es dauert jetzt nicht mehr lange. Eine Woche noch, vielleicht zwei. Und bei dir?«

Leah lief blutrot an. Seit ihre Schwangerschaft vor ein paar Tagen entdeckt worden war, hatte sie mit niemandem außer Ada und dem Arzt darüber gesprochen. Und nun fragte sie dieses fremde Mädchen ganz direkt, wann ihr Kind zur Welt kommen würde. Sie räusperte sich.

»Im Winter«, sagte sie leise und sah erneut verlegen auf ihre Füße. »Es soll im Winter kommen.« Meredith nahm die Hand vom Bauch und legte sie auf Leahs Arm.

»Keine Sorge. Ich frag dich nicht aus.« Meredith setzte sich gerade hin und räusperte sich. »Und damit wären wir auch schon bei den Regeln des Girls' Rememberance Home. Die erste und wichtigste lautet nämlich Verschwiegenheit. Ich will nicht wissen, wer dich geschwängert hat, und umgekehrt willst du nicht wissen, wer der Vater meines Kindes ist. Wir reden auch nicht über unsere Familien, den Nachnamen behält jede für sich. Es reicht vollkommen, dass die Heimleitung Bescheid weiß. Hast du mich verstanden?«

»Ja, ich denke schon.« Leah fühlte sich ein wenig benommen.

»Gut. Dann zur Tagesordnung. Wecken um sieben, danach Anziehen und Frühstück. Ab acht erledigen wir die Hausarbeit. In der Hauptsache putzen, Wäsche waschen und Hilfsarbeiten in der Küche. Wer das nicht mehr kann, arbeitet im Bett.« Meredith griff neben sich nach einer halb geflickten Küchenschürze und hielt sie Leah wie zum Beweis unter die Nase. »Am Abend essen wir gemeinsam, dann kann jede bis neun tun, was sie will. Karten spielen, lesen oder an der Babyausstattung stricken. Wer sich gut fügt, kann auch mal einen Ausflug in die Stadt unternehmen und ins Kino gehen – vorausgesetzt, sie ist noch nicht so kugelrund wie ich und kann ihren Zustand unter einem weiten Mantel verbergen. Manche tragen bei diesen Gelegenheiten einen Ring, damit man sie für verheiratet hält. Totaler Blödsinn, wenn du mich fragst. Die Leute in Esher wissen nur zu genau, wer wir sind und weshalb wir hier wohnen. Aber manche Mädchen wollen es nun mal so. Wenn du möchtest, kannst du einmal pro Woche Besucher empfangen. Hin und wieder untersucht dich der Arzt. Er entscheidet später auch, wann du nach London ins Krankenhaus musst.«

Leah hätte Meredith gerne gefragt, was genau eigentlich während der Geburt vor sich ging, aber sie traute sich nicht. Wahrscheinlich wusste es Meredith ja selbst nicht. Die Frage, die Leah am meisten auf der Seele brannte, wagte sie dennoch zu stellen: »Was geschieht nach der Geburt?«

Meredith runzelte die Stirn. »Hat man denn mit dir darüber noch gar nicht gesprochen?«

Leah schüttelte den Kopf. Meredith schwieg für eine Weile.

»Das macht nichts. Schwester Agnes wird dir schon noch alles erklären. Komm, ich stell dich den anderen Mädchen vor.« Sie stand vom Bett auf und zog Leah mit sich hoch.

Als sie die anderen Mädchen kennenlernte, fünfzehn insgesamt, erkannte Leah gleich, was sie außer den untrüglichen äußeren Anzeichen gemeinsam hatten. Schande war das allgegenwärtige Leitmotiv im Girls' Rememberance Home, und Verschwiegenheit von höchster

Wichtigkeit. Gelegentliche Ausflüge in die Stadt konnten nicht darüber hinwegtäuschen, dass die Mädchen an diesem Ort waren, um ihre Schande vor den Augen der Öffentlichkeit zu verstecken.

Seit dem Moment, da Schwester Agnes die Tür hinter Leah und Meredith geschlossen hatte, stand Leah unter dem seltsamen Eindruck, als würde ihr gewohntes Ich sich allmählich auflösen. Wie im Traum konnte sie dabei zusehen, wie ein anderes Leben nach ihr greifen wollte, um das alte zu verschlucken. Ein Gefühl, als würde sie ziellos im Nebel umherschweben, dabei gar nicht einmal unangenehm. Eher wie ein Aufatmen. Für einige Monate war sie der grässlichen Verantwortung enthoben, die sie nicht nur überforderte, sondern regelrecht erdrückte. Dieses Haus ermöglichte ihr, über die verzweifelte Lage in Ruhe nachzudenken. Die Dinsdales, Michael, ihre Eltern. Es gab so vieles zu bedenken und abzuwägen. Was gäbe sie darum zu erfahren, was mit Michael passiert war und ob er wusste, wo man sie untergebracht hatte. Vielleicht würde er sie ja eines Tages besuchen kommen? Bei diesem Gedanken schlug ihr Herz schneller, und sie ermahnte sich, keine unbegründete Hoffnung zu hegen, was ein Wiedersehen mit Michael anbelangte. Am Ende wäre sie nur fürchterlich enttäuscht und traurig.

Der erste Schritt war, dieses Kind zu bekommen, und bis es so weit war, würde sie erst einmal von der Bildfläche verschwunden sein.

»Tu einfach, was von dir verlangt wird, und gib nichts preis! Eine Freundin wirst du hier sowieso nicht finden. Halte dich an die Regeln, und die Zeit im Heim geht schneller vorbei, als du denkst«, riet ihr Meredith. »Schau mich an! Es kommt mir so vor, als wäre ich erst gestern hier angekommen, als ich noch eine Taille hatte. Und nun? Ich glaub es manchmal selbst kaum.« Sie umfasste ihre Mitte mit beiden Armen und lachte überraschend herzlich, dann wurde sie still und beugte sich vor. »Im Ernst, Leah. Es gibt schlimmere Orte. Wenn du hier keinen Ärger machst, kriegst du auch keinen.«

Wäre der Besuch in Schwester Agnes' Büro nicht gewesen, hätte sich Leah auch weiterhin der Illusion hingegeben, behütet in einer Seifenblase zu schweben. Sie nahm auf dem ihr zugewiesenen Stuhl vor dem Schreibtisch Platz, hinter dem die Schwester eifrig Notizen in eine dicke Kladde kritzelte. Leah faltete die Hände unter ihrem Bauch und wartete geduldig. Endlich nahm die Schwester ihre Brille ab und legte sie zusammen mit dem Füllfederhalter neben das Buch. Ein bemühtes Lächeln verzerrte ihr Gesicht, als sie Leah ansah. »Leah, Kind. Wie lange bist du jetzt bei uns?«

»Drei Wochen, Schwester.«

»Drei Wochen. Ich hoffe, du hast dich inzwischen gut eingelebt. Gibt es irgendwelche Fragen?«

Leah hatte sich fest vorgenommen, wenigstens diese eine Frage zu stellen, selbst wenn sie vor Angst ohnmächtig würde. Sie schluckte.

»Was geschieht mit dem Baby und mir nach der Geburt?«

Schwester Agnes stützte die Ellbogen auf den Tisch, bevor sie antwortete: »Nach der Geburt verbringst du mit dem Kind sechs Wochen in einem Mutter-Kind-Heim, damit du es stillen kannst. Das ist gut für das Kind und für deinen Körper auch. Danach bekommt das Baby Flaschennahrung und wartet auf seine neuen Eltern.«

»Welche neuen Eltern?«, fragte Leah geschockt und irritiert zugleich. Die Schwester seufzte.

»Ich gehe davon aus, dir ist bewusst, dass du dieses Kind nicht behalten kannst. Zum Wohl aller Beteiligten habe ich schon jetzt die nötigen Papiere für die Adoption vorbereitet.« Sie schob einen kleinen Stapel über den Tisch und hielt Leah den Füller hin. »Hier, unterschreib, und du bist der Sorge um dieses kleine Wesen enthoben – im beruhigenden Wissen, das Beste für das Kind getan zu haben.«

Leah war wie vor den Kopf geschlagen. Sie sollte ihr Kind weggeben?

Schwester Agnes musste ihr die Zweifel von der Stirn abgelesen haben, oder sie wusste aus Erfahrung, was die Mädchen bewegte. »Ja, willst du denn nicht auch, dass dein Kind bei liebenden Eltern aufwächst, die ihm eine unbeschwerte Kindheit ermöglichen können? Eltern, denen es nicht vergönnt ist, eigene Kinder zu haben, und die sehnlichst darauf warten, das Baby willkommen zu heißen?«

»Darüber habe ich noch gar nicht nachgedacht«, antwortete Leah verstört.

»Das musst du auch nicht. Diese Bürde nehmen wir

dir gerne ab. Was könntest du dem Kind schon bieten? Das Waisenhaus, mehr nicht.«

»Das Waisenhaus?«

»Wo sonst sollte eine minderjährige Mutter ihr Kind unterbringen? Wenn du das Waisenhaus wählst, wirst du dir bald nach der Geburt eine Arbeit suchen müssen, wenn du das Kind irgendwann zu dir nehmen willst. Vom Staat darfst du dir nicht viel Hilfe erwarten, zumal du nicht einmal britische Staatsbürgerin bist. Wohin sollte dein Baby also sonst? Zur Familie des Vaters doch sicherlich nicht, oder?«

Leah biss sich auf die Unterlippe und schaute betreten zur Seite. »Aber ich könnte es im Waisenhaus besuchen, oder etwa nicht?«

»Selbstverständlich. Jeden Sonntag von zwei bis vier, sofern du dann nicht arbeiten musst.«

Leah schluckte. »Wie ist es denn so im Waisenhaus?«, fragte sie leise.

»Du meinst die Zustände? Was glaubst du denn? Leah, du bist doch nicht dumm. Im Waisenhaus wird nur das Nötigste für dein Kind getan. Es wird gefüttert und gekleidet, mehr nicht. Später wird es zur Primary School geschickt, danach muss es sich eine Arbeit suchen. Mit einigem Glück findet es sogar eine. Wenn nicht, dann ...«

»Dann was?«

»Jeder Fall ist anders, doch die Erfahrung lehrt, dass viele Zöglinge es außerhalb des Heims nicht schaffen, ein anständiges Leben zu führen. Manche der Heimkinder werden noch als Jugendliche zu Verbrechern, einige der Frauen – nun ja. Für dieses Thema bist du trotz deiner frühreifen Erfahrungen noch zu jung. Was ist nun?« Sie legte den Federhalter vor Leah nahe der Tischkante ab.

»Ich muss erst darüber nachdenken. Kann ich jetzt gehen?« Leah stand auf, die Schwester griff nach ihrer Brille, lehnte sich zurück.

»Wie du willst. Aber ich kann dir jetzt schon verraten, wie du dich am Ende entscheiden wirst. Nur die dummen Mädchen wählen einen anderen Weg.« Sie setzte die Brille auf und blätterte in ihrem Buch.

In dieser Nacht wälzte sich Leah schlaflos in ihrem Bett herum. Meredith schnarchte leise, doch das war es nicht, was Leah wach hielt. Tausend Gedanken schossen ihr durch den Kopf, und sie fühlte sich so hilflos wie noch nie zuvor in ihrem Leben. Sie fragte sich, was mit ihrem Kind geschehen würde. Hatte sie eine echte Wahl? Und was sollte sie nur ihren Eltern sagen? Würden die Dinsdales ihnen schreiben und erzählen, dass ihre Tochter schwanger war? Bei diesem Gedanken zog sich ihr Magen zusammen. Und wäre es für die Dinsdales nicht eigentlich naheliegend, sie wieder zurück nach Deutschland zu schicken? Leah kam zu dem Schluss, ihre Pflegefamilie müsse sogar unbedingt ein Interesse daran haben, die Schwangerschaft geheim zu halten und das Baby an eine fremde Familie abzugeben.

Doch war das auch in ihrem eigenen Interesse? Und vor allem: War es tatsächlich zum Wohl des Kindes? Woher sollte sie das schon wissen? Schwester Agnes hatte ihr ja die einzige Alternative zu einer Adoption aufgezeigt. Eine andere Möglichkeit als das Waisenhaus gab es offenbar nicht. Leah fühlte sich mit diesen Fragen vollkommen überfordert, und Panik kroch in ihr hoch. Was war nur aus ihrem Leben geworden? Sie war erst vierzehn und hatte versprochen, ihre Eltern aus Nazi-Deutschland zu retten. Deshalb war sie doch eigentlich nach England gekommen. Stattdessen hatte sie sich in eine Lage gebracht, die aussichtslos schien und die sie mit niemandem besprechen konnte. Es war ihr unmöglich, sich auch nur auf eines ihrer Probleme zu konzentrieren, denn sobald sie es auch nur versuchte, hatte sie gleich das Gefühl, sich dem weniger Drängenden gewidmet zu haben und damit alles nur noch schlimmer zu machen.

Ihre Gedanken drehten sich so im Kreis, dass ihr schwindlig wurde. Wenn sie doch nur jemanden um Rat fragen könnte! Sie sehnte sich nach jemandem, der sie in den Arm nahm, sie tröstete und beteuerte, dass am Ende alles gut würde. Wie so oft in den vergangenen Wochen dachte sie an Michael. Wo er jetzt wohl war? Vermisste er sie auch manchmal, oder war er von Hass erfüllt, wenn er an sie dachte? Schließlich hatte sie sein Leben verpfuscht.

Leah presste verzweifelt ihr Gesicht ins Kissen. Schuld, Angst und Verzweiflung brannten in ihr, und am liebsten wäre sie in diesem Moment vor Scham und Mutlosigkeit im Erdboden versunken.

Was war das Richtige? Sie empfand sich als Spielball des Schicksals. Wie Leah es auch drehte und wendete, sie kam zu keinem Ergebnis. Sollte sie ihr Baby weggeben und so tun, als hätte es dieses Wesen nie gegeben? Oder sollte sie versuchen, dem Kind eine Mutter zu sein, obwohl sie damit dem Baby womöglich die Chance auf ein besseres Leben nahm?

Als die Vögel im Morgengrauen zu singen begannen, fiel Leah endlich in einen unruhigen Schlaf.

* * *

Zehn Tage später, an einem warmen Sonntag, klopfte es an Leahs Zimmertür. Sie saß am Tisch und schrieb einen Brief an ihre Eltern. Durch das geöffnete Fenster drang Gelächter. Die anderen Mädchen spielten im Garten Ball.

»Besuch für dich, Leah.«

Verwundert wandte sie sich zur Tür. Für eine Sekunde keimte Hoffnung in ihr. Könnte es Michael sein?

»Besuch? Wer denn?«

Die Tür öffnete sich, und Schwester Agnes erschien im Türrahmen.

»Dein Pflegevater. Gordon Dinsdale.«

Leah stand auf. Hinter der Schwester erkannte sie Stuarts Vater. Ihr Herz begann zu hämmern. Gordon drückte der Schwester freundlich den Arm und schob sie zur Seite, um einzutreten. Beherzt schritt er auf Leah zu, streckte die Arme aus und ergriff ihre Hände.

»Die sind ja ganz kalt«, sagte er. »Leah, wie geht es dir? Verzeih, ich hätte schon viel früher vorbeischauen sollen, aber es war schwieriger, als ich dachte, diesen Besuch vorzubereiten.«

»Sind Sie heimlich hier? Ihre Frau und die Kinder wissen nichts von Ihrem Besuch?«

Gordon legte den Finger auf die Lippen und grinste verschwörerisch. »Pst. Absolut geheime Mission. Wenn meine liebe Ada wüsste, dass ich hier bin … ich will es mir lieber gar nicht ausmalen. Du kannst mein kleines Geheimnis doch für dich behalten, oder?«

Gegen ihren Willen lachte Leah leise auf. Es war schon eine Weile her, seit sie das letzte Mal gelacht hatte. Gordon lächelte. Er trug eine Pappschachtel bei sich, die er auf dem Tisch abstellte. »Käse-Zwiebel-Pie und Stachelbeerkuchen von unserer Daisy. Ich hab ihr gesagt, ich gehe mit einem Freund zum Picknick.«

»Wollen Sie sich nicht setzen?« Leahs Wangen färbten sich rot, als sie die Stühle zurechtrückte. »Ich habe leider keine Teller hier. Wenn Sie sich einen Moment gedulden, laufe ich schnell in die Küche hinunter und hole welche.«

»Lass nur. Warum essen wir nicht einfach aus der Hand? Es ist schließlich nur ein Picknick.«

Leah wurde ruhiger. »Ja, warum eigentlich nicht«, antwortete sie und setzte sich auf einen der Stühle. Gordon öffnete die Schachtel.

»Süß oder herzhaft?«

»Süß, bitte.«

Er reichte ihr ein Stück Kuchen auf einer Stoffserviette und bediente sich selbst an der Pie, dann nahm er auf dem zweiten Stuhl Platz und lehnte sich zurück. Für eine Weile saßen sie schweigend nebeneinander und aßen.

»Behandeln sie dich gut hier?« Er sah Leah von der Seite an.

Sie nickte, legte den Rest ihres Kuchens in den Karton zurück und rieb sich die Krümel von den Händen.

»Wussten Sie, dass das Kind zur Adoption freigegeben werden soll?«

Gordon Dinsdale schien die Direktheit der Frage zu überraschen. Er verschluckte sich und musste den Hals freihusten, bevor er antworten konnte. Er legte die Pie in die Schachtel und beugte sich vor, um Leah bei den Schultern zu fassen.

»Hör zu, Leah. Das ist normal in einem Fall wie deinem. Mädchen, die unverheiratet schwanger werden, geben ihr Kind frei. Es hilft dem Kind und auch ihnen selbst.«

»Ich weiß. Schwester Agnes hat es mir schon erklärt.«

»Mir hat sie außerdem erzählt, dass du die entsprechenden Papiere nicht unterschrieben hast.«

»Ich möchte über alles in Ruhe nachdenken. Noch ist ja Zeit, und ich bin so verwirrt. Es ist wohl besser, wenn ich das Baby weggebe, oder?«

Gordon lächelte sie warmherzig an.

»Unbedingt sogar. Dieses Kind wird Fragen aufwerfen, die niemandem von uns gefallen können. Du kannst nicht für es sorgen, und wir können das nicht für dich übernehmen. Das siehst du doch ein, oder?«

»Ja«, sagte Leah und senkte das Kinn. »Wie geht es Eliza und Stuart?«, fragte sie, um das Thema zu wechseln.

»Sie vermissen dich sehr. Wir haben ihnen gesagt, dass

du wegen der Visumssache mit deinen Eltern auf unbestimmte Zeit verreisen musstest.«

Leah nahm für die nächste Frage ihren Mut zusammen. »Verstehe. Und was ist mit Michael?«

Gordon seufzte hörbar. »Nach unserem Streit ist er spurlos verschwunden. Wir haben nicht die leiseste Ahnung, wo er sich aufhält.« Er sah sie an. »Wer weiß, vielleicht ist das am Ende gar keine so schlechte Nachricht?«

* * *

Am nächsten Tag spülten Meredith und Leah nach dem Abendessen das Geschirr, als Merediths Fruchtblase platzte.

»Himmel, was ist das?«, rief Meredith entsetzt.

»Ich rufe die Schwester«, sagte Leah. Mit hochroten Wangen lief sie aus der Küche hinaus, um die diensthabende Schwester in ihrem Zimmer aufzusuchen.

Schwester Margaret hievte sich aus dem Sessel und stellte ihre Teetasse auf dem Beistelltisch ab. »Kein Grund zur Aufregung.« Sie ging zum Schrank hinüber, öffnete eine der Türen und entnahm daraus eine Babywindel. »Hier, sag Meredith, sie soll dies tragen und mit dem Küchendienst weitermachen. Ich komme später mit dem Doktor auf euer Zimmer. Bis dahin verhaltet ihr euch ruhig und redet nicht mit den anderen. Hast du mich verstanden?«

Leahs Herz schlug aufgeregt, doch sie nickte.

Als der Doktor kam, um Meredith zu untersuchen, schickte Schwester Margaret Leah nach draußen. Eine halbe Stunde später hörte Leah, wie ein Wagen auf dem Kies vor dem Haus ausrollte. Sie schob die Gardine beiseite und sah, wie ein Sanitäter aus dem Krankenwagen kletterte und am Lieferanteneingang wartete.

»Sie holen dich ab, Meredith. Ein Krankenwagen. Ohne Blaulicht.« Meredith antwortete nicht. Sie lag gekrümmt mit dem Rücken zu Leah in ihrem Bett und atmete schwer. Als der Doktor und Schwester Agnes hereinkamen, stöhnte Meredith auf. Die beiden nahmen das Mädchen in ihre Mitte und führten es zur Treppe. Ihre Augen waren geschlossen, sie sah blass aus. Leah drückte sich an die Wand, um ihnen Platz zu machen, und schaute der kleinen Gruppe hinterher. Für einige Sekunden hielt sie den Atem an, so als ahnte sie in diesem Augenblick, dass sie Meredith nie wiedersehen würde.

* * *

In den nächsten Wochen und Monaten wuchs Leahs Bauch, doch sie wartete vergeblich darauf, dass Agnes oder eine der anderen Schwestern sie auf den großen Moment der Geburt vorbereitete. Ihre Fragen nach Merediths Verbleib waren unbeantwortet geblieben, was ihre Angst vor der Niederkunft nur noch vergrößerte. Soweit es ihr möglich war, versuchte sie deshalb, den Gedanken daran zu verdrängen, und tat in der Zwischenzeit einfach, was alle taten. Wie die Heimleitung es ihnen nahegelegt hatte, konzentrierte sie ihre Anstrengungen auf die Vervollständigung der sogenannten »Baby Box«. Dazu bedurfte es zunächst einer kleinen Kiste mit Deckel, wie man sie im Geschenkladen kaufen konnte. Die Kiste wurde mit allerlei hübschem Seidenpapier und gebasteltem Schmuck aus farbigem Karton verziert, aus dem die Mädchen Fläschchen und Babyrasseln ausschnitten. Das Heim hielt eine Liste parat, was in diese Box gehörte: eine Auswahl an Babydecken, Windeln, Strickjäckchen und Stramplern zusammen mit einigen Paaren Söckchen, sowie Babymützchen und Schühchen. Das meiste dieser Sachen sollten die Mädchen während ihres Aufenthalts im Heim selbst anfertigen, manche Dinge mussten sie von ihrem Taschengeld kaufen, wie die geforderten Schuhe mit der weichen Kalbsledersohle oder die Holzklötzchen, die es in einem Laden in der Stadt gab. Kurz vor Leahs Niederkunft enthielt ihre Baby Box die komplette Standardausstattung. Sie fühlte jeden Tag stärker, dass eine Verbindung zwischen ihr und dem Kind in ihrem Leib gewachsen war. Sie empfand das Bedürfnis, das winzige Wesen zu beschützen. Wer würde es sonst tun?

* * *

Am 1. September 1939 brach der Zweite Weltkrieg aus. Die Mädchen und Schwestern versammelten sich um das Radio und lauschten gebannt der Rede von Premierminister Neville Chamberlain. Deutschland war ab sofort Feindesland, und die Chancen, dass Leahs Eltern jetzt noch nach England kommen durften, sanken gegen null. Zu ihrer eigenen Überraschung musste Leah nicht einmal weinen, als ihr die Unabänderlichkeit der Trennung bewusst wurde. Vielleicht hatte sie schon zu viele Tränen vergossen, oder sie hatte es insgeheim geahnt, dass es so kommen würde. Nun war es jedenfalls entschieden: Sie war auf sich selbst gestellt. Seltsamerweise empfand Leah trotz ihrer Traurigkeit auch so etwas wie Erleichterung. Sie konnte nun beim besten Willen nichts mehr für ihre Eltern und Sissi tun. Sie wollte sich jetzt erst einmal auf das Baby konzentrieren und musste darauf vertrauen, dass ihre Familie es schon irgendwie aus eigener Kraft schaffte, sich aus Deutschland zu retten. Die Wintersteins waren klug und stark. Ihre Familie würde überleben. Es konnte gar nicht anders sein.

Am 6. Dezember wurde Leah Mutter. Das Einzige, woran sie sich hinterher erinnern konnte, war der herzzerreißende Schrei eines Säuglings, der wie aus weiter Ferne in ihr betäubtes Bewusstsein drang, aber keinerlei Gefühl in ihr auslöste. Zehn Stunden, nachdem man sie mit heftigen Wehen ins Krankenhaus eingeliefert hatte, schlief sie endlich erschöpft ein, und als sie aufwachte, legte ihr eine der Hilfsschwestern ein weißes Bündel in die Armbeuge. »Du musst ihn füttern. Komm, ich zeige dir, wie es geht.«

Ein Sohn. Leah sah das schlafende Kind an und streichelte ihm mit zitternder Hand über den hellen Flaum.

»David. Ich nenne dich David«, flüsterte sie und küsste ihn auf den blanken Schädel.

Anders als die anderen Mütter auf der Station hatte sie

niemanden, der sie besuchte. Stolze Väter, bepackt mit Pralinen und Blumensträußen, Geschwister, glückliche Eltern, Tanten und Onkel – Leah hörte zur Besuchszeit das fröhliche Durcheinander von Stimmen aus den Nebenzimmern, doch es störte sie nicht. Sie war nicht traurig, solange sie David in ihren Armen hielt. Eine der Putzfrauen gratulierte ihr. Leah verstand zwar nicht genau, was die Frau mit dem südeuropäischen Akzent sagte, aber es war auch so deutlich, dass sie David bewunderte.

Nach drei Tagen zog Leah mit ihrem Sohn in ein Mutter-und-Kind-Heim, wo die anderen Mädchen sie gleich umringten und darum stritten, ihn halten zu dürfen. Sechs Wochen. Wenn sie sich dafür entschied, David zur Adoption freizugeben, hätte sie nur diese sechs Wochen mit ihm, ehe man ihn ihr für immer wegnehmen würde.

Die Schwestern achteten streng darauf, dass die jungen Mütter nicht zu viel Zeit mit ihren Babys verbrachten. Regelmäßig wurden ihnen die Kinder zum Stillen gebracht. Das Wickeln, Baden und Ankleiden übernahmen die Schwestern. Eine Stunde am Nachmittag war es den Müttern erlaubt, mit ihren Säuglingen zu spielen. Leah fieberte diesen kostbaren Momenten schon beim Aufstehen entgegen. Der Gedanke, plötzlich nicht mehr in dieses liebe Gesichtchen schauen zu können, wurde ihr zunehmend unerträglich. Die großen blauen Babyaugen, die sie voller Vertrauen anblickten, wenn sie den Kleinen stillte. Die glucksenden Laute. Die winzigen Finger, die sich vertrauensvoll um ihren Daumen schlossen und ihn nicht wieder loslassen wollten. Ihre Familie, Michael und auch Meredith – sie alle waren ihrem Leben entglitten, ohne dass sie es hätte verhindern können, doch David konnte sie festhalten und beschützen, wenn sie es nur genug wollte. Er war ihr Sohn, er war alles, was sie hatte.

Leah hatte sich entschieden.

* * *

Schwester Agnes nahm seufzend die Brille ab und rieb sich mit Daumen und Zeigefinger die Nasenwurzel. »Ich hätte dich für vernünftiger gehalten, aber so kann man sich in Menschen täuschen. Setz dich!«

Leah nahm Platz und wartete, bis die Heimleiterin ihre Akte aus dem Schrank genommen und sich hinter den Schreibtisch gesetzt hatte. Schwester Agnes setzte die Brille wieder auf und blätterte im schmalen Ordner. Dann verschränkte sie die Hände. »Bist du dir auch wirklich sicher, diese Verantwortung tragen zu können? Du bist selbst noch ein Kind, ein mittelloses obendrein.«

Leahs Hals schmerzte, als sie trocken schluckte. Ihr war flau im Magen. Nein, sie war sich ganz und gar nicht sicher, aber sie wollte es wenigstens versuchen.

»Ja«, sagte sie, »das bin ich.«

Die Schwester seufzte wieder. »Ich glaube nicht, dass du deine Lage richtig einschätzen kannst. Die Mädchen, die du hier kennengelernt hast, kommen allesamt aus bürgerlichem Hause. Offiziell sind sie lediglich für ein paar Monate auf Bildungsreise in Übersee oder zu Besuch bei entfernten Verwandten. Wenn sie zu ihren Familien zurückkehren, geht ihr Leben weiter wie zuvor. Später werden sie einen angemessenen Gentleman finden, der sie heiratet und mit dem sie eine Familie gründen. Diese Mädchen werden glücklich sein und ihre Zeit bei uns vergessen. Und falls sie sich doch einmal erinnern sollten, dann im guten Wissen, dass ihr Kind in den besten Händen ist. Willst du das nicht auch?«

Die Schwester schaute Leah eindringlich an.

Leah holte tief Luft. »Ich kann nicht zu meiner Familie zurückkehren, das wissen Sie doch.«

»Umso wichtiger ist es, dass du dir für die Zukunft alle Optionen offenhältst. Ein junges Mädchen mit Kind – wer würde dich schon nehmen?«

»Ich werde schon irgendwie zurechtkommen. Ich möchte meinen Sohn behalten.«

Eine Pause entstand.

Schwester Agnes atmete hörbar aus. »Das ist nicht deine Entscheidung.«

Leah stand auf. »Wie bitte? Das verstehe ich nicht. Sie sagten doch …«

Schwester Agnes unterbrach sie harsch: »Glaub mir, du kannst froh sein, wenn das Baby ein gutes Zuhause findet.«

»Wieso haben Sie mich die ganze Zeit im Glauben gelassen, dass ich mitreden darf?«

»Weil ich bis zuletzt gehofft hatte, du würdest dich am Ende von selbst einsichtig zeigen und das Baby zur Adoption freigeben.«

Leah sah sie verständnislos an. »Sie haben mich belogen?«

»Mütter, die ihr Baby freiwillig weggeben, fügen sich leichter in ihr Schicksal und machen hinterher keinen unnötigen Ärger«, setzte die Schwester mit einer Offenheit nach, die Leah verblüffte. »Ich werde mich mit deinem Pflegevater beraten, und danach werden wir sehen.«

»Meinem Pflegevater?«

»Ja, natürlich. Mit wem denn sonst? Du hast mir doch selbst erzählt, dass du von deinen Eltern schon ewig nichts mehr gehört hast und nicht zu ihnen zurückkannst. Und jetzt, da der Krieg ausgebrochen ist ...«

In Leah stiegen Tränen auf, und sie wandte den Blick ab. Schwester Agnes stand auf und legte den Arm um Leahs Schulter.

»Ach herrje, Kindchen. Sieh mal, bei all dem Kummer, den du wegen deiner Familie hast, da brauchst du nicht auch noch die Sorge um einen Säugling. Meinst du nicht auch?«

Kapitel 8

Frankfurt, 2001

Der Bus bremste scharf. Instinktiv griff Max nach der Haltestange und entschuldigte sich bei dem Schüler, dem er im Bemühen, sein Gleichgewicht zu wahren, auf den Fuß getreten war.

»Alles cool«, sagte der Halbstarke betont lässig und hielt ihm den gespreizten Zeige- und Mittelfinger seiner Rechten entgegen, das Victory-Zeichen. Max nickte ihm zu und stieg aus, obwohl seine Station erst die übernächste war. Nach einem langen Tag im Büro wollte er sich ein wenig die Beine vertreten. Er klemmte seine abgewetzte Rindsledertasche unter den Arm und beschleunigte seinen Schritt, als das Handy in der Hosentasche zu vibrieren begann.

»Max Winterstein«, meldete er sich; es klang so, als hätte er ein Fragezeichen hinter seinen Namen gesetzt.

»Hallo, Lieblingsgroßneffe!«

»Tante Leah! Ich bin in spätestens einer Stunde bei dir. Ist irgendwas?«

»Nein, nichts Besonderes. Das heißt: Meine Krankenversicherung hat angerufen. Sie wollen aus irgendeinem Grund meine Stellungnahme zu einem Vorgang, und da wollte ich dich bitten, ob du kurz in meiner Wohnung vorbeischauen könntest, um mir den entsprechenden Briefwechsel mitzubringen. Ginge das?«

»Kein Problem. Was genau brauchst du denn?«

Leah beschrieb ihm, um was es ging und wo er den entsprechenden Ordner finden würde.

Zu Hause angekommen, schlüpfte Max schnell in Jeans und T-Shirt und machte sich zu Fuß auf den Weg zu Leahs Wohnung, die knapp zehn Minuten von seiner eigenen entfernt lag. Im Treppenhaus nahm er leichtfüßig zwei Stufen auf einmal, bis er im dritten Stock angelangt war, wo er die mittlere Wohnungstür aufschloss. Als er in den Flur trat, atmete er tief ein. Seine Großtante lebte in dieser Altbauwohnung, seit er denken konnte. Der eigentümliche Duft, der ihn beim Betreten umfing, war haargenau derselbe wie früher. Lavendel und Bergamotte. Ein altmodischer Geruch, der vom Wäscheschrank herrührte und den er für den Rest seines Lebens mit kultivierten englischen Damen in Verbindung bringen würde, die nachmittags Earl-Grey-Tee tranken, in den sie dünne Scheiben trockenen Kuchens tunkten.

Max schüttelte den Kopf, um sich in die Gegenwart zurückzurufen. Die alten Dielen knarzten auf seinem Weg zum Wohnzimmer, wo er als Erstes die hohen Fenster weit öffnete, um durchzulüften. Er schob die beiden Türen zu Leahs kleinem Büro auf und blickte auf die Regalwand vor ihm, die dicht mit Aktenordnern bepackt war.

»Also dann«, sagte er zu sich selbst und ging in die Knie, um die Aktenrücken in Augenschein zu nehmen. Es dauerte eine Weile, ehe er in der vierten Reihe fündig wurde. Bingo! Auf dem verblichenen Etikett über dem

Rücken des Ordners klebte ein Post-it, auf das Leah handschriftlich mit schwarzer Tinte »Unerledigt Krankenkasse« geschrieben hatte. Als er nach dem Ordner griff, fielen gleich mehrere Schriftstücke heraus und landeten auf dem Boden. Fluchend bückte sich Max, um die Papiere aufzusammeln. Er legte sie samt Ordner auf den Schreibtisch und setzte sich, um nach dem gesuchten Schriftwechsel zu forschen. Leahs orthopädischer Stuhl zwang ihm dabei eine nach vorn gebeugte Haltung auf, die ihm unangenehm war. Er fand den Vorgang erfreulich schnell und nahm die entsprechenden Seiten heraus. Die heruntergefallenen Papiere musste er ein anderes Mal wieder einsortieren. Die Stelle, an der Leah sie abgelegt hatte, fände er ohnehin nicht mehr. Dazu folgte Leahs Ablagesystem einer viel zu eigenwilligen Logik. Schließlich war sie es, die sich in den eigenen vier Wänden zurechtfinden musste, niemand sonst. Zumindest war es so gewesen, bevor die Ärzte bei ihr vor fünf Jahren Leukämie diagnostiziert hatten. Seither musste auch er aus den eng beschriebenen Post-its schlau werden, mit denen Leah die Wände und Regale ihrer Wohnung regelrecht tapeziert hatte. *Wie hat diese Frau nur die Zeit vor Erfindung der gelben Klebezettel überstanden?*, fragte sich Max, doch er hütete sich davor, jemals wieder eine kritische Bemerkung in dieser Richtung zu äußern. Als er seiner Tante einmal angeboten hatte, ihr Ordnungssystem auf Vordermann zu bringen, reagierte Leah ungewohnt schnippisch.

Ihre kratzige Vogel-Strauß-Methode, mit dem Verfall des eigenen Körpers fertig zu werden – sie bezeichnete ihre Krankheit gern als *lästige Unpässlichkeit* –, war ihm nicht fremd. Er war Professor der Soziologie, Spezialgebiet Gerontologie. Alter, Sterben, Tod. Noch immer erstaunte es ihn, wie die meisten Menschen den Gedanken an das Ende zur Seite schoben, so als fände der Tod gar nicht statt, oder als ließe sich das Sterben bis zum Sankt-Nimmerleins-Tag aufschieben, sofern man es nur nicht beim Namen nannte. Max hielt es für ein großes Problem unserer Gesellschaft, dass sie so gut wie keine Kultur im Umgang mit dem Sterben pflegte.

Was Leahs Gesundheitszustand betraf, so ging es ihr angesichts der Umstände noch erstaunlich gut. Um ans Sterben zu denken, war es in ihrem Fall also gottlob noch zu früh. Das hoffte Max zumindest.

Gedankenverloren betrachtete er das Häuflein heimatloser Schriftstücke auf dem Tisch vor ihm; schließlich nahm er den Packen in die Hand und blätterte ihn durch. Ein kleinerer Umschlag fiel heraus und landete unmittelbar vor seinen Füßen. Max legte die anderen Briefe zur Seite und hob ihn auf. Er war an seine Großtante adressiert, natürlich. Kein Absender.

Noch ehe Max darüber nachdenken konnte, was er da gerade tat, war seine Hand auch schon in den Umschlag gefahren und fasste nach dem dünnen Papier. Er nahm die gefaltete Seite heraus, zögerte kurz. Die letzte Gelegenheit, das Richtige zu tun. Doch statt den Brief in den Umschlag zurückzustecken, begann er zu lesen, was eine gewisse Kerry Nelson, Sozialarbeiterin aus London, vor vier Jahren an seine Großtante geschrieben hatte.

»Wolltest du nicht schon vor einer Stunde hier sein?« Leah saß aufrecht im Bett ihres Einzelzimmers der Frankfurter Uniklinik. Mehrere Kissen im Rücken gaben ihr Halt. Ein kinnlanger Bob umrahmte ihr schmales Gesicht. Täuschte er sich, oder hatte sie seit seinem letzten Besuch wieder an Gewicht verloren? Sie trug ein helles Nachthemd, das an den Rändern von Brüsseler Spitze gesäumt wurde. Trotz ihrer Krankheit sah sie frisch und ausgeruht aus. Wahrscheinlich hatte sie eigens für ihn ein wenig Puder und Rouge aufgelegt, vermutete Max, als er ihr einen Kuss auf die Wange drückte. Sie konnte es nicht ausstehen, wenn er sie darauf ansprach, wie blass sie war. Er zog einen der Stühle für Besucher heran, setzte sich und stellte die Plastiktüte vom Thai-Imbiss auf ihrem Beistelltisch ab.

Sie begann sofort, die Styroporschachteln zu öffnen. Die Augen genießerisch geschlossen, fächelte sie sich den exotischen Duft von Zitronengras und Thai-Basilikum in die Nase. Dann entnahm sie ihrem Nachttischschränkchen Besteck, Teller und zwei gestärkte Stoffservietten, legte ihnen auf und schob ihrem Großneffen einen der Teller zu. Max öffnete die Bierdosen, wobei ihm ein wenig Schaum über die Knöchel zischte, den er schnell ableckte. Leicht missbilligend schüttelte Leah den Kopf und trank einen Schluck von ihrem Bier. »Ah, es geht doch nichts über ein kaltes Bier aus der Dose.« Sie prostete ihm zu, stellte ihr Getränk beiseite und begann zu essen. Eine Weile aßen sie schweigend, tranken hin und wieder einen Schluck und legten schließlich Besteck und Servietten auf ihre Teller.

»Wie geht es dir?«, fragte Max dann. »Gibt es irgendwelche Neuigkeiten seit letzter Woche?«

»So weit alles gut. Wenn ich mich weiterhin so wacker halte, darf ich nächste Woche nach Hause.«

»Das ist ja großartig.«

Leah lächelte zurück, klopfte dann mit der Hand neben sich aufs Laken. »Na, komm schon, erzähl mir was aus dem richtigen Leben. Was macht die Arbeit?«

Max stand auf und setzte sich auf den Bettrand. Er nahm Leahs Hand und strich mit dem Daumen nachdenklich über ihre spitzen Knöchel.

»Da gibt es nicht viel zu erzählen. Alles wie gehabt: Ich arbeite noch immer für diese internationale Studie über die Auswirkung von Demenz auf die Familienstruktur.« Er atmete hörbar aus. »Ehrlich gesagt, würde ich demnächst gerne ein eigenes Projekt anschieben. Es wäre langsam an der Zeit.«

»Woran hapert es denn?«

»An mir. Ich kann mich einfach nicht so recht für ein Thema entscheiden. Eine rein soziologische Studie, eine historische oder doch wieder etwas auf medizinischer Grundlage? Dabei treibt mich diese endlose Demenz-Geschichte eher in eine andere Richtung.«

»Das hoffe ich, ehrlich gesagt, auch. Ich habe jedenfalls nicht vor, zu deiner Demenz-Statistik beizutragen – falls du darauf gesetzt haben solltest.«

»Hab ich nicht.«

»Dann ist es ja gut.«

Leah drückte auf einen Schalter, der am Ende eines Kabels auf ihrer Decke lag. Das Kopfteil ihres Bettes fuhr surrend zurück. Sie drückte ein zweites Mal den Schalter, und das Geräusch hörte auf. Leah schien müde zu sein und legte ihren Kopf aufs Kissen. »Hast du die Unterlagen gefunden?«, fragte sie.

»Ich hab sie auf deinen Nachttisch gelegt.« Jetzt oder nie, dachte Max. Entschlossen räusperte er sich und schaute Leah in die dunklen Augen. Dann griff er in die Innentasche seines Jacketts, nahm den Brief heraus und hielt ihn hoch.

»Weißt du, was das ist?«

Leah runzelte die Stirn. Max wedelte mit dem Umschlag.

»Das hier ist ein Brief, in dem es um deinen Sohn geht.« Das Kopfteil von Leahs Bett fuhr surrend in die Vertikale. Ihre Lippen waren zu einem dünnen Strich zusammengepresst.

»Woher hast du den?« Rasiermesserscharf zerschnitt ihre Stimme das Schweigen.

»Aus deinem Krankenkassenordner.«

Leah setzte sich gerade auf. »Du schnüffelst in meinen Sachen?«

»Ich bitte dich, Tante Leah! Der Brief ist mir vor die Füße gefallen, als ich in dem Ordner gesucht habe.« Max legte den Kopf schief und schaute sie fragend an. »Stimmt es denn? Du hast einen Sohn?«

Leah schnaufte, als sie sich die Kissen zurechtboxte. Schließlich lehnte sie sich zurück, schloss für einen Moment die Augen und erwiderte dann seinen Blick.

»Wenn es so wäre, wäre es meine Angelegenheit und geht dich nichts an.«

Erregt beugte Max sich nach vorne: »Wie bitte? *Geht mich nichts an?* Du und ich, wir sind die Letzten unserer Familie. Und jetzt erfahre ich durch einen Zufall, dass es da draußen jemanden gibt, der zu uns gehört und den du mir all die Jahre über verschwiegen hast. Verdammt! Man hat unsere Familie fast vollständig ausgerottet. Und du sagst, dieser Mensch geht mich nichts an?«

Leahs Brust hob und senkte sich in schneller Folge. Max bemerkte, dass er seine Hand zur Faust geballt hatte; langsam ließ er sie wieder sinken. Seine Stimme klang nun weicher. »Tante Leah, bitte sag mir, ob es wahr ist.«

Leah holte tief Luft und tat dabei so, als inspizierte sie ihre Fingernägel. Plötzlich hob sie den Kopf und sah Max ins Gesicht.

»Also gut. Ja, ich hatte einen Sohn, aber das ist lange her. Das war in einem anderen Leben, in einer anderen Zeit, zu der ich die Tür geschlossen habe. Und ich will nicht, dass sie wieder geöffnet wird.«

Max stand auf. Sein ganzer Körper schien zu zittern.

»Das kannst du nicht machen! Ich bin dein einziger Verwandter, du *musst* mir von deinem Sohn erzählen und was mit ihm passiert ist. Hörst du? Du *musst!*«

Leah fuhr sich mit den Händen übers Gesicht und grub sich die Fingernägel in die Wangen.

»Was willst du wissen?«

»Alles.«

Leah seufzte. »Es war in England. Ich war gerade mal fünfzehn. Der Vater …« Sie wand sich. »Er war nicht viel älter. Er und ich – wir waren fast noch Kinder. David, mein Sohn, kam ins Waisenhaus. Sonntags durfte ich ihn sehen.« Sie tastete mit einer Hand suchend hinter den Kissen. Ihre Augen schimmerten feucht, als sie ihm einen zerschlissenen Teddy entgegenstreckte. »Das ist Bärchen. Ich hab ihn von meinen Eltern. Später hab ich ihn meinem Sohn gegeben. Eines Tages, da war David schon fünf, weinte er, weil Bärchen einen Arm verloren hatte. Ich versprach, ihn wieder heile zu machen, und er tröstete sich mit den Süßigkeiten, die ich mitgebracht hatte. Ich nähte Bärchens Arm wieder an und badete ihn; er sah aus wie neu, als ich ihn sonntags zurückbrachte, doch mein Sohn war nicht mehr da.«

Max lauschte aufmerksam, doch jetzt unterbrach er sie. »Was meinst du mit *Er war nicht mehr da?*«, wiederholte er.

»Er war spurlos verschwunden. Eine Schwester im Heim erzählte mir, er sei von einer wohlhabenden Familie adoptiert worden. Mein Sohn würde eine anständige Erziehung genießen. Anstatt dankbar zu sein, schrie ich wie wild und beschimpfte die Schwester. Dabei war es egoistisch, den Kleinen in meiner Nähe haben zu wollen. Ich hatte nichts. Keinen Ehemann, kein Haus, kein Geld. David bedeutete mir alles, und nun hatte man ihn mir auch noch genommen. Es fühlte sich an, als hätte man mir die Eingeweide aus dem Leib gerissen. Es war ein schrecklicher Moment, den ich niemals vergessen werde. Alles, was von meinem Kind geblieben war, war dieser Teddy, und der roch nicht einmal mehr nach meinem Baby, weil ich ihn gewaschen hatte.«

Max legte seine Hand auf ihren Arm. »Das ist ja furchtbar. Hast du denn versucht, David wiederzufinden?«

Sie sah müde aus. »Ja, aber es nutzte nichts. Ein deutsches Mädchen mit unehelichem Kind hatte zu Kriegszeiten in England keine Rechte. Die Behörden haben mir jede Auskunft verweigert.«

»Und der Vater von David? Konnte der nicht helfen?«

»Als der Krieg ausbrach, wurde Michael – so hieß er – als Deutscher gleich interniert, in einem Gefangenenlager auf der Isle of Man. Erst später erfuhr ich, dass er danach nach Australien gebracht wurde.«

Max war erschüttert. »Mein Gott, Tante Leah. Warum hast du nie etwas gesagt?«

Sie hob die Schultern. »Es hätte nichts an den Tatsachen geändert. David und Michael waren von einem Tag auf den nächsten verschwunden, und ich hatte keine Hoffnung, sie je wiederzufinden.«

»Hast du denn eine Ahnung, weshalb dein Michael ausgerechnet nach Australien verschickt wurde?«

»Nein. Ich weiß nur, dass er nicht der Einzige war.« Sie biss sich auf die Unterlippe und schwieg. Dann zog sie eine Lade ihres Schränkchens auf und zog eine verblichene Zeitungsseite heraus. »Jahre später habe ich zufällig diesen Artikel gefunden. Er enthält das einzige Bild, das ich von Davids Vater habe, darum trage ich ihn immer bei mir.« Sie hielt ihm die Seite hin. Max überflog den Artikel. Der Kopf von Michael war mit Kugelschreiber eingekringelt. Max schaute eine Weile auf das

Foto, das eine ganze Gruppe von Soldaten zeigte, und sah sie dann an.

»Und du hast nicht versucht, Kontakt zu ihm aufzunehmen, nachdem du das hier gelesen hast?«, fragte er ungläubig.

Sie schüttelte den Kopf. »Es war schon zu viel Zeit vergangen. Ich habe das schon lange akzeptiert.«

Kapitel 9
BINDOON IN WESTAUSTRALIEN, 1950

Schritte hallten über den Flur und näherten sich dem Schlafsaal. Die Jungen, die noch wach waren und sich leise unterhielten, verstummten augenblicklich. Als die hohe Flügeltür sachte aufgestoßen wurde, schloss David die Augen und stellte sich wie alle anderen schlafend. Der schleppende Gang war unverwechselbar. Tock, tack, tock, tack. Bruder Dick. Das rechte Knie von einem Autounfall zertrümmert, zog der Geistliche das Bein leicht nach und trat mit dem Fuß nur sehr vorsichtig auf.

Bitte, lieber Gott, lass ihn an mir vorübergehen. Ich will auch Rosenkränze beten, bis ich darüber einschlafe, flehte David im Stillen. Bruder Dick durchschritt langsam den Gang zwischen den Betten, am Ende machte er kehrt. Als sich die Schritte seinem Bett näherten, hielt David die Luft an und presste die Kiefer fest zusammen, bis es schmerzte. Er lag auf dem Rücken, das Laken bis zum Kinn hochgezogen, die Augen noch immer fest geschlossen. Bruder Dick hielt inne. Stand er vor seinem Bett? Davids Herz begann zu rasen. Er bemühte sich krampfhaft darum, seine Atmung zu kontrollieren. So schnell, wie sich sein Brustkorb im Augenblick bewegte, wäre es für den Bruder nicht weiter schwer, ihn zu durchschauen.

David spürte, wie er sich in die Hosen machte, was seine Angst noch verstärkte. Bettnässer erwartete auf Bindoon für gewöhnlich eine öffentliche Demütigung, wenn sie erwischt wurden: Alle Jungen wurden geweckt, um zuzusehen, wie der »Unsaubere« die Laken abzog. Zwei von ihnen wurden dazu bestimmt, ihm die Laken so über den Kopf zu werfen, dass der feuchte Fleck das Gesicht bedeckte. Der Schuldige hatte dann so lange in dieser Position zu verharren, bis die Stelle getrocknet war.

David spürte, wie sein Laken am Fußende leicht angehoben wurde, und schluckte. Eine Hand berührte seinen großen Zeh. Sein Herz sank. Es war das Zeichen, Bruder Dick zu folgen. Es war sinnlos, sich weiterhin schlafend zu stellen. Das hatte ihn die Erfahrung gelehrt. Seit fünf Jahren war er bei der Bruderschaft in Bindoon. Er wusste, was ihn erwartete. Wer auf das Signal nicht reagierte, dem fasste der Bruder weiter oben unters Betttuch und quetschte mit der Hand die Hoden so fest, dass sich der betroffene Junge vor Schmerzen krümmte. Mitkommen musste er dennoch.

David öffnete die Augen, schlug das Laken zurück und stand auf. Der Bruder war schon durch die Tür, auf dem Rückweg zu seinem Zimmer; David folgte ihm auf wackligen Beinen.

»Hey!«, zischte es plötzlich neben ihm. David wandte seinem Bettnachbarn den Kopf zu. George setzte sich auf. »Beiß die Zähne zusammen. Es dauert nicht ewig.« David schluckte erneut und verließ den Schlafsaal.

Bruder Dick stand in der Mitte seines Raumes, als David eintrat. Der Geistliche war jung, nicht älter als dreißig Jahre. Von Statur eher klein und untersetzt, vielleicht sogar ein wenig fettleibig, gehörte er zu den Brüdern, die von ihrer Erscheinung und Art her im alltäglichen Umgang auf Bindoon weniger auffielen; einer, der widerspruchslos hinter den Älteren zurücktrat.

»Schließ die Tür!«, sagte er und ging einen Schritt auf David zu. Der tat wie geheißen. Er drehte sich um und schreckte zurück. Der Bruder stand unmittelbar vor ihm und rümpfte die Nase. »Hast du dir wieder in die Hosen gepinkelt? Du stinkst! Ekelhaft. Wie oft muss ich dir denn noch eine Abreibung verpassen, bis du endlich lernst, sauber zu bleiben? Kein Wunder, dass sie dich in England nicht behalten wollten.« David sagte nichts, schaute nur auf seine Füße. Er war nicht zum ersten Mal in Bruder Dicks Zelle. In vorauseilendem Gehorsam zog er sein Nachthemd über den Kopf, darunter war er nackt. Mit gesenktem Kopf ging er zum Tisch, der sich in der Mitte der Zelle befand. Er kletterte hinauf, kniete sich hin, beugte den Oberkörper vor und stützte die Hände auf den Tisch. Die Rückseite dem Bruder zugewandt, zitterte er am ganzen Leib, obwohl die Nacht warm war. Dann hörte er hinter sich das gefürchtete Geräusch, das entstand, wenn ein Bruder seinen Lederriemen aus dem Gürtel zog. Die schwarzen Männer, wie die Kinder die Angehörigen der Bruderschaft insgeheim nannten, trugen das Züchtigungsinstrument stets am Körper. Auf diese Weise waren sie jederzeit gewappnet, wenn einer der Jungen bestraft werden musste.

»Worum sollst du bitten, du Ferkel?«

»Ich bitte um Schläge.«
»Wie viele möchtest du?«
»So viele, bis ich weine.«
»Also gut, ich werde dir den Gefallen tun.«

Der Riemen sauste mit Wucht auf Davids Hintern nieder.

»Eins«, presste David zwischen zusammengebissenen Zähnen hervor; er wusste, dass er die Schläge zu zählen hatte. Bruder Dick führte Buch über seine Erziehungsmaßnahmen und trug die Anzahl von Schlägen, die es brauchte, um dem Schüler ein Winseln zu entlocken, in ein Büchlein ein.

»Zwei«, fuhr David fort, der schon lange nicht mehr weinen konnte. Nach einem Dutzend harter Schläge quetschte er einen Ton hervor, von dem er hoffte, er klänge nach Heulen. Bruder Dick setzte noch dreimal nach, ehe er überzeugt schien und seine Hand sinken ließ.

»Was sagst du nun, Heulsuse?«
»Danke für die Züchtigung, Bruder Dick.«

Der nickte zufrieden. »Jetzt zeige ich dir noch einmal, wie man sich da unten ordentlich sauber hält.«

Er forderte David auf, die Beine zu spreizen. Der Junge schloss die Augen und versuchte, an nichts zu denken. Innerhalb von zwei Minuten war es vorbei. David hörte einen halb erstickten Seufzer dicht an seinem Ohr, und der Bruder ließ von ihm ab. »Hast du nun begriffen, wie du dich zu waschen hast?«, fragte er, als sich sein Atem einigermaßen beruhigt hatte.

»Ja, Bruder.«

»Dann verschwinde jetzt und zieh dein Bett ab. Du schläfst heute Nacht nackt auf der bloßen Matratze.« David kletterte vom Tisch, griff nach seinem durchnässten Nachthemd und ging durch die Tür, die der Bruder ihm aufhielt. Die Striemen auf seinem Hintern brannten wie Feuer. David hastete den kurzen Weg über den Flur zurück zum Schlafraum. Er zog das Bett ab, legte sich aufs Bett und starrte bewegungslos an die Decke. Am liebsten wäre er tot gewesen.

Kapitel 10

Frankfurt, 2001

Besser als nichts, dachte Max und faltete den Brief wieder zusammen. Ohne Wissen seiner Großtante hatte er die englische Sozialarbeiterin angeschrieben – in der Hoffnung auf einen Tipp, wie er seine verbohrte Großtante dazu bringen könnte, ihren Sohn zu treffen. Ihre Antwort kam zwei Wochen später und war zu seinem Bedauern zwar abschlägig, doch überraschenderweise teilte sie ihm zumindest die E-Mail-Adresse von Davids Tochter mit. Max jubilierte innerlich.

> *Bitte gehen Sie sorgsam mit dieser Information um. Sarah ist zwar damit einverstanden, dass Sie sie kontaktieren, aber Ihre Großtante und David mögen dazu ganz andere Ansichten haben. Genau genommen bewege ich mich mit diesem Schritt auf äußerst dünnem Eis, und ich kann nur hoffen, dass ich mich auf Ihre Diskretion verlassen kann.*
>
> *Herzliche Grüße*
> *Kerry Nelson.*

Sarah konnte ihr Glück kaum fassen. Sie las die ausführliche Mail von Max zum zweiten Mal aufmerksam durch. Darin machte er keinen Hehl daraus, wie sehr ihm daran gelegen war, den Kontakt zwischen seiner Tante Leah und deren Sohn wiederherzustellen. Es gab also tatsächlich jemanden, der mit ihr am selben Strang zog!

Nachdem die englische Sozialarbeiterin Leah gefunden hatte, hatte Sarah ihren Vater vier Jahre lang immer wieder bekniet, von sich aus den Kontakt zu seiner Mutter aufzunehmen. Ohne Erfolg. David weigerte sich, seine Mutter anzurufen oder ihr auch nur zu schreiben, weil er glaubte, sie wolle ihn nicht in ihrem Leben haben. So ein sturer Hund! Und das alles nur, weil seine Mutter nicht auf die erste Kontaktaufnahme seitens der Sozialarbeiterin reagiert hatte. Was hieß das schon? Es konnte tausend Gründe dafür geben, weshalb sie sich nicht meldete. Vielleicht war sie auf einer langen Kreuzfahrt oder im Krankenhaus oder hatte die Karte von Kerry Nelson noch gar nicht erhalten. Es war zwar eher unwahrscheinlich, aber keinesfalls ausgeschlossen. Was Sarah am meisten ärgerte, war die Tatsache, dass die Sozialarbeiterin David später sogar die Adresse von Leah gegeben hatte und er auch diese Chance nicht nutzte. Seit fast vier Jahren hielt er sie nun schon unter Verschluss und beendete jede Diskussion zum Thema, ehe sie noch richtig beginnen konnte. Es war zum Wahnsinnigwerden! Da hatten sie herausgefunden, dass seine Mutter noch lebte, und aus falschem Stolz heraus weigerte sich ihr Dickkopf von Vater, sein Schicksal in die eigenen Hände zu nehmen und sich bei dieser Frau zu melden. Sarah an seiner Stelle hätte jedenfalls längst schon bei Leah auf der Matte gestanden, ob das dieser Frau passte oder nicht.

Und nun diese überraschende Wende! Ein Verwandter aus Deutschland meldete sich bei ihr und bot an, gemeinsam darauf hinzuarbeiten, dass sich Leah und David begegneten.

Max und Sarah begannen, einander regelmäßig zu schreiben, beschlossen allerdings, David und Leah ihre rege Korrespondenz zu verheimlichen. Doch lange hielt Sarah es nicht aus. Keine drei Tage, nachdem Max ihr im Zuge seiner Nachforschungen über die Familiengeschichte den Scan eines erhellenden Artikels über den Untergang eines deutschen Kreuzers im Zweiten Weltkrieg vor Australien gemailt hatte, platzte sie plötzlich vor ihrem Vater damit heraus. Sie gingen gerade die Bestellungen für den Business-Lunch der australisch-indonesischen Handelsgesellschaft durch und hatten über einen möglichen Lieferantenwechsel gesprochen.

»Dad, da gibt es noch etwas, das wir klären sollten.«

»Muss das sein? Kannst du mich nicht damit verschonen, bis ich die Lieferantenfrage geklärt habe?«

»Leider nein. Mir ist da zufällig etwas in die Hände geraten, das dich sicherlich interessieren wird. Es geht um deinen Vater.«

Sie schob ihm den Ausdruck des Kormoran-Artikels über den Tisch zu.

»Rein zufällig, ja?« David runzelte skeptisch die Stirn und schob den Artikel wieder zurück. Mit einem Seufzer griff Sarah nach der Seite und begann, laut zu lesen: »*Der Kommandeur des Leichten Kreuzers ›Sydney II‹, Captain Burnett, stellte am 19. November 1941 den als*

Frachtschiff getarnten deutschen Hilfskreuzer ›Kormoran‹ westlich der Sharksbay in Westaustralien. Dem Kommandeur des HSK ›Kormoran‹ gelang es dennoch, sich der ›Sydney II‹ zu nähern und sie zu versenken. Der Untergang der ›Sydney II‹ war der größte australische Einzelverlust im 2. Weltkrieg. Die komplette Crew von 645 Personen ertrank im Indischen Ozean.

Aber auch die HSK ›Kormoran‹ wurde schwer getroffen. Ein durch das Gefecht entstandener Brand veranlasste den Kommandeur, Korvettenkapitän Detmers, die Selbstversenkung des Schiffes anzuordnen. Der größte Teil der deutschen Besatzung erreichte die australische Küste oder wurde von alliierten Schiffen aufgenommen. Von den 397 Seeleuten der ›Kormoran‹ überlebten 317. Sie wurden im australischen Perth interniert, wo sie von der australischen Armee verhört wurden.«

Sie sah auf. »Schau dir das Foto an. Als Bildunterschrift steht da: *Michael Korczik befragt deutsche Gefangene.*«

Sie nickte ihm auffordernd zu. »Und?«

»Was *und*? Was soll das denn beweisen? Außerdem kenne ich die Geschichte schon längst.«

»Dann findest du es doch bestimmt interessant, welche Rolle dein Vater dabei gespielt hat.« Sie tippte auf das Foto: »Hier. Michael Korczik. Dein Vater.«

»Ach, Sarah. Lass es gut sein! Das ist doch Unsinn. Woher hast du das?«

»Aber Dad! Es geht um deinen Vater!«

»Ja. Und? Ich bin bislang ganz gut ohne ihn ausgekommen, und ich wüsste nicht, warum ein paar Zeilen in einer alten Zeitung das ändern sollten. Zumal du mir nicht sagen willst, woher du den Artikel hast.«

Sarah hob die Hände über ihren Kopf.

»Ich versteh dich einfach nicht. Wie kannst du nur so dermaßen uninteressiert sein? Das ist doch verrückt!«

»Von mir aus, bin ich eben verrückt.«

Sarah atmete laut aus. »Es geht um deinen Vater. Nur weil deine Mutter sich vor vier Jahren nicht gerührt hat, heißt das noch lange nicht, dass dein Vater genauso reagieren würde.«

Isle of Man, 29. April 1940

Liebe Eliza,
ich habe lange überlegt, ob ich dir schreiben soll. Ich weiß nicht, was deine Eltern dir über mich erzählt haben oder ob du weißt, wo ich zurzeit bin. Man hat mich auf die Isle of Man gebracht, in ein Lager für feindliche Ausländer.
Wir werden hier gut behandelt und bekommen genug zu essen. Außer kleineren Aufgaben wie Kartoffeln schälen oder die Stube fegen müssen wir eigentlich kaum etwas tun. Doch hoffen wir alle, man wird bald merken, dass wir auf eurer Seite sind. Ich bin vor allem wegen meinen Eltern sehr besorgt. Von hier aus kann ich nichts für sie unternehmen, und wenn die Deutschen England angreifen sollten, können wir uns wohl nicht einmal mehr schreiben.
Ich habe eine Bitte: Könntest du diesen Teddy Leah geben? Er gehört ihr, und ich habe keine Ahnung, wohin deine Eltern sie gebracht haben. Vielleicht ist dein Vater ja so gut und sorgt dafür, dass sie ihn bekommt? Falls nicht, behalte du ihn. Ich bezweifle, dass ich Leah je wiedersehen werde.
Liebe Eliza, ich will dich bestimmt nicht in irgendetwas hineinziehen. Ich hoffe, es geht dir gut! Wenn du magst, kannst du mir schreiben, aber ich verstehe, wenn du das nicht möchtest.

Liebe Grüße aus der Irischen See,
Michael

Camp Hay, New South Wales, Australien, 15. September 1940

Liebe Eliza,
vielen Dank für deinen Brief! Ich konnte leider nicht früher antworten und habe auch keine Ahnung, wie lange mein Brief nach England unterwegs sein wird oder ob er dich überhaupt erreicht. Sie haben mich und viele andere von der Isle of Man mit dem Schiff nach Australien gebracht. Ich werde fast verrückt vor Wut über diese riesengroße Ungerechtigkeit. Dennoch machen wir uns fürchterliche Sorgen um unsere Familien, aber auch um unsere Freunde in England, denn natürlich haben auch wir die Berichte über die deutschen Luftangriffe auf London gehört. Ich hoffe, in Kent bist du einigermaßen sicher.
Wir sitzen hier im verdammten australischen Outback und können nichts tun. Ich drehe durch, wenn ich noch länger darüber nachdenke. Zum Teufel, sie müssen uns einfach rauslassen! Das ergibt doch alles keinen Sinn! Weiß der Himmel, warum sie uns überhaupt hierher verschifft haben! Wahrscheinlich war die Isle of Man noch nicht abgelegen genug für uns wahnsinnig gefährliche Lagerinsassen.
Entschuldige meinen Sarkasmus! Ich vergesse manchmal, wem ich diesen Brief schreibe. Meinen Eltern kann ich nicht einmal sagen, dass ich hier bin. Sie würden vor Sorge eingehen. Dabei gibt es dafür keinen Grund, die Australier behandeln uns sehr gut.

Du musst wissen, dass wir nicht die geringste Ahnung hatten, wohin die Reise gehen sollte, als das Schiff ablegte. Die Lebensbedingungen an Bord waren fürchterlich. Es gab kaum frisches Wasser, und die sanitären Anlagen waren völlig unzureichend. Die Soldaten, die uns bewachten, müssen die übelsten Typen gewesen sein, die die britische Army je gesehen hat. Einige haben uns bestohlen und geschlagen; andere haben einfach unser Hab und Gut über Bord geworfen. Ich bin schrecklich enttäuscht von England. Ich habe von einem australischen Sergeant gehört, dass sie einige der britischen Soldaten, die uns während der Überfahrt gequält haben, vor Gericht stellen wollen. Immerhin. Tja, und nun sind wir also hier und drehen Däumchen.
Bitte schreib mir, wie es dir geht, und pass gut auf dich auf!

Liebe Grüße,
Michael

PS: Ich bin froh, dass du Verbindung zu mir hältst. Danke, dass du dich um den Teddybären gekümmert hast.

Kapitel 11
Kent, Juni 1945

»Möchten Sie eine?« Michael hielt dem Fahrer des Jeeps ein offenes Päckchen Zigaretten hin.

Das Gesicht des jungen Soldaten hellte sich auf. »Gern.«

Michael klopfte zwei Zigaretten durch die quadratische Öffnung, steckte sich beide in den rechten Mundwinkel, um sie anzuzünden, und reichte eine davon dem Fahrer.

»Danke, Captain.«

Michael nahm einen tiefen Zug und hob das Kinn, als er den Rauch von sich blies. Sein dichtes Haar bewegte sich kaum im Fahrtwind, dennoch strich er sich eine Locke aus der Stirn. Er steckte die zerknautschte Packung nachlässig in seine Hemdtasche und lehnte sich zurück.

»Sechs Jahre«, murmelte er nachdenklich.

»Wie bitte?« Der Fahrer blickte ihn kurz von der Seite an, richtete seine Aufmerksamkeit dann wieder auf die Straße.

»Ich war das letzte Mal vor fast sechs Jahren hier in Kent.«

»Sie sagten vorhin, Sie waren bei der australischen Armee?«

Michael nickte. »Richtig, ich bin erst später zur britischen Armee gestoßen, genauer gesagt, zur Jüdischen

Brigade. Mit der war ich dann im Sommer '44 an der Westfront.«

Der Fahrer nahm seine Kippe aus dem Mundwinkel.

»Muss schrecklich gewesen sein«, sagte er.

Michael zog an seiner Zigarette und blies den Rauch durch die Nase aus. Die Augen mit einer Hand vor der Mittagssonne beschirmend, schaute er in die sommerliche Landschaft.

»Hat sich kaum etwas verändert hier. Sieht noch genauso friedlich und verschlafen aus wie früher.«

Der Fahrer wirkte erleichtert über den Themenwechsel. Er rückte sich auf seinem Sitz zurecht. »Ja, wir haben mächtig Glück gehabt. Die Krauts sind auf ihrem Weg nach London nur über uns hinweggeflogen. Die Bomben haben sie sich für London aufgehoben«, sagte er und nahm plötzlich den Fuß vom Gas. »Sagten Sie nicht, Sie wollten nach Broadhearst?« Er deutete auf einen Wegweiser, der die Richtung nach Chilham anzeigte. Michael nickte, und der Jeep bog nach rechts auf eine kleinere Landstraße ab. Zehn Minuten später hielten sie vor dem eindrucksvollen Tor der Auffahrt von Broadhearst Hall. Michael kletterte aus dem Jeep und warf lässig seine Jacke über die Schulter.

»Soll ich nicht doch lieber bis zum Eingang vorfahren?«

Michael schüttelte den Kopf.

»Nein danke. Ich will mir ein wenig die Beine vertreten, und außerdem möchte ich eine bestimmte Person mit meinem Besuch überraschen. Wenn Sie verstehen, was ich meine.« Er zwinkerte dem Fahrer zu. Der nickte wissend und grinste breit. »Klar doch. Sechs Jahre sind eine lange Zeit. Na dann viel Spaß noch, Captain!«

Michael, der kaum älter war als der Fahrer, tippte sich mit zwei Fingern an eine imaginäre Hutkrempe. »Besten Dank, Kumpel.«

»War mir eine Ehre, Captain.« Der Soldat legte den Rückwärtsgang ein und wendete den Jeep. Dann hob er zum Abschied die Hand und brauste davon. Michael sah ihm eine Weile nach, drehte sich dann entschlossen um und trat durch die Fußgängertür neben dem Tor. Am Haupteingang von Broadhearst Hall angekommen, läutete er. Schritte näherten sich, und er überprüfte den Sitz seiner Jacke. Die Tür wurde geöffnet. Vor ihm stand Amy, das Dienstmädchen. Sie war ein wenig rundlicher geworden, seit er sie das letzte Mal gesehen hatte, und ihr Haar war an den Schläfen ganz leicht ergraut.

»Ja, bitte?«, fragte sie durch den Türspalt.

Michael fuhr sich mit der Hand durchs Haar und setzte ein freundliches Lächeln auf. Es überraschte ihn nicht, dass sie ihn nicht wiedererkannte. Schließlich war er nur zwei Mal zu Gast bei den Dinsdales gewesen, und dies jeweils auch nur kurz. Doch im Gegensatz zu Amy konnte er sich an jede Einzelheit seiner Besuche erinnern.

Das erste Mal hatte er auf Leahs Drängen hin den Hausherrn aufgesucht, um sich wegen der Prügelei mit dessen Sohn Stuart zu entschuldigen. Wäre da nicht jene vage und verzweifelte Hoffnung gewesen, die Dinsdales würden sich am Ende doch noch erbarmen, Leahs und seine Eltern aus Deutschland rauszuholen, er hätte sich damals bestimmt nicht zu dieser demütigenden Aktion überreden lassen. Selbst von Leah nicht. Zumal er diese Initiative im Nachhinein gründlich bedauerte, denn die Dinsdales hatten sich von seinem Auftritt unbeeindruckt gezeigt.

Und sein zweiter Besuch? Es war schon lange Zeit her, seit er das letzte Mal über Stuarts Einfluss auf sein Leben nachgedacht hatte, doch als er nun wieder vor der Tür von Broadhearst Hall stand, fühlte er plötzlich, wie sich der Groll in jeder Faser seines Körpers breitmachte und sein aufgesetztes Lächeln erstarb.

Amy lugte noch immer durch den Spalt.

»Ja, bitte?«, wiederholte sie und zog die Augenbrauen zusammen. Michael schüttelte den Kopf, als könne er so seine Erinnerungen an Stuart und Broadhearst Hall loswerden.

»Captain Corman mein Name. Ich würde gerne die Tochter des Hauses sprechen. Eliza Dinsdale.«

»Werden Sie erwartet?«

»Nein. Mein Besuch sollte eine Überraschung werden.« Er verbeugte sich leicht. »Miss Dinsdale und ich, wir sind alte Freunde«, setzte er ein wenig verschwörerisch nach, als der skeptische Ausdruck in Amys Gesicht nicht weichen wollte.

»Bitte warten Sie einen Moment. Ich sehe nach, ob Miss Dinsdale Sie empfangen kann.« Amy war im Begriff, die Tür zu schließen, als Michael seinen Fuß auf die Schwelle setzte.

Erschrocken fuhr Amy herum.

»Sir?«

»Sie wollen doch nicht etwa einen Captain der britischen Armee vor der Tür stehen lassen, oder?«

Amy wusste offensichtlich nicht, was sie darauf sagen sollte. Die Verwirrung nutzend, betrat Michael die Eingangshalle. »Aber, Sir, ich habe meine Anweisungen ...«

»Keine Sorge, ich lasse schon nicht das Tafelsilber mitgehen.«

Amy öffnete den Mund, um etwas zu entgegnen, doch dazu kam sie nicht.

»Amy. Was ist los? Mit wem redest du da?«

Michael hob den Blick und sah Eliza, die sich gefährlich weit über die Galerie gebeugt hatte und auf sie beide herabblickte.

»Entschuldigen Sie, Miss Dinsdale. Ich habe diesen Herrn hier gebeten, draußen zu warten, aber er hat darauf bestanden einzutreten.«

Michael tat einen Schritt nach vorne. »Das stimmt.«

Eliza stutzte und legte fragend den Kopf schief. »Kennen wir uns etwa?« In ihrem Hirn schien es zu arbeiten, doch nach einer Weile hob sie die Schultern. »Ich muss passen.«

»Captain Corman«, sprang Amy ihr bei.

Eliza schüttelte den Kopf. »Tut mir leid. Der Name sagt mir nichts. Wollen Sie zu meinen Eltern?«

»Auch, aber eigentlich bin ich wegen dir hier, und ich finde, mein Besuch hat sich schon jetzt gelohnt«, sagte Michael frech und schenkte ihr einen bewundernden Blick.

»Ich darf doch sehr bitten, seit wann duzen wir uns?« Empört, aber auch neugierig geworden, löste sie sich von der Brüstung und kam die Treppe herunter. Das Sommerkleid aus gelbem Chiffon umspielte bei jedem Schritt ihre Knie, als wäre der Stoff lebendig. Ihre Wangen leuchteten rot – ob wegen Michaels Kompliment oder der Sommerhitze, ließ sich nicht sagen. Auf halbem Wege spiegelte sich plötzlich Erkennen in Elizas Gesicht, und sie eilte die restlichen Stufen hinunter.

»Michael, du bist es!«, rief sie erstaunt aus. »Was machst du denn hier?«

Er fasste sie bei den Schultern und drückte ihr rechts und links einen Kuss auf die Wange. Eliza schien seiner herzlichen Begrüßung ein wenig auszuweichen, denn sie wandte sich dem Dienstmädchen zu. »Schon in Ordnung, Amy. Wie du siehst, kenne ich den Captain tatsächlich. Wärst du so lieb und servierst uns Tee in meinem Salon?«

Das Dienstmädchen nickte und wollte schon gehen, als Eliza sie beim Arm festhielt. »Und kein Wort über diesen Besuch zu meinen Eltern«, flüsterte sie ihr rasch zu. »Haben wir uns verstanden?«

Amy runzelte die Stirn, nickte jedoch, bevor sie die beiden allein ließ. Eliza hakte sich bei Michael unter und führte ihn zur Treppe. »Komm, lass uns nach oben gehen. Du musst mir alles erzählen, hörst du? Alles.«

Amy servierte ihnen Tee und Gurken-Sandwiches, dann zog sie die Tür hinter sich zu. Michael nahm einen Schluck und sah Eliza forschend an. »Du hast dich kaum verändert. Wenn überhaupt, dann bist du noch schöner geworden.«

Eliza winkte ab. »Sag so etwas nicht. Du machst mich ganz verlegen«, sagte sie. »Lass uns lieber über dich reden. Wie geht es dir? Was ist seit deinem Eintritt in die Army passiert? Ich kann dir gar nicht sagen, wie froh ich bin, dass du mir geschrieben hast. Aber dein letzter Brief ist auch schon wieder viel zu lange her.«

Michael schlug die Beine übereinander und sah Eliza unverwandt an. »Viel ist passiert, Eliza. Zu viel.«

Eliza nickte, dann holte sie tief Luft. »So, Captain bist du also. Keine schlechte Karriere. Stuart ist ebenfalls Captain, er ist bei den Füsilieren. Hast du das gewusst?«

Michael hob erstaunt die Brauen. »Stuart ist bei den Füsilieren? Davon hast du mir gar nichts geschrieben. Wohnt er denn noch hier?«

Eliza schaute betreten zu Boden.

»Schon lange nicht mehr. Nichts in Broadhearst Hall ist so wie früher, Michael. Stuart hat sich als einer der Ersten bei der Army eingeschrieben, und kein Einsatzgebiet war ihm zu gefährlich. Zuletzt kämpfte er in Italien. Meine Eltern waren damit überhaupt nicht einverstanden. Vater hatte fest auf ihn gezählt, um Broadhearst in diesen bitteren Zeiten über die Runden zu bringen. Er fühlte sich im Stich gelassen. Sie sprechen jedenfalls nicht mehr miteinander. Mutter ist fast krank vor Gram darüber, aber was kann sie schon tun? Stuart ist manchmal ein solcher Dickkopf.«

»Ich kann nicht unbedingt behaupten, dass mir dieses Zerwürfnis sonderlich leidtut.«

»Natürlich«, erwiderte Eliza leise. »Da rede ich dumme Gans nur von mir. Erzähl du doch endlich: Wie ist es dir seit Australien ergangen?«

Michael trank seinen lauwarm gewordenen Tee aus. »Hast du etwas Stärkeres?«

»Sicher. Scotch?«

Michael nickte. Eliza stand auf und ging zum anderen Ende des Raums, wo ein paar Flaschen auf einem silbrig schimmernden Teewagen standen. Sie bückte sich nach zwei Gläsern auf der unteren Etage und schenkte ihnen beiden je einen Fingerbreit ein. »Wenn du Eis möchtest, muss ich nach Amy rufen.«

»Nicht nötig, danke.«

Eliza kam zur Sitzecke zurück. Michael nahm ihr das Glas aus der Hand und trank einen Schluck. Dann schaute er seiner Hand zu, wie sie die dunkelgoldene Flüssigkeit im Kristallglas kreisen ließ. Eliza setzte sich wieder.

»Die Australier hatten mir angeboten, mich freizulassen, wenn ich der Army beitrete. Darüber musste ich natürlich nicht lange nachdenken. Ich war dankbar, die Möglichkeit zu haben, gegen die Nazis zu kämpfen. Es konnte mir damit gar nicht schnell genug gehen. Am liebsten wäre ich sofort nach Europa aufgebrochen.« Eliza hörte aufmerksam zu. »Meine erste Aufgabe war jedoch, für die Australier deutsche Gefangene zu verhören, davon hatte ich dir noch geschrieben, oder? Sozusagen als Belohnung für meine Dienste durfte ich dann der Jüdischen Brigade in England beitreten.« Er hob den Blick. »Ich kann dir gar nicht sagen, wie froh ich war, in Europa kämpfen zu können.«

»Hast du deswegen deinen Nachnamen geändert?«

»Ja, das war Pflicht. Für den Fall, dass die Deutschen uns gefangen nehmen. Nach der Haager Landkriegsordnung müssen sie Kriegsgefangene einigermaßen ordentlich behandeln; hätten sie uns jedoch als Deutsche erkannt, wären wir als Landesverräter erschossen worden.«

»Mein Gott, Michael. Du hast so viel riskiert.« Sie legte ihre Hand auf die seine. Ein unbehagliches Schweigen breitete sich zwischen ihnen aus. Schließlich holte Eliza tief Luft und begann, seinen Handrücken zu tätscheln. »Deine Eltern müssen wahnsinnig stolz auf dich sein, oder?«

Er wich ihrem Blick aus.

»Michael?« Eliza beugte sich ihm entgegen. »Ist dir nicht gut? Du bist ja ganz blass geworden.«

Michael entzog ihr die Hand und fuhr sich über die feuchte Stirn.

»Sie sind beide tot.«

»Tot? O mein Gott!« Sie hatte die Hände zu Fäusten geballt und presste sie gegen die Wangen. Dann starrte sie düster in den leeren Kamin. Michael drehte sich ihr zu.

»Nach der deutschen Kapitulation Anfang Mai beantragte ich Sonderurlaub, um nach Frankfurt zu fahren. War ein sehr merkwürdiges Gefühl, als englischer Captain, mit Jeep und eigenem Fahrer in meine einstige Heimat zurückzukehren.« Er schluckte und rieb sich dann mit den Handballen die Augen, als wolle er die aufkommenden Bilder wegwischen. Eliza griff erneut nach seiner Hand und drückte sie.

»Frankfurt lag in Trümmern«, fuhr Michael fort. »Ein fürchterlicher Anblick. Die Straße, in der meine Familie zuletzt gewohnt hat, habe ich trotzdem auf Anhieb gefunden. Das Haus stand sogar noch, doch der Name Korczik stand nicht mehr auf den Klingelschildern. Ich ging das Treppenhaus hinauf zu unserer ehemaligen Wohnung. Ich klingelte, und eine unbekannte Frau öffnete die Tür einen Spaltbreit. Auf meine Frage hin sagte sie nur, dass sie den Namen Korzcik noch nie gehört hätte; sie wisse gar nichts von meinen Eltern. Einen Moment später schlug sie mir die Tür vor der Nase zu. Ich war zuerst ratlos, wo ich als Nächstes suchen sollte, dann ging ich zum Rathaus oder vielmehr in die provisorische Holzbaracke, die als Verwaltungsstelle diente. Tatsächlich fand ich dort einen Eintrag, der meine Eltern betraf. ›Nach Osten verschickt‹, stand in einer Akte, und ich Idiot habe es nicht verstanden.« Er schüttelte den Kopf über sich selbst

»Oh, mein Gott, Michael. Ich weiß gar nicht, was ich sagen soll.«

»Es ist auch unbegreiflich. Weißt du, wann mir klarwurde, dass die Nazis meine Familie ermordet haben?« Er schwieg für einen Moment, und Eliza presste die Lippen zu einem dünnen Strich zusammen. »Als ich mit ein paar Kumpels in London im Kino war«, fuhr Michael fort. »Ich hatte es mir gerade im Sessel bequem gemacht, da zeigten sie in der Wochenschau Bilder von der Befreiung des Konzentrationslagers Bergen-Belsen. Großaufnahmen von Gefangenen, die bis zum Skelett abgemagert waren. Und dann: Schaufelbagger, die langsam die Stapel ausgemergelter Leichen zusammenschoben. Da erst habe ich es verstanden, Eliza.« Michael blinzelte. »Ich bin dann sofort nach Frankfurt zurück. Mit Hilfe von Freunden stieß ich in einem Frankfurter Archiv auf eine Deportationsliste. Meine Eltern sind schon seit fast drei Jahren tot. Die Nazis haben sie im Herbst 1942 nach Lettland deportiert. Vermutlich hat man sie schon kurz nach ihrer Ankunft in einem Wald in der Nähe von Riga erschossen. Neben dem Ausschnitt aus der Deportationsliste habe ich noch ein weiteres Papier entdeckt. Einen Fragebogen, den meine Mutter vor dem Transport ausfüllen musste. Ich erkannte ihre Handschrift sofort. Aus dem Formular ging hervor, dass sie nichts mehr besessen hat außer dem, was sie am Leibe trug. Ein paar Extrastrümpfe noch und etwas Wäsche zum Wechseln.«

Eliza liefen die Tränen über die Wangen. Michael sah sie an, die Augen funkelnd vor Schmerz und Zorn. »Dafür werden sie bezahlen, Eliza. Das schwöre ich.«

Eliza biss sich auf die Unterlippe. Michael stand auf, um sich Scotch nachzuschenken. Er hob die Flasche in Elizas Richtung. »Du erlaubst doch?«

»Ja, natürlich.«

»Hast du von Leah gehört? Ich befürchte, ihrer Familie ist es ähnlich ergangen.«

Eliza sah betreten zur Seite. »Ich habe leider überhaupt keinen Kontakt mehr zu ihr, seit sie damals ...« Sie brach den Satz ab und räusperte sich. »Wenn du sie finden willst, solltest du am besten Kontakt mit dem Roten Kreuz aufnehmen.«

Michael sah sie mit zusammengekniffenen Augenbrauen an.

»Und was ist mit deinen Eltern? Haben die etwa auch keine Ahnung?«

Eliza seufzte. »Ach, Michael. Das ist doch alles so lange her. Warum lässt du die Angelegenheit nicht auf sich beruhen? Hast du nicht auch so genug Sorgen?«

»Das musst du schon mir überlassen. Du kannst mir also gar nichts über Leah sagen?«

Eliza erwiderte nichts und wich seinem festen Blick aus.

»Ich verstehe, du willst mir also nicht helfen.« Er löste sich mit einem Ruck vom Kamin und machte Anstalten, zu gehen.

»Aber Michael, nun warte doch.« Eliza war aufgestanden, um ihn zurückzuhalten. »Versteh doch, mir sind die Hände gebunden. Ich wünschte, ich könnte mehr für dich tun.«

»Dann kannst du mir vielleicht verraten, wo ich deinen Bruder finde.«

»Wieso? Was willst du von Stuart?«, fragte sie und klang alarmiert.

»Was sollte ich schon von ihm wollen? Über alte Zeiten reden, über Menschen und Orte, die wir beide kannten und liebten«, sagte Michael mit sarkastischem Unterton.

»Ich flehe dich an. Lass ihn in Ruhe! Stuart ist kein böser Mensch, bitte glaub mir das. Ihn trifft keine Schuld.«

»Nicht? Ich bin also für alles verantwortlich, ja? Ist es

das, was du sagen willst? Eliza, du enttäuschst mich. Aber Blut ist nun mal dicker als Wasser, nicht wahr? Ich werde ihn auch so finden. Selbst, wenn du ihn warnst. Ich finde ihn.«

Ohne sich nochmals nach ihr umzudrehen, verließ Michael mit eiligen Schritten den Raum. Im nächsten Moment polterte er schon die Treppe hinunter. Als er unten ankam, stürzte plötzlich Elizas Vater auf ihn zu.

»Was haben Sie hier zu suchen, junger Mann?« Gordon Dinsdale riss ihn am Ärmel. »Jetzt bleiben Sie gefälligst stehen, oder ich rufe die Polizei«, sagte er und stellte sich Michael in den Weg. Hinter ihm stand seine Frau, im Begriff, die Treppe hinaufzustürmen, doch ihr Mann hielt sie zurück. »Du bleibst hier, Ada.«

»Eliza, Kind. Ist dir etwas geschehen?«, rief Ada mit für ihre Verhältnisse lauter Stimme hinauf. Michael drehte sich um und sah Eliza im Türrahmen stehen.

»Mir geht es gut«, sagte sie. »Das ist Michael, ihr erinnert euch?« Schweigen füllte den Raum. »Michael und Leah?«, half sie nach, und Michael beobachtete, wie allmählich Erkennen in ihren Gesichtern zu dämmern begann. Gordon tat unwillkürlich einen Schritt zurück, doch Ada löste sich aus seinem Schatten und ging geradewegs auf Michael zu.

»Michael Korczik?«, fragte sie halb entrüstet, halb erstaunt. Sie musterte ihn vom Scheitel bis zur Sohle. »Du bist in der Army? Was machst du hier?«

Eliza kam nun die Treppe hinuntergelaufen. »Er wollte nur kurz vorbeischauen, weil er zufällig in der Nähe war«, erklärte sie. Sie klang nervös. »Das hat er ja nun getan, und jetzt hat er's eilig, zu seiner Brigade zurückzukehren. Am besten, wir halten ihn nicht weiter auf.«

Michael schnaubte verächtlich, bevor er die Arme vor der Brust kreuzte. »Sieh mal einer an. Wann wurde das denn vom Familienrat entschieden? Nachdem ich wegen Ihrer Anzeige England verlassen musste und in Australien interniert wurde? Oder erst, nachdem ich schon keine Eltern mehr hatte, um die ich mich hätte kümmern können, weil Sie beschlossen hatten, sich nicht weiter um deren Rettung vor den Nazis zu bemühen?«

Er schritt auf Gordon zu.

»Was zum Teufel wollen Sie von uns, Korczik?«

»Captain Corman, wenn ich bitten darf.« Michael hob das Kinn. »Ich will mit Ihrem Sohn reden. Und ich will wissen, wo sich Leah und das Kind aufhalten.«

Die Eheleute sahen einander an. Dann wandte sich Ada an Michael: »Michael … Captain Corman, die alte Sache ist für uns längst vorbei. Wir wissen nicht, wo Leah sich aufhält. Seit damals haben wir nicht mehr miteinander gesprochen, und was meinen Sohn anbelangt …« Sie blickte auf ihre Füße. »Vielleicht hat Eliza Sie bereits davon in Kenntnis gesetzt, dass unser Verhältnis zurzeit nicht unbedingt das allerbeste ist.«

Michael presste die Kiefer fest aufeinander und richtete sich kerzengerade auf. Seine dunklen Augen behielten das Paar fest im Blick. »Ihr Verhältnis zu Ihrem Sohn interessiert mich nicht im Geringsten. Ich bin hier, weil Sie eine Mitschuld am Tod meiner Eltern haben. Sie haben uns nicht geholfen, als Sie es hätten tun können.

Und es ist Ihre Schuld, dass ich selbst nichts für Vater und Mutter habe unternehmen können, weil Sie dafür gesorgt haben, dass man mich nach Australien schickt.«

»Große Güte. Ich hatte ja keine Ahnung … Das tut mir schrecklich leid für dich, Michael.« Gordon trat auf Michael zu, doch der hob abwehrend die Hand. Ada kam näher und mischte sich ins Gespräch der Männer ein: »Was deinen Eltern widerfahren ist, ist weiß Gott nicht unsere Schuld.« Sie griff sich an den Kopf. »Was hatten wir mit den Nazis zu schaffen?« Für einen Moment sah sie sehr wütend aus. »Was willst du von uns?«, fragte sie mit kalter Stimme.

»Ich will Leah finden, und ich muss mit Stuart sprechen.«

»Stuart redet nicht mit uns, und wir haben keine Ahnung, in welchem Regiment er dient oder wo er stationiert ist. Und was Leah anbelangt: Wir haben sie damals in diesem Heim für junge Frauen untergebracht, und was danach mit ihr geschehen ist, entzieht sich unserer Kenntnis.«

»Und das soll ich Ihnen glauben?«

»Glaub, was du willst, aber so ist es. Darf ich dich nun bitten zu gehen?« Ada sah ihm direkt in Gesicht.

»Schön, ich gehe, aber wenn Sie denken, das ist das Letzte, was Sie von mir hören, täuschen Sie sich. Ich verlange Genugtuung für das, was Sie mir und meiner Familie angetan haben.«

* * *

Es war tatsächlich nicht schwer für Michael gewesen herauszufinden, wo sich Captain Stuart Dinsdale aufhielt. Stuart war Mitglied des Royal East Kent Regiments, genannt »The Buffs«, das während des Krieges in Italien stationiert gewesen war. Er war in die Heimat zurückgekehrt und wohnte in der St.-John's-Wood-Kaserne, eines der angenehmeren Militärquartiere, das Soldaten vorbehalten war, die auf dem Kontinent gedient hatten. Die Kaserne befand sich in London.

Zur Lunchzeit saß Michael im »Duke of York«, einem Pub, das nur einen Block weit von der Wood-Kaserne entfernt lag und für gewöhnlich ausschließlich von ranghöheren Soldaten frequentiert wurde. Sein Dienstgradabzeichen als Captain der Britischen Armee diente als eine Art Eintrittskarte zu dieser Runde, und tatsächlich stellte Michael schnell fest, dass sich niemand an seinem fremden Gesicht zu stören schien. Michael ging davon aus, dass Stuart eine bittere Zeit in Italien erlebt haben musste. Es war allgemein bekannt, dass die Buffs einige schwierige Situationen bestanden hatten, besonders in Monte Cassino, wo sie schwere Verluste hinnehmen mussten. Das nötigte Michael trotz aller Vorbehalte ein gewisses Maß an Respekt ab. Dennoch: Er hatte keine Angst vor Stuart und auch nicht vor den anderen Gutsherrensöhnchen, die an einem herrlichen Sommertag wie diesem nichts Besseres mit ihrer Freizeit anzufangen wussten, als sich schon am Vormittag volllaufen zu lassen.

Wie um sich selbst zu beweisen, dass er es mit jedem Einzelnen von ihnen aufnehmen konnte, stand Michael von seinem Tisch am Fenster auf und gesellte sich zu einer Gruppe von Dartspielern, die er schon eine ganze Weile beobachtet hatte. Die bierseligen Männer zogen ihn sogleich in ihre Mitte. Er nahm einen Schilling aus der Hosentasche und warf ihn zum Spieleinsatz der anderen auf den Tisch. Man machte einander unter einigem Schulterklopfen bekannt, und Michael lächelte freundlich, wenn man ihn begrüßte. Doch insgeheim genoss er das sichere Gefühl, in spätestens zwei Stunden alle Anwesenden besiegt zu haben. Wenn die Zeit, die er unfreiwillig in Australien verbracht hatte, zu etwas gut gewesen war, dann dazu, es im Dartspiel zu beachtlicher Meisterschaft gebracht zu haben.

Mit einem Auge behielt Michael den Eingang im Blick, bis er durch den dichten Zigarettennebel Stuart in Begleitung zweier Offiziere eintreten sah. Er erkannte ihn gleich an seiner Art zu gehen. Wie viele großgewachsene Menschen bewegte Stuart sich mit einem leicht nach vorn gebeugten Oberkörper, was ihm etwas Linkisches verlieh und wirkte, als müsse er sich unter einer zu niedrigen Zimmerdecke ducken. Vielleicht war er aber auch nur aus Höflichkeit in diese Haltung verfallen, um einem kleineren Gegenüber nicht das Gefühl zu vermitteln, ihm in irgendeiner Weise nicht gewachsen zu sein.

Michael war selbst überdurchschnittlich groß, und jetzt richtete er sich unwillkürlich besonders gerade auf. Als die Dreiergruppe näher kam, erkannte er Stuarts Blondschopf wieder, und noch ein wenig später die leuchtend blauen Augen. Sein Gesicht war leicht gebräunt, und er trug einen sorgfältig auf Linie getrimmten Oberlippenbart. In Uniform sah Stuart geradezu unverschämt gut aus, schoss es Michael durch den Kopf. Die Beobachtung verursachte ein scharfes Stechen in seiner Brust. Stuart war ein Mann, der den Frauen gefiel und der sich deshalb nahm, was er wollte. Wie Leah.

Wieder krampfte sich Michaels Herz schmerzhaft zusammen, und er versuchte, sich aufs Spiel zu konzentrieren, um seine Fassung wiederzugewinnen. Die drei Männer bestellten Getränke, setzten sich an die Theke und unterhielten sich angeregt. Gelegentlich bemerkte Michael, wie Stuarts Blick ihn flüchtig streifte, aber ohne ihn zu erkennen. Gut so!

Als er sein Match erfolgreich beendet hatte, beschloss Michael, dass es an der Zeit war, zu handeln. Er ging auf die Männer zu und blieb vor ihnen stehen. Das Gespräch der drei verstummte. Stuart blickte ihn unter hochgezogenen Brauen an, bis sich plötzlich Erkennen in seinem Gesicht widerspiegelte. Er verzog die Mundwinkel zu einem dünnen Lächeln, während er Michael zur Begrüßung die Hand entgegenstreckte.

»Michael, du meine Güte«, sagte er und nickte kaum merklich, während er ihm die Hand schüttelte. »Was für ein Zufall!« Die beiden schauten einander schweigend an. Stuarts Begleiter schienen die Intensität der Begegnung zu spüren und verzogen sich wortlos an die andere Seite der Theke. Stuart musterte Michael unverhohlen, sein Blick blieb am Schulterabzeichen haften. »Du bist ebenfalls Captain in unserer Armee? Was für eine Überraschung!« Neugierig geworden, rückte er den Hocker näher an Michael heran. »Wo hast du gedient?«

»Zunächst beim australischen Geheimdienst, später bin ich in Europa der Jüdischen Brigade beigetreten.«

»Ich war in Italien stationiert.«

»Ich weiß.«

Stuart stellte sein Glas auf der Theke ab und beugte sich überrascht vor: »Wie meinst du das?«

»Sagen wir so: Ich bin nicht zufällig hier.«

»Wieso? Was willst du?« Stuart legte die Stirn in Falten.

»Es gibt ein paar Dinge, über die wir reden müssen, Stuart.« Michaels Stimme klang gefährlich ruhig.

Stuart legte den Kopf schief und verschränkte die Arme vor der Brust. »Es kann doch kaum mit Broadhearst Hall zu tun haben? Die Sache von damals ist ja längst Schnee von gestern.«

Michael zog sich einen der Barhocker heran und setzte sich mit einem grimmigen Gesichtsausdruck, der seine Ungeduld verriet. »Hast du von der Dunera gehört?«

»Nein«, antwortete Stuart und strich sich über seinen dünnen Schnurrbart.

»Dachte ich mir schon. Nachdem deine Eltern meine Internierung auf der Isle of Man veranlasst haben …«

»Moment mal. Meine Eltern hatten mit deiner Verhaftung nicht das Geringste zu tun. Jeder Deutsche über sechzehn wurde als *enemy alien* verhaftet.«

»Deine Mutter *hat* für meine Verhaftung gesorgt. *Sie* hat deinen Vater bedrängt, mich so weit wie möglich von Broadhearst fortzuschicken.«

Stuart sprang auf. Sein halbvolles Bierglas schwappte über, als er es heftig auf der Theke abstellte. »Das ist ja wohl die Höhe! Dafür, dass unsere Regierung dich wie alle anderen Deutschen eingebuchtet hat, können meine Eltern nun wirklich nichts. Und ich lasse es nicht zu, dass du in Kent herumläufst und üble Gerüchte über sie ausstreust.«

»Ja, ich wurde als feindlicher Ausländer interniert, wie alle anderen Deutschen. Aber es gibt nur eine Begründung, weshalb die britische Regierung unter den Inhaftierten ausgerechnet mich rauspickte, um mich wie einen Schwerverbrecher ans andere Ende der Welt zu verfrachten. Dass ich in Australien gelandet bin, das haben *deine* Eltern zu verantworten und niemand sonst.«

Stuart kam Michael bedrohlich nahe. »Was erlaubst du dir eigentlich? Bist du völlig von Sinnen? Was willst du überhaupt?« Stuarts Freunde an der anderen Thekenseite waren plötzlich still geworden und schauten zu ihnen hinüber. Zwei Offiziere, die gerade im Begriff waren, Bier zu bestellen, tauschten Blicke miteinander, als Stuart seine Stimme erhoben hatte. »Glaub bloß nicht, du könntest auch nur einen Penny von unserer Familie erpressen, falls es das ist, worum es hier geht!«

Stuarts Gesicht war Michaels nun so nahe, dass dieser den alkoholgeschwängerten Atem des anderen riechen konnte. Michael kreuzte die Arme vor der Brust, bevor er weitersprach: »Geld? Du glaubst, es geht mir um Geld? Nein, ich will über Leah und das Kind reden, Stuart! Denn du und ich wissen, dass du der Vater bist.«

Ein gespanntes Schweigen breitete sich zwischen den beiden aus, das Stuart mit einem höhnischen Auflachen durchbrach.

»Du glaubst, ich hätte irgendetwas mit diesem Kind zu tun? Hat deine kleine Freundin das behauptet? Dann geh und frag sie, was sie da im stillen Kämmerlein ausgeheckt hat, um uns alle zu täuschen. Aber ich glaube eher, du lügst, und es war dein Kind. Das hat Leah ja auch so bestätigt. Wenn du mich fragst, hast du mit deiner Deportation nach Australien genau das bekommen, was du verdient hast.«

Michael starrte Stuart an, während er spürte, wie Kälte in ihm hochkroch. Ein körperliches Symptom seines Zorns, ein untrüglicher Hinweis darauf, dass die Situation zu eskalieren drohte. Entweder er drehte sich jetzt um und ließ Stuart stehen, oder er riskierte, die Kontrolle über sich zu verlieren.

»Weißt du, was ich glaube, Stuart?«, fuhr er jetzt fort. »Ich glaube, Leah hat mich nur deshalb bezichtigt, der Kindsvater zu sein, weil sie von eurer Familie bedroht wurde. Sie und ich, wir hatten einander damals ein Versprechen gegeben. Ohne einen triftigen Grund hätte sie das niemals gebrochen! Deine Eltern haben sie unter Druck gesetzt, um dich zu schützen. Hör auf, dich hinter dem Rockzipfel deiner Mutter zu verstecken, und erzähl endlich die Wahrheit!«

Stuart fasste Michael beim Kragen. »Jetzt reicht es mir aber!« Stuarts Freunde machten Anstalten, zu ihnen rüberzukommen, als er zu bemerken schien, dass sein Streit mit Michael auch von anderen Gästen beobachtet wurde. Er ließ ihn los und gab Michael mit den Augen ein Zeichen, nach draußen zu gehen. Michael verstand, drehte sich um und ging rasch auf den Ausgang zu. An der Tür hielt er inne, um sich zu vergewissern, dass Stuart ihm folgte. Es überraschte ihn nicht weiter, dass dessen Kameraden ebenfalls ihren Platz an der Theke aufgegeben hatten, um ihnen ins Freie zu folgen. Michael ballte die Fäuste. Er wurde plötzlich so wütend, dass er am ganzen Leib zu zittern begann. Sollten sie nur kommen! Sein Zorn verlieh ihm Kräfte, die für drei reichten. Zu seiner Überraschung bedeutete Stuart seinen Freunden jedoch zurückzubleiben. Die Männer sahen einander kurz an und blieben stehen. Stuart und Michael gingen schweigend weiter die Straße hinunter.

Als sie außer Hörweite waren, hielt Stuart inne und drehte sich abrupt Michael zu. »Wir haben Leah wie ein Familienmitglied aufgenommen, aber offenbar hatte sie nicht viel mehr im Sinn, als es heimlich mit dir zu treiben.«

Michael lachte bitter auf und schüttelte den Kopf. »Ach, daher weht der Wind. Du bist noch immer eifersüchtig.«

»Was für ein Unsinn! Ich hätte mir allerdings ein wenig mehr Dankbarkeit von dir gewünscht, das ist alles.«

»Wofür sollte ich dir denn dankbar sein?«

»Wofür? Wie wär's damit, dass meine Eltern das Kind und Leah versorgt haben. In Kriegszeiten nicht eben selbstverständlich, besonders, wenn man bedenkt, wie ihr uns hintergangen habt. Gott, wie bin ich froh, dass wenigstens Mutter in diesem ganzen Schlamassel einen klaren Kopf bewahrt hat!«

Michael zwang sich zur Ruhe. Er tat einen Schritt auf Stuart zu: »Wir haben beide in diesem Krieg unbeschreibliche Grausamkeiten erlebt, du nicht weniger als ich. Fürchterliche Dinge. Und du redest von einem armen jüdischen Mädchen, das du geschwängert hast, als wäre ihr Verhalten der Untergang des Abendlandes?« Er fasste sich mit beiden Händen an den Kopf. »Du lächerlicher Dummkopf!«, sagte er mit einem verächtlichen Zug um den Mund. »Wann wirst du endlich erwachsen?«

Stuart schluckte, und sein Adamsapfel hüpfte auf und ab. Die beiden Männer begannen, einander vorsichtig zu umkreisen. Michael beobachtete seinen Gegner genau. Auch Stuart schien konzentriert, seine Augen wirkten entschlossen und ließen keine Furcht erkennen. Das hat der Krieg aus uns gemacht, dachte Michael. Er hat uns gelehrt, im Kampf jegliches Gefühl außer Wut und Hass auszublenden. Er wollte sich mit Stuart messen, er wollte in diesem Augenblick unbedingt kämpfen.

»Tust du etwas für dein Kind?«, provozierte er den anderen. »Weißt du überhaupt, wo Mutter und Kind sind? Lass mich raten: Die beiden interessieren dich einen Dreck. Warum auch? Mama wird's schon richten!«

Mit erstaunlicher Geschwindigkeit landete Stuart einen kraftvollen Fausthieb mitten in Michaels Gesicht. Michael schmeckte das Blut, bevor er es hinunterschluckte, und grinste. Es verschaffte ihm Genugtuung, dass Stuart den ersten Schlag ausgeteilt hatte. Hinter sich hörte er Schritte. Stuarts Leute, die sich den Kampf aus der Nähe ansehen wollten. Im Zweifelsfall würden sie für ihren Kumpel in die Bresche springen, dessen war sich Michael sicher.

»Es geht ums Geld, nicht wahr? Du willst, dass ich für deinen Bastard zahle«, stieß Stuart wütend hervor. Die Anwesenheit seiner Freunde musste ihn in Sicherheit wiegen. Michael ließ sich nicht einschüchtern, hob das Kinn und sprach so laut, dass die Umstehenden seine Worte verstehen konnten: »Es hat sich also nichts geändert, Stuart. Du bringst noch immer nicht den Mumm auf, zu dem zu stehen, was du getan hast. Du hast Leah schamlos ausgenutzt. Sie wollte nur ihre Familie retten, das musst du mittlerweile doch begriffen haben, oder? Genau wie ich. Und weil deine Eltern mich zu Unrecht beschuldigt haben, habe ich meine Familie verloren. Ist dir das eigentlich bewusst? Meine Familie ist tot, verdammt!«

Michael brachte sich in Stellung und ballte die Fäuste. Stuart schien diese Sache allein auskämpfen zu wollen, denn er signalisierte seinen Freunden, sich zurückzuhalten. Michael gab vor, zum Schlag auszuholen. Als Stuart darauf reagierte und auf ihn losging, duckte er sich blitzschnell seitwärts weg. Beide Hiebe, die Stuart austeilte, gingen ins Leere. Dafür erwischte Michael ihn mit seiner Rechten aus einem ungewöhnlichen Winkel. Später sollte Michael diesen Moment in seiner Erinnerung wieder und wieder durchspielen. Es war ein perfekter Schlag! Michael hörte, wie Stuarts Kiefer brach. Dann stürzte Stuart und fiel rückwärts der Länge nach hin. Sein Hinterkopf landete mit einem dumpfen Schlag auf dem Straßenpflaster. Für den Bruchteil einer Sekunde bedauerte Michael, dass der Kampf schon vorbei war, noch ehe er richtig begonnen hatte. Dann starrte er auf den reglos am Boden liegenden Gegner. Stuarts Freunde schienen noch wie betäubt von dieser unerwartet schnellen Wendung. Michael ergriff die Gelegenheit und rannte, so schnell er konnte, davon. Er drehte sich nicht um, als er hörte, wie ihn jemand verfolgte, aus Angst, an Geschwindigkeit zu verlieren. Er bog in eine Gasse ein und lief, eine Faust in die Seite gepresst, um das Seitenstechen in Schach zu halten. Er rannte eine weitere Gasse hinab, bis eine Mauer ihn zum Stillstand zwang. Keuchend holte er Luft, dann sprang er in die Höhe. Seine Hände krallten sich um die oberen Mauersteine. Mit Mühe gelang es ihm, sich über die Mauer zu hieven. Er landete auf der anderen Seite in einem Gemüsebeet, das zu einem viktorianischen Wohnhaus gehörte. Mühsam richtete er sich auf und sah sich nach einem Fluchtweg um. Hinter sich hörte er Stimmen näher kommen, und schabende Geräusche an der Mauer verrieten ihm, dass es nur eine Frage von Sekunden war, bis seine Verfolger ihn einholen würden. Plötzlich öffnete sich die hintere Haustür, und ein riesiger Schäferhund lief knurrend auf ihn zu. Michael sah noch, wie ein Mann mit Flinte im Anschlag auf ihn zielte, dann warf er sich zu Boden.

Kapitel 12

Coober Pedy in Südaustralien, 2001

Obwohl er der Einzige auf der Straße war, setzte David den Blinker, als er auf die Hauptstraße einbog. Es war Sonntagnachmittag, und die kleine Stadt Coober Pedy schmachtete in der Gluthitze des Hochsommers. Staub und Sand, die der heiße Wind über die Straße wehte, blieben am schmelzenden Asphalt haften wie Puderzucker an einer *Apple Pie*. Knochentrockenes Spinifexgras wirbelte über die rote Ebene, die vom ovalförmigen Sportplatz, an dem David gerade vorüberfuhr, kaum zu unterscheiden war. Außer drei halbstarken Aborigines, die mit hängenden Schultern in Richtung Zentrum trotteten, war niemand in dieser mörderischen Hitze zu Fuß unterwegs.

David war aus Alice Springs gekommen, am nächsten Morgen wollte er weiter nach Adelaide. Seit einiger Zeit schon spielte er mit dem Gedanken, an beiden Orten weitere Restaurants zu eröffnen, und führte diesbezüglich Gespräche mit potenziellen Vermietern. Sieben Stunden hatte er mit dem gemieteten SUV nach Coober Pedy gebraucht, was nur zu schaffen war, wenn man das vorgeschriebene Tempolimit von 110 Kilometern pro Stunde missachtete. Die Opalstadt wirkte auf David alles andere als einladend. Näherte man sich ihr vom Norden her, gewann man den Eindruck, sich plötzlich auf dem Mond zu befinden. Am Horizont wuchsen weiße Sandhaufen aus dem Boden, die aus der Entfernung und gegen den blauen Himmel und den roten Staub beinahe wie eine Marslandschaft aussahen. Dabei waren sie nur der Dreck, den eine Unzahl von Minenbesitzern bei ihrer Suche nach den Edelsteinen aus der Tiefe ans Tageslicht schaufelte. Mehr als eine Viertelmillion Schächte hatten die unwirtliche Ebene in ein gigantisches Sieb verwandelt. Alle paar Meter ermahnten gelbe Schilder Fußgänger zur Vorsicht. Es bestand akute Gefahr, in eine der zahlreichen Gruben zu fallen und dabei tödlich zu verunglücken.

Insgeheim bewunderte David den Erfindungsreichtum der Bürger dieser unwirtlichen Gegend. Ihre *Dugouts,* die in den Fels geschlagenen Behausungen der *locals,* für die der Ort ebenso berühmt war wie für seine Opale, hielten die Temperatur konstant auf einer angenehmen Temperatur. Um diese Tageszeit zogen sich Einwohner Coober Pedys daher entweder in ihre Höhlen zurück, oder sie suchten das alte Pub auf, das über eine Klimaanlage verfügte. Nicht wenige *locals* schienen die letzte Möglichkeit zu bevorzugen.

David lenkte den Wagen auf den gut gefüllten Parkplatz des *Opal Inn* und wartete, bevor er ausstieg, bis sich der vom Bremsen aufgewühlte Staub halbwegs verzogen hatte. Er schloss die Augen und fuhr sich mit den Handballen über die Lider. Die lange Fahrt hatte ihn erschöpft, und er wollte für einen Moment seine Gedanken ordnen. Wenn sein Plan aufging, würde er hier und heute seinen Vater finden. Trotz der Müdigkeit begann sein Herz, schneller zu schlagen.

Nachdem Sarah ihm den Zeitungsartikel über den Untergang der HMAS Sydney unter die Nase gerieben hatte, suchte David seinen Jugendfreund Keith auf, einen ehemaligen *Army Intelligence Officer,* von dem er sich Informationen erhoffte. Auf einem Foto des Artikels sah man einen Mann, bei dem es sich laut Sarah wahrscheinlich um Davids Vater handelte. Dem Bericht nach war er einer der leitenden Ermittler gewesen, die das Unglück untersuchten. Keith gab sich überrascht, als er das Foto sah. Eigentlich, so sagte er zu David, hatte die Befragung der internierten Deutschen von der Kormoran unter absoluter Geheimhaltung stattgefunden. Die australische Regierung war peinlichst bemüht gewesen, das Ergebnis dieser Untersuchung unter Verschluss zu halten.

Keith ließ alte Kontakte innerhalb der Marine spielen, wo ein ehemaliger Kollege den Namen Michael Korczik bestätigte und hinzufügte, dieser Mann sei nach dem Krieg in Europa verschwunden, später allerdings nach Australien zurückgekehrt. Er war zu diesem Zeitpunkt schon nicht mehr in der australischen Army, hatte sich aber wohl immer wieder mal bei seinen alten Kameraden gemeldet und um die ein oder andere Information gebeten. Was auch immer der Grund für Michaels Verschwinden gewesen sein mochte, Davids Meinung nach gab es in ganz Australien keinen besseren Ort zum Untertauchen als Coober Pedy.

* * *

Das *Opal Inn* war nicht unbedingt die Art von Kneipe, in der David seinen Feierabend verbringen würde. Drinnen sah es aus, als wäre die Zeit irgendwann in den 1950ern stehengeblieben. Obwohl es draußen noch taghell war, brannte Neonlicht in der Mitte des ansonsten düsteren Schuppens; es roch, als hätten Generationen betrunkener Minenarbeiter ihr Bier über dem verschlissenen Teppich verschüttet, von dem sich nicht sagen ließ, ob das unansehnliche Graubraun seine ursprüngliche Farbe war. Doch offenbar zogen die Minenarbeiter das *Opal Inn* den trendigen Bier-Boutiquen vor, die sich unter der Erde wie Maulwürfe zu vermehren schienen, seit die Touristenbusse den bizarren Ort für sich entdeckt hatten. Reisende, die aufgrund von Platzangst statt der unterirdischen Motels ein Zimmer über dem Pub buchten, bereuten diesen Schritt meist schon wenige Stunden später. David hatte bei einem früheren Besuch selbst erlebt, wie Schlägereien, betrunkenes Gezänk und kreischende Reifen dafür sorgten, dass hier an Schlaf nicht zu denken war.

Als David durch die Tür trat, fielen ihm sofort drei ältere Männer ins Auge, die an der Theke saßen. Entweder kannten sie einander lange genug, um sich in der schweigenden Gegenwart der anderen wohl zu fühlen, oder es war ihnen schlicht gleichgültig, ob der Thekennachbar reden wollte oder nicht. Jedenfalls erweckte die Gruppe den Eindruck, als hätte sie schon immer hier herumgelungert. Eine Handvoll Gäste, die kurz vor David das Pub betreten hatten, gingen an den Männern vorbei und grüßten sie mit Namen. Deren Reaktion war nicht mehr als ein kaum merkliches Nicken.

»Hey, Louise! Drei Pints, zwei Scotch auf Eis«, rief einer der neuen Gäste in Richtung Theke. Die Barfrau hob müde die Hand, zum Zeichen, dass sie verstanden hatte. David schätzte sie auf mindestens Mitte vierzig und fand, dass sie für das, was sie darunter zu bieten hatte, die Bluse ein wenig zu offenherzig trug. Einer der oberen Eckzähne fehlte, und ihre Stimme klang heiser, als sie das Kinn hob und ihm über den Tresen hinweg die Frage an den Kopf warf: »Was darf's denn sein, Fremder?« Den ironischen Unterton hätte David ihr gar nicht zugetraut. Er kam näher und setzte sich an die kurze Seite der Bar.

»Ein *Pint*, danke.«

Er streckte sich und unterdrückte ein Gähnen. Die Männer an der Bar beachteten ihn nicht weiter. Louise stellte ihm sein Bier hin. »Jeder Weg hierher ist zu lang, stimmt's?«

»Das kann man wohl sagen«, erwiderte David.

»Muss wohl der Grund sein, weshalb ich seit zwanzig Jahren hier feststecke.« Sie lachte kurz auf. »Bist du geschäftlich hier?«

»Sieht man mir das an?«

»Touristen kommen nicht ins Opal Inn. Und wenn sich doch mal einer hierher verirrt, ist er entweder schon betrunken oder zu blöde, um sein Hotel zu finden.«

David reagierte mit einem anerkennenden Lächeln auf ihren Scherz.

»Du kennst wohl jeden hier?«

»*Hell, yeah!* Und so manchen davon näher, als mir lieb ist.«

»Dann kannst du mir sicherlich was über die Typen neben mir erzählen?«, fragte er mit lauter Stimme. Die veraltete Klimaanlage lief auf Hochtouren und machte höllischen Lärm. Louise blickte für den Bruchteil einer Sekunde zu den dreien rüber.

»Und weshalb, wenn man fragen darf?«, erkundigte sie sich mit gefurchter Stirn und neigte den Kopf zur Seite.

»Reine Neugier«, antworte David und schob ihr eine Fünfzig-Dollar-Note zu. Louise schaute erneut verstohlen in Richtung der drei Männer, bevor sie nach dem Schein griff und ihn blitzschnell in ihrem Ausschnitt verschwinden ließ. Dann lehnte sie sich zu ihm herüber und flüsterte David etwas ins Ohr. Nach einer Weile wandte sie sich ab und begann, ein paar Pints zu zapfen. David schielte unauffällig zur Längsseite der Bar hinüber.

Jimmy, der Typ, der ihm am nächsten saß, war übergewichtig. Sein Bauch quoll über den Gürtel, der seine schmutzigen Shorts hielt. Dazu trug er ein grelles Hemd mit Tropenaufdruck, einen breiten Strohhut und eine Goldkette mit einem Krokodilzahn als Anhänger. Laut Louise hieß der Kerl neben Jimmy Charlie Wheelbarrow, was allerdings nicht sein richtiger Name war. Da Australier seinen osteuropäischen Namen nicht aussprechen konnten, nannte ein Kumpel ihn einfach Wheelbarrow, also »Schubkarre«, und dabei war es geblieben. Charlie war von drahtiger Statur, und trotzdem sah er im Vergleich zu den anderen am ältesten aus. Auf seinem Kopf saß ein Hut, ein Akubra, der derart zerfleddert war, dass ihn entweder ein Tier angefressen haben musste oder aber eine Kugel zerfetzt hatte.

Der dritte Mann war Michael. Obwohl ebenfalls nicht mehr jung, wirkte sein Körper gut trainiert. Wie alle im Pub trug auch er staubige Shorts. Die Füße steckten in schweren Arbeitsschuhen, doch sein Hemd saß makellos; das Material wirkte auffallend edel. Die aufgerollten Ärmel gaben den Blick auf seine muskulösen Oberarme frei. Das regungslose Gesicht, in das die Sonne tiefe Falten gegerbt hatte, schien allerdings älter als der restliche Körper. Seine Augen waren fast geschlossen.

David stand auf und ging auf ihn zu. »Bist du der Kraut?«, fragte er in einer Lautstärke, die für alle Umstehenden hörbar war.

Michael legte den Kopf schief und zog die Augenbrauen zusammen. »Und wer will das wissen?«, fragte er mit rauher Stimme zurück.

»Mein Name ist David. Ich bin dein Sohn.« Für einen Augenblick wurde es totenstill. Alle Augenpaare hatten sich auf die beiden gerichtet. Plötzlich fing Jimmy an zu kichern, krümmte sich schließlich fast vor Lachen. Er stieß seinen Kumpel Charlie in die Seite.

»Hast du das gehört, Mann? Michael soll einen Sohn haben.«

Ungerührt streckte David seine Hand aus und hielt sie Michael entgegen, sein Blick fest auf ihn gerichtet. Michael ergriff sie nicht. Stattdessen wies er mit dem Kinn auf den Hinterausgang, durch den es zum Biergarten ging. Jimmy und Charlie sahen den beiden nach, als sie aufstanden und hinausgingen.

Hier draußen in der Nachmittagshitze waren sie allein. Michael kniff die Augen zusammen, als er sich eine Zigarette anzündete. Er setzte sich auf eine der Holzbänke.

»Erzähl schon! Wie zum Teufel kommst du darauf, dass ich dein Vater sein könnte?« Michael sah David forschend an. Seine Augen wanderten langsam über das Gesicht des Jüngeren.

David antwortete nichts, sondern zog eine Fotokopie des Artikels aus seinem Portemonnaie, den Sarah ihm gegeben hatte. Obwohl viele Jahre zwischen der Aufnahme und der Gegenwart lagen, war dennoch unverkennbar, dass der Alte mit dem faltigen Gesicht der junge Soldat vom Foto war.

»Ich habe meine Mutter das letzte Mal gesehen, als ich fünf Jahre alt war. Meine Tochter hat herausgefunden, dass sie in Deutschland lebt. Hier, diesen Artikel hat sie von ihr.«

Michael starrte ausdruckslos auf das Bild. David beobachtete ihn dabei genau, doch Michaels Pokerface blieb undurchdringlich. Ohne den Blick vom Foto abzuwenden, verzog er nach einer Weile die Mundwinkel zu einem winzigen Lächeln.

»Es gab Zeiten, da wäre diese Aufnahme ein echtes Problem gewesen. Die Australier waren wegen dieser Sache damals aufgebracht. Nicht nur wegen der vielen Toten. Sie fanden es peinlich, unter welchen Umständen ihr Kreuzer abgesoffen ist. Also hat die Navy mich und meine Kollegen der Inkompetenz beschuldigt, als wir die Hintergründe aufdecken wollten. Die reinste Posse, aber einer muss ja immer der Dumme sein.« Michael schien in vergangene Zeiten abzudriften, er drehte die Fotografie in seinen Händen.

David war nicht entgangen, dass Michael die Bemerkung über seine Mutter vollkommen ignoriert hatte. Um das Gespräch in Gang zu halten, begann er, sich über die technischen Daten der beiden Schiffe auszulassen. Etwas Besseres fiel ihm nicht ein. Scheinbar unbeteiligt hörte Michael ihm zu, doch David spürte, wie die Augen des anderen ihn musterten. Erst jetzt bemerkte er den Anhänger, den Michael um den Hals trug. Ein Davidstern, den Flammen umzüngelten.

»Du bist Jude?«, fragte David, als er den Blick hob. Sie schwiegen für eine Weile. *Ich darf nicht aufhören, mit ihm zu reden,* dachte David und überlegte fieberhaft, wie er das anstellen sollte. Schließlich räusperte er sich und fuhr einfach mit technischen Fragen über das Seeunglück fort, und tatsächlich dauerte es nicht lange, ehe sie sich in eine lebhafte Diskussion über die Details verstrickten.

»Warum bist du nach Australien zurückgekehrt?«, fragte David nach einer Weile. »Du warst doch wieder in Europa.«

Michael sah ihn überrascht an. Dann nickte er und sagte: »Ja, ich hatte nach der Sache mit der HMS Sydney genug von Australien und trat der Jüdischen Brigade in Großbritannien bei.« Er zögerte, als überlege er, wie viel er dem anderen über sich verraten könne. »Sagen wir, ich hatte meine Gründe, Europa zu verlassen«, fuhr er dann fort, »außerdem gefällt es mir hier. Im Outback kann man ungestört leben, das heißt, solange nicht seltsame Kerle wie du auftauchen und einem Löcher in den Bauch fragen.«

»Diese Jüdische Brigade. Was hatte es mit der auf sich?«

Michael sah ihn an. »Interessiert dich das wirklich?«

David nickte.

»Also gut. Das System der Besatzungsmächte arbeitete unserer Meinung nach viel zu langsam, und daher fanden wir unseren eigenen Weg, Kriegsverbrecher ihrer gerechten Strafe zuzuführen. Wir übten Gerechtigkeit. Die Nazis hielten sich versteckt, und wir machten es uns zur Aufgabe, sie aufzustöbern.«

David wusste nicht, was er sagen sollte. Hatte Michael tatsächlich nach dem Krieg Nazis aufgespürt und ermordet? Es musste so sein. Weshalb sonst sollte sich dieser Mann an diesem gottverlassenen Ort verstecken?

»Wann bist du das erste Mal nach Australien gekommen?«, fragte er stattdessen.

Michael atmete hörbar aus. »Ich war eines der wenigen jüdischen Kinder aus Deutschland, die das Glück hatten, vor dem Krieg nach England geschickt zu werden. Ich hatte fest vor, meine Eltern nachzuholen, aber ich hab's nicht geschafft. Ich wurde gewisser Dinge beschuldigt, die nicht stimmten, aber die Wahrheit hat niemanden interessiert.« Er sah David an. »Also hat man mich mit der Dunera nach Australien geschickt und dort interniert.«

»Wirklich? Von der Dunera hab ich gehört«, sagte

David und klang aufgewühlt. »Die Überfahrt soll die reinste Hölle gewesen sein.«

Michael ging auf Davids letzte Bemerkung nicht ein. »Die Australier machten uns Gefangenen ein Angebot. Wer der australischen Armee beitrat, konnte sich das Lager ersparen. Ich zögerte nicht lange, und wegen meiner Sprachkenntnisse landete ich ziemlich schnell beim Geheimdienst.« Michael sah David eindringlich an. »Hör zu! Ich mag dich, aber ich bin nicht dein Vater.«

David war wie vor den Kopf gestoßen. »Nicht? Aber wieso erzählst du mir dann das alles?«

»Diese Frau in Deutschland ...«, sagte Michael, »wenn es sich um die handelt, von der ich glaube, dass sie es ist, dann lässt du am besten die Finger von der ganzen Angelegenheit.«

»Sie ist keine *Angelegenheit*. Ihr Name ist Leah«, erwiderte David.

»Wie ich schon sagte. Am besten, du vergisst das Ganze.« Michael stand auf und reichte ihm die Hand, doch David ergriff sie nicht.

»Wenn du nicht mein Vater bist, wer bist du dann, und woher kennst du meine Mutter?«

»Nett, dich kennengelernt zu haben.« Michael setzte seinen Hut auf, drehte sich um und verschwand in Richtung Parkplatz.

Kapitel 13

London, Oktober 1940

Meredith sollte recht behalten. Es gab tatsächlich schlimmere Orte als das Rememberance Home. Das Heim für gefallene Mädchen erschien Leah im Vergleich zu ihren späteren Unterkünften fast wie ein Luxushotel. Zunächst verbrachte sie mit ihrem neugeborenen Sohn sechs Wochen in einem Haus im Londoner Osten. Danach kam David in ein Waisenhaus, und Leah musste sich eine neue Bleibe suchen.

Ladbroke Cove war ein Hostel für Emigrantenkinder aus Deutschland. Das Beste daran war, dass Leah sich wieder auf Deutsch unterhalten konnte; das Schlimmste blieb die Versorgung: Das Mittagessen bestand für gewöhnlich aus zwei Scheiben trockenem Brot, einem dünnen Aufstrich Margarine und einer Karotte. Wer mehr oder gar anderes wollte, musste dafür zahlen. Die zwanzig Mädchen waren also angehalten, möglichst schnell Geld zu verdienen, um einen Beitrag zur Versorgung zu leisten. Sie alle waren zwischen vierzehn und siebzehn Jahre alt und, wie Leah, mit einem der Kindertransporte nach England gekommen. Entweder waren sie dort als billige Dienstmädchen ausgebeutet worden, oder ihre Pflegeeltern konnten es sich nach Kriegsausbruch nicht mehr leisten, ein weiteres Kind zu beherbergen, weil sie es kaum schafften, sich selbst über Wasser zu halten.

Dank Gordon Dinsdales Hilfe war David in einem Waisenhaus nicht weit entfernt untergebracht, wo Leah ihn so oft besuchte, wie es ihr nur möglich war. Ihr Pflegevater hatte sich bereit erklärt, sie in den ersten Wochen außerhalb des Mutter-Kind-Heims finanziell zu unterstützen. Leah mochte nicht einmal daran denken, was sie ohne seine Hilfe getan hätte, denn die Stellensuche erwies sich zunächst als aussichtslos. Sobald sie nur den Mund aufmachte, konnte jeder hören, dass sie aus Deutschland kam, und damit war das Gespräch meist schon beendet. Leah konnte die zum Teil groben Beschimpfungen nur schwer ertragen – vor allem, weil sie sich zunehmend um ihre Eltern und ihre Schwester sorgte, die sie seit fast zwei Jahren nicht gesehen hatte. Die Lebenszeichen aus Deutschland wurden immer spärlicher. Solange die Post funktionierte, erhielt sie über Gordon ungefähr alle sechs Wochen die Rotkreuzkarte mit exakt fünfundzwanzig Worten von den Eltern, aber in letzter Zeit gingen immer öfter Nachrichten verloren.

»Geliebte Leah! Wie geht's dir? Wir drei gesund. Halte durch, wir auch! Umarmen und küssen dich. Grüße an Pflegeeltern, in Liebe: Mama, Paps, Sissi«, hieß es auf einer der letzten Karten, die sie aus Deutschland erhalten hatte.

Eine Zeitlang rang Leah noch mit sich, ob sie den Eltern nicht von David erzählen sollte. Aber wie sollte sie ihnen in nur fünfundzwanzig Worten verständlich machen, wie es überhaupt dazu hatte kommen können, dass sie so jung Mutter geworden war? Es müsste ihnen wie ein schlechter Traum vorkommen. Leah wusste, dass ihre

Eltern hohe Erwartungen in ihre Zukunft gesetzt hatten. Wahrscheinlich würden sie sich zu Tode grämen.

Während sie noch unschlüssig war, was sie tun sollte, erhielt sie im März 1941 eine Nachricht, unterschrieben von ihrer Familie, die sie ratlos zurückließ.

»Wir drei gehen jetzt gemeinsam auf eine längere Reise.« Nicht einmal die erlaubten fünfundzwanzig Worte. Leah befiel eine quälende Ungewissheit, aber auch Zorn. Sie wunderte sich, warum ihre Angehörigen sich nicht darum geschert hatten, ihr mitzuteilen, wohin in aller Welt sie aufgebrochen waren. Ein oder zwei Worte hätten doch genügt.

In ihrer Verzweiflung kritzelte sie ein paar Zeilen an Onkel Gustav, in der Hoffnung, dass der noch unter seiner alten Adresse in Frankfurt zu erreichen war: »Hörst du von Vater? Bitte schreibe mir.« Ihr Onkel antwortete tatsächlich, drückte sich aber genauso seltsam aus wie zuvor schon die Eltern.

»Alle Verwandten sind verreist. Bitte nur an mich schreiben. Dein Onkel Gustav.«

Leah verstand das alles nicht, aber sie dachte, dass sich alles klären würde, wenn der Krieg erst vorbei war. In der Zwischenzeit wollte sie stark sein, so, wie sie es ihren Eltern versprochen hatte.

* * *

Leah freundete sich mit ihrer Zimmergenossin Hilde an, einer orthodox-jüdischen Berlinerin, die sie an den hohen Feiertagen manchmal in die Synagoge mitnahm und ihr vieles über die jüdische Religion erzählte. Durch sie fand Leah schließlich ihre erste Stelle in einem eleganten Modesalon in Mayfair, nahe Hyde Park und Buckingham Palace. Zu ihren Aufgaben gehörte unter anderem das Aufsammeln der Stecknadeln vom staubigen Atelierboden und das Spülen der Teetassen. Keine schwere Arbeit, und auch wenn Leah nicht viel verdiente, betrachtete sie die Stellung als Glücksfall und strengte sich an, es ihrem Arbeitgeber recht zu machen.

Sie behielt die Position kaum länger als zwei Wochen, denn trotz aller Anstrengungen war sie nicht in der Lage, den starken Cockney-Dialekt der Londoner Lieferanten zu verstehen, mit denen sie es am Telefon zu tun hatte. Es dauerte aber nicht lange, und sie fand in einer ärmlichen Herrenhosen-Schneiderei in Soho eine bescheidene neue Anstellung. Bei den polnischen Juden lernte sie, Knopflöcher für Hosenschlitze zu nähen.

Inzwischen wurden die Lebensmittel rationiert, die Bombenangriffe auf London häuften sich. Der Krieg wurde zum Alltag in der Hauptstadt.

Leah hatte furchtbare Angst, wenn sie sich auf den Weg zur Arbeit machte. Vor allem fürchtete sie, sie könnte sterben und ihr Kind allein zurücklassen. Und was, wenn das Waisenhaus getroffen würde? David war zwar wie die anderen Waisenkinder aufs Land verbracht worden, um ihn vor den feindlichen Angriffen zu schützen, doch wer wusste schon, wie sich dieser Krieg entwickeln würde? Wie so viele in dieser Stadt hockte sie zitternd in den U-Bahn-Stationen und hörte, wie die Bomben über ihr einschlugen.

Die Zeit verging, ohne dass sich an Leahs oder Davids Lage etwas änderte. Dann, im Dezember 1944, als Leah ihrem mittlerweile fünfjährigen Sohn den üblichen Sonntagsbesuch abstatten wollte, war er spurlos verschwunden.

Kapitel 14
Kent, Herbst 1946

»Leah!« Der Klang seiner Stimme verriet Gordons Überraschung, als sie, ohne anzuklopfen, sein Büro betrat. Er legte den Federhalter aus der Hand und erhob sich hinter seinem wuchtigen Schreibtisch. Mit einer nervösen Geste rückte er seine Krawatte zurecht. »Bitte nimm doch Platz!«

Leah folgte der Aufforderung.

»War denn niemand am Empfang? Man hat dich gar nicht angekündigt.«

»Mr. Rafters konnte sich noch gut an mich erinnern.«

Gordon nickte zögernd, so als überlege er, ob er Leahs seltsame Erklärung nicht besser hinterfragen solle.

»Ja, natürlich«, sagte er stattdessen und schob einen Stapel Papiere zusammen, bevor er sich ebenfalls hinsetzte und die gefalteten Hände auf die Tischkante legte. Er betrachtete sie eine Weile. »Aus dir ist ja eine richtige Frau geworden. Wie lange ist es her, seit wir uns zuletzt gesehen haben? Zwei Jahre oder sogar schon drei?«

»Nicht lange genug«, antwortete Leah und sah ihn eindringlich an. Gordon legte den Kopf in den Nacken, als hätten Leahs Worte ihm einen Kinnhieb versetzt.

»Nicht lange genug?«, wiederholte er und begann plötzlich zu lachen. Er schüttelte den Kopf und lehnte sich nach vorne. »Wenn das dein Ernst ist, was in Gottes Namen machst du dann hier?«

»Weil ich Ihr Gesicht sehen wollte, wenn ich Ihnen von meiner Familie erzähle.«

»Deine Familie? Was ist mit deiner Familie?«

»Sie sind tot. Mein Vater, meine Mutter und meine Schwester. In Auschwitz vergast.« Ihr Gesicht blieb ausdruckslos, selbst als Gordon zitternd einatmete und ihm Tränen in die Augen traten.

»Es tut mir unendlich leid, Leah. Mein Gott.« Er schüttelte den Kopf, erhob sich und kam um den Tisch herum, um nach ihr zu greifen. Doch bevor er sie erreichen konnte, stand Leah auf.

»Wieso haben Sie sich nicht an unsere Abmachung gehalten? Sie hatten es versprochen. Wieso haben Sie meine Familie nicht nach England geholt?«

Gordon seufzte laut auf. »Mein Gott, Leah. Es herrschte Krieg. Glaubst du, ich hätte nur mit dem Finger zu schnippen brauchen, und deine Familie wäre gerettet gewesen?«

»Sie hätten sie retten können. Meine Familie und Michaels Eltern auch.«

Gordon horchte auf. »Michaels Eltern? Woher willst du wissen, dass sie ebenfalls nicht mehr am Leben sind? Hast du seit damals mit ihm gesprochen? Weißt du etwa, wo er ist?« Er war ganz dicht an sie herangetreten, sein Atem ging schnell.

Leah schüttelte den Kopf.

»Michael ist ein Mörder«, sagte Gordon nun heftig. »Er hat Stuart umgebracht. Hast du nichts davon gehört?«

»Stuart ist tot?« Leah schluckte und umklammerte ihre Tasche ein wenig fester.

»Wir haben es erst vor drei Monaten erfahren, dass er an den Folgen des feigen Überfalls gestorben ist.« Er senkte die Stimme. »Einer seiner Freunde hat es uns mitgeteilt.«

»Das tut mir leid. Trotzdem muss ich Sie fragen, was aus David geworden ist. Wo haben Sie ihn hingebracht?« Ihr Oberkörper bebte leicht, als sie Gordon erwartungsvoll ansah.

Gordon hob die Hände. »Ich habe ihn nirgends hingebracht. Das letzte Mal, als ich von ihm gehört habe, war er gerade aufs Land verschickt worden. Mehr weiß ich auch nicht.«

Leah tat einen Schritt auf ihn zu. »Warum will mir keiner etwas sagen? Die Behörden, das Heim und auch Sie. Helfen Sie mir! Oder ich weiß nicht, was ich tue.«

Gordon sah sie mit finsterem Blick an. »Willst du mir etwa drohen? Und womit, wenn ich fragen darf? Was habe ich schon noch zu verlieren, jetzt, da mein Sohn Stuart nicht mehr am Leben ist?«

»Ist das Ihr letztes Wort?« Ihre Augen funkelten zornig.

»Leah, selbst, wenn ich es wollte. Ich weiß nicht, was mit David passiert ist. Bitte, du musst mir glauben!«

»Sie haben Einfluss, Sie verfügen über Mittel und Wege. Dies ist die einzige Chance, die Sie haben, um Ihr Unrecht wiedergutzumachen. Tun Sie es!«, herrschte Leah ihn an.

»Wie redest du denn mit mir?«, fragte er und vergaß, den Mund zu schließen.

»Wie sollte ich denn mit Ihnen sprechen? Ich bin nicht länger das hilflose, verängstigte Mädchen, das seinen Pflegeeltern gefallen muss, wenn es überleben will.«

»Was erlaubst du dir? Ich erzähle dir von meiner Trauer um Stuart, und du drohst mir? Was ist los mit dir? Was ist aus dem lieben Mädchen geworden, das ich kannte?«

»Dieses Mädchen ist nun erwachsen und hat erfahren, dass seine Familie ermordet wurde. Dieses Mädchen wird Himmel und Hölle in Bewegung setzen, um den einzigen Menschen, der ihr auf dieser Welt vielleicht noch geblieben ist, zu finden.«

Kapitel 15

Frankfurt/Melbourne, 2001

Du hast *was* getan?« Sarah war außer sich vor Wut. »Wie konntest du nur? Ich habe dir den Artikel im Vertrauen gezeigt. Weißt du überhaupt, was das heißt: *Vertrauen?* So ein Mist!« Was sollte sie jetzt Max erzählen? Sie hatte ihm geschworen, den Zeitungsbericht für sich zu behalten. »Mist, Mist, Mist!« Sarah war von ihrem Bürostuhl aufgesprungen und tigerte mit verschränkten Armen von einer Seite des Büros zur anderen. Abrupt blieb sie stehen und sah ihren Vater an, der mit über dem Bauch gefalteten Händen und ausdruckslosem Gesicht auf dem Besucherstuhl vor ihrem Schreibtisch saß. »Wieso zum Teufel hast du mir denn nichts gesagt? Rede mit mir, los!«

David seufzte. »Was hättest du denn an meiner Stelle getan?«

»Du hast es versprochen, Dad! Du hast verdammt noch mal geschworen, nichts zu unternehmen.«

»Jetzt reg dich mal ab. Ja, es stimmt: Ich habe etwas unternommen, obwohl ich dir etwas anderes versprochen habe. Aber glaub mir, mein Kind, es gibt Wichtigeres im Leben, als bedeutungslose Versprechen einzuhalten.«

»Wie bitte? *Bedeutungslos?* Du bist absolut unmöglich, Dad.« Tränen stiegen Sarah in die Augen, und sie wandte sich ab. David stand schwerfällig auf und fasste sie bei den Schultern. »Lass mich!«, zischte sie ihn an, doch David hielt sie weiter fest.

»Dieser Michael sagt, er ist *nicht* mein Vater.«

Sarah drehte sich um. »Wie? Der Mann aus dem Bericht ist nicht dein Vater?«

* * *

Max saß in seinem Büro im Institut und starrte, in Gedanken versunken, aufs Telefon. Er holte Luft und sah auf die Wanduhr. Elf Uhr morgens. Eine gute Zeit, um in Australien anzurufen, wo es acht Stunden später war. Seufzend hob er ab und wählte Sarahs Nummer. Die Fachschaft erlaubte ihren wissenschaftlichen Mitarbeitern Privatanrufe bis zu einer gewissen Summe. Wenn die überschritten war, überwies Max nach Erhalt der monatlichen Abrechnung das Geld, und alles hatte seine Ordnung. Seit er Sarah kannte, waren seine Telefonkosten in astronomische Höhen geschnellt, so dass die Verwaltung schon besorgt bei ihm nachgefragt hatte, ob es sich bei der Abrechnung vielleicht um einen Fehler handelte.

Es dauerte eine Weile, ehe die Verbindung zustande kam, doch schließlich hob Sarah ab.

»Ja?«, meldete sie sich.

»Hier ist Max.«

»Max! Eigentlich wollte ich dich schon längst anrufen, aber mir ist etwas ganz Blödes passiert, und da habe ich mich nicht mehr getraut.« Sie räusperte sich.

»Was ist denn los?«, fragte Max besorgt.

»Ja, also. Dieser Artikel über diese beiden Schiffe und über Michael, der die Deutschen für die Australier verhört hat ...« Sarah stockte.

»Ja, was ist damit?«

Sarah schluckte trocken. »Ich weiß, ich habe dir versprochen, es nicht zu tun, aber dann habe ich den Artikel doch meinem Vater gezeigt, und daraufhin fing er an zu recherchieren. Ohne mein Wissen. Und er hat Michael aufgestöbert.«

»Er hat *was*?«

»Er hat herausgefunden, wo sich dieser Michael aufhält, und hat ihn damit konfrontiert, dass er ihn für seinen Vater hält.«

»Er hat diesen Mann angesprochen?«

»Ja. So ist mein Vater, leider. Er redet nicht gern um den heißen Brei herum. Es tut mir leid.«

»Oh, Sarah. Jetzt muss ich meiner Großtante beichten, was passiert ist. Sie wird nicht gerade erfreut sein.«

»Musst du das denn wirklich?«

»Wenn sie erfahren sollte, egal wie, dass ich mit dir in Verbindung stehe, wird sie mich wahrscheinlich lynchen.«

»Es tut mir wirklich leid. Das habe ich nicht gewollt. Irgendwie ist es mit mir durchgegangen. Und mit meinem Vater leider auch. Sorry.«

Max seufzte hörbar. »Ich fahr jetzt besser gleich zu Leah. Je eher ich ihre Standpauke hinter mich bringe, desto besser.« Er verabschiedete sich nur noch kurz und legte auf. Er war von Sarah zutiefst enttäuscht. Irgendwann während ihres E-Mail-Austauschs hatte er alle

Vorsicht über Bord geworfen. Er mochte diese Frau. Sie war selbstbewusst, interessant und engagiert. Eigenschaften, die er an Frauen zu schätzen wusste. Natürlich hatte sie als Australierin noch diesen gewissen Exotenbonus, der ihn zugegebenermaßen ziemlich reizte. In den Wochen ihrer Korrespondenz hatte er sich wohl in etwas hineingesteigert, das mit der Realität nicht allzu viel zu tun hatte. Wenn er ihre Stimme hörte, jagte es ihm immer Schauer über den Rücken. Verdammt sexy, dachte er bei jedem Gespräch, auch wenn das nicht eben *politically correct* war. Schon nach einer Woche hatten sie sich über den E-Mail-Kontakt hinaus auf Facebook befreundet, was ihm erlaubte, einige ihrer eingestellten Fotos zu sehen. Es gab da ein Album von ihrem Sommerurlaub aus dem vergangenen Jahr in Hawaii. Großer Gott, sie sah einfach umwerfend aus, wie sie im Bikini am Strand entlanglief. Eine tolle Frau, die er unbedingt kennenlernen wollte.

War er naiv gewesen? Mit Sicherheit. Er kannte Sarah im Grunde überhaupt nicht. Das hatte er nun von seiner Schwärmerei. Sie hatte nichts Besseres zu tun gehabt, als ihrem Vater den Artikel unter die Nase zu halten, den Max ihr nur unter dem Siegel der Verschwiegenheit gemailt hatte. In jedem Fall schuldete sie ihm etwas, wenn er ihr jemals von Angesicht zu Angesicht begegnen sollte. Er stutzte. Wollte er sich immer noch mit Sarah treffen? Doch erst würde er sich mit seiner Tante Leah unterhalten müssen. Er seufzte auf. Verdammt. Sie würde ihm die Hölle heißmachen.

Es kam sogar noch schlimmer, als Max erwartet hatte. Erst schrie Leah ihn an, dann, und das fand er nun wirklich verstörend, fing sie an zu heulen. Es war mehr als bloßes Weinen, denn diese Tränen wurden von Wut und Ohnmacht gespeist.

»Michael ist kein gewöhnlicher Mann«, erklärte sie viel später, wieder halbwegs versöhnt und einigermaßen beruhigt. Sie trank in kleinen Schlucken vom Tee, den Max ihr zubereitet hatte, und hielt die Tasse mit beiden Händen. »Er ist ein schwieriger Mensch, kann sehr gefährlich werden. Wenn er sich in die Ecke gedrängt fühlt, schlägt er zu. Und wenn er das tut, gewinnt er.«

Max sagte nichts, obwohl er seiner Tante noch an diesem Abend hatte vorschlagen wollen, nach Australien zu reisen. Doch jetzt hielt er es für angebracht, damit zu warten. Er würde sie schon noch zu dieser Reise bewegen können. Er wollte, nein, er musste Sarah sehen.

Aufmacher des Canterbury Bulletin vom 7. Oktober 1946

Tragischer Jagdunfall auf Broadhearst Hall: Abgeordneter Gordon Dinsdale (46) erschossen

Chilham/Canterbury – Der Parlamentsabgeordnete für Canterbury und Whitstable, Gordon Dinsdale, ist bei einem tragischen Jagdunfall auf seinem Anwesen ums Leben gekommen. Der Vorfall ereignete sich am frühen Samstagabend in einem Maisfeld nahe Chilham. Der 46-Jährige verstarb in derselben Nacht an den Folgen einer Kopfverletzung. Der genaue Unfallhergang ist noch ungeklärt, die Polizei ermittelt.

Gegen 18 Uhr umstellte eine Gruppe von sechs Jägern ein zu den Ländereien von Broadhearst Hall gehörendes Feld, in dem sie Wildschweine vermuteten, so die Angaben der Polizei. Man nimmt an, dass im weiteren Verlauf des Geschehens einem der Jäger ein Fuchs vor die Flinte gelaufen sein könnte. Zeugen zufolge löste sich plötzlich ein Schuss. Das Geschoss prallte wohl an einem Hindernis ab und traf das Opfer, einen anderen Jäger, am Kopf. Der Getroffene wurde, wie die Polizei weiter schilderte, vor Ort durch den herbeigerufenen Ret-

tungsdienst ärztlich versorgt. Er kam zur weiteren Behandlung ins Canterbury Hospital, wo er wenige Stunden darauf verstarb.
Beamte der Polizei Chilham und Canterbury stellten am Unfallort Waffen und Munition sicher. Bei den weiteren Ermittlungen gilt es nun zu klären, wie es letztendlich zu dieser Schussverletzung kommen konnte.
Lesen Sie mehr zum tragischen Tod des erfolgreichen Politikers und Geschäftsmannes auf Seite 3.

Seite 3 Fortsetzung von Seite 1 »Tragischer Jagdunfall auf Broadhearst Hall«

Auf Nachfrage bestätigte der Leiter der Polizeizentralstation Canterbury, Ernest Plough, dass es zu einer Schussabgabe gekommen sei, in deren Folge das Opfer schwer verwundet wurde. Zum genaueren Tathergang und zum möglichen Schützen wollte er sich aber nicht äußern.
Rettungswagen und Polizei waren schnell vor Ort. Doch offenbar dauerte es einige Zeit, bis der Schwerverletzte im dichten Feld gefunden wurde. Der Notarzt versorgte den Verwundeten noch vor Ort, ehe Dinsdale mit dem Rettungswagen in die Klinik nach Canterbury gefahren wurde. Gegen Mitternacht starb Gordon Dinsdale in Anwesenheit seiner Frau Ada und seiner Tochter Eliza.

Nach Angaben der Polizei benutzten die Jäger sogenannte Bockdoppelflinten. Eine Sicherung an dieser Waffe verhindert für gewöhnlich, dass sich ungewollt ein Schuss lösen kann. Ob der Schuss dennoch einfach losging oder ob der unglückliche Schütze auf ein Tier schießen wollte, müssen die Nachforschungen der Polizei erst noch ergeben. »Wir ermitteln wegen des Verdachts der fahrlässigen Körperverletzung«, bestätigte Polizeichef Plough.

»Bei einer sogenannten *Drückjagd* handelt es sich um eine Jagd ohne Hunde«, erläuterte ein erfahrener Waidmann, den der Canterbury Bulletin im Zusammenhang mit diesem Unglücksfall nach möglichen Ursachen befragte. Wie eine Jagd im Einzelnen durchgeführt werde, entscheide jedoch der Jagdherr, der die Jagd veranstalte. »Auch eine solche Waffe zu benutzen ist durchaus üblich«, erklärte der Jäger, der nicht genannt werden wollte. Offenbar spricht man in Jagdkreisen nicht gern über derartige Unfälle. Mehrere andere Jäger gaben auf Nachfrage gegenüber dem CB an, nicht mehr zu Jagden eingeladen zu werden, wenn sie sich öffentlich äußern würden. Gesetzliche Vorschriften zur Prävention wie in Sussex, wo es vor vier Jahren zu einem ähnlichen, jedoch nicht tödlich verlaufenden Unfall gekommen war (siehe Kasten rechts), gebe es in Kent nicht. Immerhin mehrten sich die Stimmen unter den Jägern, von einer Jagdgesellschaft Abstand zu nehmen, sofern keine entsprechenden Sicherheitsvorkehrungen getroffen seien, so Woodcock.

FRANKFURT, JULI 1945

Meine liebe Leah,
Du und ich, wir waren die Einzigen aus unserer Familie, die den Holocaust überlebt haben. Doch wenn du diesen Brief liest, bin ich nicht mehr am Leben, und damit wirst du zur Bewahrerin unserer Familiengeschichte. Erschrick jetzt bitte nicht! Was ich dir all die Jahre verheimlicht habe, ist nichts, was dein Andenken an deine Eltern und deine Schwester grundsätzlich verändern wird. Was ich dir über die Deportation gesagt habe, stimmt. Doch du kennst nicht die ganze Wahrheit.
Meine liebe Leah, ich weiß, dass diese Zeilen dich verstören werden. Ich bitte dich um Verzeihung für meine Feigheit. Ich bin nicht so stark wie du. Ich war es früher nicht, und heute, als alter und gebrechlicher Mann, bin ich es schon gar nicht.
Doch du sollst, nein, du musst die Wahrheit kennen. Und Max natürlich auch, wenn er erst einmal alt genug ist; deshalb bitte ich dich, ihm diesen Brief und den beigefügten Bericht zu zeigen, sobald er erwachsen ist. Ob ihr mich dann noch gekannt haben wollt, weiß ich nicht, und ich rechne mit dem Schlimmsten: dass ihr mich im Nachhinein als einen Schwächling verurteilt, der seine Familie in der größten Not im Stich gelassen hat.
Ich liebe euch beide sehr und hoffe, dass euch ein langes und glückliches Leben erwartet.
Dein/euer Onkel Gustav

Die Deportation der Familie Winterstein am 19. Oktober 1941 in Frankfurt

Bericht von Gustav Winterstein

Das Gerücht über eine bevorstehende Deportation der Frankfurter Juden nach Litzmannstadt, dem früheren Lodz, kursierte bereits in der Woche ab dem 12. Oktober. Schon im Jahr zuvor hatte die Frankfurter Zeitung »die bevorstehende Absonderung der Juden von den Nichtjuden« gemeldet. Wie sich später herausstellte, war damit die Einrichtung des jüdischen Ghettos gemeint. Den Artikel habe ich damals ausgeschnitten (er ist diesem Bericht beigefügt), weil es das erste Mal war, dass ich in der Presse darüber las. Als dann ein Jahr später in Frankfurt das Gerücht von einem Transport nach Lodz aufkam, war ich alarmiert und ging zu deinem Vater, um die Lage mit ihm zu besprechen. Er hielt meine Befürchtung, dass die Nazis vorhatten, uns Juden systematisch zu ermorden, für übersteigert. Ich habe ihn als blauäugig und ignorant beschimpft. Es war nicht das erste Mal, dass ich mich mit ihm über die Situation der Juden in Deutschland gestritten habe. Doch er hat sich von seinem kleinen Bruder nicht aus der Ruhe bringen lassen. Das Leben wäre auch so

schon schwer genug für uns Juden, sagte er, da brauchte ich die Familie nicht noch zusätzlich mit meinen überzogenen Thesen in Angst und Schrecken zu versetzen. Ich war fassungslos. Wie konnte ein ansonsten so informierter und politisch interessierter Mann so blind sein? Die Zeichen waren doch seit der Reichskristallnacht für alle sichtbar, die Augen im Kopf hatten.
Damals war mir seine Haltung schlicht unbegreiflich, doch heute meine ich zu verstehen, was ihn im Innersten bewegt haben muss. Ich denke, in Wirklichkeit fand er meine Befürchtungen über die Absichten der Nazis gar nicht so abwegig, wie er vorgab, aber er rechnete sich für seine Familie keinerlei Chancen aus, mit dem Leben davonzukommen, wenn er sich den Nazis widersetzte.
»Wo sollen wir denn deiner Meinung nach hin?«, fragte er mit ruhiger Stimme, als ich ihn drei Tage vor der Deportation anflehte, sich zu verstecken. »Aus Deutschland lassen sie uns nicht mehr raus, und welcher Nichtjude würde sich schon dem Risiko aussetzen, eine jüdische Familie zu verstecken? Sogar unsere engsten Freunde haben sich von uns abgewandt. Selbst wenn sich jemand fände, der es für Geld täte - wir haben doch schon längst nur noch das Nötigste, um zu überleben.«
Damals hätte ich meinen Bruder für seine

Schicksalsergebenheit schütteln mögen. Wann, dachte ich mir, wird er endlich aufwachen? Heute sehe ich ihn mit anderen Augen. Ich habe begriffen, dass er tief in seinem Inneren Realist war, dass er inständig hoffte, der schlimmste Fall würde schon nicht eintreten. Doch damals kochte ich vor Wut, hielt ihn für unbelehrbar und gefährlich naiv. »Dann lasst euch eben wie die Schafe zur Schlachtbank führen«, rief ich so laut, dass es deine Mutter und deine Schwester, die in der Küche waren, wahrscheinlich hören konnten. Ohne eine Reaktion abzuwarten, stürmte ich aus der Wohnung und knallte die Tür hinter mir zu.

Nach diesem Streit habe ich die drei nur noch ein einziges Mal gesehen, hatte aber nicht mehr die Möglichkeit, mit ihnen zu sprechen. Es zerreißt mir jedes Mal das Herz, wenn ich daran zurückdenke. Ich werde mir nie verzeihen, dass mein Bruder und ich im Streit auseinandergegangen sind.

Schon am nächsten Tag überbrachte mir ein Mitglied der jüdischen Gemeinde die Aufforderung, mich am kommenden Morgen für die sogenannte »Evakuierung zum Arbeitseinsatz in den Osten« bereitzuhalten. Unter den Betroffenen sprach sich schnell herum, dass zunächst wohl hauptsächlich jüdische Familien aus dem Frankfurter Westend deportiert werden sollten. Eigentlich hätte mich diese Tatsache nicht weiter überraschen dürfen – die Nazibonzen hatten es auf unser vornehmes Viertel abgesehen. Damit war klar, dass dein Vater denselben Bescheid erhalten haben musste. Statt es aber noch ein letztes Mal zu probieren, meinen Bruder zur heimlichen Flucht zu überreden, schmollte ich vor mich hin und fasste schließlich den Entschluss, Frankfurt allein zu verlassen, ohne weitere Erklärung und ohne ein Wort des Abschieds. Besser, ich kümmerte mich um mich selbst.

Ich hatte vor, mich noch am selben Tag in einer unauffälligen Privatpension in der Wetterau einzumieten, die mir ein Freund empfohlen hatte und wo ich mich als Handlungsreisender auszugeben gedachte. Es war ein sehr schlichter Plan, der leicht hätte auffliegen können, aber weder im Zug noch in der Pension schienen sie Verdacht zu schöpfen. Als ich am Abend zu Bett ging, war an Schlaf allerdings nicht zu denken. Nun, da ich mich einigermaßen in Sicherheit fühlte, kreisten meine Gedanken ständig um meine Familie, die ich in Frankfurt zurückgelassen hatte. Wenn ich nicht sofort etwas unternahm, würde ich sie vielleicht nie wiedersehen. Ich rang eine Weile mit mir und beschloss dann, mit dem nächsten Zug nach Frankfurt zurückzufahren. Immerhin war es mir gelungen, unerkannt unterzuschlüpfen; dann sollte es doch auch für meinen Bruder und sei-

ne Familie nicht völlig undenkbar sein, sich zu verstecken. Ich betete, dass dieses neueste Argument ihn endlich überzeugen würde.
Am Bahnhof musste ich zu meiner Verzweiflung feststellen, dass ich den letzten Zug in die Stadt verpasst hatte. Panik ergriff mich. Erst als ich mich wieder ein wenig beruhigt hatte, rechnete ich mir aus, dass die erste Verbindung am nächsten Morgen reichen müsste, um noch vor der SA an eure Wohnungstür in der Unterlindau zu klopfen.
Aber es sollte alles ganz anders kommen.
Die Bahn fuhr zwar pünktlich ab, blieb dann aber auf halber Strecke wegen eines umgestürzten Baumes stehen. Jede Minute, die ich darauf wartete, dass es endlich weiterging, kam mir vor wie eine Ewigkeit. Um uns herum sah ich nur Felder. Zu Fuß hätte ich sicherlich eine Dreiviertelstunde bis ins nächste Dorf gebraucht. Ob ich dort allerdings ein Taxi für die Weiterfahrt finden würde, war fraglich.
Ich ließ das Vorhaben fallen und wartete mit zunehmender Verzweiflung, bis der Zug endlich wieder zu ruckeln begann und weiterfuhr. Woher hätte ich wissen sollen, dass es zu diesem Zeitpunkt schon zu spät war?

Vom Hauptbahnhof aus nahm ich die Straßenbahn, auf die ich endlos warten musste, doch schließlich kam ich an. Von der Haltestelle bis zu euch waren es ja nur drei Minuten. Es war ein außergewöhnlich kühler Morgen. Ich sah meinen Atem in winzigen Wölkchen vor mir aufsteigen und rieb mir die blutleeren Hände, als plötzlich die SA um die Ecke bog. Vielleicht ein Dutzend Männer, die mit weiten, zielstrebigen Schritten die Unterlindau in entgegengesetzter Richtung verließen. Sie trieben Menschen vor sich her, die Gepäck bei sich trugen. Aus der Ferne konnte ich niemanden erkennen. Das Herz schlug mir bis zum Hals, was sollte ich tun? Ich versuchte, unauffällig euer Haus zu erreichen, drückte mich in den Hauseingang. Die Tür stand offen, und ich flog die Stufen zu eurer Wohnung hinauf. Niemand war da. Zitternd an die kalte Wand gepresst, spähte ich aus dem Fenster.

Obwohl es noch sehr früh am Sonntagmorgen war, sah ich überall kleine Gruppen, die sich, flankiert von Uniformierten, in derselben Richtung bewegten. Eine trostlose Wanderung von Menschen, die mit Bündeln, Rucksäcken und Koffern beladen waren. Es herrschte eine merkwürdige Stille, nur aus dem einen oder anderen Fenster hörte ich Frauen schreien und Kinder weinen. Unsere Familie war nirgends zu sehen, umso genauer beobachtete ich die anderen. Ich beschloss, ihnen heimlich zu folgen.

Die Juden wurden durch die Sonnemannstraße zu einer Sammelstelle vor der Großmarkthalle an

der Hanauer Landstraße geführt. Das großflächige Gebäude, für die Öffentlichkeit abgesperrt, lag grau und abweisend vor uns. Ich beobachtete, wie man die Abgeführten an Neugierigen vorbei am Rand der Sammelstelle vor einem Schuppen zusammentrieb, der an der Seite in weißen Lettern den Schriftzug SCHÜTZT DIE TIERE trug. Die Juden stellten ihr Gepäck ab und wurden anscheinend durchsucht, ehe es in das große Gebäude hineinging. Ich schluckte, denn ich konnte sie nicht mehr sehen.
Ich ging zu den gegenüberliegenden Gleisen, denn irgendwann mussten sie die Leute doch hierherbringen, wenn sie gen Osten verschickt werden sollten, und versteckte mich hinter einem Ladekran, um zu warten.
Ich kann nicht sagen, wie lange es dauerte, ehe der erste Pulk Juden an die Ladegleise zur Güterrampe geführt wurde, wo sie wie Vieh in die Waggons eines Sonderzugs verladen wurden. Es war genau so, wie ich es meinem Bruder prophezeit hatte. Unsere Leute ließen sich tatsächlich wie die Lämmer zur Schlachtbank führen, die SA musste nicht einmal laut werden. Meine Augen füllten sich mit Tränen, als ich schließlich unsere Familie sah. Sissi mit gesenktem Kopf in der Mitte, deine Eltern hielten sie bei den Händen und schienen auf sie einzureden. Ich schlug mir die Hand vor den Mund, um nicht zu schreien. Bis zuletzt hatte

ich gehofft, wenigstens ein Wort mit ihnen wechseln zu können, aber es ergab sich keine Gelegenheit, wenn ich nicht riskieren wollte, ebenfalls deportiert zu werden. Ich weiß nicht, weshalb, aber plötzlich drehte sich mein Bruder um und sah genau in meine Richtung. Es war, als schaute er durch mich hindurch, und ich erstarrte. Als ich endlich imstande war, die Hand zu heben, um auf mich aufmerksam zu machen, hatte er sich längst wieder den Gleisen zugewandt. Da wusste ich, dass ich sie alle nie wiedersehen würde.

Sie stiegen in den ihnen angewiesenen Waggon, und die SA-Männer zogen die Türen zu. Das dumpfe Geräusch beim Schließen werde ich nie vergessen. Drinnen begannen sie zu weinen. Als ich schon glaubte, es nicht mehr ertragen zu können, setzte sich der Zug in Bewegung.

Man sagt, nur zwei der Deportierten hätten den Holocaust überlebt. Zwei von eintausend.

Die Bevölkerung konnte im Herbst 1941 genau wie ich sehen, was geschah. Man beobachtete hinter halb zugezogenen Vorhängen das Geschehen, manche lungerten sogar ganz offen an der Großmarkthalle herum und befriedigten ihre Neugier. Das ist im Nachhinein das Schlimmste: Sie haben zugelassen, dass es geschieht.

MELBOURNE, 2002

Tagebucheintrag von Kerry Nelson

Vorgestern ist Davids Mutter Leah zusammen mit ihrem Großneffen Max in Melbourne eingetroffen. Es war nicht leicht, David davon zu überzeugen, dass sein erstes Treffen mit seiner Mutter besser in Gegenwart einer dritten Person stattfände. Aber da er weiß, dass ich Erfahrung mitbringe, hat er schließlich doch zugestimmt. Gott schütze David! Nur er allein weiß, ob er am Ende nicht doch ganz froh über meine Anwesenheit war, was er natürlich nie zugeben würde.

Davids Mutter hatte bei diesem Treffen dunkle Ringe unter den Augen, wirkte ansonsten jedoch recht gefasst und selbstsicher. David hingegen erschien mir aufgekratzt. Dennoch, als ich die beiden so an einem Tisch sitzen sah, bemerkte ich die Ähnlichkeit: dieselbe Nase, die gleiche stets leicht gekräuselte Stirn. Leah gab sich schließlich einen Ruck, um das Gespräch in Gang zu bringen. Alle Mütter in ihrer Lage denken, sie müssten das. Zu Beginn ging es schleppend, unter Räuspern und bemühtem Lächeln, aber mit der Zeit wurde es besser. Manchmal schlich sich ein kurzes Lachen in ihre Unterhaltung, und dann fühlte ich mich überflüssig – stets ein gutes Zeichen. David entschuldigte sich irgendwann, um eine Zigarette zu rauchen, und ich folgte ihm nach draußen. Das scheint seine

Art zu sein: Wann immer ein Gespräch eine Wendung nimmt, die ihn emotional berührt oder bei der er sich unbehaglich fühlt, entzieht er sich, um erst einmal eine zu rauchen. Wir standen am Hinterausgang neben den Mülltonnen. Er machte einen enttäuschten Eindruck auf mich. Ich musste mehrmals vorsichtig nachhaken, aber dann sagte er, dass er diese Frau, die drinnen auf unsere Rückkehr wartete, überhaupt nicht mit der Erinnerung an seine Mutter zusammenbringen könne. Er hatte nie ein Foto von ihr besessen, aber in seinem Kopf war das Bild einer strahlenden jungen Frau.
»Wissen Sie, Kerry, als ich noch ein Junge war, gab es keinen einzigen Tag, an dem ich nicht meine Mutter finden wollte.« Etwas in seiner Stimme sagte, dass es noch immer so war. »Wenn ich an sie denke, ist sie nie alt.«
Wir gingen wieder hinein. Leah hatte sich in der Zwischenzeit Tee bestellt und umklammerte das heiße Glas, als wäre es ihr einziger Halt. Sie sah auf und lächelte, als wir uns setzten.
»Sag, David, bist du verheiratet? Hast du außer Sarah weitere Kinder?« Leah sprach Englisch. Es klang ein wenig eingerostet, sie hatte es wohl schon lange nicht mehr gesprochen. Davids Tochter hatte sich offensichtlich an unsere Vereinbarung gehalten und nichts erzählt, was ihren Vater betraf, als sie Leah am Flughafen abholte. Ein Kellner kam vorbei, und David hob die Hand, um eine Flasche Rotwein und drei Gläser zu bestellen. »Über meine Ex

kann ich nicht nüchtern reden«, erklärte er. »Liz war meine erste ernsthafte Freundin. Ich glaube nicht, dass ich wahnsinnig verliebt war, als wir heirateten. Aber sie war schwanger. Wie es eben so geht.«

»Oh«, sagte seine Mutter. »Das tut mir leid.«

»Das muss es nicht. Es ging ja einigermaßen gut. Wir zogen in ein Häuschen am Stadtrand von Melbourne. Ich war sehr stolz und glücklich über die Geburt unserer Tochter.« Der teure Rotwein wurde serviert. Ich winkte ab, als David mir einschenken wollte. Leah schob ihr Teeglas zur Seite, und sie und ihr Sohn stießen miteinander an. Er stürzte das Glas hinunter und schenkte sich nach. »Verliebt sein – ich wusste gar nicht, was das heißt, und selbst heute ist mir nicht ganz klar, was es bedeutet. Na, egal. Dieses Wort, das Gefühl – das gehört eben anderen Leuten, nicht mir.« Er hob sein Glas und trank es erneut in einem Zug aus. Leah und ich sahen einander fragend und besorgt an. Ich legte meine Hand auf Davids Arm und schlug vor, das Treffen zu beenden. Er schob seinen Stuhl geräuschvoll nach hinten und erhob sich. »Sicher. Gehen wir nach Hause.« Im Stehen goss er sich noch den Rest der Flasche ins Glas und trank wieder aus. »Nicht besonders erfolgreich, unsere kleine Familienfeier, nicht wahr?«

Leah erhob sich und ging um den Tisch herum zu David. Sie berührte ihn kurz an der Schulter, zog dann die Hand zurück. »Gib dir und mir eine

Chance, David. Wir haben uns doch gerade erst kennengelernt. Erzähl mir deine Geschichte. Und wenn du magst, erzähle ich dir meine. Wir brauchen Zeit.«

Als David auf seine Hände blickte, nickte ich ihr zu. Besser hätte ich es nicht sagen können. Alles dreht sich um die verlorene Zeit bei solchen Zusammenführungen. Wochen, Monate und Jahre, die man nicht wie andere Familien damit verbracht hat, an Kindergeburtstagen, Weihnachten, Ostern und den Sommerferien gemeinsame Erinnerungen anzuhäufen.

»Du willst meine Geschichte hören?« David schaute urplötzlich auf, er wirkte zornig. »Meine Ehe ging in den 1970ern in die Brüche.« Er senkte den Blick wieder und sah seiner Hand zu, wie sie das leere Glas drehte. »Ich hab mich schuldig gefühlt, Liz und das Mädchen zu verlassen. Meine Frau trifft keine Schuld. Ich wusste nicht, was es bedeutet, Vater zu sein. Ich habe meiner Tochter sogar eine Zeitlang verboten, mich Vater zu nennen. Das Wort passte nicht zu mir.«

Leah blinzelte. Ihr standen die Tränen in den Augen, aber ich konnte sehen, wie sie sich zusammenriss.

»Gehen wir«, sagte ich. David war angetrunken und machte einen ziemlich aufgelösten Eindruck auf mich. Meine Erfahrung hat mich gelehrt, dass es in solchen Situationen besser ist, das Treffen zu unterbrechen.

»Zahlen!«, rief David in Richtung Theke. »Und einen Likör für die Damen, Schnaps für den Mann.«
Leah schüttelte den Kopf. »David, ich glaube, wir hatten alle schon genug ...«
»Ah, auf einmal willst du die Mutter spielen? Ein bisschen spät.«
Ich sah die Bestürzung in Leahs Gesicht, und ich sah David. Ein Mann, der so seiner Gefühle beraubt war, dass er um sich schlug, wenn man ihm zu nahe kam.

* * *

Sarah hatte mit Max verabredet, ihn gegen zehn Uhr morgens im Hotel abzuholen, um ihm ein wenig von der Stadt zu zeigen. Zu überlegen, was sie sich anschauen könnten, lenkte sie ein wenig ab, und das war gut so. Sarah liebte ihre Heimatstadt im Süden Australiens. Was Melbourne anbelangte, war sie ganz Lokalpatriotin, und daher freute sie sich auf die kleine Sightseeing-Tour, die sie sich für Max ausgedacht hatte. Vielleicht sogar ein wenig zu sehr. Das schlechte Gewissen folgte auf dem Fuße. Ihr Freund Leigh, der im Rocksalt als Souschef arbeitete, liebte sie, daran zweifelte sie nicht. Er zeigte eine fast schon übermenschliche Geduld, was sie und ihr ewiges Zögern in Beziehungsdingen anging. Leigh hatte es nicht verdient, dass sich bei dem Gedanken, den Tag mit einem interessanten Mann aus Deutschland zu verbringen, ihre Pulsfrequenz erhöhte. Überhaupt ging es an diesem Tag um ihren Vater. Er sah heute zum ersten Mal seit seiner Kindheit die eigene Mutter wieder, da sollte sie als Tochter zurückstehen können. Doch sosehr sie sich auch bemühte, es wollte ihr einfach nicht gelingen, ihre Gedanken und Gefühle ganz auf ihn zu konzentrieren. Stattdessen spukte ihr dieser attraktive Wissenschaftler aus Deutschland im Kopf herum, und ohne dass sie es gewollt hätte, wanderten ihre Gedanken ständig zu ihm zurück.

Erst war es Sarah nicht leichtgefallen zu akzeptieren, bei der Begegnung zwischen Vater und Mutter nicht dabei sein zu können, zumal sie um Davids Hilflosigkeit wusste, sobald er mit gefühlsbeladenen Situationen konfrontiert wurde. Dennoch ließ sie sich von der Sozialarbeiterin überzeugen, dass es so am besten war. Sie beschloss, möglichst nicht mehr daran zu denken und stattdessen die Zeit mit Max zu genießen.

Am Vormittag schlenderten sie durch die Innenstadt von Melbourne. Sie zeigte ihm den geschäftigen Victoria Market, malerische Passagen und die mit Graffiti übersäten Gassen nahe der *Degraves Lane*, in der sich Restaurants und Cafés dicht aneinanderdrängten und wo es vor Geschäftigkeit nur so summte. Im Getümmel berührten sich zufällig ihre Schultern, und Sarah spürte, wie dieser kurze Moment ein Ziehen in ihrem Magen auslöste. Dieses Gefühl wiederholte sich wenig später, als sie, hungrig geworden, mit der Tram nach St. Kilda fuhren. Sie ergatterten gerade noch einen Stehplatz in der proppenvollen Straßenbahn, Körperkontakt war unvermeidlich. Bei einem Bremsmanöver geriet Sarah ins Stolpern. Max fing ihren Sturz ab und zog sie an sich.

Als die Bahn schon längst wieder fuhr, hielt er Sarah noch immer im Arm und strahlte sie mit einem geradezu unverschämt charmanten Lächeln an. Sarah fühlte wieder dieses seltsame Ziehen, gleichzeitig schoss ihr vor Verlegenheit das Blut in die Wangen. Sie war verwirrt. Bildete sie sich das nur ein, oder wollte Max etwas von ihr? Noch bevor sie eine Antwort auf ihre Frage fand, ließ er sie los. Am Ziel angekommen, spazierten sie am Luna Park vorbei in Richtung Strand zum *Stokehouse*. Dort nahmen sie auf der Terrasse Platz mit Blick auf das Meer, wo die weißen Tupfen der Segelboote auf und nieder tanzten. Sie blinzelten gegen die hochstehende Sonne, als die Bedienung die Getränkebestellung aufnahm. Ein paar Möwen kreisten krächzend über ihnen. »Die machen sich wahrscheinlich Hoffnung auf die Pommes unserer Nachbarn«, sagte Max mit amüsiertem Blick auf das turtelnde Pärchen neben ihnen. »So wie die beiden miteinander beschäftigt sind, könnten sie damit durchaus Glück haben.« Er sah Sarah eindringlich an.

Sarah räusperte sich. »Wahrscheinlich«, bestätigte sie und setzte ihre Sonnenbrille auf. Max streckte die Füße aus und lehnte den Kopf in den Nacken, um die Sonne zu genießen. Sarah blickte auf ihre Armbanduhr. »Wie es deiner Großtante und meinem Vater wohl geht?«, sagte sie dann. »Sie müssten jetzt zusammensitzen.«

»Gute Frage. Wollen wir mal hoffen, dass es nicht allzu schlecht läuft.«

Der Kellner kam und servierte ihnen die Getränke. Er reichte ihnen die Menükarte, empfahl den *catch of the day* – einen Baby-Snapper mit Rosmarinkartoffeln und

Salat – und zückte gleich erwartungsvoll Stift und Block. Max entschied sich für den Snapper, Sarah wählte die Gnocchi mit dunkler Salbeibutter und den *Moreton Bay Bugs* von der Karte. Sie setzte sich aufrecht hin und hob ihr Weinglas.

»Auf Leah und David«, sagte sie.

Max stieß mit seinem Bier an. »Ja. Und auf uns«, setzte er nach. Sie nahmen einen Schluck. Max stellte sein Glas auf den Tisch, beugte sich vor und nahm ihr vorsichtig die Sonnenbrille von der Nase. »Ich will deine Augen sehen.«

Sarah legte den Kopf schief und blickte ihn überrascht an. Sie hatte sich also doch nicht in seinen Absichten getäuscht, als er sie in der Bahn umarmt hatte. »Was soll das denn werden?«, fragte sie.

»Was immer wir wollen«, antwortete Max. Sarah schluckte. Jetzt, da offensichtlich war, worauf Max es abgesehen hatte, lag es an ihr, in welche Richtung sich diese Begegnung entwickelte. Das Herz schlug ihr im Hals. Sie war hin- und hergerissen. Sie fand Max mehr als attraktiv. Seine warmen Augen, dieses Lächeln. Andererseits war sie mit Leigh zusammen. Sie hielt seinem Blick stand, trank gleichzeitig von ihrem Wein. Er beugte sich vor, war ihrem Gesicht nun ganz nah.

»Ich konnte es kaum abwarten, dich zu treffen«, sagte er.

Sie blickte lächelnd zur Seite. Ihr Mobiltelefon klingelte. Sie sah aufs Display. Für einen Moment zögerte sie, dann drückte sie die grüne Taste. »Leigh?« Sie fühlte sich ertappt, machte eine entschuldigende Geste in Max'

Richtung, stand auf und ging ein paar Schritte auf den Strand zu, bis sie außer Hörweite war.

»Was hältst du von einem gemeinsamen Lunch? Ist mein freier Tag heute. Das Wetter ist super, da dachte ich ...«

»Leigh«, unterbrach ihn Sarah. »Ich hab dir doch gesagt, dass ich ein wenig Zeit zum Nachdenken brauche. Sei mir nicht böse, aber ich weiß im Moment einfach nicht, was mit mir los ist.«

»Hab ich was falsch gemacht?«

»Nein, hast du nicht. Es liegt an mir, entschuldige.«

»Sarah, ich weiß nicht, wie lange ich das noch aushalte. Wir sind jetzt seit fast zwei Jahren zusammen, und es ist das dritte Mal, dass du eine Auszeit von mir nimmst.«

»Tut mir leid, Leigh. Ich weiß, das ist dir gegenüber nicht fair.« Sie fühlte sich mies. Hier saß sie mit Max und überlegte gerade ernsthaft, ob sie sich auf eine Affäre mit ihm einlassen sollte. Das war gemein, doch gleichzeitig kam auch Ärger in ihr auf – darüber, dass Leigh sie ertappt und gestört hatte.

»Machst du denn nun diese Therapie, von der du gesprochen hast?«

Sarah verdrehte die Augen nach oben. »Nein, aber ich habe es vor. Ernsthaft.«

»Gut. Was ist denn jetzt mit essen heute Abend?«

»Leigh!«

»Schon gut, ich vermisse dich nur so fürchterlich.« Er seufzte auf. »Tut mir leid, jetzt drängle ich wohl doch, oder? Aber was soll ich machen? Du fehlst mir. Kann ich dich bald sehen?«

»Natürlich, Leigh, aber ich weiß noch nicht genau, wann. Ich ruf dich deshalb nochmals an, einverstanden? Dad und ich, wir haben doch Besuch aus Deutschland. Seine Mom und ein Großneffe von ihr.«

»Ja, ich weiß schon, aber ich dachte, das betrifft mehr deinen Dad. Wie läuft es denn so mit der Familienzusammenführung?«

Sarah fuhr sich nervös mit der Hand übers Haar, blickte zu Boden. Ihr war klar, dass Leigh nicht auf Max und sie anspielte, doch ihr schlechtes Gewissen gab ihr das Gefühl, als hätte Leigh ihren inneren Konflikt durchschaut. »Dad trifft sich gerade zum ersten Mal mit seiner Mutter. Ich warte hier mit Max, bis sie sich melden.«

»Max?«

»Der Großneffe.« Sie holte Luft. »Hör zu, Leigh, ich muss jetzt Schluss machen. Ich melde mich bald bei dir, versprochen.«

»Alles klar. Ich liebe dich.«

»Ja.«

Sarah drückte schnell auf die rote Taste und atmete tief durch. War sie im Begriff, Leigh abzuservieren, weil er es ernst mit ihr meinte? Es wäre nicht das erste Mal in ihrem Leben, dass sie vor der aufrichtigen Zuwendung eines Mannes Reißaus nähme. War Leigh denn der Richtige? Sie schloss für eine Sekunde die Augen, dann gab sie sich einen Ruck und kehrte zu Max zurück.

»Geschäftliches?« Max tunkte ein Stück Brot in das Tellerchen mit dem Olivenöl, das der Kellner gerade serviert hatte, und steckte es sich in den Mund. »Hm, köstlich. Das Brot ist noch warm. Hier, probier mal.« Er riss eine Scheibe Brot entzwei, stippte eine Hälfte ins Öl und hielt sie Sarah hin. »Mund auf!«, befahl er, und sie gehorchte.

»Einmal Gnocchi und einmal Fang des Tages.« Der Kellner stellte die übergroßen weißen Teller vor ihnen auf den Tisch. Während des Essens ließen sich die beiden kaum aus den Augen. Sie unterhielten sich angeregt über ihre Arbeit, probierten vom Essen des anderen und bestellten sich nach einer Weile ein weiteres Getränk. Als der Kellner beim Abräumen fragte, ob sie Kaffee wünschten, schauten sie einander kurz an und verneinten dann. Sarah zahlte, doch als sie aufstehen wollte, um das Besichtigungsprogramm fortzusetzen, hielt Max sie am Arm zurück.

»Sarah! Ich will mir nichts mehr anschauen.«

Sie öffnete die Lippen, halb vor Überraschung, halb um etwas zu entgegnen, doch da hatte er sie schon an sich gezogen und küsste sie so leidenschaftlich, dass sich das Turtelpaar am Nachbartisch zu ihnen umdrehte.

»Ich ruf uns ein Taxi zu meinem Hotel«, flüsterte er ihr ins Ohr und verschwand nach drinnen. Sarah ließ sich wie betäubt auf ihren Sitz fallen. Ihr Herz raste, und sie spürte, wie ihre Wangen vor Erregung glühten. Es war hundertprozentig falsch, jetzt mit Max zu gehen, aber es gab nichts, was sie in diesem Moment lieber getan hätte.

* * *

Die Suche nach Familienangehörigen war immer auch eine Suche nach der eigenen Identität. David verstand das dank der Gespräche mit der Sozialarbeiterin inzwischen. Mit ihrer Hilfe hatte er zwar den verletzten kleinen Jungen in sich gefunden, aber noch nicht die Worte, die seinen Schmerz auszudrücken vermocht hätten.

»Ich möchte dir Bindoon zeigen«, sagte er zu Leah gegen Ende ihrer ersten Woche in Australien. »Bevor du diesen Ort nicht gesehen hast, wirst du nie wirklich verstehen, wer ich bin.«

Leah biss sich auf die Unterlippe. »Ich weiß nicht. Was ist mit Max und Sarah?«

»Die werden sich schon allein zu beschäftigen wissen. Na, komm schon. Nur du und ich. Mutter und Sohn.«

Leah rang sich ein Lächeln ab. »Du hast recht. Ich sollte mir ansehen, wo du aufgewachsen bist. Ich fürchte nur, dass ich nicht stark genug bin, um es auszuhalten.«

David lachte und machte eine wegwerfende Handbewegung. »Was redest du da? Du bist doch fit. Wenn es dir recht ist, buche ich uns gleich für morgen früh einen Flug nach Perth. Von dort fahren wir mit dem Wagen. Gebongt?« Er tätschelte ihr aufmunternd den Arm. »Du schaffst das schon.«

Keiner von beiden sprach viel während der Autofahrt. Bindoon lag achtzig Kilometer nördlich von Perth. Die Sonne stand hoch am wolkenlosen Himmel und tauchte die trostlose Landschaft in ein gleißendes Licht. David fuhr auf einer unbefestigten Nebenstraße.

»Wir sind gleich da«, erklärte David, doch er bog

noch mehrere Male ab, ehe sie auf einem rauhen Weg über knochentrockenes Farmland und Weidekoppeln eine Anhöhe hinauffuhren. Endlich hielt David an. Er stieg aus, ging um den Holden herum und öffnete Leah die Tür. Als er sah, wie mühselig sie sich aus dem Sitz erhob, reichte er ihr die Hand. Plötzlich hatte er ein schlechtes Gewissen. Vielleicht hatte er der alten Dame mit dieser Reise doch zu viel zugemutet. »Alles in Ordnung?«, erkundigte er sich besorgt. »Möchtest du vielleicht einen Schluck Wasser?«

»Nein danke. Ich bin nur von der Autofahrt ein wenig müde. Das ist alles.« David nickte. Er blickte auf die Koppeln, die weite Ebene, die sich vor ihnen bis zum Horizont ausbreitete.

»Alles, was du hier siehst, gehört der Bruderschaft. Nicht übel, was?«

Er atmete tief ein. Ein paar Magpies, die australischen Elstern, krächzten irgendwo. Ein Wellblechtank reflektierte die grellen Sonnenstrahlen wie ein Spiegel; er gehörte zu einer Farm, die aus der Ferne wie ein Spielzeug aussah. Auf einem Hügel stand eine Statue wie ein Schattenriss: Jesus, der auf das verdorrte Land herabblickte. David zeigte mit dem Finger auf weitere Figuren. »Erkennst du den Kreuzweg? Haben wir Jungs gebaut.« Er wackelte mit seinen vernarbten Zehen, die in Flip-Flops steckten. Leah sah hin. »Die hat mir beim Zementmischen der Kalk verbrannt. Meine Knie sehen auch nicht besser aus.«

»Mein Gott«, sagte Leah, »sie haben euch Kinder den Zement anrühren lassen?«

»Jedes einzelne dieser verdammten Gebäude hier haben wir Kinder gebaut. Mit Schaufeln und Hacken, bis unsere Hände geblutet haben. Und wer nicht mehr konnte, den haben die Brüder verprügelt. Manchmal so lange, bis sie uns die Knochen gebrochen haben. *Gottes kleine Soldaten* nannten sie uns.« Er schnaubte verächtlich durch die Nase und fuhr sich mit der Hand über den Mund, als könnte er so die Erinnerung wegwischen. Leah schlug vor, die Reise abzubrechen, da sie sie beide zu sehr aufwühlte. Doch David war nicht mehr zu bremsen. Er bat Leah einzusteigen, und sie fuhren weiter.

Das Hauptgebäude tauchte wie eine Fata Morgana vor ihnen auf.

»Es ist viel größer, als ich angenommen hatte«, sagte Leah überrascht. Sie fuhren durch einen Torbogen. Rechts und links der schnurgeraden Einfahrt standen hohe Steinsäulen. Vor dem Hauptgebäude parkten sie. Es wirkte unwirklich schön, ein prächtiges Schloss in der Wüste. Und es war sehr still, ein verlassener Ort.

»Die Kinder müssen Ferien haben«, stellte David fest.

»Welche Kinder?«, fragte Leah. »Ist Bindoon denn noch immer ein Waisenhaus?«

»Nein, in den späten 1960er Jahren wurde daraus ein Internat für Söhne katholischer Viehzüchter. Die Bruderschaft macht nur noch einen kleinen Teil des Schulgremiums aus, aber die religiöse Erziehung ist nach wie vor in ihren Händen.«

»Diese Männer dürfen noch unterrichten?«

»Was heißt noch? Zu meiner Zeit gab es gar keinen

Unterricht. Zwei meiner alten Freunde können nach wie vor nicht richtig schreiben und lesen. Komm, gehen wir rein.«

»Lassen sie uns denn?«

Er lachte. »Natürlich. Das müssen sie sogar. Ich bin schließlich im Komitee der Old-Boys-Vereinigung, und ich habe meine Schuld abbezahlt.«

Leah hob die Brauen. »Welche Schuld?«, fragte sie verblüfft.

»Die Kosten für meinen Aufenthalt. Ich schulde ihnen keinen einzigen Cent, ich hab ihnen sogar einen verdammten Pool spendiert.«

Ein älterer Bruder erschien auf den Eingangsstufen. Er erkannte David sofort, eilte zu ihm und schüttelte seine Hand. Leah schien er nicht zu bemerken. David deutete mit dem Kinn in ihre Richtung. »Das ist Mrs. Winterstein. Ich will ihr Bindoon zeigen. Das ist doch in Ordnung, oder?«

»Aber natürlich.« Der alte Mann mit dem ungekämmten Haar ging langsam auf Leah zu und schüttelte ihr herzlich die Hand. Die drei machten ein wenig Smalltalk, redeten über die Hitze, die Schule und die Landwirtschaft. Plötzlich verfiel der Bruder für einen Moment in Schweigen, dann schaute er David aus traurigen Augen an. Mit einer kaum merklichen Bewegung seines Kopfes wies er auf Leah. »Sie haben einen Teil Ihrer Familie wiedergefunden?«

»Kann man so sagen. Mrs. Winterstein ist meine Mutter. Die Frau, von der die Bruderschaft immer behauptet hat, sie wäre längst tot.«

Stille breitete sich zwischen ihnen aus. Der Bruder trat verlegen von einem Fuß auf den anderen. Schließlich bat er sie mit einer Handbewegung herein. »Sie kennen sich ja aus«, sagte er zu David und ging eiligen Schrittes davon.

David sah die Schönheit der hohen Räume, die mit dem, was er während seiner Kindheit hier erlebt hatte, in vollkommenem Widerspruch stand. Die schattenspendenden Bäume vor dem weitläufigen Gebäude und die gepflegten Gärten. Fast hätte er vergessen können, dass dies nur die Oberfläche war. Im Innenhof pflückte er eine Blüte der Kängurublume, einen rotstieligen Pflanzenwedel, der von der Form her entfernt an die Pfoten des australischen Wappentieres erinnerte, und reichte sie Leah. Mit einem Mal hatte er genug. Hastig führte er seine Mutter durch das Gebäude. Der Schlafsaal, die Holzwerkstatt, die Küche.

Kurz darauf stiegen sie in den Wagen und fuhren davon, ohne sich von einem der Brüder verabschiedet zu haben. Das Auto holperte etwas zu schnell über Schlaglöcher und Furchen. Eine rote Staubwolke hinter ihnen verbarg Bindoon, als David mit grimmigem Blick in den Rückspiegel schaute.

David hatte in einem Vorort von Perth Zimmer in einem Motel gebucht. Ihr Flug zurück nach Melbourne ging erst am nächsten Morgen. Es war dunkel geworden, als sie dort ankamen, und die Sterne glitzerten am wolkenlosen Nachthimmel. David nahm Leahs Koffer von der Rückbank und trug ihn zu ihrer Zimmertür.

»Du hattest recht«, sagte er, »unser Besuch hat uns beide nur verstört. Damit habe ich wirklich nicht gerechnet, ich war seit damals ja schon oft dort.«

»Vielleicht, weil du zum ersten Mal diesen Ort durch die Augen eines anderen gesehen hast. Ich weiß wirklich nicht, wie du es schaffst, den Brüdern ohne Zorn zu begegnen.«

»Vielleicht bin ich aber auch nur dumm. Du kannst es ruhig sagen, wenn du das meinst. Keiner, der mich kennt, versteht, warum ich diesen Teufeln Geld hinterherwerfe. Wieso baue ich diesen Bastarden einen Pool? Die Antwort ist ganz einfach. Ich will ihnen nichts schuldig sein. Keiner von denen soll jemals sagen können, sie wären für mich aufgekommen. Keiner. Na, sag es schon. Du findest es auch hirnrissig.«

»Nein, im Gegenteil. Du zeigst mir etwas, das ich schon fast vergessen hatte.«

David hob fragend die Brauen. »Tatsächlich?«

»Ich kann es gar nicht genau beschreiben. Das Annehmen der eigenen Geschichte vielleicht.« Leah schluckte. »Wer weiß? Vielleicht entsteht ja doch noch etwas Gutes aus all dem Elend.«

David drückte ihre Hand. »Es tut mir leid. Ich habe dich da draußen in eine unangenehme Lage gebracht. Dieser Bruder, der …«

»Du brauchst dich wirklich nicht zu entschuldigen«, fiel sie ihm ins Wort. David lächelte dünn und klopfte ihr auf die Schulter. Dann öffnete er die Zimmertür und trug Leahs Koffer hinein. »Ich sag an der Rezeption Bescheid, dass sie uns um fünf wecken. Das wird eine kurze Nacht. Also dann, schlaf gut.« Er nickte ihr zu und verließ den Raum. Er dachte darüber nach, ob seine Mutter sich insgeheim fragte, was diese Hände, die die ihren auf Bindoon so herzlich geschüttelt hatten, vor vielen Jahren mit ihrem Sohn angestellt haben könnten.

Kapitel 16
2003

Max rief David an, um ihn über Leahs Gesundheitszustand zu informieren. »Es geht ihr nicht gut«, sagte er. Die Verbindung war so klar, als stünde Max neben ihm.

»Wie schlimm steht es denn?«

»Die Ärzte sagen, es geht dem Ende zu. Zwei, drei Wochen noch. Mit etwas Glück vielleicht ein Monat.«

»Wie kann das denn sein? Vor einem halben Jahr, bei unserer ersten Begegnung in Australien, war sie doch noch so rüstig.«

»Das ist die Tücke der Krankheit. Eine Weile ist alles gut. Plötzlich haut dich die kleinste Infektion um, und von da an geht es dann beständig bergab.«

David schnalzte mit der Zunge. »Ist sie ansprechbar?«

»Ja, noch ist ihre Morphiumdosis niedrig. Sie ist im vollen Besitz ihrer geistigen Kräfte, und mit einiger Anstrengung kann sie sogar aufstehen und umhergehen. Allerdings ist sie schnell erschöpft und außerdem totenblass.«

Eine Pause entstand, in der David glaubte, den Ozean zwischen ihnen rauschen zu hören. »Ich will sie sehen«, sagte er.

»Ja, das habe ich mir schon gedacht.«

»Ich möchte etwas Besonderes für sie tun, und wahrscheinlich brauche ich dafür deine Hilfe.«

»Was hast du denn vor?«

»Kann ich dir noch nicht sagen. Ich melde mich wieder, wenn ich den Flug gebucht habe, okay?«

»Okay. Warte nicht zu lange.«

* * *

Max klopfte das Kissen zurecht und schob es Leah vorsichtig hinter den Rücken. Sie saß aufrecht; eine Infusionsnadel steckte in ihrem Handrücken und ließ die Ader bläulich schimmernd unter der dünnen Haut hervortreten. Max zog den Besucherstuhl zum Krankenhausbett heran und setzte sich.

»Nur noch ein Versuch«, sagte er. »Komm schon. Die Ärzte würden es nicht vorschlagen, wenn sie keine Hoffnung mehr hätten.«

Leah schüttelte den Kopf:

»Keine Therapie mehr«, sagte sie und klang entschlossen. »Ich will nach Hause. Ich habe genug von der Chemo und der Übelkeit. Und die Bestrahlung fühlt sich an, als ob etwas in meinem Kopf verbrennt. Ich bekomme den angesengten Geruch gar nicht mehr aus der Nase.«

»Was ist mit den Schmerzen?«

»Das Morphium hilft.«

Max seufzte hörbar und fuhr sich mit der Hand über den Kopf. »Also gut. Wenn du es unbedingt so willst, dann bringen wir dich eben nach Hause.«

* * *

Drei Tage später war David auf dem Weg nach Frankfurt. In den Flugzeugsitzen neben ihm schliefen Sarah und seine Enkelin. Mashas Kopf lehnte an der Schulter ihrer Mutter. Die Puppe glitt ihr aus den Händen, fiel zu Boden. David hob sie auf und legte sie Masha vorsichtig in die Armbeuge zurück. Das Kind brabbelte im Schlaf etwas Unverständliches, als er ihm die heruntergerutschte Fleecedecke bis zum Kinn hochzog und behutsam hinter den Schultern feststeckte.

»Ihr Scotch auf Eis, Sir.« Der Steward reichte ihm den Drink.

David seufzte zufrieden, nachdem er das Glas entgegengenommen hatte, und trank einen kräftigen Schluck. Er ließ die Eiswürfel kreisen und schaute durchs Fenster in die frühe Abenddämmerung. Die warmen Rot- und Brauntöne der australischen Erde leuchteten gegen den tiefblauen Himmel. Er warf einen Blick auf seine teure Armbanduhr. Fast fünf Stunden flogen sie nun schon über Australien hinweg. Angesichts der Weite des Landes kam er sich plötzlich ganz klein vor, unbedeutend. Er trank seinen Scotch aus, stellte die Rückenlehne zurück und dachte nach.

Wenn die Ärzte recht behielten, dann war diese überhastete Reise wohl die letzte Möglichkeit, Leah zu sehen. Am Abend zuvor hatte David nochmals mit Max telefoniert: Leah lehnte jede weitere Strahlen- oder Chemotherapie ab. Sie hatte darauf bestanden, in ihre Wohnung zurückzukehren. Eine Pflegerin und Max kümmerten sich dort um sie. Zwei, drei Wochen blieben ihr, hatte Max gesagt.

Er hatte Leah gerade erst gefunden und sollte sie schon wieder verlieren. Vorsichtig horchte David in sich hinein: Fühlte er den drohenden Verlust, spürte er Trauer? Unwillkürlich schüttelte er den Kopf. Der kleine Junge, dem sie einst erzählt hatten, seine Mutter wäre tot, hatte die Tränen eines ganzen Menschenlebens aufgebraucht, um die Verzweiflung und Einsamkeit zu überleben. Es war Zeit zu leben. Jeden Tag, jeden Moment.

Nur eine Sache wollte er unbedingt noch erledigen. Er wollte auch das Geheimnis um seinen Vater lüften. Damit hätte er seine Wurzeln gefunden. Leah und Michael. Was war da nur zwischen den beiden gewesen? Ob er Leah in ihrem Zustand zumuten konnte, sie noch einmal danach zu fragen? Das würde er wohl vor Ort spontan entscheiden müssen. Offenbar war dieses Thema schmerzhaft für sie. Aber aus Michael war nichts herauszubekommen, er stritt die Vaterschaft ab. David wurde jedoch das Gefühl nicht los, dass er log. Zeitlich passte jedenfalls alles zusammen, die Entdeckung von Leahs Schwangerschaft, kurz darauf Michaels Internierung. Außerdem hatte Michael ihm erzählt, dass er nach dem Krieg nach England zurückgekehrt war, weil er noch eine alte Rechnung zu begleichen gehabt hätte.

Wenn er schon mal in Europa war, wollte David auch nach England fliegen und sich den Ort ansehen, wo er geboren worden war. Wahrscheinlich sah es dort mittlerweile ganz anders aus, aber vielleicht würde er sich dennoch an irgendetwas aus seinen Kindertagen erinnern. Die Southampton Docks standen ihm immerhin noch klar vor Augen. Jener eiskalte Morgen, an dem er und die anderen Kinder an Bord des riesigen Schiffes gingen. Ja, die Docks musste er unbedingt sehen.

Was er auf gar keinen Fall wollte, war, dass seine Tochter sich in seine Angelegenheiten einmischte. Er liebte Sarah, aber dies hier war in erster Linie seine Sache. Sicher, es ging auch um Sarahs Großvater, den Urgroßvater von Masha, aber dennoch: David war nicht bereit, all die verwirrenden Gefühle, die in ihm hochstiegen, mit Sarah zu teilen. Er hätte auch gar nicht gewusst, wie. Er fand, dass man manche Dinge im Leben sowieso am besten mit sich selbst ausmachte. Dieses ewige Gequatsche über Gefühle änderte doch ohnehin nichts. Keiner konnte seine Einsamkeit, den Zorn und die Angst, die er als Kind erlebt hatte, jemals wegreden.

David fuhr sich mit der Hand übers Gesicht. Er war hundemüde. So gut es ging, machte er es sich in seinem Sessel bequem, und streckte die Beine aus. Der Himmel wurde dunkler. Die Maschine war im Begriff, den Kontinent zu verlassen, und flog nun auf eine dunkelblaue Fläche hinaus, den Indischen Ozean. David blickte zurück, konnte jedoch außer einer endlos scheinenden Küstenlinie, umrahmt von wilder Gischt, nichts mehr erkennen.

✳ ✳ ✳

Als David Leah am Morgen nach der Ankunft in Deutschland traf, war er erschrocken, wie sehr sie in den wenigen Wochen seit ihrem Australienbesuch abgenommen hatte. Sie trug einen Hosenanzug, dessen Blazer ihr um die Taille und die Schultern zu weit geworden war. Das Rouge auf ihren Wangen täuschte David nicht darüber hinweg, wie blass sie war. Um den Kopf hatte sie ein buntes Seidentuch gebunden.

Natürlich, die Chemo, dachte David.

»Ich habe meine Haare noch, keine Sorge«, sagte sie, als hätte er seine Gedanken laut ausgesprochen. »Sie sind nur ein wenig dünn geworden und liegen nicht mehr so, wie ich es gewohnt bin.« David fühlte sich ertappt. Seine Mutter saß in einem Sessel in ihrem geräumigen Wohnzimmer und hielt ein Buch in den Händen, das sie nun auf dem Beistelltisch ablegte, um aufzustehen.

»Bitte, bleib sitzen!«

»Kommt gar nicht in Frage. Ihr seid meinetwegen aus Melbourne gekommen. Da werde ich mich wohl noch aus meinem Sessel erheben können.«

David half ihr auf, doch nachdem er sie ungeschickt umarmt hatte, ließ er sie gleich wieder los. Sie wirkte zerbrechlich, und es fühlte sich nicht richtig an, diese Frau, die er kaum kannte, länger zu berühren, als man es bei Freunden getan hätte. Leah öffnete ihre Arme weit, als sie sah, wie Sarah und Masha auf sie zukamen, um sie ebenfalls zu begrüßen.

»Hallo, Uroma«, sagte Masha auf Deutsch mit starkem englischem Akzent und ließ sich einen Kuss geben. Leah lächelte gerührt.

Sarah strich ihrer Tochter über den Kopf. »Das war aber schon alles, was sie auf Deutsch kann. Mehr als ich immerhin. Hallo, Leah!« Sarah umarmte ihre Großmutter und drückte Leah ebenfalls einen Kuss auf die Wange.

Die Siebenjährige machte sich von ihrer Mutter los und begann, den Raum zu entdecken, während sich die Erwachsenen unterhielten. Sie blieb vor dem riesigen Regal stehen, das bis unter die Zimmerdecke reichte und hauptsächlich mit Büchern bestückt war. In Augenhöhe fanden sich zwischen den teils gestapelten, teils in Reihe geordneten Büchern größere Lücken, die von allerlei Nippes oder eingerahmten Fotografien gefüllt wurden. Das Mädchen fuhr mit dem Finger seitlich am Bord entlang, während es die Regalwand von einem Ende zum anderen abschritt. Etwas schien Mashas Interesse geweckt zu haben, denn sie machte halt, um einen kleinen Porzellanelefanten in die Hand zu nehmen, der inmitten einer Gruppe fein gearbeiteter Tierfiguren stand. Sarah, die sich gerade zu ihrer Tochter umgedreht hatte, ging zu ihr hinüber und kniete sich neben sie.

»Hübsch! Die kannst du anschauen, aber lass sie bitte im Regal stehen. Sie sind sicherlich sehr wertvoll und können leicht zerbrechen, und wir wollen die Uroma doch nicht traurig machen, oder?«

»Na gut.« Masha zog eine Schnute, stellte die Figur aber dennoch an ihren Platz zurück. »Gibt es hier denn gar nichts für mich zum Spielen?«, quengelte sie. Sarah seufzte und erhob sich.

»Ich hab dir gesagt, du sollst deinen Rucksack mit dem Spielzeug mitnehmen, aber du wolltest ja nicht.«

»Weil ich mit anderen Sachen spielen will.« Leah und David gesellten sich zu den beiden.

»Was ist denn los?«, fragte Leah besorgt.

»Ach, nichts«, winkte Sarah ab. »Sie langweilt sich, weil sie ihre Spielsachen im Hotel gelassen hat.«

»Stimmt gar nicht«, sagte Masha trotzig.

»Nein?«, fragte Leah. »Warum denn dann?«

»Weil es hier nichts für Kinder gibt. Nur Bücher für Große und Sachen, die ich nicht anfassen darf.«

Leah legte den Zeigefinger an die Lippen. »Hm, lass mich mal überlegen. Ich glaube, ich hab da was für dich. Warte einen Moment, ich bin gleich wieder da.« Leah verschwand aus dem Wohnzimmer. David zuckte mit den Schultern, als Sarah ihm einen fragenden Blick zuwarf. Nach ein paar Minuten kehrte Leah zurück. In der einen Hand hielt sie eine Stoffpuppe, in der anderen ein Buch. Sie reichte Masha die Puppe, die diese kritisch betrachtete.

»Die sieht aber ganz schön alt aus.«

Die Erwachsenen lachten.

»Das ist sie auch«, sagte Leah. »Sie hat eine Menge Abenteuer erlebt und darüber sogar Tagebuch geführt.« Sie hielt Masha das speckige Buch mit den abgestoßenen Kanten hin, das in einen durchsichtigen Schutzumschlag eingebunden war.

»*Hitty – Her First Hundred Years*«, las Sarah laut.

»Hitty ist einhundert Jahre alt? Deine Puppe ist älter als du?« Masha stand der Mund offen, als ihr Blick von Leah zur Puppe wanderte.

»Sie ist gar nicht meine Puppe. Ich hab sie mir nur geborgt.«

»Von wem denn? Bist du nicht zu alt für eine Puppe?«

Wieder erhob sich freundliches Gelächter.

»Da hast du recht. Ich hätte die Puppe auch schon längst zurückgegeben, aber ich kann das Mädchen, von dem ich sie bekommen habe, leider nicht mehr finden.«

»Oh, da wird sie aber traurig sein.«

»Ja, bestimmt. Und Hitty ist es sicherlich auch.«

»Sie ist doch nur eine Stoffpuppe. Sie kann gar nicht traurig sein!«

»Ach ja? Dann hab ich mich wohl getäuscht. Magst du vielleicht in Zukunft auf sie aufpassen? Ich bin wirklich schon viel zu alt dafür.«

Masha schaute auf die Puppe und drehte gedankenverloren deren Haar um ihren Finger. »Okay, mach ich.«

Leah lächelte ihre Urenkelin warm an. »Das ist gut. Bei dir ist sie bestens aufgehoben, das weiß ich.«

Masha griff neugierig nach dem Buch. »Liest du mir aus Hittys Tagebuch vor, Mama?«

»Aber ja, später im Hotel. Wir sind doch wegen Leah hier.«

»Bitte, bitte, Mama!«, insistierte Masha.

Sarah atmete laut aus und drehte sich den anderen zu. »Stört es euch, wenn wir uns für eine Weile in die Sitzecke verziehen?«, fragte sie.

»Überhaupt nicht«, sagte Leah. »Ist doch gemütlich.«

Mutter und Tochter setzten sich aufs Sofa am Fenster. Das Mädchen hielt die Puppe im Arm, während sie aufmerksam ihrer Mutter lauschte. Leah und David schauten den beiden zu. »Ich habe Fotos auf dem Regal gesehen. Die würde ich mir gerne näher ansehen, wenn du erlaubst«, sagte David nach einer Weile.

»Sicher. Komm, ich erkläre sie dir.«

David und Leah wandten sich von den beiden ab und gingen zu den gerahmten Fotografien. David zeigte auf das größte Bild. »Ist das deine Familie?«

Leah nahm den Rahmen in die Hand. »Ja. Das sind meine Eltern und meine Schwester Sissy, kurz nachdem ich mit dem Kindertransport nach England abgereist bin. Das Foto hat Onkel Gustav gemacht. Überhaupt habe ich all diese Fotos hier meinem Onkel zu verdanken. Ich selbst habe nur ein einziges Bild meiner Familie besessen, als ich nach England ging. Unser letztes Sommerfoto am Baggersee. Dieses hier.« Sie stellte das große Bild ab und nahm das kleinere, drückte es David in die Hand. »Ich hätte dir die alten Fotografien schon viel früher zeigen sollen. Aber irgendwie dachte ich mir, dass du und ich uns zunächst näher kennenlernen sollten.« Sie lächelte, aber in ihren Augen glänzten Tränen. David legte einen Arm um ihre Schulter, schaute aber weiterhin auf das Bild, dessen Rahmen ein wenig Patina angesetzt hatte.

»Meine Mutter, meine Tante, meine Großeltern«, sagte er mit leicht brüchiger Stimme und strich mit dem Daumen über das verstaubte Glas, hinter dem ihm seine Vorfahren aus einem fernen Augusttag zuzulächeln schienen. »Ich habe sie gefunden und gleich wieder verloren.« Er sah Leah an, die sich jetzt eine Träne von der Wange wischte. David zog die um einiges kleinere Frau zu sich heran und küsste sie aufs Haupt. »Aber ich habe sie gefunden, und das ist alles, was zählt«, sagte er und stellte das Bild wieder an seinen gewohnten Platz. Er sah

Leah an. »Ich kann dich übrigens beruhigen«, sagte er, »du bist nicht der einzige Grund für unsere Reise – auch wenn dir das vielleicht gefallen würde.« Er zwinkerte ihr zu. »Doch wo wir schon mal in der Nähe sind, wollen wir uns auch ein wenig in England umsehen.«

»Hervorragende Idee«, sagte Leah.

»Du stirbst also gar nicht?«, fragte Masha, die mit vor Ernst gerunzelter Stirn plötzlich vor ihnen stand. Leah legte sich erschrocken die Hand auf die Brust. »O mein Gott. Du hast mich vielleicht erschreckt.«

»Masha, bitte! Entschuldige, Leah«, sagte Sarah, die sich nun ebenfalls zu ihnen gesellte.

»Lass sie doch fragen!«, antwortete Leah und beugte sich zu ihrer Urenkelin hinunter. »Doch, irgendwann werde ich sterben, aber jetzt noch nicht.«

* * *

Eliza jauchzte geradezu vor Freude, als sie die Gruppe in ihrem Salon begrüßte. Max, der Broadhearst nur aus den Erzählungen seiner Großtante kannte, hatte sich auf Leahs Drängen den dreien angeschlossen.

»Ich komme schon zurecht«, hatte Leah ihn beruhigt und dann regelrecht aus der Tür geschoben.

Abgesehen von ihrem ersten Gefühlsausbruch, entsprach Eliza ganz der Vorstellung, die David vom britischen Landadel hatte. Das schmale Gesicht, die schlanke Statur und das jagdgrüne Tweedkostüm wiesen sie in seinen Augen zweifelsfrei als Herrin von Broadhearst aus.

Auf Elizas Aufforderung hin nahmen sie am schweren Mahagonitisch Platz. Ein Mädchen im schwarzen Kleid und mit weißer Schürze servierte Tee und Scones. David blickte sich um. Viel schien sich seit Leahs Zeit im Herrenhaus nicht verändert zu haben. Er konnte jedenfalls in diesem Salon nichts entdecken, was aus diesem Jahrtausend stammte.

»Ach, David, es ist so wunderbar, Leahs Familie kennenzulernen. Ich habe so viele Fragen an Sie alle!«

Einer nach dem anderen musste Eliza von sich erzählen; sie schien jedes Wort förmlich aufzusaugen. Als sie bei Masha angelangt war, die eifrig und ausführlich von der Schule zu berichten begann, schweiften Davids Gedanken ab, und sein Blick blieb an einem Ölbild haften, das an der Wand hinter seiner Enkelin hing. Der abgebildete Ort kam ihm seltsam bekannt vor. Eine Reihe kegelförmiger Hügel in der Wüste. Er stand auf, um das Gemälde aus der Nähe zu betrachten. Ja, kein Zweifel. Diese Landschaft war unverwechselbar. Es konnte sich nur um Coober Pedy handeln, um jene Sandhaufen, die in der Wüste von Südaustralien beim Graben von Opalminen entstanden waren.

Eliza wandte ihm den Kopf zu. »Was sagt man dazu? Dieses Bild ist das einzige Stück Australien, das Sie auf Broadhearst finden, und Sie haben es gleich entdeckt. Ein alter Freund hat es gemalt. Er kennt übrigens auch Ihre Mutter.«

David drehte sich zu ihr um. »Michael?«

»Ja«, antwortete Eliza, »ich kenne ihn seit meiner Jugend. Hin und wieder schreiben wir uns. Als er damals

England verlassen musste, habe ich großes Mitleid für ihn empfunden. Besonders, als er mir von der schrecklichen Überfahrt erzählte und später von seiner Zeit im Gefangenenlager.« Gedankenverloren schüttelte sie den Kopf.

»Ich kenne Michael«, sagte David. »Ich habe ihn in Coober Pedy getroffen.«

Eliza hob erstaunt die Brauen. »Weiß Ihre Mutter davon?«

David verneinte.

»Sie hat Ihnen sicherlich erzählt, dass ich auch mit ihr noch in Verbindung stehe. Allerdings habe ich sie lange nicht gesehen. Ich reise schon seit Jahren nicht mehr, und Leah weigert sich hartnäckig, noch einmal hierher zurückzukehren. Ich kann sie sogar verstehen. Als sie uns damals verlassen musste, begann für Leah und Michael eine sehr schwere Zeit.« Eliza schaute das Bild mit den Sandhügeln an und schüttelte wieder den Kopf. »Eine wirklich seltsame Geschichte ...«

»Wieso?«

»Michael schickte mir das Bild und bat mich, es Leah zu zeigen. Die beiden hatten zu dieser Zeit keinen Kontakt mehr miteinander. Ich weiß gar nicht, weshalb. Aber er wusste, dass ich noch immer mit Leah befreundet war und dass sie mich damals noch ab und zu besuchte. Allerdings nicht in Broadhearst Hall, das lehnte sie strikt ab. Trotzdem fand ich Michaels Bitte höchst seltsam. Schließlich hätte er gleich ein Bild für Leah malen können, statt es mir zu schenken, oder etwa nicht? Na, jedenfalls gab er mir die Anweisung, sein Bild und den beiliegenden Brief Leah zu zeigen. Beides sollte ich aber unbedingt bei mir im Haus behalten. Dies allein war seltsam genug, doch der Brief erst!« Eliza brach in Gelächter aus, »Leah hat ihn mir zu lesen gegeben. Darin beschreibt er technischen Kram über Opalminen. Wie man den besten Ort zum Graben findet, wie man den Schacht aushebt, Sprengungen vornimmt.« Wieder lachte sie. »Es freute mich ja durchaus für ihn, dass er seiner neuesten Berufung so leidenschaftlich nachging, aber wie in Gottes Namen kam er nur darauf, dass Leah und ich uns für die Details interessieren könnten?«

»Was hat Leah denn zu alldem gesagt?«

»Genau das Gleiche. *Was für ein alberner Brief,* war ihr Kommentar. Ich sah ihr an, dass der Brief sie irgendwie zu bewegen schien, aber das war ja nur zu verständlich. Schließlich hatte sie lange Zeit gar nichts von Michael gehört. Seine Zeilen müssen eine ziemliche Enttäuschung für sie gewesen sein.«

David horchte auf. Michael hatte also über Eliza mit Leah kommuniziert. Die liebenswerte alte Dame schien allerdings nicht viel davon mitbekommen zu haben. Er setzte seine Lesebrille auf und schaute sich nochmals das Bild an. Dutzende von Sandhügeln, die zum Horizont hin zu hellen Punkten wurden. Es war der perfekte Ort zum Aussteigen. Dorthin verschlug es oft Typen, die im bürgerlichen Leben gescheitert waren, die Haus und Hof verzockt hatten oder mit einem geregelten Job nicht klarkamen – und die sich nun von der Opalsuche als letzte Station das große Los erhofften. Männer, die es in diese trostlose Wüste verschlagen hatte, horchten einander nicht aus, wenn sie abends im Pub ihr Bier tranken. Wirklich kein schlechter Ort zum Untertauchen, dachte David anerkennend. Ein winziges Motiv in der unteren linken Ecke des Bildes weckte seine Aufmerksamkeit. Es war dasselbe Zeichen, das er, als Anhänger an einer Silberkette baumelnd, an Michaels Hals gesehen hatte, als er ihn in Coober Pedy traf. Ein Davidstern mit drei züngelnden Flammen.

Er runzelte die Stirn. »Darf ich den Brief mal sehen?«
»Natürlich.« Eliza ging zum Sekretär, der am Fenster stand, und nahm einen Umschlag aus der mittleren Schublade. »Bitte sehr. Vielleicht ist er für einen Mann ja unterhaltsamer.«

Sie lachte wieder. David überflog die vier Seiten. Es ging tatsächlich ausschließlich um den Abbau von Opal, mehr oder weniger ein technischer Text. Was verbarg sich dahinter? Hatte Michael Leah indirekt etwas mitteilen wollen? Etwa, dass sie Europa verlassen sollte, um mit ihm in Australien zu leben? Irgendetwas mit diesem Brief stimmte nicht, das konnte David drei Meilen gegen den Wind riechen, aber was zum Teufel war es?

* * *

Tags darauf besuchte er das Waisenhaus. Unter dem Protest seiner Tochter hatte er am Vorabend während des Abendessens verkündet, allein dorthin fahren zu wollen. Von Eliza erfuhr er, dass das Londoner Waisenhaus, in dem er zuerst untergekommen war und die längste Zeit verbracht hatte, in der Form nicht mehr existierte.

Die lausige Kälte jagte David einen Schauer über den Rücken. Er schloss den Wagen ab, schlug den Kragen seiner Jacke hoch und hielt ihn mit der rechten Hand gegen den eisigen Wind zusammen; die linke hatte er tief in der Tasche vergraben. Mit hochgezogenen Schultern und eingezogenem Kopf eilte er auf das unscheinbare Backsteinhaus zu, das die Hausnummer 89 trug. Die Emailschilder neben dem Torbogen wiesen darauf hin, dass dieses Haus gewerblich genutzt wurde. Ein Architektenbüro, eine Beratungsstelle für Senioren, eine Galerie, ein Kunsthandwerkgewerbe. David trat ins Foyer, das als eine Art Miniatur-Passage diente, und sah sich um. Der Eingangsbereich löste eine undeutliche Erinnerung in ihm aus. Eine Nonne, die ihn an der Hand hielt und von draußen hereinführte. Ein Schal, der ihn am Hals kratzte. Kalte Finger. Vielleicht waren sie gerade von einem Spaziergang zurückgekehrt. David wusste es nicht. Das Gefühl, das dieses Bild in ihm auslöste, war nicht unangenehm. Wieso auch? Er konnte sich nicht entsinnen, von den Schwestern jemals schlecht behandelt worden zu sein. Das hätte er sicher nicht vergessen, auch wenn er damals sehr jung gewesen war. Schließlich konnte er sich auch noch daran erinnern, wie ihm vor Verzweiflung heiße Tränen die Wangen heruntergelaufen waren, weil er ohne seinen Teddy in den Bus steigen musste, der die Kinder zum Hafen nach Southampton bringen sollte, wo ein Schiff auf sie wartete. Er war vor Kummer über diesen Verlust untröstlich gewesen. Und er hatte auch nicht begreifen können, wieso seine Mutter ihn nicht auf dieser langen Reise in ein fremdes Land begleitete.

David überlegte für einen Augenblick, ob er sich näher umsehen sollte. Die Galerie erschien ihm noch am zugänglichsten, und er trat ein. Eine Glocke läutete, und nach einer Weile erschien aus einem Nebenraum eine Frau mittleren Alters mit streng gefasstem Pferdeschwanz und schwarzer Hornbrille.

»Kann ich Ihnen behilflich sein?«

David strich sich mit der flachen Hand verlegen über den Hinterkopf. »Ja, vielleicht. Dieses Haus hier, das war doch vor dem Krieg ein Waisenhaus, nicht wahr?«

Die Dame sah ihn fragend an. »Das stimmt.«

»Also, ich war hier als Kind, kann mich aber kaum noch daran erinnern und frage mich, ob Sie mir vielleicht etwas über diese Zeit erzählen können.«

»Sehe ich etwa schon so alt aus?«

»Um Gottes willen, nein!«, beschwichtigte David. »Ich dachte nur, Sie wüssten, wie Ihre Galerie früher genutzt wurde.«

Die Frau lachte. »Na, da haben Sie Ihren Kopf gerade noch mal aus der Schlinge gezogen. Die Galerie war die Küche des Waisenhauses und hat als einziger Raum in diesem Haus noch den originalen Grundriss. Das Foyer ist übrigens auch unverändert. Doch die anderen Zwischenwände sind in den 1970ern abgerissen und neu hochgezogen worden. Wenn Sie mehr darüber wissen wollen, empfehle ich Ihnen die Architekten gegenüber.«

»Nein danke. Wenn eh nichts mehr wie früher ist, hat es keinen Sinn. Hätten Sie etwas dagegen, wenn ich mich hier ein wenig näher umschaue?«

»Überhaupt nicht! Kommen Sie, ich zeige Ihnen die

alten Öfen. Die standen hier noch, als wir eingezogen sind, und wir haben sie behalten, weil sie irgendwie cool aussehen.«

David folgte ihr in einen der hinteren Räume. Er war nie in der Küche des Waisenhauses gewesen, aber der Duft von frisch gebackenen Chelsea buns, Rosinenschnecken, der nur zu besonderen Gelegenheiten durch die Flure des Heims zog, war eine weitere Erinnerung, die plötzlich in ihm aufstieg und ihn beinahe sentimental werden ließ. Dann plötzlich hatte er vor Augen, wie er auf dem Schoß seiner Mutter saß. Er schloss kurz die Augen, und es war ihm, als könnte er ihr Lachen hören, ihre zärtliche Berührung und den weichen Pelzkragen fühlen. Plötzlich hatte er den Geschmack der Süßigkeiten auf der Zunge, die sie ihm an den Sonntagen mitgebracht hatte: Freckles, Musk Sticks und Orange Jaffas.

Er bedankte sich bei der Galeristin für die kleine Führung. Vor dem Gebäude stieg ihm ein Geruch von Kohlenfeuer in die Nase, wie er es zuletzt hier an diesem Ort gerochen hatte, und ohne dass er wusste, weshalb, musste er plötzlich weinen. Er stieg schnell in den Wagen, heilfroh, dass seine Tochter ihn so nicht sehen konnte, und machte sich auf den Weg zurück nach Broadhearst.

Am nächsten Tag sahen sie sich gemeinsam die Docks in Southampton an. David versuchte, Sarah, Max und Masha den Moment zu beschreiben, als er an Bord ging und wie es auf dem Schiff ausgesehen hatte. Masha zeigte sich beeindruckt, dass ein Junge ohne Mutter und Teddy eine solche Reise unternehmen würde.

»Ich hab es mir nicht ausgesucht, Darling«, antwortete ihr Großvater.

»Wollte deine Mum, dass du wegfährst?«

David schüttelte den Kopf und kniete sich vor sie hin. »Nein, sie hat das auch nicht gewollt.«

»Das verstehe ich nicht. Du und deine Mum, ihr seid doch die Bestimmer.«

Sarah und Max lachten, David lächelte. »Da hast du ganz recht. Genau so sollte es sein. Aber als ich noch klein war, sah die Welt eben ein bisschen anders aus.«

* * *

Eliza kümmerte sich auch an den folgenden beiden Tagen um das Wohlergehen ihrer Gäste. Sarah schien mittlerweile, wenn auch widerwillig, akzeptiert zu haben, dass David lieber allein auf den Spuren seiner Kindheit wandelte, und ließ sich gemeinsam mit Masha und Max von Eliza die Umgebung zeigen. Sie schauten sich das Schloss an, aßen in uralten Pubs zu Mittag, und als es am zweiten Tag sogar ein wenig schneite, veranstalteten sie zu Mashas Freude eine Schneeballschlacht. Masha schien Max zu mögen. Unwillkürlich erinnerte sich Sarah an ihren Nachmittag vor einem halben Jahr in Melbourne, als sie mit Max ins Hotel verschwunden war, und gleich nagte wieder das schlechte Gewissen an ihr. Sie hatte Leigh nie davon erzählt, zum einen, weil sie zu feige war, zum anderen, weil sie sich selbst ein paar Wochen danach noch nicht im Klaren darüber war, was sie für Max eigentlich empfand. Es war bei dem einen Mal geblieben, obwohl Max von Deutschland aus mehrmals versucht hatte, sie zu einem Wiedersehen zu bewegen, doch sie lehnte ab, wollte sich nicht heimlich mit ihm treffen müssen. Entweder sie trennte sich von Leigh, oder aber sie beendete die Affäre mit Max. Ihr war bewusst, dass sie bald eine Entscheidung treffen musste.

Am Abend fanden sie sich in Broadhearst zum Abendessen zusammen und hatten einander viel zu erzählen, auch wenn David einiges für sich behielt, vor allem seine Gefühle. Diese Reise in die Vergangenheit schien ihn verletzlich zu machen. Nirgends sonst hatte er dieses Bedürfnis verspürt, allein zu sein, und er spazierte stundenlang in Novemberkälte und dichtem Nebel zwischen den kahlen Feldern umher. Eliza schien ihn zu verstehen, obwohl er auch bei ihr kein Wort darüber verlor, was ihn auf seinen langen Wanderungen bewegte. Er ertappte sie manchmal, wie ihr Blick forschend auf ihm ruhte, so als stellte sie sich Fragen, die ihn betrafen. Bei anderen Gelegenheiten beobachtete er, wie sie geistesabwesend in die Ferne sah; vielleicht erblickte sie dort Dinge, die lange vergangen waren.

An ihrem letzten Abend auf Broadhearst, die anderen waren schon zu Bett gegangen, rief David Michael in Australien an. Dieser hatte ihm nie seine Telefonnummer verraten, doch David verfügte seit seinem Besuch in

Coober Pedy über gute Kontakte zum Barpersonal des Pubs. Michael schien nicht weiter überrascht über den Anruf, was die Sache für David umso leichter machte, und er kam gleich zum Punkt.

»Ich bin auf Broadhearst, und Eliza hat mir deinen Brief und das Bild gezeigt. Was soll dieser Bullshit mit der Mine? Was steckt dahinter?«, fragte er unverblümt. Michael lachte kurz auf, und David hörte, wie am anderen Ende der Leitung Eiswürfel klirrten. »Ist es nicht etwas früh für einen Drink?«, fragte er.

»Keine Sorge, ist nur mein allmorgendlicher Smoothie. Banane, Joghurt und Honig, falls es dich interessiert.«

»Also, um was geht es wirklich in diesem Brief?«

Michael seufzte. »Ich hatte das Bedürfnis, dass Eliza und Leah sehen, wo und wie ich nun lebe. Ich gebe zu, den Bau meiner Mine im Detail zu beschreiben, war vielleicht nicht der geschickteste Weg, um sie für Australien zu begeistern.«

»Hättest du sie denn gerne bei dir gehabt?«

»Ich glaube nicht, dass dich das etwas angeht.«

»Verstehe. Und was ist mit dem winzigen Symbol, das ich in der Ecke des Bildes entdeckt habe? Der Davidstern mit den Flammen. Dieses Ding hattest du doch auch um den Hals, als ich dich im Pub von Coober Pedy getroffen habe.«

David hörte, wie Michael geräuschvoll ein Glas abstellte.

»Der Stern mit den züngelnden Flammen ist das Zeichen von *Revenge*.«

»Die Jüdische Brigade, von der du mir erzählt hast?«

»Nein. *Revenge* hat sich zwar aus der Brigade heraus entwickelt; die Ziele, die *Revenge* verfolgte, waren jedoch weitaus radikaler als das, was der Jüdischen Brigade vorschwebte.«

»Wie meinst du das?«

Eine Pause entstand, dann fuhr Michael ruhig fort: »Die Exekution von Einzelpersonen war mir und einigen Freunden nicht mehr genug. Zu viele Nazis sind uns durchs Netz geschlüpft. Bei dieser Erklärung würde ich es gerne belassen, David.«

David ignorierte seine Bitte. »Ihr wolltet mehr Blut vergießen? Und meine Mutter hatte etwas damit zu tun? War sie ein Mitglied von *Revenge*?«

Michael schwieg für eine Weile.

»Hallo?«

»Hast du Zeit, um nach Israel zu reisen?«

»Ja, hab ich«, antwortete David, ohne zu zögern, obwohl ihn die Frage überraschte.

»Gut. Ich werde dir eine SMS mit dem Namen einer Frau senden. Du kannst sie anrufen und am Telefon über die Gruppe befragen. Viel besser wäre allerdings, du fliegst hin. Sie kennt viele Leute in Israel. Besonders von früher.«

David hielt das Telefon noch ans Ohr, nachdem Michael längst aufgelegt hatte. Sollte er wirklich so weit gehen, nach Israel zu fliegen? Doch die Faszination des Vergangenen hatte ihn längst schon im Griff. Genau wie Michael wusste er, dass er die Fährte verfolgen würde. Es blieb ihm nicht viel Zeit. Leah lag im Sterben, und er hoffte, das, was er herausfand, noch mit ihr teilen zu können. Als sein Handy eine neue Nachricht signalisierte, zögerte David nicht und wählte sofort die Nummer in Israel, die Michael ihm geschickt hatte.

* * *

David kannte nur wenige der Städtenamen auf der Karte. Jericho war ihm aus dem Religionsunterricht ein Begriff. Er studierte während des Fluges die Karte auf seinen Knien, und ihm wurde bewusst, wie klein Israel war.

Nach seiner Landung holte ihn ein Mann namens Ben ab, der sich als Rachels Sohn vorstellte. Sie mussten ungefähr gleich alt sein, schätzte David. Vielleicht war Ben ein paar Jahre jünger als er. Der hagere Mann trug verdreckte Jeans und ein löchriges kariertes Flanellhemd, die Ärmel bis zu den Oberarmen aufgerollt. Das Auffallendste an ihm war jedoch sein Haar. Von grauen Strähnen durchzogen, fiel es ihm in dunklen dichten Wellen bis auf die Schulter herab. David musste ihn ein wenig zu lange angestarrt haben.

»Ist was?«, fragte er irritiert. Wie ertappt schüttelte David übereifrig den Kopf.

»Nein, nichts.« Er streckte Ben die Hand entgegen. »Ich bin David, hallo.«

Ben sah David mit einem gewinnenden Lächeln an. Sie unterhielten sich ein paar Minuten oberflächlich über Davids Flug und das Wetter in Israel, dann gingen sie zum Parkplatz und stiegen in Bens Lastwagen. Auf der Ladefläche lagen einige Zeichnungen und Gemälde, kraftvolle Darstellungen der ländlichen Gegend, durch die sie gerade fuhren.

»Sind die von Ihnen?«, fragte David.

»Ja, ich betrachte es als so etwas wie meinen Auftrag, dieses Land auf der Leinwand festzuhalten. So wie ich es kenne – ein Land, in dem die Leute früh aufstehen, um ihre Felder zu bestellen.« Diese Bemerkung rührte David seltsam an. Es musste etwas Besonderes sein, sich einem Flecken Erde so tief verbunden zu fühlen, wie Ben es offensichtlich tat. Ihm wurde bewusst, dass er selbst keine Heimat hatte, an der sein Herz hing.

* * *

David plante, insgesamt fünf Tage in Israel zu bleiben. Rachel hatte ihm für die ersten zwei Tage in der alten deutschen Kolonie eine kleine Wohnung gemietet. Danach wollte er weitersehen, wie und wo genau er die restliche Zeit zu verbringen gedachte. Von der Wohnung aus konnte er zu Fuß ehemalige Partisanen oder Mitglieder der Revenge besuchen. Hin und wieder begleitete ihn Ben. Wenn jemand kein Englisch sprach, übersetzte er für David. Die beiden Männer verstanden sich gut. Abends gingen sie zusammen ins Café, um miteinander zu essen.

Irgendwann brachte David endlich den Mut auf, Ben zu fragen, wann er Rachel sehen könne. Er hatte sich schon die ganze Zeit gewundert, weshalb er sie noch nicht zu Gesicht bekommen hatte. Wegen ihr war er schließlich nach Israel geflogen, und eigentlich musste

Ben das wissen. Schließlich hatte Michael mit ihm und seiner Mutter wegen Davids Besuch gesprochen.

David hatte von Michael schon einiges über Rachel gehört. Heldentaten, die sie angeblich im Krieg vollbracht hatte. Und sie hatte sich grundsätzlich bereit erklärt, ihn bei der Suche nach seinen Wurzeln zu unterstützen. Davids Erwartungen an diese Frau waren entsprechend groß.

»Kann ich sie besuchen? Es würde mir viel bedeuten.« Ben stutzte für einen Moment, dann nickte er, und am nächsten Morgen fuhren sie an Feldern und kargen Steinwüsten vorbei, bis sie irgendwann Rachels Kibbuz nördlich von Tel Aviv erreichten. Der Weg führte eine Anhöhe hinauf. Unter ihnen lag das flache Land in der Sonne. Sie bogen auf einen unebenen Pfad ein, der sie an ihr Ziel führte.

»Sieht aus wie ein Dorf«, meinte David. Rechts und links der Straße breiteten sich grüne Felder aus, auf denen zahlreiche Menschen arbeiteten. Beim näheren Hinsehen fiel David auf, dass die meisten der Feldarbeiter schon älter waren.

»Arbeiten die jungen Leute woanders?«, fragte er Ben interessiert.

»Die Alten bevorzugen die Arbeit in der Landwirtschaft. Das war ursprünglich der Kern der Kibbuzim. Mittlerweile gibt es aber auch andere Möglichkeiten, hier tätig zu werden, zum Beispiel im Gästehaus oder in der Speiseöl-Fabrik, die beide gutes Geld erwirtschaften.«

Ben hatte im Gästehaus ein Zimmer für David gebucht. Obwohl es nachts nicht heiß war, klapperte über seinem Bett ein Ventilator. Das Geräusch ließ ihn in der ersten Nacht nur schwer einschlafen, doch er fand keinen Schalter zum Abschalten. Danach hatte er sich an das Scheppern gewöhnt, empfand es sogar als tröstlich. In der Ferne hörte er Ziegen und Kühe.

Am nächsten Tag traf er Rachel in ihrem Garten. Es war ein warmer Tag. Sie trug einen zerfledderten Strohhut und ein Kleid mit Blumendruck; eine zierliche, ältere Dame, doch ihre Augen strahlten Wärme und Jugend aus. Als David ihr schließlich gegenüberstand, stemmte sie die Hände in die Hüften und lächelte ihn an.

»Willkommen in Israel, David. Ich freue mich sehr über Ihren Besuch.« Sie wischte sich Erde von den Händen und forderte ihn auf, ihr ins Haus zu folgen. Sie hatte lange Gliedmaßen, weißes Haar und große Augen. Ihr zerfurchtes Gesicht ließ noch immer die Schönheit erahnen, die sie einmal gewesen sein musste.

Sie unterhielten sich im Wohnzimmer. Einmal stand Rachel auf, ging zum Kühlschrank und kam mit ein paar Melonenscheiben zurück. »Nichts erfrischt besser. Im Kibbuz gewachsen«, erklärte sie, und er nahm den Stolz in ihrer Stimme wahr.

»Sie sind herrlich süß«, bestätigte David. Er hörte ihren Ausführungen über die Gründung des Kibbuz aufmerksam zu, ohne sie zu unterbrechen, und bewunderte ihre großen staunenden Augen, die so viel jünger schienen als ihr Körper. Später sprach David die Einsätze der Jüdischen Brigade an, und Rachel gab ihm scheinbar bereitwillig Auskunft über diese wohl sehr bedeutenden

Jahre ihres Lebens. David lauschte fasziniert. Die Brigade, wie Rachel sie schilderte, bestand aus jungen Juden, die nicht zulassen konnten, ihre Peiniger ungestraft davonkommen zu lassen. Das imponierte David und erinnerte ihn unwillkürlich an die Hölle, die die Bruderschaft von Bindoon für ihn gewesen war. Als junger Mann hatte er mehr als einmal darüber phantasiert, sich für das angetane Leid zu rächen, doch mit den Jahren verflüchtigte sich dieser Gedanke. Nachdem er dann sein erstes Restaurant eröffnet hatte, war er eh zu sehr mit seiner Karriere beschäftigt gewesen, um den dunklen Erinnerungen Raum außerhalb seiner regelmäßig wiederkehrenden Alpträume zu geben.

Doch deshalb war er nicht nach Israel geflogen. Er war hier, um etwas über seine Familiengeschichte zu erfahren. Alles, was Rachel ihm bislang erzählt hatte, führte ihn nicht zum angestrebten Ziel dieser Reise. Vielleicht musste er einen anderen Weg einschlagen. Ben kam ins Haus und schloss leise die Tür hinter sich, um nicht zu stören. Er hatte den Vormittag mit seiner Staffelei in den Feldern verbracht und die Landschaft gemalt. Rachel beendete das Gespräch, weil sie müde wurde, und die beiden Männer fuhren über kleine Landstraßen hinunter zum Strand. Eine weit geschwungene Bucht lag vor ihnen, blau und weiß, ein malerischer Ort.

»Was denken Sie über die Geschichten von früher, die Ihre Mutter erzählt?«, fragte David Ben, während sie am Strand saßen und aufs Meer hinausblickten. Ben zuckte mit den Schultern.

»Ich lerne dadurch einiges über das Leben. Meine

Mutter hat Ihnen sicherlich erzählt, dass sie ein kleines Archiv einrichten will, um die Schilderungen der Überlebenden zu bewahren. Sie glaubt, es tut den Menschen gut, ihre Vergangenheit zu kennen.«

Ben und David schwiegen eine Weile und lauschten dem dumpfen Klatschen, mit dem die Wellen auf dem Strand ausliefen.

»Wie funktioniert so ein Kibbuz eigentlich?«, fragte David dann.

»Es ist ein Kollektiv, dessen Mitglieder gemeinsam Ackerbau, Obstanbau oder Viehzucht betreiben. Jedem gehört alles. So war es zumindest früher, aber die meisten Kibbuzim haben sich weiterentwickelt. Tourismus ist beispielsweise zu einer wichtigen Einnahmequelle geworden. Leider gibt es nicht mehr viele Kibbuzim. Sie sind ein Überbleibsel aus Pioniertagen, aus der Zeit meiner Eltern.«

»Und weshalb nicht?«

»Für die Jungen ist diese Art zu leben nicht mehr sonderlich attraktiv. Sie wollen in die Städte. Die meisten der jüngeren Leute, die Sie hier sehen, sind Freiwillige aus anderen Ländern.«

David dachte darüber nach, wie es wäre, in einer solch großen Gemeinschaft zu leben. Für ihn käme das jedenfalls nicht in Betracht. Seine schrecklichen Erfahrungen in Bindoon hatten ihn auf immer für Lebensmodelle wie dieses verdorben – obschon ihm natürlich klar war, dass er dem Leben im Kibbuz damit unrecht tat.

Sie brachen auf, um rechtzeitig zum Abendessen zurück zu sein.

In den Fenstern von Rachels weißem Haus mit dem roten Dach spiegelte sich die untergehende Sonne. Avi, den Rachel nach dem Krieg geheiratet hatte, begrüßte sie. Er war ein gutaussehender, hellhäutiger Mann mit weißem Haar und strahlenden Augen.

»Setzt euch, setzt euch, Freunde!«, sagte er, als er sie mit offenen Armen empfing. Er servierte eine Platte mit Obst, Gemüse und Käse. »Leider keine Wurst, entschuldigt bitte«, meinte er bedauernd. »Die gibt es erst nächste Woche wieder, wenn mein Nachbar schlachtet.« Rachel reichte den Brotkorb herum, Avi schenkte Wein ein. Es klopfte, weitere Gäste kamen herein, die Dielen knarzten, und das Haus füllte sich mit Geplauder und Gelächter.

David bemerkte mit der Zeit, dass die meisten dieser Leute sich vor ewigen Zeiten in den geschäftigen Straßen Krakaus kennengelernt hatten. Was sie gemeinsam durchgestanden hatten, schweißte sie offensichtlich auf eine für David nur schwer vorstellbare Weise zusammen. Dabei sprachen sie nicht gern über ihre Vergangenheit. Lieber stellten sie ihm Fragen.

David war sofort klar, dass er eine Art Vertrauensbeweis erbringen musste. Aber es lag nicht in seiner Natur, mit seiner schwierigen Kindheit hausieren zu gehen, und es kostete ihn Überwindung, seine Geschichte diesen Fremden gegenüber preiszugeben. Er überlegte eine Weile, wie viel er zu offenbaren bereit war, und entschied dann, dass die Alten ein Anrecht auf die ganze Wahrheit hatten.

David beantwortete die Fragen der Gruppe, doch erst

nach und nach, als der Wein mehrmals die Runde gemacht hatte, erzählten sie etwas über die Untergrundbewegung *Revenge*. Die alten Leute stellten für David eine abenteuerliche Mischung dar, fremd und doch auf seltsame Art faszinierend. Intellektuelle, Kämpfer, gleichzeitig Bauern. David beobachtete Rachel. Wenn sie zuhörte, schien sie jedes Wort in sich aufzusaugen. Nach dem Essen schlenderte David mit ihr durch die engen Gassen des Kibbuz. Sie zeigte ihm den kommunalen Speisesaal, in dem laut Rachel zweihundert Hungrige gleichzeitig bewirtet wurden. »Und das ist nur eine von zwei Schichten.« David wollte sich die Küche ansehen und war erstaunt, wie professionell sie ausgestattet war. Mehrere industrielle Geschirrspüler, Herde und Öfen. Aus riesigen Töpfen schöpften Helfer einen wohlriechenden Eintopf in Suppenschüsseln, die in den Essraum getragen und auf die Tische gestellt wurden. Alle schienen ihre Aufgabe genau zu kennen und arbeiteten schnell und konzentriert.

»Wieso essen Sie und Arvi nicht hier mit den anderen?«, fragte David.

»Ach, wir Alten bleiben lieber unter uns. Die meisten hier sind Freiwillige, die in zwei Monaten ohnehin wieder weg sind.«

Rachel hielt die Arme auf dem Rücken verschränkt und redete mit sanfter Stimme. Immer wieder versuchte David, das Gespräch auf Europa zu lenken, auf ihre Zeit nach dem Krieg. Doch sie erzählte nicht viel. Noch schweigsamer wurde sie, als David nach Michael fragte.

»Er würde das nicht wollen«, antwortete sie. »Michael hat Angst, missverstanden zu werden. Aus dem Zusammenhang gerissen, könnten seine Taten grausam und gefühllos erscheinen.«

»Aber er hat mich doch ausdrücklich an Sie verwiesen. Er hat doch mit Ihnen wegen meiner Israel-Reise gesprochen. Sie wissen, dass ich ihn für meinen Vater halte, oder etwa nicht? Hat er seine Meinung in der Zwischenzeit geändert und Sie gebeten zu schweigen?«

»Kommen Sie!«, antwortete sie nur. »Gehen wir nach Hause.«

David war frustriert. War das etwa alles, was sie zu sagen bereit war? Aber warum hatte Michael ihn dann hierhergeschickt? Langsam schwand seine Hoffnung, von Rachel etwas zu erfahren, das ihn weiterbringen würde, und er fragte sich, ob er bei dieser Frau nicht seine Zeit vergeudete.

Später saßen sie in Rachels Küche beim Tee, und David wollte sich gerade für die Nacht verabschieden, als sie ihm einen Brief hinhielt. »Der ist von Michael. Er wollte mit uns in Israel leben, aber der Staat hat ihm die Einreise verwehrt.« David nahm den Brief und begann zu lesen.

Meine liebe Rachel,
gestern erhielt ich deinen Brief. Du kannst dir gar nicht vorstellen, was das für mich bedeutet. Allein die Tatsache, dass du geschrieben hast!
Ich hatte schon daran gezweifelt, je wieder etwas von dir zu hören. Hundert Gedanken gingen mir durch den Kopf, einer düsterer als der andere. Wieso

schreibt mir niemand? Ist es nicht schlimm genug, dass ich nicht bei euch sein darf? Muss ich noch zusätzlich gestraft werden?
Entschuldige meinen weinerlichen Ton, aber ich muss mir Luft machen. Es ist eine schwere Zeit für mich. Es vergeht kein Tag, an dem ich nicht an euch denke. In meinen Gedanken rede ich mit euch, erzähle euch alles und frage mich, was ihr an meiner Stelle tun würdet. Ich bin euch so sehr verbunden, dass es mich manchmal erschreckt. Ich hoffe noch immer, dass wir alle gemeinsam einen Kibbuz gründen werden, unseren Kibbuz, der all das widerspiegelt, was uns wichtig ist. Doch außer durch deinen Brief habe ich nichts gehört. Von niemandem. Haben sich unsere Wege getrennt? Das wäre für mich der härteste Schlag. Ich warte verzweifelt auf Nachrichten, doch ich verstehe, dass ihr euch sicher fühlen wollt. Kontakt zu mir ist wohl nicht ratsam, aber ich fühle mich so einsam in Australien.
Bitte schreib mir wieder, schreib mir alles!
Dein Michael

David gab Rachel den Brief zurück, nachdem er ihn gelesen hatte.

»Es ist tragisch, dass ausgerechnet er nicht hier sein darf«, sagte sie. »Er wollte unbedingt nach Israel, in die Heimat unseres Volkes. Er hat von einem solidarischen Miteinander im Kibbuz geträumt. Ein einfaches, aber selbstbestimmtes, zufriedenes Leben. So hat er es sich zumindest in der Phantasie ausgemalt. Dabei ist das

Leben im Kibbuz wahrlich kein Honigschlecken. Trockenes Land, kahle Felsen, unzugängliche Wüste.«

»Ich verstehe.« Er überlegte für eine Sekunde, ob dies der richtige Moment war, aber dann zog er seinerseits einen Brief aus der Tasche, zögerte kurz und reichte ihn Rachel. »Dies ist ein Brief, den Michael an Leah geschrieben hat. Ich kann mir einfach keinen Reim drauf machen. Sie vielleicht?«

Rachel entfaltete sorgsam das Papier und starrte lange darauf.

David hielt es nicht länger aus. »Und? Sagt Ihnen der Brief etwas?«

Rachel begann zu lesen, dann sah sie David an. »Ich wünschte, es wäre so. Es tut mir leid, aber ich kann Ihnen nicht helfen.« Sie klang kühl, als sie ihm den Brief zurückgab. David hätte wetten können, dass sie ihm nicht die Wahrheit erzählte. Diese Reise nach Israel war eine Schnapsidee gewesen. Hatte Michael ihn womöglich nur abspeisen wollen, als er ihm den Besuch bei Rachel vorgeschlagen hatte?

Besser, dachte David, er fand sich gleich mit den Tatsachen ab: Welche Botschaft auch immer sich hinter diesen Zeilen verbarg, von Rachel würde er es jedenfalls nicht erfahren.

Die wechselte nun das Thema. »Es gibt da ein paar alte Fotos, die Sie vielleicht interessieren. Wollen Sie sie sehen?«

»Natürlich«, antwortete David verblüfft. Er hatte gar nicht mehr mit irgendeinem Entgegenkommen ihrerseits gerechnet.

Sie saßen im Garten, die Grillen zirpten, und der Mond stand voll am klaren Himmel. Rachel stellte eine Gaslampe auf den Tisch und schob David einen kleinen Stapel Fotografien zu. Er nahm die Bilder in die Hand und sah sich eins nach dem anderen an. Junge Kämpfer in Uniform, Gewehre in der Hand. In ihren Gesichtern eine Entschlossenheit, als wären sie unsterblich. Auf den meisten Fotos war Michael zu sehen. Natürlich, er war schließlich der Anführer der Truppe.

»Das sind Bilder von früher, aus Deutschland«, erklärte Rachel.

Bei einem Foto hielt David inne und sah genauer hin. Eine bezaubernde junge Frau, die neben Michael stand, weckte seine Aufmerksamkeit. Er sah auf. Rachel erwiderte seinen Blick.

»Ja«, sagte sie, »das bin ich. Und bevor Sie mich löchern: Ja, Michael und ich – wir haben uns geliebt. Dass er nicht nach Israel einreisen durfte, war die größte Tragödie meines Lebens.«

»Wieso sind Sie dann nicht mit ihm nach Australien gegangen?«

»Das wollte er nicht. Er hat darauf bestanden, dass ich die Gruppe in der neuen Heimat führen und gemeinsam mit ihnen einen Kibbuz gründen soll.«

»Ist Ben …« David biss sich auf die Zunge. Diese Frage ging wohl zu weit. An Rachels Gesichtsausdruck konnte er erkennen, dass sie ihn auch so verstanden hatte.

»Was würde die Antwort Ihnen schon bedeuten?«

»Sie haben recht. Darf ich trotzdem noch einmal fragen?«

Sie lächelte.

David schaute erneut auf die Bilder.

»Wo war das?« Er hielt ein Foto hoch, das Rachel, Michael und eine weitere Frau mit geschulterten Gewehren zeigte.

»Das? Lassen Sie mich kurz überlegen.« Sie nahm ihm das Bild ab und drehte es um. »1945, Frankfurt«, las sie laut von der Rückseite ab. »Das war die Zeit, in der wir Revenge gerade gegründet hatten.«

»Und wer ist diese Frau, die zwischen Ihnen und Michael steht?«, fragte er dann.

»Das ist Leah.«

»*Das ist Leah?*«, fragte er ungläubig. »Sie war bei Revenge?«

»Ja, sie spielte sogar eine wichtige Rolle.« David musste bestürzt dreingeschaut haben, denn Rachel legte ihm besorgt die Hand auf die Schulter. »Wussten Sie das nicht?«

Kapitel 17
Frankfurt, Juli 1945

Leah wachte um halb sieben auf und dachte für einen Moment an das, was sie heute erwartete. Wie schon in den vergangenen sechs Wochen würde sie auch diesen Tag mit dem Verteilen von Nahrungspaketen zubringen und verzweifelte Menschen beraten, die versuchten, ihr Leben in der zerstörten Stadt wieder aufzubauen. Harte Arbeit, körperlich wie seelisch, nach der sie, wie schon in den Wochen zuvor, todmüde ins Bett fallen würde. Sie arbeitete in der Frankfurter Zentrale des »American Joint«, der einzigen Hilfsorganisation, die aus den Lagern zurückkehrende und vertriebene Juden unterstützte. Um ihnen zu helfen, war Joint auf Leute wie Leah angewiesen, nicht zuletzt, weil sie Deutsch sprach.

Mit einem Seufzer schlug Leah die Wolldecke zurück. Sie wusch sich und zog sich in der Küche an. Dann bestrich sie eine trockene Scheibe Kommissbrot mit einer hauchdünnen Schicht Schmalz, das ihr vor zwei Wochen eine Kollegin vom elterlichen Bauernhof mitgebracht hatte und das sie seither wie einen Schatz hütete. Als Jüdin durfte sie Schweinefett eigentlich nicht anrühren, aber da sie nicht gläubig war und schon als Kind Schinken geliebt hatte, dachte sie nicht weiter darüber nach, solange sie alleine aß.

Sie war spät dran, räumte geräuschvoll den Frühstücksteller und ihre Teetasse in die Spüle ihrer winzigen Küche und bürstete sich im Gehen das Haar, während sie gleichzeitig nach ihrer Handtasche suchte, die sie schließlich neben dem Schränkchen im Flur fand. Sie legte die Bürste ab, nahm einen Notizblock aus der Tasche und riss eine Seite heraus. Zurück am Küchentisch, kritzelte sie ein paar Worte auf den Zettel. Dann faltete sie ihn hastig zusammen und schob ihn seitlich in ihren BH. Die Papierecken piecksten leicht. Gut so, dachte Leah, während sie die Bluse zuknöpfte. Dann würde sie die Strumpfhosen für Onkel Gustavs Verlobte nicht wieder vergessen. Er hatte sie schon dreimal darum gebeten, aber was sie sich nicht notierte, ging ihr in dieser chaotischen Zeit schlichtweg durch. Sie sah kurz aus dem Fenster. Schwer zu sagen, wie warm es heute werden würde, doch nach Regen sah es nicht aus. Das Kopftuch konnte sie also getrost zu Hause lassen. Eine Sache weniger, die sie verlegen konnte. Ein kurzes energisches Klopfen an ihrer Haustür unterbrach ihre Gedanken und ließ sie zusammenfahren. Die alte Janncke von nebenan, die auf der regelmäßigen Suche nach ihrer streunenden Katze öfters bei ihr klopfte, war das bestimmt nicht. Misstrauisch legte Leah die Kette vor, bevor sie die Tür einen Spaltbreit öffnete. Noch in der Bewegung hielt sie inne. Im Flur stand Michael. Sie war derart überrascht, dass sie sich nicht rühren konnte. Mein Gott, er lebte! Er stand leibhaftig vor ihr. Wie hatte er herausgefunden, wo sie wohnte? Was sollte sie tun?

»Leah? Darf ich reinkommen?«, fragte er jetzt. Dann räusperte er sich. Als sie sich immer noch nicht rührte, trat er von einem Fuß auf den anderen und strich sich über das dichte Haar. »Erkennst du mich denn nicht mehr? Ich bin's, Michael.«

»Michael«, wiederholte sie mit tonloser Stimme. Dabei pochte ihr das Herz so laut in der Brust, dass sie schon befürchtete, er könnte es hören. Sollte sie ihm aufmachen oder besser gleich die Tür vor der Nase zuschlagen? Sie war wie gelähmt, obwohl sie sich in ihrer Phantasie schon oft vorgestellt hatte, wie es wohl wäre, wenn er eines Tages bei ihr auftauchte. Aber selbst in ihren Tagträumen war sie zu keinem klaren Ergebnis gekommen.

Leah schluckte trocken. Bei ihrer letzten Begegnung hatte sie Michael mehr oder weniger der Vergewaltigung bezichtigt und in seinem Gesicht Unglauben, Abscheu und Verzweiflung gelesen. Mit einem Mal überrollte sie eine ungeheure Welle an Schuldgefühlen. Sie stand wie eingefroren, stumm, die Hand an der Sicherheitskette, und starrte ausdruckslos auf den schmalen Ausschnitt von Michaels Gesicht, den der Türspalt für sie freigab. Michael neigte jetzt den Kopf zur Seite, wohl um mehr von Leah erspähen zu können. Er räusperte sich.

»Ich weiß, es muss ein Schock für dich sein, mich zu sehen. Nach den letzten sechs Jahren löst wohl jeder, den man lebend wiedertrifft, eine Art Schock aus.« Er lachte nervös. »Bitte, du musst keine Angst haben. Ich will nur mit dir reden. Ich bin so froh, dich gefunden zu haben.«

Leah hörte ihn zwar sprechen, doch sie war zu verwirrt, um seine Worte genau zu verstehen. Einen zornigen Eindruck machte er aber eigentlich nicht. Kaum hatte sie diesen Gedanken zu Ende gedacht, da entsperrte sie auch schon die Tür.

»Komm rein!« Sie trat einen Schritt zurück in den Hausflur. Obwohl ihr die Hitze in die Wangen schoss und sie vor Aufregung rot anlief, hoffte sie, ihre Nerven einigermaßen in den Griff zu kriegen. Sie redete sich innerlich Mut zu, hob leicht den Blick und musterte ihn knapp von der Seite, als Michael eintrat. Er sah fast noch so aus, wie sie ihn in Erinnerung behalten hatte. Zwar waren die Schultern um einiges breiter geworden, und die vergangenen Jahre hatten seinem ohnehin schon kantigen Gesicht noch schärfere Konturen verliehen, doch abgesehen davon und den dunklen Schatten unter seinen Augen war Michael dem Jungen, den sie einst im Zug kennengelernt hatte, noch nicht allzu lange entwachsen. Die britische Uniform und seinen Rang hatte sie längst bemerkt, aber sie hatte schon ein zweites Mal hinschauen müssen, um auch zu glauben, was sie da sah.

Allmählich löste sie sich aus ihrer Starre.

»Entschuldige«, sagte sie endlich, »du musst ja denken, du hättest es mit einer Idiotin zu tun.«

»Das ist so ziemlich das Letzte, was ich denke.« Er sah sie an, bis sie es nicht mehr aushielt und den Kopf wegdrehte. »Gut siehst du aus«, bemerkte er. Unwillkürlich fuhr sie sich übers schulterlange Haar und strich ihren Rock glatt.

»Du auch.« Sie wandte sich um und wies auf die Küche. »Möchtest du eine Tasse Tee?«

»Wenn ich dich nicht aufhalte.«

»Tust du nicht«, log sie.

Er setzte sich auf den Stuhl, den sie ihm zurechtgerückt hatte. Leah wandte sich zur Spüle, um den Kessel mit frischem Wasser zu befüllen. Sie spürte seinen Blick im Rücken, und ihre Gedanken begannen erneut zu rasen. Sie fragte sich, weshalb er hierhergekommen war. Sicherlich erwartete er eine Erklärung von ihr. Ein Anflug von Panik überkam sie und ließ ihren Atem flach werden. Glücklicherweise gab ihr das gewohnt laute Klopfen des Wasserrohrs Gelegenheit, einmal tief Luft zu holen, ohne dass Michael es mitbekam. Als sie den Wasserhahn zudrehte, hatte sie sich ein wenig beruhigt, stellte den Kessel auf die Herdplatte und löffelte Teeblätter in die Porzellankanne, sorgsam darauf bedacht, dass Michael ihre zitternden Hände verborgen blieben. Das Wasser begann zu brodeln, und Leah goss den Tee auf. Sie fühlte sich jetzt ein wenig besser. Sie spülte zwei Tassen und stellte das Teegeschirr auf ein Tablett. Bevor sie sich umdrehte, um es zum Tisch zu tragen, atmete sie nochmals langsam ein. *Reiß dich zusammen!*

Vorsichtig schenkte sie ein, reichte Michael eine der Tassen. Ihr war bewusst, dass er jede ihrer Bewegungen verfolgte.

»Ah, Tee – das britische Allheilmittel. Es gibt wohl kaum etwas auf dieser Welt, was eine gute Tasse Tee nicht wieder halbwegs ins Lot bringen könnte«, meinte Michael mit einer plötzlichen Unbeschwertheit, als handelte es sich bei ihrem Treffen um das wöchentliche Teekränzchen alter Freunde.

»Ich wünschte, es wäre so«, erwiderte Leah und setzte sich ihm gegenüber. Er griff nach der Zuckerdose und schaufelte drei Löffel in seine Tasse. Leah zog ihre Tasse näher zu sich heran, umfasste sie fest mit beiden Händen, als müsse sie ihre Finger wärmen.

»Meine Eltern sind beide tot«, sagte Michael wie aus heiterem Himmel und schaute sie forschend an, während er in seinem Tee rührte.

»Meine Eltern und meine Schwester auch«, brachte Leah mit gepresster Stimme hervor. Das zarte Klirren, das Michaels Teelöffel verursachte, als er ihn auf der Untertasse ablegte, klang eine Weile im Raum nach. Bedrücktes Schweigen breitete sich zwischen ihnen aus und senkte sich wie Blei auf Leahs Brust. Sie sah auf ihre Hände, ihr Atem ging wieder flach, und sie spürte ein Stechen in der Brust. Die Worte, die sie seit Jahren fürchtete, lagen ihm bestimmt schon längst auf den Lippen: dass sie am Tod seiner Eltern eine Mitschuld trug. Wegen ihrer Aussage hatte man ihn aus Kent weggeschickt und ihm damit die letzte Chance genommen, seine Eltern nach England zu holen, um sie vor den Nazis zu retten.

Leah wartete angespannt, doch Michael schwieg noch immer. Sie bekam kaum noch Luft. Es kam ihr vor, als hätte jemand allen Sauerstoff aus dem Raum gesogen.

»Ich dachte, ich würde dich nie wiedersehen«, sagte sie leise, als sie die Spannung nicht länger aushielt. Michael nippte an seinem Tee.

»Ja, ich bin selbst überrascht, wie viel Glück ich hatte. Wenn man bedenkt …« Er sah ihr unvermittelt in die Augen, und sein Blick traf sie wie eine Faust im Magen. »Wir haben beide Glück gehabt«, ergänzte er. »Wir sind ihnen entwischt.«

Leah musste einige Male blinzeln, um die aufsteigenden Tränen zurückzuhalten. Michael legte beide Hände flach auf den Tisch, beugte sich leicht nach vorne.

»Und nun sitzen wir beide zusammen an einem Tisch mitten in diesem Land, das sich eigentlich fest vorgenommen hatte, uns zu vernichten. Was sagt man dazu?« Es klang spöttisch, doch sein Blick ruhte weiterhin warm auf ihr. Leah nickte kaum merklich.

»Eliza hat mich über dich auf dem Laufenden gehalten«, sagte sie. »Sie hat mir erzählt, dass du der australischen Armee beigetreten bist, aber nun sehe ich, dass du offenbar bei der britischen gelandet bist. Eigentlich hätte ich gedacht, dass du auf der anderen Seite der Welt bleiben würdest – ich meine, so, wie man dich behandelt hat ...« Ihre Stimme verlor sich in ihrem hektischen Geplapper, und sie hob die Augen, um in seinem Gesicht zu ergründen, was er empfand. Doch sein Blick ging geradewegs durch sie hindurch, so als wäre er in Gedanken ganz woanders. Sie wollte ihm sagen, wie sehr sie bedauerte, was sie ihm angetan hatte. Wollte sich für all den Kummer, den sie ihm bereitet hatte, entschuldigen und ihm erklären, wie es überhaupt dazu gekommen war. Ihre Unterlippe begann zu beben, und ihre Augen füllten sich mit Tränen. Mit einem Mal fühlte sie sich wieder so hilflos und verloren wie mit fünfzehn Jahren.

»Was treibst du eigentlich in Deutschland?«, fragte er, und Leah fuhr sich schnell mit den Fingerspitzen über die Augen. Sie war sich nicht sicher, ob er die Frage als Vorwurf meinte, weil sie als Jüdin in das Land ihrer Peiniger zurückgekehrt war, oder ob er lediglich wissen wollte, wie sich ihr Leben in Frankfurt gestaltete. Sie begann zu erzählen, wie sie England nach dem Krieg verlassen hatte, um in Frankfurt nach ihrer Familie zu suchen, doch nur noch Gustav, ihren Onkel väterlicherseits, vorgefunden hatte. Er besorgte ihr die Wohnung und bat sie zu bleiben. Wo hätte sie so ganz allein auch schon hinsollen? Also war sie geblieben und hatte sich vor ein paar Wochen in die Arbeit bei Joint gestürzt. An ihren freien Tagen traf sie sich mit den wenigen Mitgliedern der Jüdischen Gemeinde, die wie sie den Holocaust überlebt hatten. Für einige von ihnen suchte sie nach Angehörigen, und denjenigen, die nichts mehr hatten, besorgte sie über die Organisation das Notwendigste. Ein paar Kleidungsstücke, etwas zu essen, einen Schlafplatz. Viel mehr konnte sie nicht tun.

»Hilfst du auch den *Goj*?«

Sie zögerte für einen Moment.

»Ja, ich helfe auch Nichtjuden«, sagte sie dann. »Wir alle bei Joint tun das, wenn es möglich ist.« Sie bemerkte, wie sich sein Gesicht verfinsterte. »Siehst du denn nicht, wie groß die Not um uns herum ist?«, verteidigte sie sich. »Auch die Evakuierten und Flüchtlinge aus dem Osten brauchen unsere Unterstützung. Wer kümmert sich denn schon um sie? Soll ich etwa verzweifelte Mütter, die nicht wissen, ob ihr Mann noch lebt, und die nichts weiter besitzen als das, was sie am Leib tragen, wieder wegschicken, nur weil sie keine Jüdinnen sind? Zusammen mit ihren zerlumpten und abgemagerten Kindern?«

Statt zu antworten, zog er eine zerdrückte Packung Zigaretten aus der Hemdtasche.

»Stört es dich, wenn ich rauche?« Sie schüttelte den Kopf. Er hielt ihr das Päckchen hin. »Möchtest du eine?«

»Nein danke.« Sie stand auf, um einen Aschenbecher zu holen, stellte ihn auf den Tisch und setzte sich wieder. Sie hätte gerne den Mut aufgebracht, ihm zu erzählen, dass sie Mitleid mit den deutschen Frauen empfand, weil sie wusste, wie es sich anfühlt, wenn man sich um sein Kind sorgt, aber sie brachte es nicht über sich. Michaels Gegenwart machte sie sehr verletzlich, und sie fürchtete sowieso schon, jeden Moment in einen Heulkrampf auszubrechen.

»Michael, ich … deine Eltern. Ich weiß gar nicht, wie ich es sagen soll. Es tut mir so schrecklich leid.« Ihre Stimme überschlug sich, und sie verstummte. Sie konnte die Tränen nicht länger zurückhalten und wandte den Kopf ab.

»Wir hatten uns einmal etwas versprochen, Leah.« Seine Worte bohrten sich in ihr Herz.

»Es tut mir so leid«, flüsterte sie nur und biss sich sofort auf die Lippe. Wieso wiederholte sie sich ständig? Ihre Entschuldigungen mussten für Michael wie hohle Phrasen klingen.

»Ich muss die Wahrheit erfahren. Ich will wissen, was damals in Kent passiert ist. Erklär es mir, Leah. Das schuldest du mir – nein«, verbesserte er sich, »das schuldest du *uns*. Was in aller Welt hat dich dazu gebracht, einen solchen Verrat an mir zu begehen? Das habe ich mich in den vergangenen Jahren immer wieder gefragt. Hilf mir, es zu verstehen!«

Leah schlug die Hände vors Gesicht und begann,

hemmungslos zu schluchzen. Michael fasste sie beim Handgelenk. Sie zuckte zusammen.

»Hab keine Angst, ich will es nur endlich begreifen, hörst du? Haben die Dinsdales dich gezwungen? Haben sie dir gedroht, ansonsten nicht für deine Eltern zu bürgen?«

Leah nickte, den Blick auf den Boden geheftet. Dicke Tropfen fielen ihr von der Nasenspitze.

»Und trotzdem haben sie nicht für deine Eltern gebürgt.« Er sprach diese bitteren Worte mehr zu sich selbst als zu Leah. »Letzte Woche war ich in England und habe bei deinen Pflegeeltern vorbeigeschaut.«

Leah nahm die Hände vom Gesicht und schaute ihn mit offenem Mund an. »Du hast was?«, fragte sie ungläubig.

»Ich habe die Dinsdales aufgesucht«, wiederholte er. »Und mit Stuart habe ich mich ebenfalls getroffen. Allerdings haben wir uns heftig gestritten, und ich fürchte, ich habe ihn verletzt.«

Leah stand das Entsetzen über seine Worte ins Gesicht geschrieben. »Du hast dich mit Stuart geprügelt? Wie geht es ihm?«

Michael zuckte mit den Achseln. »Könnte sein, dass er im Krankenhaus ist.«

»Oh, Michael, was hast du nur getan?«

»Hör zu, Leah. Ich habe nie verstanden, was du in ihm gesehen hast, aber glaube mir, der Apfel fällt nicht weit vom Stamm. Seine Mutter ist eine kaltherzige Frau, die nur auf den Ruf ihrer Familie bedacht ist, und ihr rückgratloser Gatte kuscht, sobald sie nur den kleinen

Finger hebt. Weshalb Eliza noch bei ihnen lebt, ist mir ein Rätsel, aber dein Stuart, der könnte eigentlich sofort wieder bei Mama und Papa einziehen, so gut passt er nach Broadhearst.«

»Du weißt überhaupt gar nichts über Stuart«, sagte Leah. »Ist er schwer verletzt?«

Michael zuckte mit den Schultern. »Ich weiß es nicht. Den Schwächling hat es ja gleich beim ersten Schlag umgehauen, und danach musste ich mich beeilen, seinen wutentbrannten Kameraden sowie einem Schäferhund und dem Gewehrlauf seines Herrchens zu entkommen.«

Leah schüttelte ungläubig den Kopf. Michael griff nach ihrer Hand und drückte sie. Für den Bruchteil einer Sekunde wollte sie ihre Hand zurückziehen, doch dann ließ sie es bleiben. Er war ihr nun so nahe, dass seine Stirn fast die ihre berührte. Sie schloss die Augen und atmete seinen Geruch ein. Ein herber Duft von Seife und Tabak. Sie wünschte, sie könnte einfach nur dasitzen und seine Nähe spüren.

Er drückte ihre Finger ein wenig fester.

»Leah«, sagte er ruhig und klang beinahe zärtlich, »sie haben ja nicht nur mich weggeschickt. Was haben sie mit dir gemacht?«

Leah wischte sich mit dem Handgelenk die Nase ab. »Sie haben mich in London in ein Heim für unverheiratete Mütter gesteckt und mein Kind ...« Die Worte blieben ihr in der Kehle stecken.

»Was, Leah? Was ist mit dem Kind passiert?«

Sie zögerte erst, dann gab sie sich einen Ruck. »Es ... David, mein Sohn, wurde von einer guten englischen

Familie adoptiert«, brachte sie schließlich mit schwacher Stimme hervor.

»Verdammt, Leah!«, brach es aus Michael hervor. »Es macht mich noch immer rasend. Wie konntest du nur auf diesen Stuart hereinfallen? Sogar jetzt, nach allem, was er und seine feine Familie dir angetan haben, verteidigst du ihn noch. Merkst du denn nicht, wie verrückt das ist?«

Leah stand auf, stellte sich wie zur Verteidigung hinter ihren Stuhl und stützte die Hände auf die Lehne. »Sei mir nicht böse, aber du hast wirklich nicht die geringste Ahnung, Michael.«

Sein Blick wurde weicher. Dann strich er sich mit der Hand über den Kopf und seufzte. »Nun gut. Du willst mir also nicht sagen, was damals war. Aber ich bin nach wie vor der Auffassung, dass ich mehr verdient habe.«

Sie wandte den Blick ab, die Lippen zu einem dünnen Strich aufeinandergepresst.

»Leah, wir waren fast noch Kinder. Sie haben dich zu etwas gezwungen, wogegen du dich nicht wehren konntest. Und es war auch nicht richtig, dass wir die Verantwortung für unsere Eltern tragen sollten. Wir konnten ihnen nicht helfen, aber das ist nicht unsere Schuld. Verstehst du? Vielleicht können wir unseren Pakt erneuern. Du und ich, wir stehen in Zukunft füreinander ein – wie wir es einander einmal versprochen hatten. Was meinst du?«

Als Michael so zu ihr sprach, spürte Leah, wie sich in ihrem Inneren etwas löste. Ein Knäuel verdrängter Gefühle, das sich allmählich zu entwirren begann. Sie war nicht sicher, ob sie das überhaupt wollte, aber es geschah einfach, ganz ohne ihr Zutun. Eine seltsame Rührung stieg in ihr auf und setzte sich als Klumpen in ihrer Kehle fest, so dass sie kaum noch schlucken konnte. Sie traf keine Schuld, hatte er gesagt. Sie war nur ein Kind gewesen.

Zitternd holte sie Luft. Die Wahrheit, die sie in Michaels Worten erkannte, und die innere Überzeugung, mit der er sie ausgesprochen hatte, durchdrangen ihren Schutzwall, und eine fast schon vergessene Empfindsamkeit regte sich in ihr. Ein alter Schmerz lag plötzlich bloß.

Als sie es nach ein, zwei Minuten, die ihr wie eine Ewigkeit vorkamen, wagte, zu Michael aufzusehen, erkannte sie das Gesicht des Jungen, den sie einst so sehr ins Herz geschlossen hatte. Aber genauso sah sie den Mann, der er heute war.

Michael stand auf und kam langsam zu Leah herüber. Wie in Zeitlupe legte sie ihre Rechte auf seine Wange und schaute ihn einfach nur an.

»Vielleicht verstehen wir einander nur viel zu gut«, sagte sie nach einer Weile des Schweigens. Er nahm ihre Hand behutsam von seinem Gesicht und küsste sie auf den Handrücken. Dann nahm er Leah sanft in den Arm und begann, sie sachte wie ein Baby zu wiegen. Dabei summte er ihr eine Melodie ins Ohr, die zärtlicher nicht hätte sein können. Sie schloss die Augen und gab sich den widerstreitenden Gefühlen von angstvoller Erwartung und Geborgenheit hin.

»Was summst du da?«, fragte sie, ohne den Kopf zu heben oder die Lider zu öffnen.

»*Yankele,* ein jiddisches Wiegenlied. Meine Mutter hat es mir immer vorgesungen.« Nach einer Weile fasste er sie bei den Schultern und hielt sie von sich ab. »Wir werden uns nie wieder verlieren«, sagte er fast flüsternd und schaute ihr tief in die Augen. Dann, ohne weitere Erklärung, drehte Michael sich plötzlich um und verließ die Wohnung. Leah stand starr vor Verblüffung und schaute ihm ungläubig nach. Wie konnte er sie einfach so stehenlassen, verwirrt und aufgewühlt, wie sie war? Und wie sollte sie mit ihm in Verbindung bleiben?

Leah sollte sich diese merkwürdige Begegnung mit Michael in den kommenden Tagen wieder und wieder ins Gedächtnis rufen. Sie konnte beim besten Willen nicht begreifen, wie sie ihn so hatte gehen lassen können. Sie hatte keine Adresse, keine Telefonnummer, nichts.

Dann, drei Wochen später, tauchte Michael unangekündigt bei ihrer Arbeitsstelle auf. Leah saß hinter dem Schreibtisch und unterhielt sich gerade mit einer Mutter, deren kleiner Sohn alles zu Boden warf, was in seiner Reichweite war. Die junge Frau entschuldigte sich, während sie Leahs Bleistifte und Notizblöcke vom Boden aufsammelte. Obwohl sich die Unterhaltung zwischen ihnen wegen der Unterbrechungen als schwierig erwies, war Leah entschlossen, sich von dem Kleinen nicht weiter ablenken zu lassen. Ihre Büroklammern vom Linoleum klaubend, kniete sie neben der Mutter, und als sie wieder hochkam, um sich auf ihren Stuhl zu setzen, sah sie mit einem Mal direkt in Michaels Augen. Ihr Puls begann zu rasen. Michael kam auf sie zu, reichte ihr einen Zettel.

»Kann ich dich dort heute Abend um sieben treffen?«, fragte er, ohne zu erklären, worum es ging.

»Ich denke schon«, antwortete Leah nach einigem Zögern und einem kurzen Blick auf die handgeschriebene Notiz. Aber sie war nicht sicher, ob sie ihre Zusage nicht schon im nächsten Augenblick bereuen würde.

»Gut«, erwiderte er zufrieden. »Bitte erzähl keinem davon, und pass auf, dass dir niemand folgt. Hast du dir die Adresse gemerkt?« Sie nickte. Michael nahm den Zettel wieder an sich, zerknüllte ihn und steckte ihn in seine Hosentasche.

Wie vereinbart stand Leah pünktlich um sieben vor dem Haus, das Michael ihr als Treffpunkt genannt hatte. Es setzte ihr jedes Mal aufs Neue zu, die geschundene Stadt zu durchqueren. Besonders in der Alt- und Innenstadt, aber auch in Sachsenhausen, Bockenheim und anderen Stadtteilen waren ganze Straßenzüge dem Erdboden gleichgemacht. An die Stelle der alten Gassen und Straßen waren Trampelpfade getreten, links und rechts von Schuttbergen gesäumt. Viele der ausgebombten Häuser waren stark einsturzgefährdet. Immer wieder kam es vor, dass Menschen durch herabstürzende Trümmer verletzt oder gar getötet wurden. Leah war durchaus bewusst, dass sie ein Risiko eingegangen war, als sie Michaels Einladung folgte. Sie hatte nicht die geringste Ahnung, weshalb er sie an diesen Ort bestellt hatte, doch seine Geheimnistuerei versprach nichts Gutes.

Trotzdem war sie neugierig genug, um ihre Bedenken zurückzustellen. Michael umgab jene Aura von Gefahr, die eine magische Anziehungskraft auf Leah auszuüben schien, obwohl sie sich eigentlich nicht erklären konnte, was sie daran so spannend fand. Auf dem Heimweg nach ihrer Schicht war sie noch fest entschlossen gewesen, sich nicht mit ihm zu treffen, doch je näher der Zeiger auf die vereinbarte Stunde vorgerückt war, desto unruhiger wurde sie. Wenn dies nun die letzte Chance wäre, ihn wiederzusehen?

Am Ende hatte sie sich mit einem Seufzer erhoben und auf den Weg gemacht. Und während sie nun vor einem möglicherweise verdächtigen Haus stand, fragte sie sich, wie Michael es nur angestellt hatte, sie dazu zu bringen, sich in dunklen Eingängen herumzudrücken. Was war nur in sie gefahren? Sie war doch ansonsten nicht so unvernünftig.

Plötzlich fühlte sie eine Hand auf ihrer Schulter und fuhr erschrocken zusammen. Sie sah auf. Erleichtert atmete sie aus, als sie Michael erkannte.

»Entschuldige. Ich wollte dich nicht erschrecken.« Er lächelte sie warmherzig an. »Ich möchte dich mit ein paar Freunden bekannt machen.«

»Welche Freunde?«, fragte sie misstrauisch.

Michael schaute ihr eindringlich in die Augen. »Leute wie du und ich. Juden, die Dinge erlebt haben, die man sich nicht vorstellen kann.« Er machte eine Pause und schien zu beobachten, wie seine Worte auf sie wirkten. »Weißt du, Leah, es ist wichtig, dass wir als Juden Selbstbewusstsein entwickeln und unser Leben in die eigene Hand nehmen.« Sie sah aus, als rätsele sie noch, was er ihr damit eigentlich sagen wollte. Er lächelte und fasste sie bei der Hand. »Komm mit, ich bin gespannt, was du von unseren Ideen hältst.«

Kurz darauf fand sie sich in einem geräumigen Kellergewölbe inmitten einer Gruppe von ungefähr fünfzehn Leuten wieder, deren Alter sie zwischen zwanzig und dreißig Jahren schätzte. Michael kannte offenbar jeden von ihnen. Er stellte Leah als gute Freundin vor, und sie fing einige Blicke auf, die zu unterstellen schienen, sie und Michael wären ein Paar. Sie gab vor, nichts davon bemerkt zu haben. Im Mittelpunkt zu stehen machte sie verlegen.

Als Michael zu sprechen begann, beobachtete Leah überrascht, wie die Anwesenden förmlich an seinen Lippen hingen, doch es dauerte nicht lange, da verstand sie: Michael hatte die Ausstrahlung eines natürlichen Anführers. Zu Beginn sprach er über seine Erfahrungen während des Krieges, über die Dinge, die er in Europa gesehen hatte, über das, was die Nazis den Juden angetan hatten. Leah war gespannt, worauf diese recht allgemeine Rede hinauslaufen würde. Michael trank einen Schluck Wasser, das ihm jemand gereicht hatte, und stellte es auf dem Tisch ab, bevor er schließlich fortfuhr: »Freunde. Ja, der Krieg ist vorbei, aber nicht für die Deutschen. Sie haben Juden umgebracht, und dafür werden sie büßen. Wer mich kennt, weiß, dass ich an keinen Gott glaube. Wer von euch kennt die Stelle aus dem Buch der Psalmen, in dem Gott angerufen wird, sich an den Feinden Israels zu rächen?«

Ein hagerer Mann trat vor und rückte nervös seine Brille zurecht. Er drehte seinen Hut in den Händen und räusperte sich. Michael nickte ihm aufmunternd zu.

»Der Herr, mein Gott, meine Zuflucht.
Er wird ihnen ihr Unrecht heimzahlen
Und sie vernichten für ihre Missetaten;
Der Herr unser Gott wird sie vernichten.«

»Ich danke dir, Mosche. Jetzt frage ich euch: Wo war denn Gott, als die Nazis die Juden in Ghettos zusammengepfercht haben, und wo war er, als die Juden in den Lagern vernichtet wurden? Ja, der Krieg ist vorbei, aber wo ist Gott jetzt? Steht er auf der Seite der Deutschen, die in Flugblättern fordern *Gebt uns Hitler zurück, dann haben wir Brot*? Ist er auf Seite der Nazis, die ihre Uniformen ablegen und wieder in ihr altes Leben zurückkehren?«

Er machte eine Pause und sah sich im Raum um. Alle Augen ruhten auf ihm. »Wir werden diese Nazis finden«, sagte er mit entschlossenem Gesichtsausdruck, »wir werden sie finden und Rache an ihnen nehmen.« Für einen Moment kehrte absolute Stille ein, dann reckte einer den Arm in die Luft und wiederholte Michaels Worte mit grimmigem Blick: »Wir werden Rache nehmen!« Die anderen fielen nach und nach ein.

Leah sah sich erschrocken um. Was hier vor sich ging, war ihr unheimlich.

Ein kerniger junger Mann mit gesunder Gesichtsfarbe hob den Arm.

»Ja, Josef?«, sagte Michael. »Bitte stell dich kurz vor. Wir haben heute Abend ein paar neue Gesichter unter uns.« Er schaute in Leahs Richtung.

»Ich bin der Josef und komme aus Bayern, wie ihr unschwer hören könnt.« Freundliches Auflachen um ihn herum. »Vor dem Krieg hatte ich eine große Familie, heute stehe ich vor euch als deren einziger Überlebender.« Von der wohlwollenden Aufnahme sichtlich ermutigt, begann Josef, davon zu berichten, wie die Nazis seine Familie ausgelöscht hatten, und es wurde mit einem Mal sehr still im Raum. Einige nickten, und weiter hinten weinte eine Frau ganz leise. »Der Mann, der für ihren Transport nach Auschwitz verantwortlich war, darf weiterhin wie ein unbescholtener Bürger in unserer Mitte leben und arbeiten. Ich sehe ihn manchmal auf der Straße, und jedes Mal wird mir speiübel, wenn ich daran denke, was dieser Mann verbrochen hat. Er wird niemals vor Gericht gestellt werden, heißt es, denn dieser Verbrecher hat gute Freunde von früher, die sich völlig schamlos gegenseitig unterstützen, auch jetzt noch, als wäre nie etwas gewesen.«

Michael legte ihm die Hand auf die Schulter.

»Wir werden ihn und seine Freunde beobachten, Josef. Wir recherchieren seine Verbrechen, und wenn wir fündig werden, kommt er auf die Liste. Doch bevor wir unseren Handlungsradius vergrößern, müssen wir lernen, uns zu verteidigen. Einige von euch sind äußerst erfahren, andere wissen noch so gut wie nichts über die Überlebens- und Kampftechniken des Untergrunds.«

Die Versammlung dauerte noch bis in den späten Abend, und je länger Leah zuhörte, desto mehr begriff sie, dass sie alle ein ähnliches Schicksal teilten, und sie konnte nicht anders, als sich den Anwesenden verbunden zu fühlen. Sie hatte auch bei Joint Geschichten über stadtbekannte Nazis gehört, die keiner belangte. Diese verschwörerische Truppe hier war kein verrückter Haufen von Revolutionären. Es waren verletzte Menschen, die nach Gerechtigkeit dürsteten. Einige der Männer und Frauen, so stellte sich bei den hitzigen Debatten im Verlauf des Abends heraus, waren erfahrene Soldaten, die zuallererst an die praktische Seite dachten. Die Pläne, die sie diskutierten, lösten Furcht in Leah aus, dennoch verstand sie, wie den jungen Leuten zumute war. Der Holocaust hatte ihnen genau wie ihr die Familien und Freunde genommen, und jetzt brannten sie vor Hass und dem Verlangen nach Vergeltung. Als sie schließlich begriff, was diese Gruppe vorhatte, stimmte sie innerlich fast schon überschwenglich zu. Jemand musste schließlich etwas unternehmen, damit die Mörderbande nicht ungeschoren davonkam. Das fand sie schon lange, hatte aber keine Ahnung gehabt, was sie dagegen hätte ausrichten können. Bis zu diesem Abend hatte sie noch niemanden über Vergeltung sprechen hören. Und diese Gruppe, offenbar bunt zusammengewürfelt aus Gläubigen, Atheisten, Intellektuellen, Partisanen und Überlebenden, redete sich nicht nur die Köpfe heiß, nein, sie waren schon mittendrin in ihrem Rachefeldzug, wie Leah einigen Andeutungen entnehmen konnte. Leah war wie elektrisiert. Es gab eine Alternative zum stillen Leiden. Wer, wenn nicht sie, die Überlebenden des Holocaust, hätten ein Anrecht darauf, es den Nazis heimzuzahlen? Ja, es stimmte, was Michael sagte. Die Vorzeichen hatten sich verkehrt, und die Gejagten waren nun die Jäger. Aus Ohnmacht wurde Macht. Leah spürte Hitze in sich aufwallen, eine Flamme der Begeisterung für die gerechte Sache.

Später, als der offizielle Teil des Treffens vorbei war und die Anwesenden sich in kleinen Runden zusammenfanden, kam Michael auf Leah zu. Ihr Lächeln erstarb, als sie sah, dass er den Arm um die Schulter einer attraktiven Blondine gelegt hatte. Offenbar war er im Begriff, sie beide einander vorzustellen. Leah zwang sich zu einem freundlichen Gesichtsausdruck. Schließlich hatte diese Frau ihr nichts getan, und wenn sie sich ihr gegenüber feindselig verhielt, würde Michael sie womöglich für eifersüchtig halten. Sie richtete sich auf, lächelte und streckte als Erste die Hand aus. »Ich bin Leah, hallo.«

Die andere Frau ergriff Leahs Hand mit festem Griff. »Rachel. Michael hat mir erzählt, ihr seid alte Freunde?«

»Ja, wir kennen uns vom Kindertransport, haben uns aber später in England aus den Augen verloren.« Sie warf einen verstohlenen Blick in Michaels Richtung. Es war ihr unangenehm, vor dieser Fremden über ihr kompliziertes und ungeklärtes Verhältnis zu reden. Zumal Rachel sie beeindruckte, auch wenn Leah sich das nicht gerne eingestand. Die schlanke Frau strahlte ein Maß an Selbstbewusstsein und Zuversicht aus, wie Leah es für sich selbst nie zu erträumen gewagt hätte. Kein Wunder, dass Michael sich von Rachel angezogen fühlte. War Rachel nun seine Freundin, oder war sie es nicht? In diesem Moment hätte Leah alles dafür gegeben, es herauszufinden. Nur konnte sie die beiden schlecht danach fragen.

Für eine Weile unterhielten sich die drei über ihre Familien. Leah erfuhr, dass Rachels und Michaels Familien aus demselben kleinen Ort nahe Krakau stammten und die beiden sich schon als Kinder in der jüdischen Gemeinde von Frankfurt gekannt hatten.

Nachher begleiteten die beiden Leah nach Hause. Sie sprachen mit gedämpften Stimmen über die Gruppe und ihre Ziele, wobei Michael sich immer wieder kurz umschaute, um zu sehen, ob sie verfolgt oder belauscht wurden.

Vor Leahs Haustür angekommen, blieben sie stehen. Michael nahm einen letzten Zug von seiner Zigarette, warf sie dann zu Boden und drückte sie mit dem Absatz aus. Er sah Leah an. »Was ist jetzt mit dir? Bist du dabei?«

Rachel tat einen Schritt auf Leah zu und fasste sie beim Ellbogen. »Wir brauchen Frauen wie dich. Und es ist das Richtige, das weißt du«, sagte sie.

Leah befeuchtete ihre Lippen mit der Zunge. Was meinte Rachel mit *Frauen wie dich*? Sie kannte sie doch noch gar nicht. Wollte sie ihr bloß schmeicheln, damit sie nicht lange zögerte, sondern der Bewegung beitrat?

»Ich überlege es mir«, sagte sie zu Rachel. Dann wandte sie sich an Michael: »Danke für diesen Abend. Du hattest recht. Er war tatsächlich überaus interessant.« Eine Pause entstand, und Leah umklammerte mit beiden Händen ihre Handtasche. »Also, ich geh dann jetzt besser rein. Sehen wir uns wieder?«

»Natürlich«, versicherte Michael. »Spätestens bei unserem nächsten Treffen. Du kommst doch? In zwei Wochen, selber Ort, selbe Zeit.«

»Wie gesagt: Ich überlege es mir.«

Michael gab ihr zum Abschied einen Kuss auf die

Wange, Rachel umarmte sie. Dann drehten die beiden sich um und gingen Arm in Arm davon.

In jenem Moment ahnte Leah bereits, wie sie sich entscheiden würde. Sie spürte, dass das geheime Treffen ihrem Leben eine entscheidende Wendung gegeben hatte.

Leah schloss die Tür auf, doch bevor sie sie aufstieß, drehte sie sich ein letztes Mal um. Es versetzte ihr einen Stich, als sie beobachtete, wie Michael und Rachel durch die laue Sommernacht schlenderten. Ein hübsches Paar. Wie vertraut sie miteinander wirkten.

Leah holte tief Luft, öffnete die Tür und ging ins Haus.

Michael musste für zwei Wochen zurück zu seinem Regiment nach Hannover. Doch nach seiner Rückkehr hieß er Leah offiziell in der Gruppe willkommen und verkündete, er und Rachel wollten zehn Mitglieder in einem Trainingscamp ausbilden. Er hatte Leah gebeten mitzukommen. Seither dachte sie unentwegt darüber nach, ob sie auch wirklich das Richtige tat.

Gewalt widerstrebte ihrer Natur, aber Michael hatte während ihrer zweiten Kellerversammlung seine Sicht auf die Wahl der Mittel deutlich gemacht: Das moralische Recht war auf ihrer Seite.

Rachel tauchte eines Abends überraschend bei Joint auf und lud Leah auf ein Bier nach der Arbeit ein. Um sich besser kennenzulernen, wie sie sagte. Die beiden trafen sich in einer provisorischen Kneipe am Mainufer. Leah hörte gebannt zu, als Rachel von sich erzählte. Keine Frage, sie war eine mutige Frau, die mehrfach das eigene Leben für die Gruppe riskiert hatte – oft gemeinsam mit Michael. Ihr größtes Talent, so sagte Rachel von sich selbst, bestand darin, sich unter Feinden unauffällig zu bewegen, um sie auszuspionieren. Dass sie blond war und gut aussah, half wohl dabei, dachte Leah und schalt sich im nächsten Moment. Doch Rachel konnte viel mehr: durch Abwasserkanäle kriechen, um Waffen zu schmuggeln; Bahngleise sprengen. Außerdem beherrschte sie verschiedene Dialekte, was Leah zum Lachen brachte, als Rachel eine Kostprobe ihres Schwäbisch zum Besten gab. Leah war zwar fasziniert von Rachels Worten, doch letztlich dachte sie nur an Michael, während Rachel weiterredete. Die eine Frage ließ sie einfach nicht los: Waren die beiden zusammen oder nicht?

»Ich bringe dir alles bei, was ich weiß«, schloss Rachel ihre Rede. »Wenn du bei *Revenge* mitmachst, nehme ich dich unter meine Fittiche.« Sie schaute Leah fest in die Augen.

Kein Zweifel, Rachel und Michael waren die Führer dieser Gruppe, die sich *Revenge* nannte. Es war das erste Mal, dass jemand in Leahs Gegenwart den Namen der Gruppe erwähnte, und er jagte ihr einen Schauder über den Rücken.

»Darf ich dich etwas Persönliches fragen?«

Rachel nickte.

»Du und Michael. Seid ihr zusammen?«, fragte Leah. Rachel faltete die Hände, bevor sie antwortete. »Michael und ich, wir haben uns beide mit Haut und Haaren den Zielen der Gruppe verschrieben. Es wäre nicht klug, vom anderen emotional abhängig zu sein. Aber ja, manchmal schlafen wir miteinander – wenn es das ist, was du wissen willst.« Rachel sah Leah selbstsicher an. Gegen ihren Willen lief Leah puterrot an und ärgerte sich im gleichen Augenblick darüber. Die typische Reaktion eines Backfischs. Dabei bestätigte ihr Rachel doch nur, was sie ohnehin schon vermutet hatte. Rachels Ton ließ keinen Zweifel daran aufkommen, dass diese Information alles war, was sie bezüglich ihrer Beziehung zu Michael zu sagen bereit war. Leah knabberte an ihrer Unterlippe, nickte und ließ es dabei bewenden.

Den Rest des Abends sprachen sie nicht mehr über Privates, doch Rachel beantwortete Leah alle Fragen, die sie in Bezug auf die Gruppe hatte.
»Wieso vertraut ihr mir eigentlich?«, fragte sie einmal. »Ihr kennt mich doch gar nicht. Ich könnte eine Spionin sein und euch jederzeit auffliegen lassen.«
»Michaels Wort genügt mir«, antwortete Rachel lächelnd. Leah wunderte sich: Ausgerechnet Michael legte ein gutes Wort für sie ein? Beim Gedanken an ihn wurde ihr gleich wieder flau im Magen, doch sie schob ihre verwirrenden Empfindungen zur Seite, um sich auf Rachel zu konzentrieren. Je länger sie sich mit ihr unterhielt, desto verständlicher erschienen ihr die Absichten der Gruppe. Es ging um Gerechtigkeit. Sie fühlte sich schon jetzt als ein Teil der Gruppe. Ja, das Risiko war hoch, und Rachel redete die Gefahren, denen sie ausgesetzt waren, nicht klein. Überhaupt wirkte sie aufrecht und klar – in allem, was sie sagte. Verstand und Gefühl sagten Leah, dass sie ihre Aufgabe gefunden hatte. Sie fragte

sich, ob es Zufall war, dass Michael sie gerade jetzt wiedergetroffen hatte. Als sie nach Kriegsende von England nach Frankfurt zurückgekehrt war, hatte sie sich am Boden gefühlt, so hoffnungslos niedergeschlagen, als hätten das Leben und der Krieg ihr nicht nur die Familie genommen, sondern auch sie selbst besiegt. Eine leere Hülle, mehr war von ihr nicht übrig geblieben. Wäre Onkel Gustav nicht gewesen, der sie förmlich angefleht hatte, als einzige Verwandte bei ihm in Frankfurt zu bleiben, sie wüsste nicht, was sie getan hätte. Da sie sich in mehrfacher Hinsicht schuldig fühlte, hatte sie den Rest ihres Lebens anderen widmen wollen – als eine Art Wiedergutmachung für das, was sie angerichtet hatte, als Buße für ihr Versagen, die Familie zu retten. Doch erst durch Rachel und Michael wurde ihr klar, dass es noch eine andere Sicht auf die Dinge gab.

Sie sah Michael bei der Vorbesprechung zum Ausbildungscamp wieder. Rachel war verhindert, und obwohl Leah sehr gut allein den Weg zurück zu ihrer Wohnung gefunden hätte, bestand Michael darauf, sie zu begleiten. Es war eine der kühleren Sommernächte, und sie genoss den klaren Sternenhimmel über ihnen. Dieses Mal sprachen sie beide nicht viel. Auf halber Strecke legte Michael plötzlich den Arm um Leah und zog sie zu sich heran. Sie wehrte sich nicht, im Gegenteil: Nach einer Weile lehnte sie den Kopf an seine Schulter. Sie schloss für einen Augenblick die Augen, vertraute sich ganz seiner Führung an. Es tat gut loszulassen, für einen Augenblick die Kontrolle abzugeben. Sie spürte den Gleichschritt, seinen Arm, der sie sanft umfasste und sie leicht am Oberarm drückte.

Leah war überrascht, als sie bemerkte, dass sie bereits in ihrer Straße angekommen waren. Viel zu schnell, wie sie fand. Sie hätte die ganze Nacht hindurch so weitergehen können. Vor ihrem Haus machten sie halt. Doch statt den Arm von ihrer Schulter zu nehmen, um sich zu verabschieden, wandte Michael sich ihr zu und legte auch den anderen Arm um sie. Das Herz klopfte Leah so heftig in der Brust, als fände es dort nicht länger genügend Raum. Michael blickte ihr in die Augen, und sie hielt unbewusst den Atem an. Das Blut rauschte in ihren Ohren. Im Nachhinein hätte sie nicht mehr sagen können, ob sie es gewesen war, die ihn zuerst umarmt hatte, oder ob er sie zu sich heranzog. In seinen Augen meinte sie jedenfalls so etwas wie Überraschung zu lesen, als sie ihre Lippen sanft auf seine drückte. Sie konnte einfach nicht anders. Wenn er ihren Kuss nicht erwiderte, würde sie darauf hoffen müssen, dass der Erdboden ihr den Gefallen tat, sich zu öffnen, um sie zu verschlingen. Sein Zögern kam ihr wie eine Ewigkeit vor, und fast hätte sie sich schon von ihm gelöst, um vor Scham die Flucht zu ergreifen, doch etwas in ihr gab ihr ein, ihn nicht loszulassen. Dann endlich erwiderte er ihren Kuss, und es war, als würde sich die Welt nur noch um sie beide drehen. Leahs Hand tastete sich nach oben und fasste in Michaels dichtes Haar. Sie verlor sich vollkommen im Augenblick.

Als sich ihre Lippen voneinander lösten, war plötzlich eine Verlegenheit zwischen ihnen, die sie beide grinsen ließ. »Komm!«, hörte sie sich sagen. Sie führte ihn nach oben. Beide sprachen kein Wort, doch die Spannung zwischen ihnen war greifbar. Leah zog Michael in den Flur ihrer Wohnung, warf die Tür ins Schloss und fiel ihm gleich um den Hals. Da war plötzlich ein Hunger in ihr, der sofort gestillt werden wollte, so stark, dass es Leah fast schon gleichgültig war, was Michael von ihr dachte. Ihm schien es nicht anders zu gehen. Er fasste sie um die Hüfte und presste sie an sich. Sie redeten kein Wort, doch ihre Hände konnten nicht voneinander lassen. Ihre Küsse wurden hastiger, dringender – so als hätten sie nur wenige Minuten und müssten sich beeilen, wenn sie nicht auf der Stelle verglühen wollten.

Sie liebten sich in dieser Nacht leidenschaftlich, hielten und erforschten einander so völlig ohne Hemmungen und Scham, dass Leah diese Stunden später wie von einem Nebelschleier verhüllt erschienen. War das wirklich sie gewesen, die diesen Mann mit Armen und Beinen umschlungen gehalten hatte, als könnte sie ihn sonst verlieren?

Leah wurde wach, als Michael am Morgen den Teekessel aufsetzte. Ihre Wohnung war so winzig, dass sie vom Bett aus sehen konnte, wie er in ihrer Küche hantierte. Er war nackt wie sie auch, und ihr Körper schmerzte geradezu vor Verlangen.

»Komm ins Bett zurück«, flüsterte sie mehr, als dass sie es aussprach. Er drehte sich zu ihr um und kam dann mit zwei Tassen auf sie zu. Er stellte die Tassen auf den Boden, setzte sich neben Leah aufs Bett und umfasste ihr Gesicht mit beiden Händen.

»Wie schön du bist«, sagte er und gab ihr einen Kuss. Als er nach dem Tee greifen wollte, hielt sie ihn am Handgelenk fest und zog ihn zu sich herunter. Sie schlug die Decke zurück. Einen Moment lang betrachtete er ihren bloßen Körper, dann legte er sich seitlich neben sie, auf den Ellbogen gestützt.

»Ich könnte stundenlang neben dir liegen und dich bewundern, aber irgendwann müssen wir miteinander reden«, sagte er.

Leah wusste, dass er recht hatte, aber die Angst davor war stärker. Konnten sie nicht einfach neu anfangen und das Vergangene vergessen? Sie seufzte.

»Irgendwann, ja, aber nicht jetzt«, wich sie ihm aus. Michael schüttelte lächelnd den Kopf, schlüpfte unter die Decke und küsste Leah. Nach der gierigen Unersättlichkeit der vergangenen Nacht liebten sie sich nun langsam und zärtlich, behutsam wie Liebende, die einander schon lange kannten und alle Zeit der Welt hatten.

Das nächste Mal, als Rachel Leah begegnete, legte sie ihr die schlanke Hand auf die Schulter, beugte sich nach vorn und flüsterte ihr verschwörerisch ins Ohr: »Nur für den Fall, dass du dich wegen mir sorgst: Du und Michael, das ist für mich in Ordnung.« Leah schoss sofort das Blut in die Wangen, und sie biss sich vor Verlegenheit in die Wange, doch dann überwand sie sich und drückte Rachel erleichtert einen Kuss auf die Wange.

»Danke«, sagte sie. »Woher wusstest du denn …?«, setzte sie nach.

Rachel sah sie erstaunt an. »Von Michael natürlich.

Wir haben keine Geheimnisse voreinander.« Leah kam sich wie ein unbedarftes Schulmädchen vor. War Rachel denn nicht verletzt und eifersüchtig? Offenbar hatte Leah noch viel zu lernen, was die Beziehungen zwischen Männern und Frauen betraf.

»Darf ich dir einen Rat geben?«, fragte Rachel. »Um was auch immer Michael dich bittet, zeige dich entschlossen und stark. Er muss die Gewissheit haben, dass du zu allem bereit bist. Nur so kann er wissen, ob er dir trauen kann und ob dir tatsächlich etwas an unserer Sache liegt.«

Auch wenn ihr diese Bitte seltsam vorkam, versprach Leah, dies zu tun. Die Frauen verabschiedeten sich mit einer innigen Umarmung.

Wenige Tage später begann das Training. Es fand auf einem Privatgelände in einem dicht bestandenen Kiefernwald außerhalb Frankfurts statt. Zwei alte Baracken dienten als einfache Unterkunft. Die Ausbildung umfasste theoretische Inhalte, aber auch Ausdauertraining, Überlebens-, Kampf- und Verteidigungstechniken. Wie die anderen Teilnehmer wurde auch Leah dabei hart rangenommen. Ihre Oberschenkel waren nach drei Tagen mit blauen Flecken übersät, ein Finger gebrochen. Außerdem hatte sie sich das Fußgelenk verstaucht, als sie beim Versuch, über eine Mauer zu klettern, abgerutscht und unglücklich gestürzt war. Doch das alles machte ihr fast nichts aus. Solange sie noch in der Lage war, nachts in Michaels Schlafsack zu kriechen, spürte sie ihre Verletzungen kaum. Ihre Leidenschaft wurde vom anstrengenden Training höchstens noch befeuert. Sie spürte das Blut in ihren Adern pulsieren und empfand eine so tiefe Übereinstimmung mit Michael und seinen Zielen, dass sie sich fragte, wie sie jemals anders hatte leben können.

Fünf Wochen nach Abschluss des Trainings beschlossen Michael und Rachel, dass Leah physisch und psychisch bereit war, um aktiv an ihrem Kampf teilzunehmen. Aus den zuverlässigsten Kombattanten stellten sie ein Kommando zusammen, das Leah leiten sollte. Die Mitglieder der Truppe rissen sich förmlich um diese Mission. Bedenken plagten sie nicht, denn sie spürten nur Nazis auf, die nachweislich Verbrechen gegen das jüdische Volk begangen hatten. Als das Einsatzkommando stand, gingen sie wieder und wieder den Plan durch, bis ihn jeder Einzelne von ihnen im Schlaf hätte ausführen können. Leah beschloss, ihre Tätigkeit bei Joint aufzugeben. *Revenge* würde ihren ganzen Einsatz fordern.

Als britische Soldaten verkleidet, brachen die Rächer auf. In den frühen Morgenstunden des folgenden Tages parkten sie den ramponierten Kübelwagen außerhalb der Stadtmitte von Sondershausen. Die frühere Garnisonsstadt der Wehrmacht, in deren Munitionsanstalt während des Krieges ungefähr tausend Zwangsarbeiter eingesetzt worden waren, sollte Anfang Juli 1945, wie ganz Thüringen, von den Amerikanern an die Rote Armee übergeben werden. Es sah danach aus, als hätte jemand den Wehrmacht-Käfer in aller Heimlichkeit dort abgestellt, um ihn seinem rostigen Schicksal zu überlassen. Die Arbeiter der Frühschicht vom Kalibergwerk Glückauf bemerkten den Wagen zwar, beachteten ihn jedoch nicht weiter. Hätte jemanden die Neugierde gepackt und unterhalb des geschlossenen Stoffverdecks hineingeschaut, hätte er vielleicht hinter den Sitzen den kräftigen Mann wahrgenommen, der verschnürt wie ein Hühnchen, bevor es in den Ofen geschoben wurde, auf dem Boden lag. Mehrere Schichten Klebeband versiegelten seine Lippen, und unter einer Decke neben ihm befand sich eine halbe Kiste Sprengstoff.

Bei dem gefesselten und geknebelten Mann hinter dem Rücksitz handelte es sich um Obersturmführer Konrad Schultz, einer von achthundert SS-Männern, die zur Vernehmung von den Alliierten in einem Lager bei Münster festgehalten wurden. Schultz hatte nach dem Krieg seine Papiere gefälscht, die ihn als einzigen Überlebenden einer deutschen Panzerdivision ausgaben. Doch später wurde entdeckt, dass er in Wirklichkeit als Kommandant in Bergen-Belsen gedient hatte. Seine Entführung war die erste Aufgabe, die Leah zu organisieren hatte. Die Exekution oblag Lukas, dem ältesten und erfahrensten Mitglied ihrer Truppe. Als die Arbeiter hinter dem Werktor verschwunden waren und die Sirene ertönte, die den Beginn ihrer Schicht signalisierte, öffnete er die Hintertür des Geländewagens, entzündete die lange Zündschnur und machte sich schnell davon. Dreißig Sekunden später explodierte das Auto in einem grellen Blitz, Glassplitter regneten vom Himmel. *Revenge* hatte zugeschlagen, und die Welt beheimatete einen Nazi-Kriegsverbrecher weniger.

Leah war von Anfang an bewusst, dass es keine allzu schwere Aufgabe war, die Michael ihr als Neuling anvertraut hatte. Schultz war nicht der erste deutsche Kriegsgefangene, den die Alliierten über Verbindungsleute bei den Geheimdiensten heimlich an *Revenge* übergaben. Im Bericht zum Tod des Lagerkommandanten würde es später seitens der Militärbehörde schlicht heißen, er sei bei einem Autounfall ums Leben gekommen.

Vor ihrer nächsten Mission war Leah deutlich nervöser. Michael hatte ihr Namen und Adresse eines der Todeskandidaten genannt, der auf ihrer Racheliste stand. Auch bei ihm handelte sich um einen der Judenmörder, die noch frei herumliefen. Dieses Mal fuhren sie zu dritt mit Michaels Wagen zur genannten Adresse und trugen die Uniform der britischen Militärpolizei. Leah wusste nicht, was sie erwartete. Würde der Mann bei ihrem Erscheinen Verdacht schöpfen und gleich das Feuer eröffnen? Es war schwer abzuschätzen, wie er auf ihren Besuch reagieren würde. Einem Nazi auf der Flucht war schließlich alles zuzutrauen. Doch als sie an seine Tür klopften, um ihn zum vermeintlichen Verhör mitzunehmen, folgte er ihnen brav und ahnungslos. Michael und Josef setzten Leah in einem Vorort ab, bevor sie mit ihrem Opfer weiterfuhren, um ihm in einem abgelegenen Waldstück den Prozess zu machen.

Erst bei ihrem dritten Auftrag sollte sie aktiv an der Tötung eines Nazis beteiligt sein. Nicht, weil Michael es von ihr verlangt hätte; sie selbst hatte darum gebeten, weil sie wissen wollte, wie es sich anfühlte, mit eigener Hand einen der Mörder ihrer Familien zu richten.

Michael hatte in einem Deportierten-Camp einen deutschen Arzt aufgespürt, der untergetauchten SS-Männern die Blutgruppen-Tätowierung entfernte. Ursprünglich war die Tätowierung als Erleichterung der medizinischen Hilfeleistung im Falle einer Verwundung gedacht gewesen. Nach Kriegsende wurde sie jedoch zum Erkennungszeichen des Feindes und somit zu einem Mittel, um untergetauchte Angehörige der Waffen-SS, die sich oftmals als gewöhnliche Wehrmachtssoldaten ausgaben, zu identifizieren. In den Nachkriegswirren tauchten plötzlich immer mehr Soldaten auf, die eine frische Narbe anstelle der Tätowierung trugen. Oft handelte es sich um SS-Mitglieder, die sich in den Oberarm geschossen hatten, um ihre Identifizierung als Nazis zu verhindern. Doch ebenso verbreitet war die Entfernung durch einen Arzt.

Wie üblich als britische Soldaten getarnt, holte Revenge den Arzt ungehindert aus dem Camp. Sie waren zu viert. Rachel und Josef, Michael und Leah. Sobald sie die Stadtgrenze hinter sich gelassen hatten, gaben sie sich dem Arzt als Rächer zu erkennen, verlasen die Liste seiner Verbrechen und das Todesurteil. Der Arzt sagte nichts zu seiner Verteidigung. Sie fuhren zu einem abgelegenen Waldstück, in der Absicht, das Urteil zu vollstrecken. Michael forderte den Arzt auf auszusteigen, dann zwang er ihn mit vorgehaltenem Lauf, sich auf die Knie fallen zu lassen. Auf ein Zeichen von Michael hin hob Leah die Waffe und zielte auf den Mann, der wie erstarrt vor ihr auf dem Waldboden kniete. Sie fand es merkwürdig einfach, den Lauf der Pistole an die Schläfe dieses Mannes zu setzen und abzudrücken. Er fiel sofort tot zur Seite. Wie geplant, teilte sich das Kommando und verließ den Tatort in entgegengesetzten Richtungen. Rachel und Josef fuhren auf einem Umweg mit dem Wagen zurück nach Frankfurt. Leah und Michael entfernten sich zu Fuß durch den Wald, um im nächsten Ort den Zug zu nehmen.

Sie waren keine fünfhundert Meter weit gekommen, als Michael hinter ihnen ein Auto bemerkte. Augenblicklich zerrte er Leah ins Gebüsch. Sie legten sich auf den Bauch, die Köpfe geduckt, während sie mit angehaltenem Atem beobachteten, wie der Wagen im Schritttempo an ihnen vorbeifuhr. Michael wusste nicht, wer im Wagen saß, doch wer immer es war, er suchte nach jemandem.

Erleichtert, davongekommen zu sein, und merkwürdig aufgedreht, zog Leah Michael eng an sich und begann, sein Gesicht mit Küssen zu bedecken. Sie zerrten einander die Kleider vom Leibe, um sich auf dem Waldmoos zu lieben.

Später lag Leah mit dem Kopf auf Michaels Brust und nahm einen Zug von seiner Zigarette.

»Wie war es für dich, als du geschossen hast?«, wollte er wissen. Sie gab ihm die Zigarette zurück.

»Ganz anders, als ich es mir vorgestellt hatte. Ich musste mich kaum überwinden, um abzudrücken. Dabei war mir noch kurz zuvor fast schlecht vor Angst. Als er dann aber vor mir kniete, habe ich an meine Eltern und meine Schwester gedacht, und meine Bedenken waren wie weggeblasen.« Sie hob den Kopf von seiner Brust und setzte sich auf. Michael drückte die Kippe auf dem Erdboden aus.

Er stand auf und zog sie zu sich hoch. »Du warst unglaublich.« Er strich ihr sanft über die Wange und nahm dann ihre Hand. »Komm. Wir müssen los, wenn wir den Zug in die Stadt noch erwischen wollen.« Sie zogen sich an und machten sich auf den Weg zu der kleinen Station. Von dort nahmen sie wie geplant den Zug nach Frankfurt, wo sie sich eine Woche später mit den anderen Mitstreitern im Kellergewölbe zusammenfanden. Sie berichteten von der erfolgreichen Mission und beschrieben im Detail, wie sie vorgegangen waren, damit die anderen daraus lernen konnten. Dann entfaltete Michael eine Karte und breitete sie auf dem Tisch aus. Kreuze markierten die nächsten Ziele: die Aufenthaltsorte von Nazis, die sich bislang nicht für ihre Greueltaten hatten rechtfertigen müssen.

Ungefähr elf Wochen, nachdem Leah der Gruppe beigetreten war, unterbreitete Michael ihnen auf der Versammlung einen Plan, der weit über alles hinausging, was sie bisher getan hatten. Er entrollte eine technische Zeichnung, welche die Wasserspeicher, Dämme und Rohrleitungen von München darstellte.

»Wir werden das Trinkwasser deutscher Städte vergiften«, kündigte er an, »und zwar in München, Berlin, Weimar, Nürnberg und Hamburg. Allesamt Städte, die für das Nazi-Regime eine besondere Bedeutung hatten.«

Eine unwirkliche Stille senkte sich über den Raum, als von einer Sekunde zur nächsten alle Stimmen verstummten. Alle Blicke hatten sich auf Michael gerichtet. Der hob das Kinn. »Das, was wir augenblicklich tun, ist längst nicht genug«, sagte er, und seine Stimme hallte im Gewölbe des Kellers nach. »Die deutsche Bevölkerung muss am eigenen Leib erfahren, was es heißt, willkürlich zum Opfer zu werden, oder sie werden niemals begreifen, was sie uns und unseren Familien angetan haben.« Er hielt inne und sah jeden Einzelnen von ihnen an. »Unsere Devise: Sechs Millionen Deutsche für sechs Millionen Juden.« Man hätte eine Stecknadel fallen hören können. Michael schaute in Josefs Richtung. »Josef ist Ingenieur beim Wasserwerk in München. In jeder Stadt, auf die wir es abgesehen haben, brauchen wir einen oder besser noch zwei Männer, die sich mit seiner Hilfe und gefälschten Papieren dort anstellen lassen. So lernen sie die jeweilige Kanalisation kennen. Zu gegebener Zeit drehen sie die Leitungen ab, die jene Bereiche mit Wasser versorgen, in denen Ausländer leben. In die anderen schütten sie das Gift. Fünf Städte auf einen Schlag.«

Als sich die Anwesenden allmählich aus ihrer Starre lösten, begann eine erhitzte Debatte über Michaels Ankündigung. Die erste Kritik, der er sich gegenübersah, war, wie er sich im Alleingang zu einem solch ungeheuerlichen Unternehmen hatte aufschwingen können.

»Das habe ich nicht«, entgegnete er. »Ich kann aus Gründen unserer aller Sicherheit nicht in Einzelheiten gehen, wie ihr sicherlich versteht, aber ich bitte euch, mir zu vertrauen. Niemals würde ich ein solches Projekt allein auf den Weg bringen.« Er beugte den hageren Oberkörper vor. »Ich setze auf eure absolute Verschwiegenheit. Selbstverständlich habe ich mit Palästina Rücksprache gehalten.«

Die Erwähnung Palästinas ließ ein Raunen durch den Raum gehen. Jeder wusste, dass dort die Führer ihres zukünftigen Staates ungeduldig darauf warteten, endlich in Erscheinung treten zu können, um Israel zu gründen. Doch was Michael seinen Leuten da soeben unterbreitet hatte, schockierte dennoch zutiefst. Sein Plan sprengte nicht nur den bisherigen Aktionsradius der Gruppe, er ging auch über ihr Vorstellungsvermögen hinaus. Die jungen Frauen und Männer diskutierten laut und mit glühenden Wangen über die ethischen, politischen und praktischen Auswirkungen dieses unerhörten Vorhabens. Doch am Ende der zweistündigen Debatte schaffte es Michael, die Mehrheit für seinen Plan zu gewinnen.

»Auge um Auge«, sagte Michael. »Es bedarf vieler unschuldiger Opfer, um den Deutschen unmissverständlich klarzumachen, dass ihre blutigen Taten nicht ungesühnt bleiben.«

Leah war genauso geschockt wie alle anderen. Die wenigen, die sich nicht an diesem mörderischen Plan beteiligen wollten, versicherten Michael ihr absolutes Stillschweigen. Bevor das weitere Vorgehen besprochen wurde, verließen sie auf Michaels Bitte hin die Versammlung. Was sie nicht wussten, konnten sie auch nicht verraten. Dann ging es gleich an die konkrete Planung.

Das größte Problem war es für die an der Mission

Beteiligten zu verschwinden, nachdem die Operation erst einmal durchgeführt war.

»Entweder wir machen es wie die Nazis und setzen uns über deren Rattenlinien von Italien nach Südamerika ab, oder aber wir gehen so weit weg, wie es nur irgend möglich ist. Nach Australien zum Beispiel, wo ich gute Kontakte habe«, erläuterte Michael.

Die Männer und Frauen sahen einander an.

»Australien?«, fragte Josef ungläubig.

»Ja, Australien. Es wäre ja nicht für immer. Dort warten wir ab, wie die Lage sich entwickelt, und gehen dann nach Israel.« Michael machte eine Pause, und auch die anderen schwiegen.

»Ich muss für einige Zeit weg, um das Gift zu besorgen«, sagte er später zu Leah und blies kleine Rauchkringel von sich. »Ich möchte, dass du nach England gehst, um unsere Fluchtpläne mit unseren Freunden dort zu besprechen. Willst du das tun?«

Sie sah ihn von der Seite an. »Ja, natürlich.«

Kapitel 18
Spätherbst 1946

Wie mit Michael besprochen, suchte Leah in London seine alten Kameraden aus der Jüdischen Brigade auf und besprach mit ihnen einen möglichen Fluchtweg, der über Southampton nach Australien führen sollte. Von seinem Plan sollte allerdings niemand außerhalb der Frankfurter Gruppe etwas erfahren. Jeder Mitwisser war ein potenzieller Verräter. Leah verhielt sich in London entsprechend vorsichtig und stellte sich ahnungslos, wenn man sie nach dem unmittelbaren Grund für die geplante Flucht von Michael und den anderen der *Revenge*-Truppe fragte. In zähen Verhandlungen erreichte sie schließlich ihr Ziel: Nach dem Anschlag würden sich die Männer auf eigene Faust aus Deutschland zur niederländischen Küste durchschlagen müssen. Dort sollte ein Boot auf sie warten und sie nach Southampton bringen. Bis zur Abfahrt des Schiffes nach Australien wollte man die Männer bei Freunden unterbringen. Leah war mit diesem Ergebnis sehr zufrieden. Der jüngste der britischen Kameraden sollte in den kommenden Tagen mit seiner Einheit nach Niedersachsen reisen. Dort angekommen, würde er mit Michael Kontakt aufnehmen und ihn persönlich von der geplanten Fluchtroute unterrichten.

Leah blieb fast zwei Monate in England. Erinnerungen an früher kehrten zurück, an ihre Zeit in Broadhearst Hall, doch vor allem an ihren Sohn. Vielleicht war diese Reise nach England ihre letzte Chance, David zu finden. Mit etwas Glück würde sie auf eine Spur stoßen, die sie zu ihm brachte. Ihr erster Weg führte sie ins Waisenhaus, doch bei ihrer Ankunft stellte sie enttäuscht fest, dass keine der Schwestern von damals noch dort arbeitete. Man bedauerte, ihr beim besten Willen nicht sagen zu können, in welche Hände der kleine David gegeben worden war. Alle Bücher und Dokumente aus der Zeit waren entweder verschollen oder zerstört.

Auch bei den Behörden kam Leah nicht weiter. Der Beamte am Schalter weigerte sich hartnäckig, ihren schriftlichen Antrag auf Herausgabe der Adoptionsunterlagen zu bearbeiten, weil sie die entsprechende Geburtsurkunde nicht vorweisen konnte.

Wut, Trauer und Frustration mischten sich in Leahs Brust zu einem explosiven Gefühlscocktail. Sie hätte heulen und gleichzeitig schreien mögen vor Schmerz. Hatte sie denn gar keine Macht über ihr eigenes Schicksal?

Sie musste sich zusammennehmen. Wenn Michael sie etwas gelehrt hatte, dann, dass sie sich nichts gefallen lassen durfte. *Aber wie nur, wie?* Leah legte ihre Stirn in die geöffneten Hände und dachte verzweifelt nach. Plötzlich kam ihr ein Gedanke, sie hob langsam den Kopf, ihre Hände zitterten nicht mehr. Die Verzweiflung hatte sich mit einem Mal in eiskalte Wut verwandelt.

Warum war sie nicht schon eher darauf gekommen? Es gab immer einen Weg zur Gerechtigkeit, und der ihre würde sie geradewegs nach Broadhearst führen.

* * *

Die zwei Monate in England hatten Leah verändert. Sie war gerade erst von dort zurückgekehrt und hatte sich mit Michael in ihrer Wohnung verabredet. Nachdem sie miteinander geschlafen hatten, lagen sie im Bett und tranken Wein. Michael rauchte und starrte an die Decke. Sie drehte ihm das Gesicht zu.

»Wir haben uns geirrt, Michael. Dieser Plan ... er ist schierer Wahnsinn. Du musst ihn sofort aufgeben, bitte!«

Michael drehte den Kopf zur Seite und sah sie verständnislos an.

»Was redest du denn da?«

»Ich ... ich habe in der Zwischenzeit nochmals gründlich über alles nachgedacht. Es geht einfach nicht, es ist unmöglich. Wir können doch nicht willkürlich Menschen vergiften! Arme und Kranke genauso wie Junge und Alte, Schuldige und Unschuldige. Die Kinder, um Gottes willen! Begreifst du denn nicht? Wir können doch keine Kinder töten!«

Michael drückte nachlässig die Zigarette im blechernen Aschenbecher aus, der neben ihm auf dem Teppich stand, und richtete den Oberkörper auf. Er sah sie fest an.

»Ich dachte, du hättest verstanden, worum es geht.

Das Attentat *muss* schockieren. Die Deutschen sollen wissen, dass es nach Auschwitz keine Rückkehr zur Normalität geben kann. Wir sind nicht bereit zu vergessen.«

Leah setzte sich ebenfalls auf, strich sich eine Strähne hinters Ohr.

»Nein, natürlich nicht. Aber es ist doch ein Unterschied, ob wir Nazis exekutieren oder uns wahllos an der Bevölkerung rächen.«

Michael schloss für einen Augenblick die Augen, schaute Leah dann wieder an. »Unsere Hinrichtungen von Nazis sind im Schatten des industriellen Massenmords doch nahezu unbedeutend und noch viel zu persönlich. Nein, ich bleibe dabei: Die Deutschen müssen auf dieselbe unmenschliche Weise getötet werden, mit der sie uns abgeschlachtet haben.«

»Damit tust du nichts anderes als sie. Es macht dich keinen Deut besser. Wer Unschuldige ermordet, lädt Schuld auf sich. Und was kommt danach? Wird von deutscher Seite nicht auch wieder jemand Vergeltung fordern, für all die Unschuldigen, die du getötet hast? Wie soll diese Gewaltspirale denn jemals unterbrochen werden?«

Leah war aufgewühlt und griff mit zitternden Fingern nach Michaels Zigaretten. Die Adern an seiner Stirn traten hervor, als er lauter wurde: »Was glaubst du eigentlich, weshalb ausgerechnet du noch lebst? Etwa weil du schlauer bist als die, die sie erwischt haben? Weil du besser bist? Nein. Du hast nur aus einem einzigen Grund überlebt: Du hattest Glück, und damit bist du in meinen

Augen denjenigen verpflichtet, denen so viel Glück nicht vergönnt war.«

Wegen ihrer Nervosität benötigte sie mehrere Versuche, um das Feuerzeug zu entzünden, und als sie es geschafft hatte, nahm Leah eine Zigarette in den Mund und beugte sich tief über die bläuliche Flamme. Die frische Glut knisterte, als sie am Filter zog.

Wie Michael so neben ihr lag, mit funkelnden Augen, wilden Haaren und einer Stimme, die vor Wut und Ungeduld manchmal zu beben schien, fragte sie sich, ob das tatsächlich der Mann war, in den sie sich so unsterblich verliebt hatte. Zeigte er in diesem Moment sein wahres Gesicht? Falls es so war, dann wäre er skrupellos, fanatisch und abgebrüht. Aber stimmte das, oder hatte sie nur Angst vor der eigenen Courage, die sie einen Mann lieben ließ, der gefährlich lebte und der daraus nie einen Hehl gemacht hatte? War es nicht verständlich, dass er dasselbe Leben, denselben Mut von seiner Geliebten einforderte? War er schon immer so gefährlich gewesen, und sie hatte es nur nicht wahrhaben wollen? War er vielleicht auch durch ihre Schuld so erbarmungslos geworden? Wenn er nicht damals wegen ihr nach Australien geschickt worden wäre, seine Eltern hätte retten können, nicht in den Lagern gelandet wäre, hätte er dann heute mehr Mitleid mit den Menschen?

Als könnte er ihre Gedanken lesen, legte Michael plötzlich seine Hand begütigend auf ihren Oberarm. Sie zuckte leicht zusammen. Er schien ihre Befremdung zu spüren und ließ sie los.

»Ich hätte wissen müssen, dass der Plan abschreckend

auf dich wirken würde. Du hast eben nicht wie ich und die anderen mit eigenen Augen erlebt, wie sie die Juden niedergemetzelt haben. Diese Erfahrung verändert einen Menschen.«

Leah zog an ihrer Zigarette und drückte sie gleich wieder aus.

»Vielleicht stimmt das. Dennoch, es ist falsch, grundverkehrt.« Sie kletterte aus dem Bett und stand nun nackt vor ihm. »Du musst diesen Plan sofort aufgeben, hörst du? Alles andere ist undenkbar.« Ihre Stimme klang entschlossen.

»Das siehst du falsch. Es ist nach wie vor das einzig Richtige«, sagte er.

»Ich werde nicht tatenlos zusehen, wie ihr Kinder tötet. Ich flehe dich an, tu das nicht! Lade nicht diese Schuld auf dich. Du wirst es ein Leben lang bereuen.«

Michael schien die Geduld zu verlieren und schnaubte verächtlich. »Ich hab genug von dieser Diskussion. Wenn ich einmal etwas bereuen sollte, dann höchstens, dass ich nicht mehr vom Blut dieser Mörder vergossen habe.«

Ein Schaudern lief Leah über den Rücken, als sie begriff, dass sie Michael nicht umstimmen würde. Dabei hatte sie so sehr auf ihre Liebe gesetzt. Jetzt zeigte sich, dass sie mit dieser Einschätzung offenbar falschgelegen hatte. Michael stand auf, packte sie bei den Schultern und schüttelte sie leicht. Augenblicklich gefror sie unter seinem Griff. Ihr Mund war so trocken, dass sie nur mit Mühe schlucken konnte.

»Leah, alle stehen hinter mir – nur du nicht. Was ist

nur los mit dir? Ich weiß nicht, was du in England erlebt hast, das dich so verändert hat. Glaubst du nicht mehr an uns?«

Für einen Moment war Leah verwirrt. Sie wusste nicht, worauf sich dieses *uns* bezog. Meinte er sie beide als Paar oder die Gruppe und deren Mission? Er beugte seinen Kopf zu ihr hinunter. Seine Stimme nahm eine zärtliche Färbung an: »Ich dachte, du liebst mich. Auch und gerade wegen meiner Überzeugungen.«

Michael sah sie fragend an, doch Leah schwieg. Er atmete laut ein und ließ von ihr ab. »Ich habe mich wohl getäuscht.« Das Funkeln in seinen Augen war mit einem Mal erloschen. »Du machst mich sehr traurig, Leah. Du solltest mich gut genug kennen, um zu wissen, dass ich wegen einer Affäre nicht meine innersten Überzeugungen über Bord werfe. Mein Entschluss steht fest. Sobald das Gift da ist, wird der Plan ausgeführt. Tu mir einen letzten Gefallen, und versprich mir, dass du dich nicht einmischst. Dieses Risiko kann ich mir nicht leisten.«

Leah hob das Kinn. »Willst du mir etwa drohen?«

»Wer droht hier wem? Hast du nicht immer gewusst, wie ernst es mir mit unserer Sache ist?«

»Schon, aber ich habe auch an die Kraft unserer Liebe geglaubt. Eine Liebe, von der ich überzeugt war, sie sei stark genug, um unserem Leben eine andere Richtung zu geben.« Sie schüttelte den Kopf und suchte ihre Sachen zusammen. »Wie naiv ich war. Dabei hätte ich es besser wissen sollen. Einer, der bereit ist, unschuldige Kinder zu ermorden, schreckt vor nichts zurück, um sein Ziel zu erreichen.«

Mit ihren Kleidern auf dem Arm verschwand sie im Bad und schloss hinter sich ab. Sie setzte sich auf den Wannenrand und starrte auf den gesprenkelten Linoleumboden.

Während der zwei Monate in England hatte sie eine Kraft in sich gefunden, die sie selbst überraschte und die sie sich bis vor kurzem nicht zugetraut hätte. Er hatte natürlich nicht damit rechnen können, dass sie diese Entschlossenheit als Erstes gegen ihn richten würde. Was er ebenfalls nicht wissen konnte, war, dass die erneute Suche nach David ihre Sicht verändert hatte. Alte Gefühle, die sie mit ihrem Einsatz bei Joint und später dann in Michaels Gruppe erstickt hatte, kehrten plötzlich mit einer Gewalt zurück, die sie nur schwer aushalten konnte. Manchmal befürchtete sie, dass David nicht mehr am Leben war. Ihr kleiner Junge, spurlos verschwunden, vielleicht für immer.

Michael klopfte an die Badezimmertür. »Leah?«

Sie hob den Kopf in Richtung der Tür, stand auf und begann, sich anzuziehen.

»Es geht um mehr als dich und mich«, sagte er. »Daraus habe ich nie einen Hehl gemacht.«

Sie nickte stumm. »Ich habe Angst um dich. Du wirst diesen Krieg niemals hinter dir lassen, niemals ein normales Leben führen. Von dir können die Kinder der Überlebenden nur lernen, wie man stirbt, aber nicht, wie man lebt.«

Michael schwieg, Leah traten die Tränen in die Augen.

»Michael«, sagte sie leise. »Ich werde den Plan verraten.«

»Du glaubst doch nicht etwa, ich lasse das zu?« Er klang zornig. Leah öffnete die Tür und stand Michael gegenüber: »Ich werde keine Namen nennen. Es sei denn, mir passiert etwas. Für diesen Fall habe ich einen Brief beim Notar deponiert, den er im Falle meines Todes umgehend an die Behörden der Alliierten schickt.«

Michael schien so verdutzt, dass sie den Moment nutzte, um die Wohnung zu verlassen. Das Herz schlug ihr bis zum Hals, und sie zwang sich zur Ruhe, während sie das Treppenhaus hinabstieg. Doch als die Haustür hinter ihr ins Schloss fiel, beschleunigte sie ihre Schritte und rannte die Straße hinunter. Tränen liefen ihr übers Gesicht. Es gab gar keinen Brief. Sie hatte ihn im Badezimmer erfunden, weil sie um ihr Leben fürchtete. Dabei hatte sie wirklich geglaubt, Michael mit der Kraft ihrer Liebe umstimmen zu können. Wie dumm sie war, wie naiv!

Kapitel 19
Kibbuz nördlich von Tel Aviv, November 2003

Nachdem Ben und David sich am Eingang des Gästehauses verabschiedet hatten, drehte David sich nochmals um. »Gibt es vielleicht ein Mitglied von *Revenge*, mit dem ich bislang nicht gesprochen habe?«

»Warum fragen Sie das?«

»Ich möchte mir ein genaueres Bild von diesen Leuten machen. Wer sie sind und wie sie heute über das denken, was sie damals getan haben.« David fühlte sich nicht gut dabei, Ben zu belügen, aber Rachel war nun mal seine Mutter, und sie sollte nicht herausfinden, dass er hinter ihrem Rücken nach jemandem suchte, der ihm diesen verdammten Brief entschlüsseln konnte. Er musste schnell handeln, sonst würde Rachel womöglich alle ehemaligen Mitglieder von Revenge vor ihm warnen.

Ben nickte, schlenderte dann mit den Händen in den Hosentaschen zurück zu David.

»Ich kann Sie mit Menahem bekannt machen, wenn Sie möchten. Der alte Fuchs vergisst nichts. Bringt seine alten Tage mit Freunden in einem kleinen Café in Tel Aviv zu.« Ben lachte auf. »Nicht das schlechteste Leben. Den lieben langen Tag den Frauen hinterhersehen, sich gegenseitig beim Schach beschummeln oder so laut über

Politik streiten, bis der Wirt mal wieder droht, sie hinauszuwerfen.« David schmunzelte. »Hört sich großartig an.«

»Soll ich Sie morgen zum Frühstück in Tel Aviv abholen?«

※ ※ ※

Ben hatte sich nach der Begrüßung entschuldigt, weil er einen Laden für Künstlerbedarf aufsuchen wollte. Menahem saß David gegenüber und rührte in seinem Kaffee, während er aufmerksam zuhörte.

»Michael ist also gar nicht mein Vater. Stattdessen habe ich erfahren, dass er diese Rächergruppe ins Leben gerufen hat. Und Ben hat mir gestern erzählt, dass Sie ebenfalls Verbindung zur Bewegung hatten.«

Der bullige Mann mit dem kahlen Schädel legte den Löffel ab und fasste den winzigen Henkel mit erstaunlicher Anmut. Er hob die Espressotasse mit Daumen und Zeigefinger an seine Lippen und schlürfte geräuschvoll. Dann stellte er die Tasse auf den Unterteller und wischte sich mit dem Handrücken über die Lippen. Er zog die Nase hoch.

»Michael«, sagte er, »ja, den kenne ich gut. Wir waren wie Brüder, sind heute noch im Kampf vereint.«

David runzelte die Stirn. »Was meinen Sie damit?«

Menahem zog ein Stofftaschentuch hervor und wischte sich über die feuchte Stirn. Obwohl sie unter einem Sonnenschirm saßen, war es am Morgen schon zu warm für diese Jahreszeit. Die Mauern der engen Gasse strahlten die ungewöhnliche Hitze der vergangenen Tage ab, die Luft stand.

»Unser Kampf geht weiter, wir sind noch nicht am Ende. Solange Nazis frei herumlaufen, ist es nicht vorbei. Warten Sie, ich zeig Ihnen was.« Er fasste in eine Plastiktüte, die neben seinem Stuhl lag, und nahm ein speckig glänzendes Notizbuch heraus, in dem er mit angefeuchtetem Zeigefinger blätterte, bis er eine bestimmte Stelle gefunden hatte. Dann schob er es David über den Tisch hinweg zu. »Meine Schatztruhe«, sagte er. Der alte Mann tippte mit dem Finger auf einen vergilbten Zeitungsartikel mit Foto, der dort eingeklebt war.

»Hier, das ist Ozols – einer von denen, die nach Südamerika geflohen sind, um sich dort ein schönes Leben zu machen. Eines schönen Tages hat ein kleines Team dafür gesorgt, dass der Mann für immer verschwand.« Menahem sah David in die Augen. »Michael ist einer, der nicht ruht, ehe die Gerechtigkeit gesiegt hat.«

Sie aßen Apfelstrudel und Krapfen. Als David das Gefühl hatte, der Zeitpunkt sei günstig, hielt er Menahem den Ausdruck des gescannten Briefs hin.

»Ein Brief von Michael an Leah. Es geht um Opalminen in Australien, aber das glaube ich einfach nicht.«

»Hat Leah Ihnen den gegeben?«

»Ja«, log David.

»Wie geht es ihr?«

David seufzte. »Die Ärzte sagen, es geht zu Ende.«

»Das tut mir leid. Eine bemerkenswerte Frau.« Menahem rieb sich die Nase und blickte für einen Moment ins Leere. »Na, dann lassen Sie mal sehen«, sagte er schließlich, nahm David den Ausdruck aus der Hand und begann zu lesen. Nach einer Weile verzog er den Mund zu einem breiten Lächeln. »Dieses ausgekochte Schlitzohr.«

»Der Brief ist also codiert?«

»Ja, unser altbewährter Code. Wollen Sie wissen, was Michael wirklich an Leah geschrieben hat?«

»Schießen Sie los!«

»Ist eigentlich gar nicht schwer zu knacken. Man nimmt den ersten, zweiten, dritten und vierten Buchstaben jedes Satzes. Es heißt hier also … nein, warten Sie, ich schreibe es besser auf.«

David rollte mit den Augen, als Menahem wieder nach seiner Plastiktüte angelte. Er fischte einen Bleistift heraus und griff nach seinem Notizbuch. Erneut über den Ausdruck gebeugt, begann er zu schreiben, während sein Finger langsam die Zeilen des Briefes entlangfuhr. Er schüttelte den Kopf. »Ich muss schon sagen. Dieser Michael trägt eine Menge Geheimnisse mit sich herum.«

»Könnten Sie mir nicht einfach sagen, was er schreibt?«

»Immer mit der Ruhe. Also, er schreibt *Du hast mir die beste Zeit meines Lebens geschenkt. Ich habe von Gordon gehört. Guter Schuss.* Können Sie damit etwas anfangen?«

David saß wie benommen vor dem Alten, der ihn mit fragendem Blick anschaute. Nicht nur war Leah ein Mitglied von *Revenge,* Michael war offensichtlich ihr Liebhaber gewesen.

Er musste zurück nach Kent.

* * *

David stand in der Eingangshalle von Broadhearst und wartete darauf, dass Eliza ihn empfing. Er war einen Tag früher als geplant aus Israel zurückgekehrt, hatte seiner Tochter und Max jedoch nichts davon gesagt. Für diesen Besuch wollte er mit Eliza allein sein.

Wie erwartet, freute sich die Britin über seine frühzeitige Rückkehr.

»Möchten Sie, dass ich Ihre Tochter und Enkelin vom Hotel abholen lasse? Max wollte sich heute in der Universität umsehen, wenn ich mich recht entsinne. Ich konnte die beiden partout nicht dazu bewegen, auf Broadhearst zu übernachten. Ich nehme es ihnen nicht übel. Die Heizung im Gästezimmer funktioniert schon seit Jahren nicht mehr richtig. Der reinste Alptraum, dieses Haus in Schuss zu halten.«

»Nein danke, ich wollte unter vier Augen mit Ihnen sprechen«, antwortete David knapp.

»Oh. Da bin ich aber gespannt.« Sie klingelte nach dem Mädchen und bestellte Tee. Als sie vor ihren dampfenden Tassen saßen, straffte Eliza den Rücken und sah ihn erwartungsvoll an. »Also, um was geht es denn?«

»Ihr Vater, Gordon Dinsdale, kam bei einem Jagdunfall ums Leben.« Er hielt kurz inne, um ihre Reaktion zu beobachten. Ihre Finger zitterten leicht, als sie die Tasse absetzte, ohne davon getrunken zu haben. Sie hob das Kinn.

»Ja, das ist richtig. Aber das ist lange her, und für gewöhnlich spreche ich nicht über diesen traurigen Vorfall. Ich würde es also sehr begrüßen, wenn wir das Thema wechselten.« Sie sah ihm fest in die Augen.

»Sind Sie wirklich sicher, dass Sie darüber nicht reden wollen?« Er hielt ihrem Blick stand, bis sie sich abwandte und auf ihre Hände sah, die zu Fäusten geballt in ihrem Schoß ruhten. Sie holte tief Luft.

»David, es gibt viele Dinge im Leben, die man gerne sagen würde. Und ebenso viele, über die wir niemals ein Wort verlieren werden.« Sie hob die Kanne hoch. »Noch etwas Tee?«

Kapitel 20
Kent, Herbst 1946

Als Leah Broadhearst Hall durch die hohe Eingangshalle verließ, blieb sie plötzlich stehen. Ada hatte sie gerade mehr oder weniger hinausgeworfen, weil Leah es gewagt hatte, nach dem Verbleib ihres Sohnes David zu fragen.

»Ich habe keine Ahnung, wo dein Sohn ist, und wenn du es genau wissen willst: Es interessiert mich auch nicht weiter. Lass endlich meine Familie in Ruhe! Wie lange willst du uns noch dafür bestrafen, dass wir dich einst bei uns aufgenommen haben? Ja, ich gebe zu, es war ein großer Fehler, den ich sicherlich kein zweites Mal begehen würde. Du bist hier nicht länger willkommen. Geh, und lass dich nie wieder auf Broadhearst blicken!«

Als Leah nun in der Halle stand, fragte sie sich, weshalb Ada nach all den Jahren noch immer jene Macht über sie zu haben schien, die sie gehorchen ließ. Fast so wie damals, als sie fünfzehn war und kaum einen fehlerfreien Satz auf Englisch hervorzubringen vermochte. Leah atmete tief durch und erinnerte sich daran, dass sie sich von dieser Frau nicht länger einschüchtern lassen durfte. Abrupt drehte sie sich um und ging zurück in Richtung des Salons. Ada war im Begriff, nach oben zu gehen, und stand am Fuß der Treppe.

»Was machst du noch hier? Ich dachte, ich hätte mich

klar ausgedrückt. Wenn du nicht auf der Stelle verschwindest, lasse ich dich rauswerfen!«

»Ich glaube nicht, dass das nötig ist. Setzen wir uns doch für einen Moment. Es gibt da etwas, das ich Ihnen erzählen möchte.«

Ada öffnete den Mund, um etwas zu entgegnen, doch Leah führte sie am Ellbogen zurück in den Salon und bedeutete ihr, sich in den Ohrensessel am Fenster zu setzen. Sie selbst nahm ihr gegenüber Platz. Leah beugte sich vor und sagte: »Es fällt mir nicht leicht, darüber zu sprechen, aber ich habe das Gefühl, dass ich gar nicht viel erklären muss, damit Sie mich verstehen. Ich glaube, Sie wissen es ohnehin schon lange.«

Ada sah auf ihre Hände, die in ihrem Schoß ruhten.

»Was soll ich schon lange wissen?«, fragte sie und schaute langsam auf. Ihr Blick war kalt und entschlossen, doch diesmal ließ Leah sich davon nicht einschüchtern.

»Muss ich wirklich deutlicher werden?«

»Ich habe nicht die geringste Ahnung, wovon du sprichst.«

»Also gut. Es geht um David. Er ist weder das Kind von Michael noch von Stuart. Und ich glaube kaum, dass es Sie sonderlich überrascht, wenn ich Ihnen verrate, dass Gordon der Vater ist.«

Ada sprang vom Sessel auf. Sie zitterte am ganzen Körper. »Das ist eine unverschämte Lüge! Was bezweckst du damit? Willst du uns erpressen? Hast du Beweise? Ich wette, die gibt es nicht, habe ich recht? Du kleines, jüdisches Flittchen.«

Leah blieb ruhig. »Er kam nachts und hat sich zu mir gelegt. Am Anfang schmiegte er sich nur an mich und strich mir über die Wange, angeblich als Trost wegen meines Heimwehs. Später küsste er meinen Hals. *Meine kleine Leah,* sagte er. *Ich bin für dich da. Dies ist unsere Zeit der Geborgenheit, und sie bleibt unser Geheimnis, für immer.*«

Adas flache Hand landete mitten in Leahs Gesicht. »Du mieses kleines Biest«, sagte sie. »Ich will nichts mehr von deinen schmutzigen Phantasien hören.«

Leah hielt sich die rote Wange und sah Ada beinahe triumphierend an. »Wo ist mein Sohn? Wo ist David?«, fragte sie.

»Du wirst ihn niemals finden. Das verspreche ich dir, du kleine Nutte.«

Leah drehte sich um und ging. Sie hatte keine andere Reaktion erwartet, doch auf ihren Lippen lag ein zufriedenes Lächeln. Sie verließ Broadhearst in dem Bewusstsein, dass Ada ihr nachsah. Ada Dinsdale hatte keine Ahnung, wozu das kleine Mädchen von einst fähig war.

HAIFA IM DEZEMBER 1946

Codierter Brief von Rachel an Josef

Josef,
Sie haben Michael auf der Rückreise von Palästina verhaftet! Jemand muss ihn verraten haben. Wenn ich doch nur wüsste, wer! Es gibt ja nicht viele, die von unserem Vorhaben wussten. Ich selbst war bei der Verhaftung nicht dabei, weil ich mich entschlossen hatte, im Kibbuz zu bleiben. Aus welchen Gründen, das erkläre ich dir später. Jetzt geht es zunächst nur darum, dass du alles abbläst und deinen Leuten die Situation erklärst. Ich lasse Michael und euch natürlich nicht im Stich und sehe zu, dass ich ganz schnell in Erfahrung bringe, was mit ihm wird. Ich lasse es dich dann umgehend wissen. Bitte werdet nicht unruhig und behaltet die Nerven! Sam, der ihn begleitet hatte, konnte unerkannt entkommen und ist nach Palästina zurückgekehrt.
Bleibt stark! Für Michael, für die Sache!

In Gedanken stets bei euch,
Rachel

Codierter Bericht von Sam an die Mitstreiter in Deutschland

Liebe Kampfgenossen,
(...) Freunde in Palästina hatten für uns die Rückreise nach Deutschland organisiert. Michael und ich reisten mit dem Gift zunächst nach Alexandria in Ägypten, wo wir ein britisches Schiff nach Toulon bestiegen. Wie auch schon auf der Hinreise führten wir gefälschte Papiere bei uns, hatten das Haar kurz geschnitten und trugen die Uniformen der Jüdischen Brigade. Michael hatte zwei Kanister Gift in seinem Rucksack. Nach drei oder vier Tagen passierten wir die winterliche Riviera. Als der Hafen von Toulon in Sicht kam, machten wir uns bereit, an Land zu gehen. Nur wenige hundert Meter vor dem Hafen tönte eine Stimme aus einem Lautsprecher und nannte einen Namen. Zunächst beachteten wir den Aufruf gar nicht, doch dann kam Michael der Name irgendwie bekannt vor. Er holte seine Papiere aus der Tasche. Und tatsächlich: Es war sein Name, den sie da ausriefen. Der Name, der in seinen gefälschten Papieren stand. Er ging zum Kapitän, um sich zu melden. Was blieb ihm anderes übrig? Zu diesem Zeitpunkt war er verständlicherweise schon sehr nervös. Es wusste ja offiziell niemand, wer er wirklich war und wohin er reiste. Und schon gar nicht, in welchem Auftrag. Also spekulierte er gleich auf Verrat. Er ging zum hinteren

Deck, das menschenleer war, holte einen der Giftkanister aus seinem Rucksack und schüttete den Inhalt ins Meer. Den zweiten wollte er ebenfalls ausschütten, besann sich aber und gab ihn mir. Dann riss er einen Zettel aus seinem Notizblock und schrieb Rachels Anschrift darauf. Nachdem wir angelegt hatten, verabschiedete er sich mit einem leichten Kopfnicken von mir, überquerte das Deck und stieg die Eisentreppe hinauf. Oben angelangt, wurde er bereits von der britischen Militärpolizei erwartet, die ihn verhaftete. Keiner wollte ihm den Grund nennen. Man führte ihn ab und steckte ihn in das Militärgefängnis. Das ist alles, was ich weiß. Den zweiten Kanister habe ich ebenfalls ins Meer geleert. Mit dem Gift nach Deutschland zu reisen, erschien mir unter den gegebenen Umständen zu riskant, und ich hoffe, ihr teilt meine Einschätzung. Zudem hätte das Gift nicht ausgereicht, um unseren Plan zufriedenstellend auszuführen. Ich habe mich umgehend auf den Weg zu Rachel gemacht, von wo ich euch diesen Brief schreibe.

In Gedanken stets mit ganzem Herzen bei euch,
Samuel

Kapitel 21
FRANKFURT, 2003

Max stand im Türrahmen von Leahs Küche. »Ich hoffe, ich habe das Richtige getan. Nicht, dass mir die Patientin vor lauter Aufregung noch an einem Herzinfarkt stirbt.«

David hantierte über der Spüle mit einigen Töpfen. Auf der Arbeitsfläche stapelten sich Kartons voller Gemüse, Obst, Eiern und Fleisch. David warf Max über die Schulter einen Blick zu. »Keine Bange. Bis du Leah von den Untersuchungen abgeholt hast, ist hier längst Klarschiff. Ich bin schließlich Profi. Schon vergessen?«

»Nein, natürlich nicht. Kann ich dir irgendwie behilflich sein?«

»Aber immer.« David spülte eine Kasserolle aus und deutete mit dem Kinn auf das Netz mit Zwiebeln. »Wenn du die schälen und fein würfeln könntest.«

Max verzog die Mundwinkel nach unten, griff dann aber doch nach den Zwiebeln und begann mit der Arbeit. Als er fertig war, wusch er seine Hände und trocknete mit einem Küchentuch die Tränen von den Wangen.

»Ich fahr dann mal los«, sagte er. David sah zur Waduhr auf. »Oh, schon so spät?« Er knetete mit beiden Händen eine zähe Teigmasse und bat Max, ein wenig Mehl aufs Brett zu streuen. Max tat ihm den Gefallen.

»In knapp zwei Stunden bin ich zurück. Wirst du bis dahin fertig?«

David warf ihm einen bösen Blick zu, und Max sah zu, dass er sich auf den Weg machte.

* * *

Leah blieb tatsächlich beinahe das Herz stehen, als Max sie am frühen Abend in ihr Wohnzimmer führte. Jemand hatte die Möbel an die Wände geschoben und einen großen rechteckigen Esstisch in die Mitte gestellt, der festlich mit ihrem guten Porzellan eingedeckt war. Im Kamin knisterte ein Feuer, dessen Orangerot sich flackernd in den Fenstern spiegelte und die Schatten der Gesellschaft übergroß an die Wände warf. Die Gesichter der Anwesenden wirkten rosig vom Feuerschein, als wären sie gerade erst von einem langen Herbstspaziergang ins Warme gekommen.

An Kopfende erhob sich David und hielt sein Glas hoch, die anderen folgten seinem Beispiel. Jemand drückte Max und der verdutzten Leah ein Glas Champagner in die Hand.

»Auf dich, Leah, und auf unsere Familie!«, rief David.

Die anderen kamen um den Tisch herum und stießen klirrend mit Leah an, die gar nicht recht wusste, wie ihr geschah.

»David«, sagte sie entgeistert. »Was wird das denn hier?«

»Ich wollte mit dir und der Familie feiern. Max hat mir vor einiger Zeit erzählt, dass Juden morgen Jom

Kippur feiern. Der höchste jüdische Feiertag. Und Max sagt, wer eine jüdische Mutter hat, ist ebenfalls Jude. Wenn das die Brüder von Bindoon wüssten!« David stieß Leah mit der Schulter an und lachte: »Von wegen katholisch, ich bin Jude! Max hat mir auch erzählt, dass es Brauch ist, am Abend vor dem großen Fasten ordentlich zu schlemmen. Und da komme ich ins Spiel. Fasten ist so gar nicht meine Sache, Kochen hingegen schon.«

Leah sah ihn erstaunt an. Sarah und Masha grinsten. In der Ecke bemerkte sie jetzt erst eine Frau, deren Gesicht vom Schatten des Feuers verdeckt blieb. Leah runzelte die Stirn, dann ging sie langsam auf sie zu.

»Eliza?«

Die Figur löste sich von der Wand und trat ins Helle.

»Hallo, Leah.« Die beiden Frauen sahen einander an, dann umarmten sie sich. Nach einer Weile löste sich Eliza aus Leahs Armen. »David hat mich eingeladen. Er findet, ich gehöre auch zur Familie. Ich hoffe nur, dass du seine Meinung teilst.«

Statt einer Antwort sah Leah sie lange an, dann drückte sie ihr einen Kuss auf die Wange. »Es ist schön, dich wiederzusehen.« Sie drehte sich zu den anderen um und machte eine raumgreifende Handbewegung. »Wie schön, euch alle hier heute Abend versammelt zu sehen. Sarah, Masha!« Sie ließ sich von Enkelin und Urenkelin umarmen.

David bat schließlich alle, Platz zu nehmen, und wies Leah den Stuhl am anderen Kopfende zu. Eliza setzte sich neben sie. Max trat mit einem silbernen Tablett an den Tisch und reichte jedem ein Stück Honigkuchen.

»Der Kuchen zur Begrüßung ist jüdische Tradition«, erklärte er. »Auf ein süßes Jahr! Darf ich alle Frauen und Mädchen gleich bitten, die Festtagskerzen zu entzünden?«, fuhr er dann fort. Die Frauen sahen einander kurz an, dann standen sie auf und folgten der Aufforderung.

»Danke«, sagte Max, als sie wieder zum Tisch zurückgekehrt waren. »Wie ihr gerade gehört habt, feiern wir Juden morgen unseren höchsten Feiertag. Jom Kippur. Es geht um Reue, aber vor allem um Versöhnung. Versöhnung heißt nicht vergessen. Versöhnung heißt, auf Vergeltung zu verzichten. Lasst uns diesen Festtag gemeinsam genießen.« Er erhob das Glas. »La'Chaim! Auf das Leben!«

»Auf das Leben«, kam es im Chor zurück.

»La'Chaim«, wiederholte Leah nachdenklich und hielt ebenfalls ihr Glas hoch.

»Entschuldigt, wenn ich so direkt frage, aber ich dachte eigentlich, du und Max, ihr wärt nicht gläubig«, sagte Sarah, die neben Leah saß.

»Sind wir auch nicht«, erwiderte Leah. »Trotzdem feiern wir unsere großen Feiertage. Wir tun es eben auf unsere Weise, ungefähr so, wie nichtgläubige Christen Weihnachten oder Ostern feiern.«

David war in der Zwischenzeit in der Küche verschwunden und tauchte nun mit einem Tablett auf, das er in die Mitte des Tisches stellte.

»Voilà. Zur Einstimmung auf unser Festmahl. Geröstetes Brot mit Olivenöl, Salz und fernöstlichem Karotten-Dip. Und bevor sich jemand über das, was ich heute Abend serviere, wundert: Jedes Gericht ist so etwas wie eine kleine Verbeugung vor unserer Familiengeschichte.«

Die Tischrunde tauschte Blicke. Sarah zuckte mit den Schultern, griff dann nach dem Tablett und reichte es herum.

»Erzählst du uns, was es mit dem Dip auf sich hat, oder müssen wir raten?«, fragte sie dann.

»Mal sehen«, antwortete David und rieb sich die Hände. »Möhren und Brot. Kann irgendwer in dieser Runde etwas damit anfangen?« Er sah sich um, bis sein Blick bei Leah haltmachte. Als sie bemerkte, dass alle sie anschauten, legte sie das Stück Brot, das sie gerade in den Mund stecken wollte, auf ihren Teller zurück.

»Was starrt ihr mich so an?«

David hielt seine geöffneten Handflächen nach oben. »Karotte? Brot? Klingelt es da nicht bei dir?«

Leah lehnte sich zurück und schob den Teller von sich.

»Großer Gott. Du meinst nicht etwa mein tägliches Mittagessen im Hostel?« Davids Mundwinkel verzogen sich zu einem Lächeln, und Leah griff sich kopfschüttelnd an die Stirn.

»Also, ich muss schon sagen ... Das hier schmeckt jedenfalls sehr viel besser als trockenes Weißbrot mit Margarine und verschrumpelter Möhre.«

Diese Anspielung musste sie den Anwesenden natürlich erst einmal erklären, und es entspann sich ein angeregtes Tischgespräch. Unterdessen bereitete David in der Küche den nächsten Gang vor. Als Suppe gab es

Kreplach in Hühnerbrühe, also mit einer Farce gefüllte Teigtaschen, ähnlich schwäbischen Maultaschen. Diese würden traditionell am Vorabend des Jom Kippur gereicht, wie Max ihnen erklärte.

»Köstlich«, meinte Eliza, die anderen nickten zustimmend. »Gibt es dazu etwa auch eine Geschichte?«

»Nein, das war nur mein Knicks vor der jüdischen Küche.«

»Diese Kreplach oder wie sie heißen, sind so gut, die sollten wir im *Saltrock* aufs Menü setzen. Das heißt, natürlich nur, wenn das keinen Frevel bedeutet«, sagte Sarah.

Max schüttelte den Kopf. »Nein, natürlich nicht – im Gegenteil.«

Max schenkte den Rotwein aus, während David mal wieder in der Küche verschwand. Sarah war aufgestanden, um die Suppenteller abzuräumen, und folgte ihm in die Küche.

»Was soll das denn werden, Daddy? Eine Art Quiz in Sachen Esskultur?« Sie stellte den Tellerstapel in die Spüle und räumte die Löffel in die Spülmaschine.

»Ja und? Gefällt es dir etwa nicht?«

»Als würde es darum gehen, was ich mag. Du hast dir doch bestimmt noch mehr dabei gedacht. Hab ich recht?«

David schürzte amüsiert die Lippen, während er mit dem Geschirrtuch in der Hand die *Tajine* aus dem Ofen holte. Ein würziger Duft durchzog den Raum.

»Kannst du bitte den Couscous aus dem Dampfaufsatz in die Servierschüssel geben, mit dem Ofengemüse vermischen und auftragen?«

»Dad? Ich hab dich was gefragt.«

»Sei nicht immer so ungeduldig. Warte doch mal ab, dann kommst du schon von selbst drauf.« Er hielt die *Tajine* in beiden Händen und wandte sich zur Tür. »Also, was ist jetzt? Hilfst du mir?«

Widerwillig nahm sie den Aufsatz mit dem gedämpften Couscous aus dem Topf mit der Brühe, schüttete es in die altmodische Porzellanschüssel mit Goldrand, die sicherlich Leah gehörte, und folgte ihrem Vater.

Der schwere Syrah und die Wärme des Kamins verfehlten ihre Wirkung nicht. Die Zungen lösten sich, man unterhielt sich, lachte sogar hin und wieder. David fiel auf, dass Eliza und Leah die Köpfe zusammensteckten. Leahs Hand ruhte auf Elizas Arm, während sie sprach, und beide sahen ernst aus. David plazierte das nordafrikanische Kochgerät auf dem Tisch und nahm den konischen Deckel ab.

»Ah, wie das riecht!«, sagte Max und schloss genießerisch die Augen.

»Ja, das duftet himmlisch. Wie Tausendundeine Nacht«, pflichtete Leah bei, tätschelte Elizas Handrücken und wandte sich wieder dem Tischgeschehen zu. Sarah reichte die Schüssel mit dem Couscous herum.

»Marokkanische Ziegen-*Tajine* mit Sieben-Gemüse-Couscous.« David ließ sich die Teller reichen und tat allen vom Schmorgericht auf.

»Da bin ich jetzt aber gespannt, wie du den Bogen von einer nordafrikanischen Ziege zu unserer Familie spannen willst. Hast du dort vielleicht Frauen und Kinder, von denen ich nichts weiß?« Sarah grinste ihren Vater breit an.

»Sei dir mal nicht so sicher, dass es nicht so ist«, gab er zurück. »Max und ich werden euch während des Essens eine Geschichte erzählen. Bitte fangt an!« Die Gäste griffen zum Besteck und begannen zu essen.

»Köstlich!«, sagte Leah und erntete allenthalben Zustimmung. »Dabei hab ich noch nie Ziege gegessen.«

Nur die Masha ließ ihre Schüssel unberührt und verzog angewidert das Gesicht, nachdem sie von der Sauce probiert hatte.

»Entschuldige, Prinzessin. Für dich habe ich Käse-Makkaroni gemacht. Steht noch im Ofen«, tröstete David seine Enkelin.

»Bleib sitzen, ich geh schon!«, sagte Sarah, als David Anstalten machte aufzustehen. »Danke, Dad«, flüsterte sie und strich ihm im Vorbeigehen mit der Hand über den Rücken. Max versuchte, die Gelegenheit zu nutzen, um Blickkontakt zu Sarah aufzunehmen, doch die wich ihm aus und ging zur Küche. Max schob seinen Stuhl zurück und stand auf, um ihr zu folgen.

»Entschuldigt mich bitte für einen Moment.«

David zog die Brauen zusammen und sah den beiden besorgt hinterher. Ein Blinder konnte sehen, dass die zwei was am Laufen hatten. Er wusste nicht, was er davon halten sollte. Um Leigh täte es ihm leid. Er mochte ihn, hätte ihn gerne als seinen neuen Schwiegersohn gesehen.

Sarah schloss die Ofentür, nachdem sie die Makkaroni herausgenommen und auf dem Herd abgestellt hatte.

Max fasste sie sanft bei der Schulter. Sie hatte ihn erwartet, zuckte nicht zusammen, sondern legte ihre Hand auf seine, jedoch ohne sich nach ihm umzudrehen.

»Wie geht es dir?«, fragte er leise.

Sie machte sich los, wandte sich ihm aber nicht zu, sondern starrte auf die Auflaufform vor sich. »Ich bin schrecklich müde«, wisperte sie. Max nickte. Er wusste, dass dies nicht der richtige Moment war, aber er konnte die Ungewissheit einfach nicht länger ertragen. Seit sie in Melbourne miteinander geschlafen hatten, war Sarah ihm ausgewichen.

»Irgendeine Idee, was aus uns wird?«, fragte er zögernd.

»Ich habe mit Leigh gesprochen«, antwortete sie, noch immer, ohne ihn anzusehen. »Ich, das heißt, *wir* ... wir wollen es noch einmal miteinander probieren.«

»Ach ja?«, entfuhr es Max.

Sarah drehte sich endlich zu ihm um. »Max, das mit uns, das war ... ich weiß gar nicht, was es genau war. Es war sehr schön, aber es war ein Fehltritt.«

»Nicht für mich«, antwortete er mit rauher Stimme.

Sie machte Anstalten, ihn zu berühren, doch diesmal entzog er sich ihr.

»Fehltritt war das falsche Wort, entschuldige«, sagte sie. »Ich mag dich sehr, und eine Zeitlang dachte ich sogar, ich wäre in dich verliebt. Doch mittlerweile ist mir klargeworden, dass ich ständig vor meinen Beziehungen davonlaufe, sobald sie ernst werden.« Sie sah ihn nun unverwandt an.

»Und mit Leigh ist es ernst?« Jetzt wich auch Max

ihrem Blick nicht mehr aus, sondern beobachtete jede Regung ihres Gesichts.

»Ja, ich denke schon. Er will mich heiraten.«

Schweigen breitete sich zwischen ihnen aus, dann fragte Max leise: »Und? Willst du das?«

Sie hob die Schultern. »Ich weiß es noch nicht, aber ich möchte mir und Leigh die Zeit geben, um es herauszufinden.«

»Warum hast du mir das nicht schon früher erzählt?« Er klang verletzt.

Sarah hob hilflos die Hände. »Weil es mir Angst machte. Weil ich in Panik geriet. Weil ich die verdammte Tochter meines verdammten Vaters bin und vor Gefühlen davonlaufe. Weil ich tief in meinem Innern denke, dass ich keine Liebe verdient habe.«

»Und deswegen musst du mich verletzen? Weil ich dich mag?« Max sah sie ungläubig an.

»Genau«, sagte Sarah und zog verlegen die Nase hoch. »Wie ich jeden verletze, der Gefühle für mich zeigt. Etwas in mir flüstert beständig, dass ich weder dich noch Leigh verdient habe und dass es besser ist, ihr bemerkt es jetzt, bevor es zu spät ist und ihr auf jemanden hereinfallt, mit dem ihr niemals glücklich werden würdet.«

»Ach, Sarah«, sagte er und strich ihr mit dem Handrücken über die Wange. »Wir hätten einander lieben können, ich weiß es.« Er sah sie lange an, seine Augen schimmerten. Dann deutete er mit dem Kinn zum Herd und räusperte sich. »Die Makkaroni für deine Tochter werden langsam kalt.«

»Max, ich … es tut mir wirklich leid.«

Doch er hatte sich bereits abgewandt. »Komm, lass uns zu den anderen zurückgehen, bevor sie noch einen Suchtrupp schickt.« Er verließ rasch die Küche, wischte sich im Gehen einmal über die Augen. Sarah griff nach einem Geschirrtuch und nahm die Nudeln von der Herdplatte.

»Ah, da seid ihr ja endlich!«, rief David. Sarah war mit dem Kindergericht ins Esszimmer zurückgekehrt und gab ihrer Tochter eine tüchtige Portion. Die Augen des Mädchens leuchteten vor Freude. David langte unter seinen Stuhl, zog ein dickes Buch hervor und legte es aufgeschlagen vor sich auf den Tisch. Als Max wieder Platz genommen hatte, schob er es zu ihm hinüber. Dabei musterte er den jungen Mann besorgt, der aufgewühlt wirkte. Max nahm hastig einen Schluck Wein und warf David dann einen fragenden Blick zu: »Wolltest du nicht selbst vorlesen?«

David hob die Schultern. »Du kannst das viel besser als ich. Ich würde mich bis auf die Knochen blamieren.«

»Wie du meinst.«

David räusperte sich und wandte sich den anderen zu. »Eliza, Sarah, Masha – danke, dass ihr heute Abend hier seid. Eure Anwesenheit bedeutet mir sehr viel, und ich hoffe, das gilt auch für Leah.« Er sah sie an und zwinkerte ihr zu.

»Die Überraschung ist dir jedenfalls gelungen«, erwiderte sie und blinzelte verlegen eine Träne weg.

»Wenn du dann so weit bist«, sagte David zu Max.

Max nickte, stand auf, machte aber keine Anstalten, die Bibel zur Hand zu nehmen.

»Du hast es dir anders überlegt?«, fragte David irritiert.

»Nein, aber diese Ausgabe ist auf Englisch. Die deutschen Verse kann ich auswendig.«

David hob anerkennend die Brauen und schob seine englische Bibel Sarah und Eliza zu.

»Die rot angestrichenen Stellen«, sagte er und tippte unnötigerweise mit dem Finger darauf. Die beiden Frauen sahen sich kurz an, blickten fragend zu David und Max, dann beugten sie sich über das Buch.

Max stellte sein Weinglas ab und begann zu zitieren:

»Aus dem 3. Buch Mose: *Und Aaron soll zwei Böcke nehmen und soll das Los werfen über die zwei Böcke und soll den Bock, auf welchen das Los für den HERRN fällt, opfern zum Sündopfer. Aber den Bock, auf welchen das Los für Asasel fällt, soll er lebendig vor den HERRN stellen, dass er über ihm Sühne vollziehe und ihn zu Asasel in die Wüste schicken. ... dass also der Bock alle ihre Missetat auf sich nehme und in die Wildnis trage; und man lasse ihn in der Wüste.*«

Max hielt inne. Eliza und Leah sahen einander für einen Moment betroffen an, dann legte Leah ihre Gabel auf den Teller und schob ihn von sich, so als hätte es ihr plötzlich den Appetit verschlagen.

»Muss ich das verstehen, oder folgt noch eine Erklärung? Ich bin nämlich nicht gerade bibelfest«, sagte Sarah und klang leicht genervt. Max signalisierte ihr, dass sie abwarten solle.

»Jom Kippur ist der Tag der Sündenvergebung im Judentum«, erklärte er, »ein Ziegenbock wurde als Sündenopfer getötet, einem weiteren wurden die Sünden durch Handauflegen symbolisch übertragen. Mit dem Vertreiben des Bocks in die Wüste wurden diese Sünden verjagt.«

Leah zog die Stirn kraus, neigte den Kopf zur Seite. Eliza sah blass aus. Sarah wirkte verwirrt. Nur Masha schien von alldem nichts mitbekommen zu haben, sie kaute weiter glücklich auf ihren Makkaroni herum.

»Hab ich das Entscheidende verpasst?«, fragte Sarah. »Ich sehe da absolut keinen Zusammenhang mit unserer Familie. Vielleicht klärt mich einer von euch auf?«

»Genau«, sagte ihr Vater, ging aber auf die Frage seiner Tochter nicht weiter ein, sondern fuhr fort: »Einer wird getötet, der andere als Sündenbock in die Wüste geschickt.« Er wandte sich an Eliza: »Könntest du uns bitte das Gemälde zeigen, um das ich dich gebeten habe?«

Eliza schob den Stuhl zurück, stand auf und nahm das Bild hoch, das die ganze Zeit schon unbeachtet an der Wand gelehnt hatte. Es zeigte eine surreale Wüstenlandschaft, in der rechten unteren Ecke sah man den Davidstern mit den züngelnden Flammen.

Sarah stand auf, um das Ölgemälde aus der Nähe zu betrachten. »Ich weiß immer noch nicht, was du mir sagen willst, Dad. Was soll das mit dem Bild? Eliza, möchten Sie nicht etwas dazu sagen?«

Eliza öffnete den Mund, da fuhr Leah dazwischen: »Ich schreibe die Geschichte für dich auf, Sarah, und wenn die Zeit gekommen ist, kannst du sie lesen. Das verspreche ich dir.«

»Wieso erklärt ihr es mir nicht jetzt?«

»Weil es noch zu früh ist.«

»Wieso zu früh? Jeder außer mir und Masha scheint zu wissen, worum es geht. Das ist nicht fair.«

»Jetzt hör auf zu schmollen und gedulde dich!«, verlangte David. Sarah verzog genervt das Gesicht, sagte aber nichts mehr.

»Gut. Dann also Kaffee und Nachtisch.« David stand auf, Max ebenfalls, und die beiden gingen in die Küche. Es dauerte nicht lange, und sie kamen mit Kaffee und Kuchen zurück. Mashas Augen weiteten sich.

»Yay! Lolly Bag Cake. Danke, Opa!«

Max schenkte Kaffee ein, während David den Kuchen anschnitt und auf den Desserttellern anrichtete.

»Der Kuchen sieht absolut phantastisch aus«, sagte Leah.

»Ja«, meinte Eliza, »wenn der so schmeckt, wie er aussieht, dann will ich unbedingt das Rezept.«

David, der mit dem Servieren fertig war, nahm seine Zigaretten aus der Hemdtasche und klopfte eine aus der Packung. Er zündete sie an und ließ das Feuerzeug zuschnappen. Genießerisch lehnte er sich zurück, als er den Rauch an die Decke blies.

Sarah, die ihren Ärger überwunden zu haben schien, legte Eliza lächelnd die Hand auf den Arm. »Glauben Sie mir, diesen Irrsinnskuchen wollen Sie garantiert nicht backen, es sei denn, Sie haben eine selbstquälerische Ader. Er besteht aus sieben Schichten mit unterschiedlichen Süßigkeiten, von Freckles über Schaumbananen bis zu Redskin-Zuckerstangen.«

»Das sind ja alles Süßigkeiten, die ich noch aus meiner ersten Zeit in England kenne«, sagte Leah und klang erstaunt.

David nickte. »Du hast mir damals bei deinen Besuchen im Waisenhaus immer diese kleinen Zellophantütchen mit Zuckerzeug mitgebracht. Erinnerst du dich? Den Geschmack habe ich niemals vergessen.«

Kapitel 22
Frankfurt, 2003

Der beißende Geruch nach Desinfektionsmitteln hing im Krankenhausflur. Draußen hatte der Regen nachgelassen, die leichten Tropfen waren auf dem Dach oder den Fenstern kaum noch zu hören. Michael, der gerade durch die Drehtür des Krankenhauses getreten war, strich sich übers feuchte Haar und holte tief Luft. Er zog einen Zettel aus seinem Jackett, auf dem er sich den Weg durch das Gebäude notiert hatte. Als er nach einer Weile die Onkologie und dort die richtige Zimmernummer fand, klopfte er – zunächst zaghaft, dann entschlossener. Er legte sein Ohr an die Tür, und wartete einen Moment. Dann drückte er behutsam die Klinke herunter, trat ein und schloss leise die Tür hinter sich.

Das Zimmer lag im Halbdunkel. Leise flüsterte er Leahs Namen. Er trat an das Bett und betrachtete die Konturen ihres zerbrechlichen Körpers unter der Decke. Seine Augen begannen allmählich, sich an das Dämmerlicht zu gewöhnen. Er konnte jetzt Leahs Haar erkennen, schütter und grau. Wie stumpf gewordenes Lametta lag es auf dem Kopfkissen. Sie schien zu schlafen. Ihre Hände ruhten, ineinander verschlungen, auf der Brust. Einem Impuls folgend, strich er ihr sacht über die Wange. Ihre Hand zuckte hoch und schloss sich um die seine. Sie schlug die Augen auf und sah ihn an, als wäre er ein Gespenst.

»Michael?«, fragte sie. Sie ließ ihn los und versuchte, sich aus den Kissen zu stemmen.

»Ja«, antwortete er leise. »Ich bin's.« Er fasste sie am Oberarm, um ihr aufzuhelfen. Nachdem sie mühselig den Oberkörper aufgerichtet hatte, schob er ihr ein Kissen in den Rücken und nahm ihre Hand.

»Du bist es wirklich. Wieso bist du hier?«, fragte sie.

»Das ist eine lange Geschichte. David hat mich in Australien aufgesucht, wir haben uns unterhalten, und so hat sich eins zum anderen gefügt.«

»David?«

Er nickte. »Keine Sorge. Ich habe ihm gleich den Zahn gezogen, dass ich sein Vater sein könnte.«

Sie lächelte.

»Ich weiß jetzt aber, wer Davids Vater ist«, sagte Michael. »Dein Sohn hat es herausgefunden und sich verplappert.«

Leah schüttelte den Kopf und seufzte. »Hätte ich mir denken können. Er hat ja genügend Andeutungen in diese Richtung gemacht. Ich hätte es dir längst sagen sollen. Es tut mir so schrecklich leid.«

Er streichelte ihre Hand und sah sie lange an. »Mir tut es leid«, sagte er. »Du musst dich fürchterlich gequält haben.« Sie bedeutete ihm, sich ihrem Gesicht zu nähern. Er beugte sich vor, und sie begann, ihm ins Ohr zu flüstern: »Ich habe dich und deinen Plan nicht verraten.«

Er beugte sich zurück und sah sie zweifelnd an.

»Aber hast du damals nicht zu mir gesagt, dass du genau das vorhättest?«

»Hatte ich ja auch. Aber irgendwer muss mir zuvorgekommen sein. Ich glaube, es war jemand aus Palästina, ein hohes Tier.«

Michael blickte nachdenklich aus dem Fenster.

»Womöglich hast du recht. Im Gelobten Land mochten sie meinen Plan später nicht mehr. Angeblich gefährdete er die Entstehung Israels. Das würde auch erklären, weshalb es so lange gedauert hat, ehe ich nach Israel einreisen durfte.«

»Wenn du gedacht hast, dass ich es war – wieso bin ich dann noch am Leben? Wieso hast du mich nicht zum Schweigen gebracht?«

Sein Blick versenkte sich in dem ihren, als wolle er den letzten Winkel ihrer Seele erforschen. Er beugte sich langsam zu ihr hinunter, küsste sie auf die Lippen. Leah wagte kaum zu atmen, ihre Welt stand für einen Moment still. Als Michael sich schließlich von ihr löste, lachte sie verlegen und strich sich über ihr Haar.

»Was denkst du, Leah? Was geschieht, wenn der letzte Überlebende des Holocaust verschwunden ist? Wird die Welt vergessen, was war?«

Leah war vom abrupten Themenwechsel zunächst irritiert, dann erinnerte sie sich daran, wer da an ihrem Bett stand. »Vielleicht«, antwortete sie, »aber du kannst Erinnerung nicht mit Gewalt erzwingen.«

»Du verstehst mich noch immer nicht. Mein Rachedurst, das Verlangen, immer noch einen Deutschen zu töten – das hat mich damals am Leben erhalten. Dieser Hass war alles, wofür ich gelebt habe.«

Sie sah ihn an. »Und? Was hat es dir gebracht, dich vom Hass leiten zu lassen? Bist du nun etwa ein glücklicherer Mensch? Glaubst du nicht auch, dass es an der Zeit ist, nach vorne zu schauen? Du und die anderen, ihr könnt euer Leben doch nicht auf Hass aufbauen.«

»Leah, das alles weiß ich jetzt auch. Ich habe viel zu lange gebraucht, um es zu begreifen. Das, was du und Rachel mir zu sagen hattet.«

Leah biss sich auf die Unterlippe und sagte dann zögernd: »Du und Rachel – ihr habt einen Sohn.«

»Das weißt du?«

»David hat ihn kennengelernt.«

Michael schien eine Weile zu brauchen, um die Neuigkeit zu verdauen.

»Wir haben weiter keinen Kontakt mehr. Rachel will es nicht und er wohl auch nicht.«

»Das tut mir leid.«

»Muss es nicht. Es ist der Preis, den ich für meine Entscheidungen zu zahlen habe.«

»Wir dürfen niemals vergessen, nicht wahr?«, sagte sie. Ihre Atemzüge klangen nun angestrengt und müde.

»Niemals«, sagte Michael und zündete die Kerze auf dem Nachttisch an, schüttelte das Streichholz aus und warf es in den Aschenbecher. Er nahm auf der Bettkante Platz und sah Leah an. Beider Gesichter wurden vom Lichtschein erhellt.

Seine Hand umfasste die ihre. Sie lehnte den Kopf zurück, schloss die Augen. Jederzeit würde sie seine Berührung blind erkennen, auch wenn es nun schon eine Ewigkeit her war, seit sie ihn zuletzt gespürt hatte. Dass er hier bei ihr war, hieß das, er hatte ihr verziehen? Leah spürte, wie Tränen in ihr aufstiegen, und hielt seine Hand fest umklammert. Dann räusperte sie sich: »Ich bin unendlich dankbar, dass ich meinen Jungen wiederhabe und mit ihm meine Enkelin und Urenkelin. Jetzt wünsche ich mir nur noch, dass sie Max als Teil ihrer Familie willkommen heißen. Er hat sonst niemanden mehr, wenn ich nicht mehr bin.« Sie drückte seine Finger in ihrer Hand.

»Wenn du möchtest, habe ich aus der Ferne ein Auge auf David und Max.«

»Würdest du das tun? Das wäre wunderbar.«

Ein Windhauch ließ das Kerzenlicht flackern.

»Ist dir kalt? Soll ich das Fenster schließen?« Michael war schon im Begriff aufzustehen, als Leah ihn festhielt.

»Michael, hast du mich jemals geliebt?«

»Wie kannst du das fragen? Seit ich dich damals zum ersten Mal im Zug gesehen habe, war mir klar, dass du die Frau bist, die ich an meiner Seite haben will. Für immer. Du bist die Liebe meines Lebens.«

»Und Rachel?«

Michael setzte sich wieder.

»Rachel und ich, das war etwas anderes. Auf eine gewisse Art habe ich sie auch geliebt, aber wir waren vor allem Kampfgefährten. Wir haben uns nie als Paar verstanden. Mit dir, da war es anders. Als du gegangen bist, konnte ich dich nicht vergessen.«

Leah schluckte den Kloß in ihrem Hals herunter.

»Und als du erfahren hast, dass du mit Rachel einen Sohn hast – hat das nicht alles verändert?«

Michael sah sie an. »Nachdem du mich verlassen hast, war ich verzweifelt. Und als Rachel mir dann schrieb, sie wäre schwanger, wollte ich unbedingt zu ihr und dem Kind. Doch Palästina wollte mich nicht. Was hätte ich tun sollen?« Er zuckte mit den Schultern. »Zwei Jahre später erhielt ich diesen Brief von ihr, dass sie Avi geheiratet habe. Sie hörte sich glücklich an, und Avi kümmerte sich wie ein Vater um unseren Sohn. Danach habe ich meinen Traum von einem Leben in Israel erst mal begraben.«

»Du hättest doch nach Israel reisen können, als man das Einreiseverbot aufgehoben hatte. Israel ist zwar ein kleines Land, aber so klein nun auch wieder nicht, als dass du Rachel ständig über den Weg gelaufen wärst, ohne es zu wollen.«

»Schon, aber ich wollte nicht, dass Rachel das Gefühl hat, ich mische mich in ihr Leben ein. Und wenn Avi sich als Bens Vater verstand, wollte ich nicht dazwischenfunken.«

»Dann hast du Ben so gut wie gar nicht gesehen?«

»Zweimal bin ich kurz nach Tel Aviv gereist und habe mich mit Rachel und ihm getroffen. Es war beide Male nicht leicht, sie danach zurückzulassen, aber es war das Richtige. Danach hat Rachel mich gebeten, sie nicht mehr zu besuchen. Es fiel ihr wohl genauso schwer wie mir, und sie wollte Avi gegenüber loyal sein. Ich habe ihren Wunsch respektiert.«

»Ich verstehe.« Leah verstummte. Als sie wieder zu

sprechen begann, klang ihre Stimme verändert. »Weißt du eigentlich, dass du mir damals einen Grund gegeben hast, um weiterzumachen?«

»Nein, das hast du ganz allein dir selbst zu verdanken. Dein Entschluss, nicht länger Opfer zu sein, hat dich lebendig gemacht.« Er strich ihr über die feuchte Stirn. »Leah, ich bin auch hier, weil ich dir sagen will, wie froh ich bin, dass mein Plan vereitelt wurde. Du hattest recht. Ich war wie von Sinnen damals, rasend vor Hass. Es war falsch.«

»Das ist gut«, Leah schien noch mehr sagen zu wollen, musste aber husten. Als sie wieder zu Atem kam, klang ihre Stimme dringlicher als zuvor: »Bitte tu mir einen Gefallen, und gib diesen Brief Sarah.« Leahs Worte kamen stockend. Sie zeigte mit ausgestrecktem Finger auf einen Umschlag, der auf dem Nachttisch lag.

»Das mach ich.« Michael steckte den Brief in die Innentasche seiner Jacke, nahm dann Leahs Hände in seine. Sie waren kalt.

»Du vergisst es auch bestimmt nicht?«, fragte sie noch einmal nach.

»Nein.«

Jetzt wühlte sie umständlich hinter ihren Kissen herum.

»Was machst du denn da?«, fragte Michael.

Schließlich zog sie beinahe triumphierend ein Stofftier hinter ihrem Rücken hervor und hielt es hoch. »Ah, da ist er ja. Könntest du den bitte David geben?«

Michael hob die Brauen. »Ist das etwa Bärchen?«, fragte er amüsiert.

Ein feines Lächeln umspielte Leahs Mundwinkel. »Richtig, und es ist an der Zeit, dass mein Sohn ihn zurückbekommt, findest du nicht?« Sie hustete erneut und hielt sich die Hand vor den Mund. Michael reichte ihr das halb gefüllte Wasserglas vom Nachttisch. Sie trank einen Schluck, und er stellte das Glas für sie wieder zurück.

»Solltest du ihm den Teddy nicht selbst geben?«

Sie schüttelte den Kopf so energisch, wie ihr Zustand es eben zuließ.

»Nein. Es wäre ihm fürchterlich peinlich, über einen zerzausten Teddy Tränen zu vergießen. Und das wird er, glaub mir. Er ist schließlich mein Sohn. Ich bin mir sicher, er weiß es, aber sag ihm, dass ich ihn liebe und dass ich meinen kleinen Jungen in Gedanken niemals verlassen habe.«

Sie musste wieder husten, und Michael gab ihr noch einmal etwas zu trinken. Dann schaute sie ihn mit durchdringendem Blick an.

»Glaubst du nicht, dass es an der Zeit ist, zu Rachel zurückzugehen? Sie hat lange genug gewartet.« Ihre Stimme klang jetzt trocken, angestrengt. Ihre Schultern waren nach unten gesackt.

»Leah, wollen wir nicht lieber über uns sprechen?«

»Was gibt es da noch zu sagen? Ich sterbe. Die Einzigen, die jetzt noch zählen, sind die Lebenden. Rachel und dein Sohn. David und seine Tochter, meine Enkelin, und deren Tochter.«

Leah blickte ihn aus trüben Augen an. »Weißt du noch, was wir damals immer gesagt haben, wenn uns die Trauer fast umgebracht hat? *Wenn man alles verloren hat, ist man frei.* Ich habe meine Familie gefunden und du die deine. Du und ich, wir sind nicht länger frei, und das ist gut so.«

Michael biss sich auf die Unterlippe und starrte auf die Bettdecke, er vermied ihren Blick.

»Ich wünschte, wir hätten uns in anderen Zeiten getroffen«, sagte er und hob den Blick.

»Es ist, wie es ist. Geh nach Hause, Michael, geh nach Israel, zu Rachel, zu Ben.«

Michael erschrak, als Leah plötzlich wie eine Erstickende Luft holte, und stand auf.

»Ich hole die Schwester«, sagte er, doch sie winkte müde ab. Ihre Atemzüge wurden wieder ruhiger, regelmäßiger.

»Lass, ich muss mich nur ein wenig ausruhen.« Ihre Stimme war schwach. »Ich danke dir, dass du gekommen bist. Es bedeutet mir viel, aber jetzt möchte ich allein sein.« Er hielt ihre Hand, als sie die Lider schloss. Nach einer Weile fiel ihr Kopf zur Seite. Ihre Lippen öffneten sich leicht. Ein dünner Speichelfaden floss aus ihrem Mundwinkel und hinterließ einen dunklen Fleck auf dem Kissen. Michael legte seine Hand auf ihr Herz, fühlte ihren Puls. Sie lebte. Er küsste sie auf die Wange, nahm den Teddy, stand auf und ging zur Tür. Als er sie öffnete, zog kalte Luft durch den Raum. Ein letztes Mal drehte er sich zu Leah um, prägte sich ihr Gesicht ein, den schwachen Geruch nach Lavendel und Bergamotte, den Kerzenschimmer, der ihre faltigen Züge weich zeichnete. Dann gab er sich einen Ruck und ging zu David, Sarah, Masha und Max, die darauf warteten, Leah zu sehen.

»Wie geht es ihr?«, fragte David, der bei Michaels Anblick von seinem Sitz aufgesprungen war.

»Sie schläft«, antwortete Michael. »Danke, dass ich sie sehen durfte.« David nickte ihm kurz zu.

»Ich hoffe nur, dein Besuch hat sie nicht zu sehr aufgeregt«, sagte Max. Michael antwortete nicht und zog stattdessen Leahs Umschlag hervor, den er Sarah überreichte. »Den hat sie mir für Sie gegeben.«

Sarah nahm den Brief an sich. »Für mich? Wieso gibt sie mir den nicht selbst? Sie weiß doch, dass wir hier sind.«

Michael hob die Schultern. »Ich weiß es nicht. Aber es schien ihr sehr wichtig, dass Sie ihn erhalten.«

David stand auf und reichte ihm die Hand. »Danke, dass du gekommen bist. Ich bin sicher, dass dein Besuch meiner Mutter viel bedeutet hat.«

Michael nickte. Er streckte David den Teddy entgegen. »Von Leah für dich. Sie hat dich nie vergessen, David.« Er räusperte sich und streckte zum Abschied die Hand aus. »Ich muss jetzt gehen. Danke für alles. Auf Wiedersehen.«

Michael wartete nicht auf Davids Reaktion, sondern drehte sich um, verließ den Warteraum und ging zur Toilette, wo er sich am Waschbecken kaltes Wasser ins Gesicht schöpfte. Er lehnte die Stirn gegen den Spiegel und atmete langsam aus. Plötzlich hörte er durch die geschlossene Tür laute Stimmen, eilige Schritte.

»Einen Arzt, schnell!«, hörte er eine weibliche Stimme rufen. Michael zerrte ein Papierhandtuch aus dem Spender und trocknete sich Gesicht und Hände. Dann warf er das zusammengeknüllte Papier in den Abfalleimer und wartete eine Weile. Als die Geräusche auf dem Flur sich in Richtung des Krankenzimmers entfernt hatten, öffnete er die Tür und ging mit schnellen Schritten den Korridor hinunter, um das Gebäude zu verlassen. Draußen atmete er einige Male tief die feuchte Luft ein. Er steckte sich eine Zigarette an. Leahs Worte hatten seine Gedanken auf die Reise geschickt. Seine jugendlichen Träume, die Pläne von einst und die längst verloren geglaubte Leidenschaft für Israel erwachten ganz leise in ihm. Könnte sie recht haben? Sollte er zu Rachel, zu seinem Sohn? Aber Rachel war verheiratet und Ben mittlerweile ein gestandener Mann. Wäre dort überhaupt Platz für ihn? War es nicht längst schon zu spät?

Michael dachte an das Leben im Kibbuz. Man erntete, was man säte. Unwillkürlich schüttelte er den Kopf. Die Melancholie des Alters, sagte er sich und drückte mit dem Absatz seine Kippe aus. Es war kühl geworden. Er schlug den Kragen des Jacketts hoch und winkte ein Taxi heran.

* * *

»*Pop*, was hast du da? Ein Teddy! Lass mal sehen!« Masha rutschte von ihrem Hartschalensitz und lief auf David zu, der auf das Stofftier starrte. Sarah war ebenfalls aufgestanden und ging zu ihrem Vater.

»Dad? Bist du okay?«, fragte sie besorgt, als sich ihr Vater noch immer nicht rührte. Sie fasste ihn vorsichtig an der Schulter, und er drehte sich zu ihr um.

»Ja, sicher, alles in Ordnung.« Er fuhr sich mit der gespreizten Hand durchs Haar. Masha zupfte am Ohr des Teddys, und David ließ ihn los. Sehr zur Freude seiner Enkelin, die nun samt Stofftier den Tisch ansteuerte, der neben dem Getränkeautomaten stand und auf dem sie gleich bei Ankunft schon ihre Malsachen verteilt hatte. Das Ausfüllen des Malbuchs hatte sie allerdings schnell gelangweilt, weshalb sie sich zwischen ihre Mutter und Max gesetzt hatte und sich von ihnen Geschichten erzählen ließ, bis den beiden nichts mehr eingefallen war. Dass die beiden bewusst Abstand voneinander hielten, war dem Kind natürlich entgangen.

Der zottelige alte Bär war eine willkommene Abwechslung für das Kind, die genau zum rechten Zeitpunkt kam. Masha nahm auf einem der Stühle Platz und setzte den Bären vor sich auf den Tischrand. David und Leah beobachteten, wie das Kind den Teddy bei den Armen hielt, während sie auf ihn einredete.

»Das ist das Stofftier, das mir meine Mutter einmal geschenkt hat«, sagte David. »Als man mich mit dem Bus nach Southampton gebracht hat, war der Bär zufällig gerade bei ihr. Sie wollte ihn ausbessern.« Er schluckte und schaute zu Boden.

Sarah fasste ihn am Arm. »So klein, wie du damals warst, musst du ihn sehr vermisst haben.«

Ihr Vater nickte stumm.

»Und jetzt hast du ihn wieder. Ist das nicht wunderbar?« Davids Unterlippe begann zu beben, und er biss darauf, damit seine Tochter nichts von seinem ungewollten Gefühlsausbruch bemerkte. Er schaute wieder zu seiner Enkelin, die Bärchen inzwischen auf den Rücken gelegt hatte und mit einem Kugelschreiber auf seinen Bauch drückte.

»Was machst du denn da?«, fragte ihre Mutter.

»Er hat Bauchweh, und ich mache ihn wieder gesund.«

»Na, dann ist es ja gut«, meinte Sarah und wandte sich wieder ihrem Vater zu.

»Komm, setzen wir uns kurz hin, und wenn du so weit bist, gehen wir zu Leah. In Ordnung?«

»Natürlich. Entschuldige, ich bin ein wenig durcheinander«, sagte er.

»Das macht doch nichts«, erwiderte sie und führte ihn zu seinem Platz zurück. Das Neonlicht an der Decke sprang mit einem Klacken an und tauchte den Warteraum in ein trostlos klinisches Licht. Vater und Tochter setzten sich neben Max.

»Macht es dir etwas aus, kurz nach Masha zu schauen?«, fragte Sarah zögernd.

»Überhaupt nicht.« Max klappte sofort seinen Laptop zu und erhob sich, um der Kleinen Gesellschaft zu leisten. Sarah nickte ihm dankbar zu, doch Max wich ihrem Blick nach wie vor aus. Sie legte ihre Hand auf die ihres Vaters, und gemeinsam beobachteten sie schweigend das Spiel der beiden. »Max ist ein großartiger Kerl.«

»Ja, das ist er.«

»Das ist Leigh aber auch«, fuhr David fort.

Sarah sah ihren Vater verblüfft von der Seite an.

»Ich weiß«, erwiderte sie knapp. David klopfte ihr mit der flachen Hand aufs Knie: »Gut.«

»Familie Winterstein?« Die Stimme des diensthabenden Arztes ließ sie aufmerken.

»Ja?«, sagte Max, der dem Arzt am nächsten war.

»Wollen Sie bitte mit mir kommen?«

Max und David standen auf. Max sah Sarah an, dann schaute er zu Masha.

»Geht ihr nur«, sagte sie. »Ich bleibe mit Masha so lange hier.«

Der Arzt zog sich mit den Männern in den Flur zurück. »Sie atmet nicht mehr.«

»Sie ist tot?«, fragte Max entsetzt.

Der Arzt blieb stehen. »Es tut mir leid. Sie können sie sehen, wenn Sie möchten.«

Sarah setzte sich zu ihrer Tochter, doch in Gedanken war sie bei David, Max und Leah. Als Michael aufgetaucht war, wollte Leah allein mit ihm sprechen, was für David und Max vollkommen in Ordnung gewesen war. Schließlich hatten sie den ganzen Vormittag mit Leah verbracht und konnten sie später ja noch sehen. Doch der Arzt hatte gerade sehr ernst geklungen. Sarah hoffte inständig, dass Leah noch am Leben war, damit die drei eine Gelegenheit hatten, sich voneinander zu verabschieden. Sie stand auf, um eine Limonade zu ziehen, die sie mit ihrer Tochter teilen wollte. Sie fuhr mit der Hand in die Hosentasche ihrer Jeans und kramte nach Münzen. Als sie fündig wurde, ging sie zum Automaten, warf das Geld ein und drückte auf den Knopf, der ihr das gewünschte Getränk versprach. Die Mechanik setzte sich geräuschvoll in Gang, und zehn Sekunden später rappelte eine Dose in den Ausgabeschacht. Das Wechselgeld klackerte. Sarah ging in die Knie, um es an sich zu nehmen, griff dann nach dem Softdrink und ging zu ihrer Tochter zurück.

»Guck mal, Mami, was ich im Bauch von dem Teddy gefunden habe!« Mit glühenden Wangen hielt Masha ihr den aufgeschlitzten Teddybären hin. Sarah war entsetzt.

»Was hast du denn mit Pops Teddy angestellt? Er wird fürchterlich traurig sein, wenn er ihn so sieht!«

»Aber der Teddy hatte doch Bauchweh, und ich weiß jetzt auch, warum. Hier, guck mal, das war in seinem Bauch!« Masha reichte ihrer Mutter eine zerknitterte Geldnote und ein winzig zusammengefaltetes Stück Papier. Sarah ließ sich auf den Stuhl fallen und starrte auf das, was Masha ihr in die Hände gedrückt hatte.

»Das war in Teddys Bauch?«, fragte sie ihre Tochter ungläubig.

»Ja. Kannst du den Doktor holen, damit er ihn wieder zusammennäht?«

»Der Arzt hat noch zu tun. Warum malst du nicht so lange Teddy in dein Heft?« Sarah schlug eine leere Seite von Mashas Malheft auf und schob es dem Kind zusammen mit den Buntstiften hin.

»Okay.« Masha setzte das Stofftier auf den freien Platz neben sich. Mit der Nasenspitze fast das Blatt berührend, begann sie, eifrig zu malen. Die Zungenspitze hing ihr vor Konzentration aus dem Mundwinkel.

Sarah schaute den Flur hinunter. Wo blieben David und Max nur? Sie betrachtete den Geldschein genauer, konnte damit aber nichts weiter anfangen. Fünfzig Reichsmark, las sie. Die Schrift und das Papier wirkten altmodisch. Bestimmt eine ältere Währung aus Deutschland. Sie legte den Geldschein vor sich auf den Tisch. Max würde es sicherlich genauer wissen. An Leahs Brief, den Michael ihr übergeben hatte, traute sie sich noch nicht heran, den wollte sie lieber erst in Anwesenheit ihres Vaters öffnen. Aber dieses winzige Päckchen in ihrer Hand schrie förmlich danach, endlich entfaltet zu werden. Sarah warf einen Blick auf ihre Tochter, die noch immer darin vertieft zu sein schien, den armen Teddy auf Papier zu bannen.

Durfte sie diesen Zettel überhaupt lesen?, fragte sich Sarah. Was würde ihr Vater dazu sagen, wenn sie ohne seine Zustimmung das Innere seines verloren geglaubten Teddys erforschte? Sarah hatte plötzlich Kopfschmerzen und fasste sich an die Stirn. Es war alles ein bisschen viel.

Sie schaute in den leeren Flur, seufzte und begann tatsächlich, das Papier zu entfalten. Sie hatte ein schlechtes Gewissen, aber ihre Neugier hatte gesiegt. Sie strich den fein linierten Notizzettel – mehr war es nicht – mit dem Handrücken auf ihrem Schoß glatt.

»Liebe Leah«, las sie, und den Rest konnte sie schon nicht mehr verstehen. Die Nachricht war auf Deutsch, einmal mehr war sie also auf Max angewiesen. Sie hoffte inständig, dass Max ihr irgendwann verzeihen würde und sie Freunde bleiben konnten. Sie gehörten doch zusammen, waren eine Familie.

David war blass, und Max sah nicht viel besser aus, als sie nach ungefähr einer halben Stunde zu Sarah und Masha zurückkehrten. Täuschte Sarah sich, oder hatte Max tatsächlich rotgeränderte Augen? Eine Welle von Mitleid überkam sie, und sie ging auf die beiden zu.

David nickte. »Sie ist tot. Es ist wohl sehr schnell gegangen. Sie hatte keine Schmerzen, sagt der Doktor. Sie hat einfach aufgehört zu atmen.« Sarah sah, wie ihr Vater mit seinen Gefühlen kämpfte. Er presste die Lippen zusammen und wandte den Blick ab. Sie wusste nicht, ob er umarmt werden wollte, entschied sich dann dagegen. Wahrscheinlich wäre es ihm nur peinlich gewesen. Max hingegen ließ seinen Tränen jetzt freien Lauf. Sie fasste ihn bei den Händen.

»Du warst da. Sie wusste, dass du bei ihr warst. Ist das nicht alles, was zählt?«

Er schüttelte den Kopf. »Aber ich war nicht an ihrer Seite, als ... Das werde ich mir nie verzeihen.« Max klang verzweifelt.

»Das darfst du nicht sagen. Ich glaube, sie wollte es so«, versuchte Sarah, ihn zu beruhigen. »Sie hätte nur nach dir fragen müssen, aber sie hat es nicht getan.«

»Aber warum? Sie weiß doch, was sie mir bedeutet. Sie ist meine Familie.«

Sarah war versucht zu sagen: *Wir* sind jetzt deine Familie, ließ es dann aber bleiben. Stattdessen erwiderte sie mit sanfter Stimme: »Vielleicht wollte sie in diesem Moment ganz bei sich sein, vielleicht ging es so schnell, dass sie gar nicht mehr darüber nachdenken konnte.«

Max holte zitternd Luft. »Du hast recht.« Er atmete durch und sah Sarah mit einem erzwungenen Lächeln an. »Eigentlich sollte man doch meinen, dass ich als Gerontologe etwas gefasster wäre, was das Sterben anbelangt.

So kann man sich täuschen.« Er wischte sich mit beiden Händen die Tränen vom Gesicht.

»Sie war deine Familie, Max«, tröstete ihn Sarah. »Es wäre schlimm, wenn dich ihr Tod nicht berühren würde.«

Masha zog an Sarahs Ärmel. »Mama, ich hab Hunger.«

»Ja, mein Schatz.« Sie wandte sich an die beiden Männer. »Masha ist hungrig. Ein Stück die Straße runter meine ich eine Pizzeria gesehen zu haben. Wenn es euch nichts ausmacht, gehen wir dorthin, und ihr kommt dann später nach. Einverstanden?«

Die Männer nickten einander zu und standen auf.

»Ich komme gleich mit«, sagte David. »Willst du Leah nicht noch einmal sehen?«, fragte er seine Tochter.

»Lieber nicht.«

»Ich bleibe noch. Wartet bitte nicht auf mich«, sagte Max.

Masha schlang die Spaghetti hinunter, als hätte sie seit Tagen hungern müssen. David sah ihr zu, wie sie die Nudeln in sich hineinstopfte.

»Dad, es tut mir so leid für dich«, sagte Sarah und blickte betreten auf ihre Hände, die auf der Tischkante ruhten.

»Muss es nicht«, sagte David, ohne den Blick von seiner Enkelin abzuwenden. »Der Arzt hatte uns ja vorgewarnt, dass es nicht mehr lange dauern würde.«

Sie legte die Hand auf seine, und er ließ es zu.

»Ich habe hier etwas, das Masha gefunden hat. Einen

alten Geldschein und eine Nachricht an Leah – ich glaube, sie stammt von ihrer Mutter.« David hob fragend den Kopf. Sarah griff mit der freien Hand in ihre Handtasche und zog beides hervor. »Woher hat Masha das?«, fragte er, während er seine Hand unter der Sarahs wegzog, um den Geldschein genauer anzuschauen. Er legte ihn gleich wieder auf den Tisch und griff nach dem Zettel. Sarah räusperte sich.

»Tut mir leid, Dad. Ich war eine Weile abgelenkt, als ihr bei Leah wart, und da hat Masha leider Gottes die Gelegenheit genutzt und deinen Teddy operiert. Ich hab sie ausgeschimpft, doch sie hat steif und fest behauptet, sie hätte mit dem Stift nur gegen die Naht gedrückt, und schon sei die geplatzt.« In Erwartung einer Reaktion wagte sie einen Seitenblick auf ihren Dad, doch der schaute wieder unbewegt auf Masha.

»Ich glaube ihr, der Teddy ist schließlich nicht mehr der Jüngste, und eine Schere oder sonst etwas Spitzes hatte die Kleine ja gar nicht zur Verfügung.«

Sarah wartete ein zweites Mal auf irgendeine Regung seitens ihres Vaters, doch David schwieg auch jetzt noch. Nur die steile Falte, die sich mittlerweile zwischen seinen Brauen gebildet hatte, verriet, dass er ihr überhaupt zugehört hatte. Sarah holte Luft und straffte die Schultern, wie um sich Mut zu machen. »Na, jedenfalls hat sie diese Dinge im Bauch von deinem Teddy gefunden. Ich flicke ihn wieder, und er wird aussehen wie neu, versprochen!«

David starrte auf den Zettel, hob dann den Kopf. »Der war in dem Bauch des Teddys? All die Jahre über?«

Sarah hob die Schultern. »Ich glaube, ja. Ist auf Deutsch.« Sie hörte, wie die gläserne Eingangstür geöffnet wurde, drehte sich um und sah Max eintreten. Sie hob die Hand, und er steuerte auf ihren Tisch zu. Kaum hatte er sich gesetzt, hielt ihm David auch schon den über die Jahre hinweg gelblich gewordenen Notizzettel hin.

»Kannst du das für mich übersetzen?«

»Dad, lass ihn doch erst mal etwas bestellen.«

Max winkte ab. »Danke, hab keinen Hunger. Ist das Rotwein?«, fragte er und zeigte auf die Karaffe, die auf dem Tisch stand. Sarah schob ihm ihr volles Glas hin. Ehe er aus Höflichkeit protestieren konnte, goss sie etwas Wein in ihr leeres Wasserglas und prostete den beiden Männern zu. »Auf Leah!« Sie erhielt keine Antwort, doch sie stießen mit ihr an.

Max nahm einen großen Schluck, wischte sich mit dem Handrücken über den Mund und nahm danach den Brief in die Hand. Während er las, nahm er einen weiteren Schluck und stellte das Glas, ohne hinzusehen, auf der weißen Tischdecke ab. Dann schaute er David an. »Willst du, dass ich es dir vorlese?«

»Ja, bitte.«

»Also gut.« Max räusperte sich kurz und fuhr dann fort:

Meine liebe Leah,

wenn Du dieses Briefchen findest, bist Du höchstwahrscheinlich in Not. Ich habe Dir schließlich vor deiner Zugreise nach England eingetrichtert, die fünfzig Reichsmark, die ich in Teddys Bauch eingenäht habe, nur dann zu nutzen, wenn Du nicht weiterweißt. Also hoffe ich von ganzem Herzen, dass Du diesen kurzen Brief nie lesen wirst. Falls aber doch, so setze ich auf Deinen klugen Verstand, diesen Notgroschen so zu verwenden, dass er Dich aus Deiner misslichen Lage befreit. Wir lieben Dich, ich liebe Dich, mein Kind! Wir sind in Gedanken stets bei Dir, vergiss das nie, und sorge Dich nicht um uns, lebe Dein Leben und finde Deinen Weg! Wir werden uns gewiss bald schon wiedersehen!

*In Liebe,
Deine Mutsch*

Sarah hatte Tränen in den Augen. »Leah hat das nie gelesen.«

David warf ihr einen Blick zu, der keinen Rückschluss auf seine Gefühle gab. »Das ist doch gut«, sagte er dann. »Es bedeutet, es ging ihr nie derart schlecht, dass sie auf diesen Notgroschen angewiesen gewesen wäre.«

Max zog die Nase hoch. »Ja, so sehe ich das auch. Wenn ihre Eltern sie geliebt haben, und daran zweifle ich keine Sekunde, wird sie es ohnehin gewusst haben.«

»Ihr habt bestimmt recht«, sagte Sarah.

Der Kellner stellte einen Teller mit heißem Pizzabrot vor ihnen ab, das Sarah bestellt hatte, und David orderte eine weitere Karaffe Rotwein und einen Apfelsaft für die Kleine. Sarah reichte den beiden Männern den Teller, und beide nahmen sich zögernd ein Stück Brot, nachdem Sarah darauf bestanden hatte. Sie stellte den Teller ab und fasste wieder in ihre Handtasche, die über der Stuhllehne hing.

»Wo wir schon einmal dabei sind ... Ich habe den Brief, den Leah mir geschrieben hat, noch nicht gelesen. Ich wollte, dass ihr dabei seid. Habt ihr etwas dagegen, wenn ich ihn euch jetzt vorlese?«

Die Männer wechselten einen kurzen Blick miteinander, zuckten dann beinahe gleichzeitig mit den Schultern.

»Im Gegenteil«, sagte David.

»Ich bin auch sehr gespannt«, pflichtete Max ihm bei.

Sarah hatte den Umschlag in der Hand und zog nun den Brief heraus, der aus mehreren Seiten bestand. Der Kellner kam mit dem Rotwein und schenkte ihnen nach. Sarah schaute zu ihrer Tochter herüber. Masha beachtete die Erwachsenen überhaupt nicht, sie war mittlerweile mit ihrem Malheft beschäftigt. Sarah atmete tief ein und begann, laut zu lesen:

Meine liebe Enkelin,

ich hatte Dir bei unserem gemeinsamen Abendessen versprochen, alles aufzuschreiben. Und dieses Versprechen will ich einhalten. In der Vergangenheit habe ich schwere Fehler begangen und frühere Versprechen nicht nur einmal, sondern gleich mehrfach gebrochen. Die Reue darüber hat mich nie wieder losgelassen. Seither verspreche ich nichts mehr, von dem ich nicht sicher bin, dass ich es auch einlösen kann. Daher nun also dieser Brief an Dich.

Zunächst möchte ich sagen, wie unfassbar glücklich ich darüber bin, David, Dich und Masha noch gefunden zu haben. Darüber jetzt zu schreiben, treibt mir sofort wieder die Tränen in die Augen. Euch zu finden grenzte an ein Wunder, an das ich schon lange nicht mehr zu glauben gewagt hatte. Ich möchte, dass Ihr wisst, dass ich friedvoll von dieser Welt Abschied nehme, nun, da sich meine kühnsten Träume erfüllt haben und ich Euch kennenlernen durfte.
Mir ist bewusst, dass ich Dir und besonders Deinem Vater die eine oder andere Erklärung schuldig bin. Ich schreibe Dir und nicht David, weil ich sichergehen möchte, dass Ihr dieses Wissen teilt und nicht einfach stillschweigend in Euch begrabt. David neigt sicherlich zu Letzterem.

An dieser Stelle schaute Sarah ihren Vater mit einem Lächeln an und nickte. David rieb sich verlegen den Nacken und schaute auf sein Weinglas. Sarah las weiter:

Es würde mir gefallen, wenn Ihr Max einweiht, aber falls Ihr Euch dagegen entscheidet, ist das auch in Ordnung. Ich habe Vorsorge getroffen und werde ihn sowieso nicht im Dunkeln lassen.

Max hob die Augenbrauen, sagte aber nichts, und Sarah fuhr mit dem Lesen fort:

Ich trage seit geraumer Zeit zwei große Geheimnisse mit mir herum, die ich nicht mit ins Grab nehmen will. Ihr habt ein Anrecht auf die Wahrheit.
Michael hat nicht gelogen, als er die Vaterschaft von David weit von sich gewiesen hat. Doch auch Stuart ist nicht der Vater, wie Michael lange Zeit glaubte, sondern Gordon Dinsdale.

Sarah schlug sich die Hand vor den Mund, ließ sie dann langsam sinken. »Oh, mein Gott!«

»Gordon Dinsdale?«, wiederholte Max ungläubig. Er schüttelte traurig den Kopf. »Arme, arme Tante Leah! Wie traumatisiert muss sie gewesen sein! Kein Wunder, dass sie so abweisend reagiert hat, als ich mehr über ihren Sohn erfahren wollte.« David stellte sein Glas ab und holte geräuschvoll Luft. Sarah sah, dass seine Hand zitterte. »Lies weiter«, verlangte er. Doch Sarah blickte zu ihrer Tochter herüber, die noch immer selbstversunken in ihrem Heft malte. »Vielleicht lesen wir den Brief weiter, wenn ich Masha ins Bett gebracht habe«, sagte sie. »Einverstanden?«

»Natürlich«, antwortete Max. Davids Stuhl schrammte über den gefliesten Boden, als er wortlos aufstand. Die Geldbörse zückend, ging er zum Tresen, um die Rechnung zu begleichen und ein Taxi zu rufen.

Eine Stunde später saßen die beiden Männer auf dem Sofa in Davids Hotelzimmer, als Sarah anklopfte und sich zu ihnen gesellte.

»Endlich. Masha schläft«, sagte sie erschöpft und strich sich eine Strähne aus der Stirn. In der Hand hielt sie den Brief. Sie ließ sich auf den Sessel sinken und suchte nach der richtigen Seite. »Ihr seid mir nicht böse, wenn ich etwas später mal nach ihr schaue? Fürs Erste schläft sie wie ein Stein.«

»Willst du, dass ich weiterlese?«, fragte Max ungeduldig.

»Gern, aber nur, wenn es dich nicht zu sehr mitnimmt.«

»Schon in Ordnung.«

David reichte seiner Tochter ein Glas Wasser. »Möchtest du etwas Stärkeres?«

»Nein danke.« Sarah übergab den Brief an Max, tippte mit dem Zeigefinger auf die richtige Stelle und lehnte sich zurück. Als auch David wieder Platz genommen hatte, begann Max zu lesen:

Erst habe ich mich über Gordons Umarmungen gefreut. Ich vermisste die körperliche Nähe meiner Eltern. »Meine kleine deutsche Tochter« hat er mich genannt und küsste mich auf den Scheitel, wenn er mich an sich drückte. Eines Tages, als wir allein in seinem Büro waren, hat er eine Grenze überschritten. Er hat sich mir auf eine Weise genähert wie niemals zuvor und hat mich aufgefordert, ihn zu streicheln. Ich traute mich nicht, ihm zu widersprechen.

Vielleicht war das, worum er mich bat, ja ganz normal, auch wenn es sich für mich falsch anfühlte?
Von diesem Tag an wollte er mich öfter allein treffen, und er sorgte für die Gelegenheit dazu, indem er vorgab, mich in die Arbeitsvorgänge im Büro einzuweisen, um im Notfall Eliza ersetzen zu können. Er nahm mich tatsächlich mit ins Büro, doch vorher fuhr er mit mir in den Wald. Beim ersten Mal wehrte ich mich noch, sagte ihm, dass er mir weh tat und mich loslassen solle. Das war der Moment, als er auf die Visa für meine Familie zu sprechen kam und behauptete, dass er mir in dieser Hinsicht nur helfen könne, wenn ich ihm mein Vertrauen bewies. Er missbrauchte mich regelmäßig, mindestens einmal in der Woche, wenn es ihm möglich war, von zu Hause fortzukommen, auch öfter. Gordon blieb dabei unverändert nett mir gegenüber, ja geradezu liebevoll. Einmal sagte er sogar, dass er mich liebe.
Als ich Euch in Australien besuchte, hat David mir Bindoon gezeigt, und mir wurde schlagartig bewusst, was er dort durchgemacht haben muss. Auch ohne dass er sich mir offenbarte, ahne ich, was die Mönche ihm angetan haben. Ich sah es in seinem Gesichtsausdruck, in seinen Augen.
Er scheint einen Weg gefunden zu haben, mit dieser Wunde umzugehen. Ich hingegen wusste mir nicht anders zu helfen, als meinen Peiniger auszulöschen. Es stimmt nicht, dass Gordon durch einen Jagdunfall ums Leben gekommen ist. Ich habe ihn erschossen.

Ich bedaure einiges, was ich in meinem Leben getan habe, dies jedoch nicht. Ich kannte Gordons Gewohnheiten und wusste genau, von welcher Seite des Feldes er die Jagd angehen würde. Es war geradezu lächerlich einfach. Ich lauerte ihm vom benachbarten Waldstück auf, wo ich mich hinter einer Baumgruppe versteckt hielt. Als die Männer mit ihren Flinten ins Feld gingen, behielt ich Gordon durchs Zielrohr fest im Auge. Dann drückte ich ab. Nur ein Schuss. Meine Waffe vergrub ich im Wald. Eliza wusste davon, mehr noch, sie wartete im Wagen am Waldrand auf mich. Denn ich war nicht das einzige Mädchen, das Gordon missbraucht hat. Man hat uns nie verdächtigt.
Was seine Frau anbelangt, so glaube ich, dass Ada sehr wohl im Bilde war, was ihr Gatte trieb, aber solange nach außen der Schein einer intakten Familie gewahrt blieb, war sie bereit zu schweigen. Allein Stuart ahnte nichts von alldem, und ich bedaure seinen tragischen Tod zutiefst.

Max, David und Sarah sahen einander an.

»Unglaublich«, entfuhr es Sarah. »Dad, bist du okay?«

»Ich muss das alles erst einmal verdauen, schätze ich«, antwortete David mit belegter Stimme.

»Und du, Max?«

Dieser war blass geworden und schüttelte ungläubig den Kopf. Dann jedoch räusperte er sich und bot an: »Soll ich weiterlesen?«

Sarah und David nickten.

Ich wünschte, uns allen wäre mehr Zeit miteinander vergönnt gewesen. Ich weiß, es ist meine Schuld, weil ich jahrelang nicht auf Euren Brief reagiert habe. All die vergeudeten Jahre, in denen ich zu feige war. Es war ein großer Fehler, aber damals konnte ich nicht anders, bitte verzeiht mir.

Sarah, ich kann Dir gar nicht genug dafür danken, dass Du die Initiative ergriffen hast. Ohne diesen Schritt wären wir als Familie nicht zusammengekommen. Ich füge diesem Brief die Kopie eines Berichts meines Onkels bei. Darin beschreibt er das Schicksal meiner Eltern und meiner Schwester Sissi. Das Original des Schriftstücks geht an Max.
Sarah, Ihr Jüngeren habt es in der Hand, was aus der Familie wird. Haltet zusammen, lasst einander nie im Stich!
David, mein Sohn: Ich liebe Dich und bin unsagbar stolz darauf, wie Du Dein Leben gemeistert hast. Du hast eine wunderbare Tochter und Enkelin.
Max, Du warst für mich immer wie ein Sohn. Du weißt, dass ich Dich liebe und ich Dir nichts mehr wünsche, als dass Du glücklich wirst und vielleicht bald auch eigene Wurzeln schlägst. Ich liebe Dich, ich liebe David – Euch alle. Bitte bleibt in Kontakt. Das Schlimmste ist, sich zu verlieren.

In Liebe,
Leah

Max starrte auf die letzte Seite und sagte nichts. Sarah weinte und griff nach der Hand ihres Vaters.

David wandte ihr den Kopf zu, schien jedoch durch sie hindurchzublicken.

»Keine Sorge, mir geht es gut«, sagte er mechanisch. Er streckte die Hand aus, und Max reichte ihm Leahs Brief und auch die Kopie von Gustavs Bericht.

»Dein Vater ...«, begann Sarah, geriet dann aber ins Stocken. David sah seine Tochter an. »Mein Vater hat in meinem ganzen Leben keine Rolle gespielt und wird es auch in Zukunft nicht.«

Er schaute eine Weile seine Tochter an, dann wanderte sein Blick zu Max hinüber. »Ihr beide braucht mich gar nicht so bedauernd anzuschauen. Ich bin ja nicht allein. Ich habe meine Familie.« Er lächelte sie an. Max und Sarah sahen einander an und nickten.

Epilog
David

Melbourne, Dezember 2013

Ich habe mich nie an die Dezemberhitze in Australien gewöhnen können. Vermutlich liegt es daran, dass Kindheitserinnerungen tief sitzen und ich das Fest mit winterlichen Temperaturen verbinde. Ich bin jetzt vierundsiebzig Jahre alt und war erst fünf, als ich England verlassen habe. Seit siebzig Jahren lebe ich nun also in Australien. Zeit genug, sollte man meinen, um sich mit Weihnachten ohne Schnee anzufreunden. Doch, sosehr ich den Sommer hier mag – an Weihnachten würde ich liebend gern auf ihn verzichten.

Weihnachten ohne den klassischen Christmas Cake fühlt sich für mich nicht richtig an, aber um den gehaltvollen Kuchen in dieser Hitze zu genießen, braucht es schon sehr viel Liebe zur Tradition. Meine Familie besteht allerdings darauf, dass ich ihn jahraus, jahrein backe, obwohl ich der Einzige von ihnen bin, der in England geboren wurde. Vor kurzem habe ich jedoch beschlossen, das Staffelholz im nächsten Jahr an meine Enkelin weiterzugeben. Im Gegensatz zu ihrer Mutter hat sie meine Leidenschaft für die süßen Dinge des Lebens geerbt.

Masha ist dieses Jahr achtzehn geworden. Sie hat die

High School abgeschlossen und in Paris ein Zertifikat für Pâtisserie erworben. Ich bin so stolz auf meine Enkelin.

Sarah und Leigh sind mit den Zwillingen zurzeit im Urlaub auf Bali, doch zu Weihnachten werden sie wieder zurück sein. Die beiden haben sich die Auszeit wahrlich verdient. Leigh leitet nicht nur die Küche des *Saltrock*, sondern auch die seines eigenen Restaurants. Sarah ist auch dort Geschäftsführerin, und die Dinge laufen gut. Meine Restaurants in Darwin, Adelaide, Sydney und Perth habe ich vor sechs Jahren verkauft. Genug ist genug. Seither bin ich viel in der Welt umhergereist. Ich habe Max in Frankfurt besucht und Michael in Tel Aviv. Nächste Woche kommt Max mit seiner Familie zu Besuch, um mit uns Weihnachten zu feiern. Ich freue mich.

Wenn ich so über alles nachdenke, glaube ich, dass Leah mit uns allen ganz zufrieden wäre.

Dank

Mein Dank gilt wie immer zunächst meiner Lektorin Dr. Andrea Müller, ohne deren tatkräftige Hilfe und Rat dieses Buch nicht entstanden wäre. Ich halte uns mittlerweile für ein eingespieltes Team und hoffe, dass sie diese Einschätzung teilt.

Ich danke Franz Leipold für die hervorragende Redaktion, die dieses Mal unter großem Zeitdruck stattfinden musste.

Wieder einmal hat die Agentur ein wunderschönes Cover entworfen. Es leuchtet!

Besonders möchte ich mich bei den Herstellerinnen Michaela Lichtblau und Daniela Schulz bedanken, deren Geduld und Entgegenkommen ich viel schulde!

Ich danke Vertrieb und Marketing, Elke Virginia Koch für die engagierte Pressearbeit und last not least den wunderbaren Frauen meiner Agentur Schmidt & Abrahams.

Big Hugs für die erwiesenermaßen strapazierfähigen Männer in meinem Leben. Sie heißen John und Oscar.

Nachwort

Handlung und Personen in »Das geheime Versprechen« sind frei erfunden und dennoch eng mit historischen Ereignissen des Zweiten Weltkrieges und der Nachkriegszeit verwoben. Die wichtigsten führe ich weiter unten auf. Die Figur Michael ist vom jüdischen Partisanen Abba Kovner und seiner Gruppe Nakam (hebräisch für Rache) inspiriert, jedoch ohne den geringsten Anspruch auf Widerspiegelung seiner wahren Biographie. Dazu habe ich mir zu viele Freiheiten genommen.

Die Figur der englischen Sozialarbeiterin Kerry Nelson lehnt sich an die Erlebnisse von Margaret Humphreys und ihrem Child Migrants Trust an, in denen sie von den vergessenen Kindern und Bindoon berichtet.

Historischer Hintergrund

Kindertransporte

Nach der Reichskristallnacht beschloss die britische Regierung, verfolgte jüdische Kinder aus Deutschland einreisen zu lassen. Am 30. November 1938 fuhr der erste Zug mit knapp 200 Kindern aus Berlin Richtung London. Zwischen Dezember 1938 und September 1939 (Kriegsbeginn) wurden ca. 10 000 jüdische Kinder nach Großbritannien gerettet. Ohne die Unterstützung hunderter britischer Familien wäre diese beispiellose Rettungsaktion nicht möglich gewesen. Die Kinder aus Deutschland mussten ihre Eltern zurücklassen, und nur ein kleiner Teil fand nach Kriegsende die leiblichen Eltern wieder. Gleich nach der Ankunft suchten sich mögliche Pflegeeltern »geeignete« Kinder aus. Wer keine Pflegeeltern fand, kam im Heim unter. Eltern und andere Verwandte traten an manche der Kinder mit der Bitte heran, in England Arbeitsstellen und Unterkünfte für sie zu suchen. Den Kindern war durchaus bewusst, dass von ihren Bemühungen das Überleben der Eltern abhängen konnte.

Die vergessenen Kinder

Bis in die sechziger Jahre des 20. Jahrhunderts wurden Tausende britische Kinder aus benachteiligten und armen Familien von Amts wegen ihren Eltern weggenommen und nach Australien geschickt – meist ohne das Wissen ihrer Eltern. Die jüngsten dieser Kinder waren drei Jahre alt. Man hatte ihnen mitgeteilt, ihre Eltern seien verstorben. Die beteiligten Behörden, die mit karitativen Einrichtungen zusammenarbeiteten, versuchten mit allen Mitteln zu verhindern, dass Kinder und Eltern einander wiederfinden konnten. Die Kinder-Deportationen kamen sowohl den britischen wie den australischen Regierungen jener Zeit gelegen. London entledigte sich kostspieliger Sozialfälle, Canberra importierte unkomplizierte neue Immigranten. »Das Kind ist der beste Einwanderer«, lautete damals ein populärer australischer Slogan. Bei den Kindern aus Britannien, so hieß es, handele es sich um »guten weißen Bestand«.

Nakam (das Vorbild für Revenge im Roman)

»Nakam« war eine jüdische Organisation, die sich nach 1945 das Ziel gesetzt hatte, Rache für den Holocaust zu üben. Ihr charismatischer Anführer war der bei Kriegsende 27-jährige Abba Kovner, ein Dichter und Widerstandskämpfer, der am Aufstand im Warschauer Ghetto beteiligt gewesen war. Von ihm stammt der bekannte Satz: »Lasst uns nicht wie Schafe zur Schlachtbank gehen!« Um ihn bildete sich aus ehemaligen Widerstandskämpfern die Gruppe Nakam.

Die Nakam war bedeutend radikaler als die Jüdische

Brigade. Anders als diese richtete die Nakam ihre Racheakte nicht ausschließlich gegen Kriegsverbrecher, sondern gegen das deutsche Volk. Die Nakam-Männer und -Frauen gingen von einer Kollektivschuld aller Deutschen am Holocaust aus und planten daher, ebenso viele Deutsche umzubringen, wie die Shoah jüdische Opfer gefordert hatte, und zwar unterschiedslos Männer und Frauen, Kinder, Alte und Säuglinge. Zwei Pläne wurden verfolgt, Gift erschien dafür die geeignete Waffe. Plan A sah die Vergiftung der Trinkwasserversorgung in Berlin, Hamburg, Weimar, München und Nürnberg vor und Plan B die massenhafte Ermordung von SS-Angehörigen in alliierten Kriegsgefangenenlagern.

Die Gruppe nahm Kontakt zur Jüdischen Brigade auf, um sie für die Aktionen zu gewinnen. Wenn sie auch auf die Sympathie einzelner Brigademitglieder bauen konnte, eine offizielle Unterstützung von Seiten der Jüdischen Brigade gab es nicht. Mit Blick auf die ungefährdete Gründung eines jüdischen Staates hielt man es für wenig angebracht, derartige Rachefeldzüge zu unterstützen.

Kovner reiste daraufhin im Juli 1945 nach Palästina und traf mit Führern der zionistischen Untergrundorganisation Haganah zusammen. Doch auch dort konnte er keine eindeutige Zustimmung gewinnen. Einzelne Haganah-Mitglieder waren aber durchaus bereit, Kovner zu unterstützen, wenn auch nicht seinen Plan A, so doch Plan B. Das Gift dafür beschaffte sich Kovner in Palästina. Im Dezember reiste er zurück nach Europa, in Uniform und mit gefälschten Papieren an Bord eines Schiffs der Jüdischen Brigade. Doch Kovner wurde noch während der Reise verhaftet, und seine Kameraden schütteten das Gift ins Meer. Die näheren Umstände sind bis heute nicht geklärt, Kovner glaubte allerdings fest an Verrat, der die geplanten Racheaktionen verhindern sollte.

Die Mitglieder von Nakam wurden in Deutschland dennoch aktiv. Plan A musste aufgegeben, doch Plan B konnte in Nürnberg durchgeführt werden. Dort konnte Nakam in einem SS-Internierungslager circa 3000 Brote mit Arsen bestreichen, die an die Gefangenen ausgeliefert wurden. 1900 Lagerinsassen erkrankten, 38 davon schwer. Die Dosis war aber zu schwach, um die Internierten zu töten.

Dunera

1940 wurden über 2500 deutsche und österreichische Juden, die vor dem Naziregime nach Großbritannien geflohen waren, an Bord des Truppentransporters HMT Dunera nach Australien verschifft. Die Flüchtlinge galten den Briten als feindliche Staatsbürger, als »enemy aliens«, und wurden in Australien interniert.

Kormoran

Mehr als 60 Jahre nach Ende des Zweiten Weltkriegs entdeckte eine Suchmannschaft 2008 vor Westaustralien das Wrack des legendären deutschen Hilfskreuzers »Kormoran«. Das als Frachter getarnte Schiff hatte am 19. November 1941 den nach erfolgreichen Schlachten gefeierten australischen Kreuzer »HMAS Sydney« mit 645 Seeleuten an Bord versenkt. Es war der schwerste Verlust in der Geschichte der australischen Marine.

Literaturhinweise

Nakam

Cohen, Rich: Nachtmarsch. S. Fischer Verlag, Frankfurt am Main 2000

Jüdische Kindertransporte

Salewsky, Anja: »Der olle Hitler soll sterben!« Erinnerungen an den jüdischen Kindertransport nach England. Claassen Verlag, München 2001

Die verlorenen Kinder

Humphreys Margaret: Oranges & Sunshine. Corgi edition, 2011

Leseprobe
aus

Annette Dutton

DER GEHEIMNISVOLLE GARTEN

Leseprobe

Natascha rief sich in Erinnerung, weshalb sie hier war. Sie wollte ein letztes Mal die Schränke und Schubladen nach persönlichen Dingen der Mutter durchsuchen. Wieder überkamen sie die schon bekannten Zweifel: Sollte sie die Möbel nicht doch besser behalten? Doch wohin damit? Ihre eigene Wohnung war zu klein, um mehr als Mutters alten Familienesstisch, das zwölfteilige Tafelgeschirr und den wuchtigen Schlafzimmerschrank unterzubringen. Warum sie ausgerechnet dieses Monstrum von einem Möbel behalten wollte, war ihr selbst nicht ganz klar. Lag es daran, dass sie sich dort als Kind immer gern versteckt hatte, wenn sie was ausgefressen hatte? Sicher, sie hätte die anderen Möbel erst einmal einlagern können, aber was dann? Es war nicht abzusehen, dass Natascha in den nächsten Jahren eine größere Wohnung oder gar ein Haus besitzen würde. Ihre gemütliche Altbauwohnung genügte ihr vollkommen, sie war Single, hatte keine Familie. Was sie hatte, reichte.

Doch so oder so, Reginas Tod hatte Handlungsbedarf geschaffen. Wenn die Möbel erst mal draußen waren, wollte sie das Haus zunächst vermieten. Immerhin war sie sich sicher, dass ihre Mutter diese Entscheidung gutgeheißen hätte. Von ihr hatte sie schließlich die praktische Seite geerbt, und wenn Regina gewollt hätte, dass aus ihrem Haus mal ein Mausoleum würde, dann hätte sie dies ihre Tochter schon beizeiten und unmissverständlich wissen lassen. Viel Miete würde Natascha für das dreißig Jahre alte Fertighaus wohl nicht bekommen, aber sie konnte es sich nicht leisten, das Haus von Grund auf zu renovieren. Obwohl es verdammt nötig wäre, dachte Natascha seufzend, als sie unentschlossen in den engen Flur trat. Sie musste sich ducken, um sich nicht die Stirn am Flurlicht zu stoßen. Selbst die Tapete mit dem irritierenden Rautenmuster kannte sie noch aus Kindertagen. Natascha atmete durch und öffnete die geriffelte Rauchglastür, die ins kombinierte Ess- und Wohnzimmer führte. Dann wollen wir mal, redete sie sich Mut zu. Sie hatte einen Karton mitgebracht, den sie auf den Wohnzimmertisch stellte. Sie erwartete nicht, noch viel zu finden, was sie behalten wollte. In den sechs Wochen, die seit der Beerdigung vergangen waren, war sie mehrmals im Haus gewesen, hatte nach und nach die Schränke ausgeräumt. Regina hatte zudem von langer Hand Vorbereitungen getroffen und der Tochter vor ihrem Tod persönlich die Dinge übergeben, die ihr etwas bedeutet hatten. Der Schmuck, ihre Approbationsurkunde, Fotos, Bücher, alte Briefe von Natascha und vom Vater, der noch vor Nataschas Geburt tödlich verunglückt war. Alles hatte in die zusammenklappbare Einkaufsbox gepasst, die Mutter immer im Kofferraum hatte, solange sie noch in der Lage war, Auto zu fahren. Seltsam, was von einem Menschenleben übrig blieb. Wie wenig es doch war, das am Ende wichtig genug erschien, um es weitergeben zu wollen!

Natascha hatte die gelbe Plastikkiste damals unter ihr

Gästebett gestellt, ohne auch nur einen Blick auf den Inhalt zu werfen. Es wäre zu schmerzhaft gewesen. Doch am Abend nach der Beerdigung goss sie sich ein großes Glas Merlot ein, zog die Kiste unterm Bett hervor und setzte sich daneben.

Nataschas Augen füllten sich mit Tränen, als sie an die Beerdigung und die darauffolgende Nacht zurückdachte. Sie hatte gelacht und geweint, am Ende hatte sie die meisten Fotos und Briefe um sich herum verteilt, die Flasche geleert und schließlich in ihren Jeans im Gästebett geschlafen. Gott, wie sie ihre Mutter vermisste!

Natascha klatschte einmal energisch in die Hände, wie um sich in die Gegenwart zurückzurufen. Sie wollte gerne noch vor Mitternacht fertig werden, zumal es für einen Septemberabend schon mächtig kalt und die Heizung ausgeschaltet war. Natascha ging systematisch vor, öffnete und durchsuchte erst alle Schubladen und Fächer der Möbel in der unteren Etage, um sich dann im oberen Stockwerk an die Arbeit zu machen. Sie kam schneller voran, als sie dachte, was daran lag, dass die Schränke bis auf ein Set Korkuntersetzer und ein Dutzend noch originalverpackter Schnapsgläser, die sie bei ihrem letzten Besuch übersehen hatte, leer waren. Oben gab es nicht mehr viel zu kontrollieren: Das Badezimmerschränkchen und der Schuhschrank waren vollständig ausgeräumt und ausgewischt. Für das Bücherregal in Mutters Lesezimmer genügte ein kurzer Blick, um sich zu vergewissern, dass sich dort nichts mehr verbergen konnte.

Dieser letzte Rundgang war weniger schlimm, als Natascha befürchtet hatte. Insgeheim hatte sie die Angst beschlichen, sie könnte vor Kummer zusammenbrechen. Dabei fühlte sie sich viel weniger aufgewühlt als erwartet. Sie fragte sich, wie lange es wohl dauern würde, bis sie wirklich begriff, dass sie nun allein war. Ihre Mutter war ihre einzige noch lebende Verwandte gewesen. Großmutter Maria starb vor fünf Jahren, der Großvater kurz darauf, und außer Natascha selbst gab es keine Nachkommen. Sie wusste das alles natürlich, aber es löste keine Emotionen bei ihr aus. Ob das so war, weil sie die Gegenwart der Mutter hier in diesem Haus so stark spürte?

Natascha schaute auf die Uhr. Wenn sie sich beeilte, könnte sie es sogar noch mit den Kollegen ins Kino schaffen. Die Kulturredaktion hatte zwei der begehrten Premierenkarten zu vergeben gehabt, und Natascha war eine der Glücklichen, die bei der hausinternen Verlosung der Tickets gewonnen hatten. Sie klappte ihr Handy auf und wählte Lisas Nummer.

»Hi Lisa, Natascha hier. Tut mir leid für deine Schwester, aber ich werde ihr das Ticket wohl nicht abtreten. Ich bin nämlich gleich fertig hier bei meiner Mutter.«

Natascha hörte eine Weile zu, was Lisa fröhlich schnatternd antwortete, dann schüttelte sie den Kopf und lachte:

»Ja, ich weiß, dass du deiner Schwester das Ticket eh nicht gegönnt hast, du kleines Miststück! Hätte ich es mir ansonsten anders überlegt? Bis gleich also.« Auf dem Bettrand im Schlafzimmer sitzend, lächelte sie über das Gespräch mit Lisa. In Gedanken versunken, öffnete sie schwungvoll die obere Schublade des Nachttischchens, die daraufhin krachend auf dem Holzboden landete. Natascha zuckte zusammen. Sie hatte für einen Moment vergessen, dass das gute Stück – wie das meiste hier im Haus – nicht mehr neu war.

»Mist!« Natascha bückte sich leise stöhnend und hob die Schublade auf. Unter ihr auf dem Boden lag eine Art Anhänger. Natascha nahm ihn auf, betrachtete ihn von allen Seiten. Er war faustgroß, elfenbeinfarben und zeigte ein geschnitztes Muster aus weichen Linien. Über das Material war sie sich nicht sicher, doch der Schmuck wog nicht schwer in ihrer Hand. Muscheln? Holz? Knochen? In der Mitte war ein blauer Edelstein eingefasst. Ein Opal vielleicht? Sie legte den Anhänger zur Seite. Der Boden der Schublade hatte sich an einer Seite gelöst, und Natascha hielt die Lade über ihren Kopf, um sich den Schaden von unten zu besehen.

Merkwürdig. Von unten sah die Schublade heil aus. Natascha setzte die Lade auf ihrem Schoß ab und griff unter die lose Seite, die sich anstandslos heraushebeln ließ. Gerade wollte sie den Boden zur Seite legen, da ließ sie etwas innehalten. Was war das? Sie blickte auf zwei Bündel Briefe oder das, was von ihnen übrig geblieben war, denn die Ränder der Umschläge sahen ziemlich verkohlt aus, so als hätte sie jemand gerade rechtzeitig vor einem Feuer gerettet. Vorsichtig nahm Natascha die mit einfacher Kordel verschnürten Päckchen aus ihrem Versteck und legte sie aufs Bett. Wieder hob sie die Schublade hoch und besah sie ungläubig von unten, dann von oben. Das gab es doch gar nicht – ein doppelter Boden! So was kannte sie bislang nur aus Spionageromanen, aber im Schlafzimmer ihrer Mutter? Was hatte sie da nur gefunden? Alte Liebesbriefe etwa, von einem geheimen Liebhaber? Das konnte sich Natascha beim besten Willen nicht vorstellen. Nach dem Tod ihres Vaters hatte die attraktive Ärztin zwar zwei, drei ernsthafte Beziehungen gehabt, aber daraus hatte sie vor ihrer Tochter nie einen Hehl gemacht, warum auch? Sie konnte schließlich tun und lassen, was sie wollte. Heimliche Liebespost, nein, das passte einfach nicht zu Regina.

Nachdem Natascha diese Möglichkeit ausgeschlossen hatte, schob sie nun ohne Gewissensbisse die Kordel des dünneren Bündels sachte zur Seite; für das dickere würde sie eine Schere benötigen. Sie griff nach dem großen Umschlag, entnahm ihm ein Schreiben, das nach einem Dokument aussah – es hatte einen Stempel und so etwas wie eine Registrierungsnummer. Natascha verstand sofort: Es waren die Adoptionspapiere aus Australien, ausgestellt in Brisbane im Jahre 1912. Die offiziellen Dokumente ihrer Großmutter Maria, die damals in Australien von einem deutschen Missionarsehepaar adoptiert worden war. Sie wollte das Papier schon zur Seite legen, um den nächsten Umschlag zu öffnen, als sie plötzlich stutzte. Obwohl der untere Rand des Dokuments verkohlt war, konnte sie den Rest gut lesen. Unter »Rasse« stand im Dokument *aboriginal* und in Klammern *halfcaste,* was so viel wie »Mischling« oder »Halbblut« hieß. Was war denn hier los? Ihre Großmutter hatte kein bisschen Ähnlichkeit mit einer Aborigine, ihre Haut war viel zu hell. Sie hatte zwar dunkle Haare und braune Augen gehabt, wie Regina und Natascha auch, dennoch sahen sie alle eindeutig europäisch aus. Natascha ließ langsam das Papier sinken und starrte aus dem Fenster. Langsam sickerte die Erkenntnis in ihr Bewusstsein, was dieses Dokument für sie bedeutete.

Sie suchte nun erst gar nicht mehr nach einer Schere, sondern zerrte ungeduldig die Kordel vom dickeren Bündel. Dann öffnete sie einen der Umschläge; ihre Hände zitterten, während sie das Blatt entfaltete. Der Brief war kaum mehr zu entziffern, Brandspuren und Wasserflecken hatten den Text fast bis zur Unkenntlichkeit entstellt. Woher rührten nur diese zerstörerischen Spuren? Enttäuscht öffnete Natascha rasch den nächsten Brief, doch auch hier konnte sie kaum einen vollständigen Satz ausmachen. Rechts oben sah sie eine Jahreszahl. 1915. Mein Gott, diese Briefe waren richtig alt, sie hatten zwei Kriege hinter sich. Wer weiß, wo Großmutter die Briefe in all der Zeit aufbewahrt hatte.

Natascha bezweifelte keine Sekunde, dass Großmutter Maria die Briefe erst an ihre Tochter weitergegeben hatte, als sie im Sterben lag. Wieso hatte ihre Mutter nicht dasselbe getan und ihr die Briefe samt der gelben Kiste vererbt? Oder hatte sie die Briefe etwa schlicht vergessen? Hatte womöglich Oma selbst bereits die Briefe vergessen?

Natascha entschloss sich, alle Briefe zunächst zu öffnen, bevor sie versuchen wollte, sich einen Reim aus den lesbaren Absätzen und vereinzelten Jahreszahlen zu machen.

Eine Viertelstunde später hatte sie die Briefe auf dem Bett in einer Reihenfolge sortiert, von der sie annahm, dass sie einigermaßen chronologisch sein mochte. Sie las den ersten Brief …

Eine Liebe, die nicht sein darf
Ein Kind, das seiner Mutter entrissen wird
Eine Frau, die ihre Wurzeln entdecken muss

Nach dem Tod ihrer Mutter stößt Natascha in deren Nachlass auf ein verwirrendes Dokument. Ihre Familie soll Aborigine-Vorfahren haben? Neugierig geworden, macht sie sich in Australien auf die Suche nach ihren Wurzeln. Sie ahnt noch nichts von jenem dunklen Geheimnis, das dem Leben der deutschen Auswanderin Helene Junker zu Beginn des 20. Jahrhunderts seinen Stempel aufdrückte – und das auch Nataschas Leben eine entscheidende Wende geben wird …

erschienen als Knaur Taschenbuch
ISBN 978-3-426-51142-8